KB123564

호모 심비우스의 노래

송희복 시론집

보고사
BOGOSA

책머리에

이 책은 시론(詩論)에 관한 책이다. 그래서 시론집이라고 했다. 글자 그대로, 시론은 시에 관한 비평적 담론을 말한다. 시론이라고 하면, '시의 원론(an essay on poetry)'과 '시 작품론(a criticism of poems)'과 '시학(poetics)' 등을 두루 망라하고 있는 개념이다. 이 책도 그 서술의 형식이 에세이적인 필치에서부터 논문적인 체계의 엄정성에까지 두루 포괄하고 있다.

나의 저서 중에는 과거에도 시론집이 있었다. 내가 1990년대에 발표한 시론들을 모은 『시와 문화의 텍스트 상관성』(2000)이라는 제목의 책이다. 이것은 원론 중심의 시론집이라고 할 수 있다. 한편 이번 기회에 내는 시론집은 2010년대에 주로 쓴 글들로 대부분 이루어져 있다. 책의 제목은 '호모 심비우스의 노래'로 정했다. 원론 중심의 시론집이 아니라 실제비평 위주의 시론집이다.

일반인들에게는 매우 생소한 용어이겠지만, 주지하듯이, '호모 심비우스(Homo symbious)'는 이 책의 열쇠가 되는 말이다. 고전 그리스어 중에 '신(syn)'이라는 접두사와 '비오시스(biosis)'라는 어근을 통해 파생어를 만들면 '심비오시스(symbiosis)'라는 조어가 완성된다. 축자적인 의미라면, 이 말은 '함께의 삶, 공생(共生)'이라는 뜻이 된다. '호모 심비우스'는 '공생하는 인간'을 가리키는 (고전 그리스어에 어원을 둔) 라틴어식의 조어다.

라틴어가 이미 오래 전에 사어가 되었듯이, 이 말 역시 실제의 언어 현상으로 쓰이지 않는 가상의 조어다. 다만 시대적인 트렌드에 적확한 용어로서 선명한 울림과 긴 여운을 주고 있는 말인 것은 사실이다.

이 용어는 2003년 1월에 일본 동경에서 개최된 신세계문명포럼에서, 생물학자 최재천이 21세기 새로운 인간상을 제안하면서 처음 사용한 것으로 알려져 있다. 새천년을 맞이하는 신(新)인간적인 다짐과 같은 말이다.

나 역시 이 책에서 하나의 의미가 있는 용어로 받아들이고자 한 의도에는 책의 내용에 생태주의 문학관과 동양사상에의 사고방식이 적잖이 반영되어 있다. 물론 이 두 가지의 개념 틀에 대한 접점은 나에게 풀어야 할 현안인 동시에 정립해온 관점이다. 또한 내가 오랫동안 시도하고, 모색하고 있는 비평적 내지 학구적인 과제이기도 하다.

내가 생각하는 '호모 심비우스'의 가장 전형적인 모습은 캐나다의 위대한 애니메이터인 프레데릭 백이 이미지를 빚어낸 캐릭터다. 애니메이션 「나무를 심은 사람」의 주인공인 에이작 푸피에르는 글자도 모르는 채 홀로 살아가는 양치기 노인이지만 성자(聖者)와도 같은 존재이다. 그는 사라져버린 폐촌의 불모의 땅에서 좋은 도토리를 가려 심기를 되풀이한다. 이 집념의 일은 말을 잊어버릴 정도의 철저한 고독 속에서 오랫동안 엄수되어 왔다. 결국에 그는 그 땅 위에 기적의 숲을 이루어 경이로운 마을 공동체를 만들어낸다. 그리곤 그는 자신의 일을 끝낸 채 조용히 눈을 감았다. 인간은 근대화 과정에서 수많은 벌목꾼들을 양산해 왔지, 그 경우와 같은 '나무를 심은 사람'을 고려하지도, 배려하지도 않았다. 이제 근대 후기의 사회에서는 공생하는 인간의 가치를 드높여야 할 것이다. 공생하는 인간의 힘은 이제 생태운동가, 시인, 귀농한 사람 등에 머물지 아니하고, 자연 환경을 사랑하는 모든 보통사람에까지 미치지 않을 수 없다고 본다.

이번에도 17년 전처럼 비평가의 입장에서 시론집을 간행한다. 만약 앞으로 또 기회가 다시 주어진다면, 다음에는 시인의 눈으로 관조하고, 시인의 마음으로 아로새긴 시론에 관한 에세이를 한번 써서, 지금처럼 하나의 서책 형태로 묶어내고 싶다. 십 년에 걸쳐 우선 계획된 것들을 잘 갈무리한 다음에, 한 동안 내 몸의 건강이 허락한다면 말이다.

이제 화사한 봄이 되었으니, 산이나 들로 나들이를 해 꽃과 나무와 숲을 살펴보면서 맑은 공기 아래 숨을 크게 들이마시고 싶다.

정유년 사월 좋은 날에,
지은이 적다.

차 례

제1부

문학사를 보는 눈

넘쳐나는 시정詩情 속의 부산

문학지리학과 경관의 시학

1. 지방문학 연구와 문학지리학

문학사에 관해서라면 조동일이란 이름을 빼놓을 수가 없다. 그의 정열과 관심은 문학사의 원리와 서술에 놓여 있었고, 이 중에서도 거의 우리나라 문학사에 집중된 것이라고 해도 지나친 말이 아니었다. 그는 국문학자로서 학문적인 전 생애에 걸쳤다고 해도 좋을 만큼 민족문학의 연구에 오랫동안 매진해 왔다. 그 집대성이 『한국문학통사』인 것이다. 이 기념비적인 저서가 공간된 이후에도 그의 학문적 관심의 초점은 민족문학(사)에 여전히 두어져 있었다. 그런 그가 새로운 돌파구를 세계문학(사)에 둔 것은 비교적 근래의 일이었다. 그리고 또 어느새 지방문학(사)에도 관심을 표명하기에 이르렀다.

그는 문학사의 층위를 세 가지로 나누었다.

문학사 연구의 중핵에 민족문학이 놓인다. 민족문학의 역사를 개괄적이거나 상세하게 기술하는 행위는 18세기 이래 근래에 이르기까지 어문학자의 영예로 여겨졌다. 그런데 포스트모던한 시대의 조건과 함께 탈(脫)민족주의가 힘을 얻어가고 있는 이즈음, 문학사가 민족문학에서 세계문학으로 격상되는 것은 자연스러운 일이다. 조동일은 민족문학을 중위문학이라고 했고, 문명권 문학과 세계문학을 상위문학이라고 했다. 그렇다면 하위문학은 무엇일까? 이를테면, 소수 민족문학, 특수집단문학, 지방문학 등이 이에 해당할 것이다. 물론 여성문학이니, 장애인문학이니, 성적(性的) 소수자의 문학이니 하는 등의 사회적인 약자의 문학도 여기에 포함될 수도 있다. 조동일은 하위문학에 대한 관심도 전(全)세계적인 추세라고 했다. 그의 저서 『지방문학사 : 연구의 방향과 과제』(2003)는 문학사 인식의 새로운 시각과 개념 틀을 제시한 것이다. 비록 개괄적인 소개의 차원에 지나지 않지만 원론적인 수준에서, 그는 문학사의 문제의식을 제기하고 있었다.

지방문학에 관한 학문적 관심은 서구에선 이미 오래 전부터 있었다. 조동일은 그 전거를 이 책에서 세세하게 열거하고 또 하나하나 설명을 붙였다. 또 그에 의하면 동아시아에서도 지방문학의 연구가 현저해져가고 있다. 상해의 학자들이 오어(吳語) 서사시를 발굴해 『강남십대서사시(江南十代敍事詩)』(1989)를 편찬하고, 오사카의 한 대학에서 『나라(奈良)와 문학, 고대에서 현대까지』(1998)를 간행한 것이 대표적인 사례가 된다. 우리나라에서도 마찬가지다. 서울시립대 국문과가 서울을 소재로 한 문학을 연구한 일련의 성과물을 내놓았다든가, 전북대에서 2001년에 '향토문학의 이해'라는 강좌를 개설했다든가, 경남대 박태일 교수가 경남지역문학에 대한 연구를 열정적으로 선도하고 있다든가 하는 것도 결코 가볍게 여겨질 수 없는 일이다.

어쨌든 지방문학사 연구는 지방문학의 독자적인 의의와 평가를 목표로 삼는다. 이것은 문학사에 관한 탐구를 다원화하는 데도 기여한다.

여러 나라 선례를 찾는 데서 시작해 국내외 연구 동향을 검토한 조동일의 『지방문학사 : 연구의 방향과 과제』는 시사하는 바 적지 않은 저술물이라고 여겨진다.

지방문학(사) 연구와 더불어 하나의 짝을 맺고 있는 학문 분야가 있다면, 문학지리학(literary geography)이 아닐까 한다. 서구에선 이미 오래전부터 이것이 존재해 왔다. 이것의 주제는 경관에 대한 해설로서, 또는 지리학적인 현상으로서 문학 작품을 연구하는 데 있다고 한다. 이것이 지닌 의의를 설명하고 있는 부분을 다음과 같이 따올 수 있다.

> 지리학 연구에서의 문학 작품의 사용은, 문학이 작가가 살고 있는 시대, 공간, 그리고 사회를 구성하는 인간 집단과의 체험과 열망과 같은 삶의 모습을 제시하기 때문에 가치가 있다. 즉 이러한 가치는 지리학자로 하여금 인간 세계의 다양한 요소들과 이들 요소간의 관계에 대해서 관심을 갖게 하여, 민감하고 창조적인 문학가나 마찬가지로 인간적 체험을 탐구하게 함으로써 지리적 환경을 더 민감하게 이해하도록 하는 데에 있다.[1]

문학지리학은 지리학의 인간주의 전통을 극대화한 것이 아닐까. 지표의 인간적이고 문화적인 측면을 보다 심오하게 이해하기 위해서는 문학 작품, 문학 속의 인간상을 필요로 한다. 뿐만 아니라 소위 '문학 속의 경관(landscape in Literature)'도 결코 경시될 수 없는 요소라고 여겨진다. 여기에서 경관을 두고 단순한 경치 정도로 오해하는 사람도 있을 것이다. 요컨대, 경관은 눈에 보이는 자연의 모습 외에, 사람들이 살아

---

1) 이은숙, 「지리학과 문학의 만남」, 김태준 편, 『문학지리 한국인의 심성공간 (중)』, 논형, 2005, 39면.

가는 실존적인 삶의 자장과도 관련이 있다.

문학 속의 경관이라면 부산 지역문학의 역사적 전통을 손에 꼽지 않을 수 없다. 경주가 유적지가 많은 곳이라면 부산은 경승지(景勝地)가 많은 곳이다. 경주의 신라문학은 한 왕조의 중심권 문학이었다. 이를 일단 지방문학으로 인정한다고 하더라도, 그 이후 부산만큼 지방 문학사로서의 호재(好材)가 되는 경우는 없다고 하겠다. 부산 지방문학의 전통이 '문학 속의 경관'과의 깊은 연관성을 맺었기 때문에, 산문보다는 일쑤 시에 치우쳐 있다고 볼 수 있다.

한 마디로 말해 부산은 시정(詩情)이 한껏 넘쳐나는 곳이다. 내게 있어서의 문학지리학적인 감수성의 촉수는, 나의 고향이기도 한 부산으로 향해 이미 오래 전부터 뻗어져 있었던 것이다.

2. 갈대꽃은 저물녘의 가을바람에 흔들리네

부산 지방문학사의 첫머리에 놓이는 것은 정서의 「정과정」이다. 이를 가리켜 부산 문화의 중핵이라고 보는 이도 있다. 1151년, 고려 의종 때 정서는 소인배의 모함을 받고 동래로 유배형을 당한다. 그에게 있어서의 동래는 상재지향(上梓之鄕), 즉 조상의 고향이었다. 그가 유배되어 내려올 때 왕으로부터 정치적인 복권에 대한 약속을 받았지만 약속이 지켜지지 않았다. 그는 한스럽게 우짖는 접동새에 자신을 투사하면서 애절한 정조, 처절한 하소연의 노래를 짓는다. 이 노래는 충신이 임금을 그리워하는 것의 모범적인 텍스트로 높이 평가되어 왔다. 현대어로 옮기면 다음과 같다.

내가 님을 그리워해 울고 있더니
산 접동새와 비슷하옵니다
(진실이) 아니며 허황된 줄은 아아
기우는 달 새벽별이 알 것입니다
넋이라도 님과 함께하고 싶어라 아아
우기시던 이 누구였습니까
잘못도 허물도 전혀 없소이다
(터무니없는) 마을엣말이고녀
슬프도다 아아
님이 나를 벌써 잊으시옵니까
맙소사 님이시여 다시 돌이켜 사랑하소서

이 노래의 내용 가운데 가장 쟁점이 되는 부분은 원문 '거츠르신둘'에 해당되는 부분이다. 이 부분이 애초에 '허황된 줄은' 혹은 '거짓인 줄은'으로 풀이[2)]되면서부터 정설 및 일반론으로 굳어져 왔으나, 권영철의 학설(1968)에 힘을 얻은 부산 지역의 일부 국문학자들은 반드시 그렇다고 보지 않는다. 말하자면, 이들은 '거츠르신둘'을 '거칠뫼의 달' 곧 '황령산(荒嶺山)의 달'로 이해하기도 한다.

황령산은 지금의 부산 사람들에게도 매우 익숙한 산이다. 부산의 거의 중간 지점에 우뚝 솟은 이 산은 정서의 유배지에서 마주 잘 보이는 위치에 놓여 있다. 신라 시대에 동래군(東來郡)을 '거칠산군'이라고 했으니, 이는 '거칠뫼(황령산)'가 있는 마을이란 뜻일 게다.

또한, 이 노랫말 중에서 가장 난해한 것은 '물힛마리신뎌'인데, 이것

---

2) 양주동은 '거츨'을 가리켜 '황무(荒蕪)의 뜻'과 '위(僞) · 망(妄)'의 뜻을 동시에 가진 일종의 중의법으로 보았다. (양주동, 『여요전주』, 을유문화사, 1947, 210면 참고.)

을 '물힛말' 즉 이항지어(里巷之語)로 보는 이도 있다.[3] 다름 아니라 이것이 항간에 떠도는 믿지 못할 와언(訛言)이라면, 마을에 떠도는 말을 뜻하는 바 '마을엣말'이라고 하는 조어를 사용하는 것은 어떨까?

그런데 정서를 무고한 나쁜 여론, 즉 요즘 말로 하면 시국 사건마다 나타나는 악성의 가짜 뉴스, 세칭 '찌라시' 정보에 해당하는 '물힛말(마을엣말)' 이 수도 개성에서 떠도는 말인데 어찌 마을에 떠도는 항간의 말, '이항지어'라고 말할 수 있는 것인가? 서울(수도)과 마을(지방)의 어긋남을 극복하기가 좀 어렵다. 다시 말하면, 이것이 나 역시 고개를 주억거릴 만큼 설득력 있는 대안의 가설인 것은 사실이지만, 일제강점기에서부터 계승해온 기존의 학설인 이른바 '물힛말, 즉 중참언(衆讒言)'[4]을 쉽사리 넘어서기가 만만하지 않다고 보인다.

어쨌든 「정과정」에는 문학적 가치가 충분하다. 이것이 개인의 영달을 바라는 마음에서 창작된 것이 아니라, 당대의 정치적인 현실을 안타까워하는 마음이 반영되어 있으며, 또 인간관계에서 믿음이 무엇보다 중요하다는 사실을 일깨워주고 있기 때문에 더욱 그렇다.[5] 정서는 평소에 인품도 있었고 시문을 짓는 남다른 재주도 널리 인정받았던 것 같다. 그가 죽었을 때 임춘(林椿)이 남긴 추도시를 보면 잘 알 수 있다. 변종현의 논문인 「신라·고려 한시를 통해 본 한시의 한국적 변용」(민족문화, 제13장, 1990)에서 재인용한다. 시의 제목은 「추도정학사서(追悼鄭學士敍)」이다.

---

3) 황병익, 「고려시대 부산문화의 중핵, '정과정'」, 『향토부산』, 제20호, 부산광역시사 편찬위, 2004, 19~20면 참고.

4) 양주동, 「고가요의 어학적 연구-정과정편」, 동아일보, 1940. 2. 15.

5) 같은 책, 148면 참고.

선생님께서 맑고 깨끗하게 세속을 떠나시니,
갑자기 바람 앞에 좋은 나무가 꺾인 듯 슬퍼지네.
옥황상제가 이하(李賀)를 데려가심인가,
해산(海山)이 백거이(白居易)를 기다림인가.
해마다 지은 시문은 남들의 보배가 되니,
세상에 높은 명성 조물주가 시샘했나?
이제는 사명산 하지장(賀知章)도 없으니,
적선의 이 재능 누가 알아주리오.

당송 시대의 1급의 시인들 이름이 열거되어 있다. 적선(謫仙)은 이 지상으로 유배되어 온 신선을 말한다. 시인이 보통 사람과는 좀 다르다는 의미에선, 지상에 유배된 저주 받은 존재이다. 프랑스의 상징주의자 보들레르에게 '알바트로스'로 비유되는 큼직한 새 말이다. 이 「정과정」은 알려진 바대로 충신연주지사로 인구에 회자되어온 노래였다. 스스로 충신으로 자처한 자, 이 노래를 듣고 감명되지 아니한 자 없었을 것이다. 후세의 사람들은 정과정의 유적지를 찾거나 노래 「정과정」을 듣거나 하면서 옷깃을 여미었을 것이다. 고려 말 정추가 동래현령으로 내려와 시를 지었고, 조선조 선조 때 윤훤이 동래부사로 부임해 시를 썼고, 효종 때의 동래부사 이원진은 정과정 옛터가 그대로임을 확인하는 소회의 시를 덧보태었다. 이 중에서 윤훤의 시 부분을 보자.

아무도 정과정곡 이해해 부르지 못하고,
갈대꽃만 저물녘의 가을바람에 흔들리네.

윤훤의 시에 의하면, 정서의 「정과정」에 담긴 노래의 곡조가 5백년이 지난 후에도 불리어졌다는 것을 잘 알 수 있다. 노래는 오랜 세월이 지나도 남아 있지만, 그 속뜻을 제대로 알고 부르는 사람이 없다는 것. 그는 동시대에 진정한 의미의 충신이 과연 몇이나 될까 하고 되묻고 있다. 정자로서의 건축물인 정과정은 이원진이 살았던 효종 때까지도 남아 있었던 것으로 추정된다. 짐작컨대, 이것은 동래 백성들의 자랑거리였는지도 모른다.

3. 양귀비도 더럽히지 못한 온천수

이규보는 고려 시대의 시인 중에서도 문호의 반열에 오른 사람이었다. 그의 서사시 「동명왕편」은 몽고 침략으로 잃어버린 만큼 자존의 황금시대를 회고한 장엄한 민족 서사시이다. 그의 방대한 시편 가운데 부산(동래)과 관련된 것이 네 편에 이른다. 이 가운데 「동래에 들러 객사(客舍)가 장려(壯麗)함을 보고 이상히 여겼더니 박공(朴公)이 전날 이 고을을 지킬 때 건축했노라 말하기에 한동안 감탄하다가 시 한 편을 지어 드리다」라는 긴 제목의 시가 있다. 시집의 문맥을 살펴볼 때 여기에서 박공이란 박시어(朴侍御), 시랑(侍郎) 박인석(朴仁碩)을 가리키는 것 같다. 박인석이 동래의 목민관으로서 객사를 훌륭하게 지었음을 찬양한 이 시의 일부를 인용한다.

여기 객사가 관아(官衙)보다 화려하니
특이한 건축물 그 누가 이룩했나
박공이 예전에 여기를 다스릴 때
선정(善政) 베풀어 백성들이 편안했다네
도끼로 나무 베는 데 천둥소리 울리고

끌로 돌 뚫는 데 별똥이 튀었으리
공의 감독으로 바로 이루어지고
기둥들 온전히 잘도 받쳐져
추운 겨울날에는 방 따뜻하고
무더운 여름날엔 서늘한 정자 같으리
나의 눈길은 얼마나 탐닉했던가
오롯한 것 햇빛에 눈이 부시는구나
부분마다 마음 세심하게 쓰지 않음이 없으니
넓어도 거창하지 않고 사치해도 과하지 않네

이규보는 동래 객사의 장려한 건축물을 이와 같이 찬양하고 있다. 그는 박인석과 함께, 동래 욕탕지(浴湯池)에서 목욕을 즐겼고, 이에 관한 시도 두 편 전해지고 있다. 그는 동래 온천수와 관련해 '지편행면양비오(地偏幸免揚妃汚)'라는 좋은 표현을 남기기도 했다. 동래는 땅이 외진 곳이어서, 양귀비도 온천수를 더럽히지 못했다는 것……. 목욕을 좋아하는 양귀비가 동래 온천이 좋은 걸 이미 알았더라면, 다 써버렸을 만큼 온천수가 맑고 깨끗하다는 사실을 좀 과장스럽게 비유한 것이다.

동래 온천은 신라의 임금들이 즐겼을 만큼 오래 전부터 명소였다. 성현의 『용재총화』에 의하면, 우리나라에 오는 왜인들이 반드시 입욕을 요구하였다고 한다. 온천 마을 주변에 왜인들로 가득 차면 마을 사람들이 그 번잡함 때문에 괴로움을 이기지 못했을 만큼 동래 온천은 이웃나라에까지 유명했다.[6] 이와 비슷한 얘기는 왕조실록에도 나온다고 한다. 동래 온천에 관한 역대 시편들도 적지 않을 것으로 여겨지나, 정포·고중지·김종직·박효수·전숙몽 등의 시가 비교적 알려져 있다.

6) 성현, 남만성 역, 『용재총화』, 양우당, 1988, 305면 참고.

금정산은 높고 드높아서
바위 봉우리가 천목산 같아라.
그 아래에 동래성이 있어
연기와 노을이 고목에 서려 있네.
세상에서 일컫는 신선이 사는 곳
땅은 맑고 사람은 속되지 않았네.
한낮에도 운기(雲氣)가 찌는 듯해
온천은 산골짝에 샘을 솟구치네.
나그네들은 그 곁에 묵고 가면서
깊은 겨울날에 온천욕을 하누나.

이 시는 고려 말의 시인 고중지(高中址)가 썼다고 한다. 수도 개성에서 경상도로 나랏일을 하기 위해 떠나는 친구(최함일)에게 준 시다. 이것은 비교적 장시로 볼 수 있으며, 인용된 부분은 시작하는 앞부분에 해당한다. 인용한 시의 내용은 금정산 기슭의 동래 온천을 묘사하고 있다. 인정세태의 묘사와 풍속의 재편이 비교적 적확하다고 느껴지는 바 있어서 뒤이어 생략된 부분과 함께 읽어보는 것도 좋을 듯하다.

다음에 이어지는 내용은 이렇다. 동래 객사의 독보적인 장관을 노래하고, 동쪽을 바라보면 승경 고운대(孤雲臺), 즉 지금의 해운대가 있음을 증언한다. 고중지는 고향이 부산이라고 한다. 시 속에 이런 내용도 담겨 있다. “나는 본디 그곳 사람이라네(我本箇中人).……지금도 맑은 꿈속을 헤매면서, 굽이치는 먼 물결을 그리워한다네(至今淸夢裏, 遙想滄浪曲).” 이처럼 애틋한 사향의 노래를 경험한 일이 자주 있었는가? 조선 시대에도 부산의 참된 면목을 이처럼 여여하고 생생하게 재현한 경우는 없을 성싶다.

바위 겹겹 둘러싸인 금정산
그 아래에서 유황수가 나온다네.
천 년 동안이나 찌는 듯 끓어올라
달걀도 익힐 수가 있다네.
그 누가 땔나무를 마련하는지
신이 시키는 일은 헤아릴 수가 없네.
내 여기 와서 오랫동안 탄식하다가
때나 한번 씻어내기로 했네.
신라 왕의 구리기둥 흔적이
아직까지도 석추 속에 박혀 있으니,
당시에 큰 은총 입은 것이
여산의 온천터와 무엇이 다르랴.
이제는 이 바다 한쪽 귀퉁이까지
임금 행차하시기가 쉽지 않으니,
태수여, 온천을 수리하지 마오.
백성들 괴롭힐까 걱정스럽네.

이 시는 김종직의 시 「동래현 온정(溫井)」의 일부이다. 이 시를 볼 때 그때까지만 해도 신라 왕들이 드나들 때 사용됐다는 구리기둥의 흔적이 남아있었다. 여산의 온천은 당나라 현종과 양귀비가 화청궁을 짓고 머무는 곳이었다. 동래 온천과 여산 온천이 무엇이 다르냐고 김종직은 말한다. 영남 사림파의 태두였던 점필재 김종직은 학자 이전에 많은 시문을 남긴 문사로도 이름이 높거니와, 시의 내용 중에서는 민중친애적인 사상이 적잖이 담겨 있다. 이 시에서도 이 점이 반영되어 있다.

고려조 최고의 시인이었던 이규보가 부산과 인연을 맺었듯이, 조선조 최고의 시인이었던 고산 윤선도도 부산과 인연을 맺었다. 그는 부산

기장군에 내려 와 4년 7개월간에 걸쳐 유배 생활을 했다. 이 기간 동안에 그는 부산을 소재로 한 한시(漢詩) 여덟 편을 남겼다고 한다. 이 중에서 1621년에 지금의 일광 해수욕장에 자리한 삼성대에서 아우와 헤어지는 애틋한 내용을 담은 시편 「헤어지는 아우에게 시를 주다(贈別少弟)」가 별리의 명편으로 여겨진다. 얼마 전에 고장의 자랑이요 영광임을 기리는 뜻에서 이 시를 새긴 시비를 건립했다.

운명이 북으로 가는 길을 가로막아
세파 따라 산다면 얼굴 붉히겠지.
헤어짐을 당하여 흐르는 눈물로
네 옷자락에 뿌려져 얼룩지겠다.

부산 지방문학사의 편목에 정서를 비롯하여 왕조를 대표하는 시인인 이규보와 윤선도가 올려진다는 사실은 결코 가볍게 여겨질 수 없는 일이다. 부산의 경관적인 가치와 시와의 연관성이 긴밀해졌다는 증좌가 되기 때문이다. 지리학 연구에 문학을 처음으로 도입한 아치볼드 기키(Archbold Geikie)의 말마따나, 그것은 자연의 아름다움이 완전한 의미를 지니게 하고 또 이를 더욱 매력적인 것으로 만들어주는 내적(內的) 역사로서의 '문학과 지리학의 관계'가 된다는 점에서 말이다.[7]

아울러 성현·남효온·조위·주세붕·이황 등으로 이어진 해운대 제재시(題材詩)도 앞으로 적절한 연구 대상이 될 것 같다. 물론 지방문학(사) 연구가 "감상에 젖고 자아도취에 빠져 자기 고장의 문학을 일방적으로 미화하지 말아야겠다."[8]라는 전제 조건 아래에서 이루어져야 하겠

---

7) 이은숙, 앞의 책, 21면 참고.

지만 말이다.

4. 임진왜란 후일담의 시적 변용

부산은 예로부터 한일 교류의 창구 역할을 했다. 부산에 왜관이 처음으로 설치된 것은 15세기 초였다. 그 당시 왜관은 지금의 자성대 부근인 범일동에 있었고 왜인들의 수는 2천 명 정도가 되었다. 그때 부산(동래) 인구는 3천 명 정도에 지나지 않았다. 그 후 임진왜란은 부산 역사의 큰 전환점이 된다. 일본군들이 상륙한 곳은 부산이었다. 이때 부산인들은 부산진성과 동래산성에서 죽음으로 항거하면서 산화했다. 임진왜란이 일어난 후 7년 동안 부산은 일본의 점령지였다. 민중의 항일 정신은 7년 내내 지속되었다. 좌수영 25의용단 유적과 동래부민으로 의병에 참가한 24공신 이야기는 부산 사람들의 저항 정신이 어느 정도였는지를 잘 말해준다 하겠다.[9] 나치 치하의 프랑스 레지스탕스를 방불케 한 것으로 보아도 좋을 것이다.

임진왜란이 끝난 직후에 부산에서 공직 생활을 한 두 사람의 시인이 있었다. 통주사로 임명된 노계 박인로와 동래부사로 임명된 동악 이안눌이었다. 이들은 각각 동래부와 좌수영에 근무하면서 「선상탄」(1605)과 「4월15일」(1608)을 남겼다. 박인로는 문무를 겸한 인물이다. 무인으로서 한글 가사를 창작했다는 점은 매우 이채로운 일에 해당한다. 그는 정세아 휘하의 의병으로 또 성윤문 막하의 수군으로 일본에의 항전에

---

8) 조동일, 『지방문학사. 연구의 방향과 과제』, 서울대 출판부, 2003, 209면.

9) 부산경남역사연구소 편, 『시민을 위한 부산의 역사』, 도서출판 늘함께, 1999, 29면.

직접 참여했던 것으로 보아서 무골을 갖춘 전형적인 군인이었던 것으로 짐작된다. 그는 공직자로서 높은 반열의 지위에 오르지 못했다. 당대의 무공을 인정받기보다는 후세에 문명을 오히려 드날린 그였다. 그의 「선상탄」은 전고(典故)에 의거한 예스러운 표현과 납득하기 힘든 모화사상이 작품성을 스스로 훼손시키고 있지만, 무인다운 기상과 애국주의적인 사상 감정과 태평성대에의 염원 등이 전후(戰後)의 소회를 담은 가사문학의 가치 있는 명편으로 평가되고 있다.

긴 칼을 비스듬히 하고 병선에 굳이 올라가서
기운을 떨치고 눈을 부릅뜨고 대마도를 굽어보니,
바람을 따르는 노란 구름은 멀고 가깝게 쌓여 있고
아득한 푸른 물결은 긴 하늘과 같은 빛일세.
(……)
강개를 못 이기는 씩씩한 기운은 늙을수록 더욱 장하다마는
보잘것없는 이 몸이 병중에 들었으니,
분함을 씻고 원한을 풀어버리기가 어려울 듯하건마는,
(……)
해와 달 같은 임금님의 성덕이 매일 아침 밝게 비치니
전쟁하는 배를 타던 우리들도 고기잡이배에서 저녁 무렵을 노래하고,
가을 달 봄바람에 베개를 높이 베고 누워서.
성군 치하의 태평성대를 다시 보려 하노라.

이안눌은 이른바 목릉성세(穆陵盛世 : 조선시대에 한문학이 가장 왕성한 선조 임금의 시기)를 주도한 당대 최고의 시인이었다. 그가 두보(杜甫)의 시를 무려 3만5천 번이나 읽었다는 사실이 지금도 전해지고 있다. 그 때문일까. 그의 「4월 15일」에는 두보 유의 우국연민의 사상이 잘 반영되

어 있다. 두보의 중편 오언고시인 「삼리삼별(三吏三別)」이 현실주의 시의 백미였듯이, 중편 오언고시의 형식에다 전후 황폐한 삶의 현실을 절실하게 반영하고 있는 「4월 15일」 역시 잘 알려져 있지 않는 주옥의 명편이다. 이것은 임진왜란 후일담의 시적 변용으로서 박인로의 「선상탄」과 쌍벽을 이룬다. 이안눌이 동래부사로 부임해 몇 달 지났을 무렵이었다. 4월 15일이 되자 동래 백성들이 일제히 곡을 하기 시작했다. 곡이 너무 애절하여 아랫사람에게 연고를 물어보니 임진년에 많은 백성들이 일본 장병들에게 죽임을 당했는데 오늘이 그 제삿날이라고 한다. 이 얘기를 듣고 이안눌은 붓을 들었다.

사월이라 보름날
새벽부터 집집마다 울부짖는 소리
천지는 변하여 쓸쓸한 데다
바람도 구슬피 숲을 울린다.
깜짝 놀라 아전에게 물어보기를
곡성이 왜 저리도 구슬프냐고
임진년에 왜적이 쳐들어와서
이 날에 이 성이 함몰됐쇠다.
그때에 우리 원님 송부사[宋象賢]께서
성문을 굳게 닫고 절의를 지켜
성 안으로 밀려온 왜군에게 백성들
한날 한때 원통하게 죽었답네다.
덮고 쌓인 시체에 몸을 던져서
어쩌다 하나 둘이 살아났습죠.
그러기에 이 날을 맞자오며는
상을 차려 죽은 넋을 제사 지내죠.

아비가 아들 위해 통곡을 하고
아들이 아비 위해 통곡을 하고
할아비가 손자 위해 통곡을 하고
손자가 할아빌 위해 통곡을 하고
어미가 딸을 위해 통곡도 하고
딸애가 어밀 위해 통곡도 하고
아내가 남편 위해 통곡도 하고
남편이 아내 위해 통곡도 하고
형제와 자매들
산 사람 곡하지 않는 집이 없다지요.
이마를 찡그리며 듣다 못해서
눈물이 주르르 턱밑에 흐르네.
아전이 앞에 나와 아뢰는 말이
저기는 울어 줄 가족 있소만,
온 집이 한 칼에 거꾸러져서
울어 줄 이 없는 넋은 얼마인데요.

박인로의 「선상탄」은 일본에 대한 적개심이 엿보이지만 평화애호 사상으로 무장되어 있다는 게 그 나름의 장처로 여겨지고 있다. 이에 비해 이안눌의 「4월 15일」은 그 자신이 비록 관인이지만 철저히 민(民)의 시각에서 비탄한 삶의 현실을 진실하게 꿰뚫어보고 있음이 매우 돋보인다고 하겠다. 각각 장가와 장시, 한글 가사 문학과 중편 오언고시로 풀어 나아가고 있는 임난 후일담의 시적 변용은 비슷한 시기에 만들어져 오늘날에까지 나란히 전해지고 있다.

5. 시에 나타난 역사 속의 동래 상인

두루 알려져 있듯이 조선 후기의 사회는 경제 구조의 변화가 급격히 나타나던 시기였다. 농촌 경제는 장시와 연결되어 농산물의 상품화가 이루어지게 되었다. 수공업과 광업은 상품 생산을 자극하게 되었고, 이에 따라 상업의 발달이 촉진되기에 이르렀다. 상업의 발달은 끝내 사상층(私商層)의 폭을 넓혀 가는데, 사상층 가운데 도고(都賈)는 큰 자본을 가지고 장시와 도시 시장을 연결하는 중개적 역할을 한다. 그 대표적인 것이 경강상인이다. 그리고 지방에서도 도고가 자본의 힘을 서서히 장악해 갔다. 개성의 송상, 의주의 만상, 동래의 내상이 17세기 후반에 등장한 대표적인 도고였다. 이들이 전국적인 유통망을 확대하여 가자 18세기 중엽 이후에는 포구를 비롯한 교통의 요지에 객주(客主)와 여각(旅閣)이 출현해 상인들을 위한 숙박과 위탁 수매 및 판매업에 종사하였다.[10]

동래 상인에 관한 역사적 실체는 변광석의 「무역으로 큰 돈 번 동래상인」에 잘 나타나 있다. 동래 상인은 대외 무역에까지 손을 뻗쳐 큰돈을 번 무역업자들이었다. 이들은 왜관을 거점으로 대일 무역에 주로 활동했다. 부산은 왜관을 중심으로 부를 축적했던 조선 후기에 거상들이 활동한 무대였다.[11]

동래 상인을 시의 소재로 삼은 것이 있어 눈길을 끈다. 유하 홍세태의 「구리쇠 실은 달구지(鐵車牛行)」가 그것이다. 이 시는 서기 1697년에 지어진 것인데, 그렇다면 17세기 말에 지방 도고가 등장했다는 역사적인 사실과 정확하게도 일치한다.

10) 한국역사연구회, 『한국역사』, 역사비평사, 1992, 147~148면 참고.
11) 부산경남역사연구소 편, 앞의 책, 121면 참고.

커다란 수레 불룩하게 두 마리 소가 끌고 가는데
앞소도 뒷소도 모두 고개를 떨구었네.
소는 지친데다 수레는 무거워 잘 가지 못하네.
열 걸음 가서 쉬고 다섯 걸음에 또 쉬네.
수레 속에는 무엇을 실었던가,
관가에서 만든 돈이니 모두가 구리쇠일세.
이 구리쇠는 남쪽 오랑캐 땅에서 나는 것이라
동래 큰 장사꾼이 끼어들었다네.
넓은 바다에 많은 배들이 고슴도치 털처럼
부산에서 돛 달고 용산으로 왔다네.
장안의 유월은 불처럼 타오르는데
구리쇠 실은 수레는 북한산 아래까지 이어지네.
장군의 막부는 골짜기를 누를 듯 높은데
수많은 사내들이 도가니에다 풀무질을 해대네.
도가니에서 날마다 천만 근씩 녹여 내어
쇠돈은 다시금 동래 장사꾼에게 넘겨지네.
동래 장사꾼은 날로 부유해지고 돈값은 날로 천해지니
관청에서 어찌 백성의 어려움을 구제하랴.
가난한 백성들도 몰래 돈을 만든다니
사사로이 돈을 만들어 나랏법을 범한다네.

인용한 역시(譯詩)는 「동전 실은 손수레」의 일부이다. 기존에 번역된 시의 표제가 문제가 있는 듯하다. 문맥상 볼 때 동전 실은 손수레의 번역은 옳지 않다. 정확하게는 「구리쇠 실은 달구지」가 되어야 할 것이다. 사전에 의하면, 달구지는 소나 말이 끄는 짐수레를 가리킨다.

여하튼 이 시는 7언의 한시로 쓰인 것. 동래 상인의 활동을 구체적으로 묘사하고 있어서 역사학에서의 사료적인 가치도 크다고 여겨진다.

이 시를 보아 짐작할 수 있듯이 17세기 말의 화폐 경제가 기존의 경제 질서를 뒤흔들었다. 이때 상평통보와 같은 동전이 전국적으로 유통되면서 조세를 돈으로 내게 되기도 했다. 부산이 대외 무역의 중심지였던 것은 홍세태의 시에서 알 수 있다.

동래 상인들은 1694년에 역관들과 함께 궁각계(弓角契)를 조직했고 동남아시아를 대상으로 남방 무역에까지 손이 미쳤다. 왜관에서 무역할 때 일본에서 들어오는 주요 물목은 동철·유황·호초·무소뿔·염료·공예품 등이었고, 조선에서 일본으로 보내는 품목으로는 인삼·짐승가죽·모시·명주·대추·종이 등이었다고 한다. 동래 상인들은 정치에도 개입했다. 이들은 숙종 때 소론을 지원하면서 정치 자금을 제공했는데 그 대표적인 사람이 박세건과 김도명이었다.[12)]

홍세태의 시 「구리쇠 실은 달구지」는 동래 상인이 일본에서 동철(구리쇠)을 수입하여 서울에 팔면서 큰돈을 벌어들이는 과정을 부정적인 시각에서 바라보고 있다. 동래 상인의 이윤 추구가 물가 상승을 부추김으로써 국민 경제에 해로움을 끼치고 있다고 그는 보고 있다. 이 시는 조선 후기 사회경제적인 삶의 조건과 사정을 잘 보여주고 있다고 하겠다.

6. 오륙도를 바라보다, 영도다리 난간 위에 서다

부산을 소재로 한 대중가요 노랫말이 무척 많이 있다. 부산이 고향인 나는 「굳세어라 금순아」·「이별의 부산 정거장」·「용두산 엘레지」·「해운대 엘레지」 등을 줄곧 들으면서 유년기를 보냈다. 「돌아와요 부산항에」

12) 같은 책, 123~124면 참고.

와 「부산 갈매기」는 지금의 사람들에게도 널리 인구에 회자되고 있다. 이러한 노래들에는 근대화 과정의 삶의 애환이 짙게 배여 있다. 근, 현대시로 된 부산 관련 시 역시 그 총량이 적지 않으나 대중가요에 비해 대중적이지 못하다. 이 대목에서 소개해 보려고 하는 것은 1930년대 초에 쓰인 이은상의 시조 「오륙도」와, 6·25 피난 시절에 쓰인 김광균의 「영도다리」이다. 먼저 이은상의 「오륙도」를 보자. 이 작품은 모두 3수로 된 시조인데, 여기에 소개하는 것은 제1수이다.

오륙도 다섯 섬이
다시 보면 여섯 섬이

흐리면 한두 섬이
맑으신 날 오륙도라

흐리락 맑으락 함에
몇 섬인 줄 몰라라

이은상은 우리나라의 지명 가운데 오륙도를 가리켜 자신이 가장 사랑하는 이름이라고 밝힌 바 있었다. 옛 시조를 읽으면 알 수 있거니와, 시조는 직설의 화법을 회피한, 이를테면 '엉거주춤의 미학'을 지향하고 있다. 오륙도니 '흐리락 맑으락'이니 하는 표현이 시조의 전형적인 경지인 그 미학에 나아간 것이라고 하겠다. 이런 관점에서 볼 때 이 작품은 시조 미학의 정수를 보여준 것이라 하겠다.

시조 「오륙도」에 대한 평판도 높았다. 당대 최고의 비평가였던 김환태는 「시조와 운율」(동아일보, 1934, 8, 2)이란 글에서, 신운(神韻)을 이론

높은 경지에서 창작된 작품, 우리말의 묘미를 알 수 있는 작품임을 강조했다. 또 한편으로는 "단조로운 감상(感傷)에 빠지기 쉬운 단형의 시조 속에서 감정과 자연을 자기화하여 조화해 놓은 시정신의 격조"[13] 임을 강조하기도 한 평가도 있었다.

영도다리 난간에 기대어서서
오늘도 생각한다
내 이곳에 왜 왔나.
(……)
황혼이면 고단한 그림자 이끌고
이 다리 지난지도 어언 한해
〈살기가 왜 이리 고달프냐〉던 소월(素月) 만나러
주막집 등불 찾으면
적동색(赤銅色) 선부(船夫)들 낯선 사투리로 떠들어대고
내려다보니 태평리 나루터엔 바람 소리뿐,
무명산 기슭엔 누가 사는지
나란히 조는 등불 정다웁지만
영도다리 난간 이슬에 젖도록
혼자 서서 중얼거리니
먼 훗날 누가 날 이곳에서 만났다 할까.

인용시 「영도다리」는 김광균의 세 번째 시집 『황혼가』(산호장, 1957)에 실려 있다. 창작 연도는 1951년으로 추정된다. 영도다리는 부산의 명물로 이름이 났지만, 민족사의 애환이 짙게 서려 있는 것이기도 하다. 이 시에서 발견되는 기본 정조도 개인적 차원의 삶의 애상미라고나 할까?

---

13) 노산문학회 편저, 『노산문학연구』, 당현사, 1976, 219면.

시인이 1930년대에 시적 표현 전략으로서 보여 주었던 이미지즘적인 객관적 상관물은 보이지 않는다. 생활의 곤핍함 속에 있는 비애의 정서만이 등불처럼 반짝 빛이 나고 있을 뿐이다.

7. 목월은 하단에서, 미당은 동래 장으로

박목월은 향토적인 색깔이 짙은 시인이다. 특히 『경상도의 가랑잎』에 이르면, 그는 소박하고 무뚝뚝하고 투박하기 이를 데 없는 경상도적 정서의 시적 승화를 기도한 최초의 시인이 된다. 경상도 방언을 시적 언어로 아름답게 조탁한다는 것은 통념에서 벗어난다. 그러나 박목월의 「이별가」는 하나의 경지인 절창에 도달한다. 한 비평가는 "주변적이라고 생각해온 지방어를 과감하게 시의 중심부로 끌어들임으로써 어조의 면에서만이 아니라 주제의 면에서 새로운 경지를 열어 보인 문학사적 의의를 지닌다."[14]라고 말하기도 했다.

경상도 방언의 과감한 수용이나 주제 의식의 문제에 있어서는 서로 다르기도 하겠지만, 갈밭, 바람, 저편 강기슭, 음성 등과 같은 소재를 사용한 시가 있다. 『사상계』 1968년 1월호에 발표한 「하단(下端)에서」가 바로 그것이다. 하단은 부산에 있는 구체적인 지명으로, 낙동강 하류 끝자락을 뜻한다. 지금의 기준에서 본다면, 부산에 소재한 동아대학교(승학캠퍼스)에서 가깝다.

---

14) 이승원, 『한국현대시감상론』, 집문당, 1996, 266면.

갈밭 속을 간다.
젊은 시인과 함께
가노라면
나는 혼자였다.
누구나
갈밭 속에서는 일쑤
동행을 잃기 마련이었다.
성형
성형
아무리 그를 불러도
나의 음성은
내면으로 되돌아오고
이미 나는
갈대 안에 있었다.
바람이 부는 것도 아닌데
갈밭은
어석어석 흔들린다.
갈잎에서는 갈잎의 바람
젊은 시인은
저편 강기슭에서 나를 부른다.
하지만 이미
나는 응답할 수 없다.
나의 음성은
내면으로 되돌아오고
어쩔 수 없이 나도
흔들리고 있었다.

인용시는 「하단에서」의 전문이다. 이 시에서 인간과 자연은 동일화되고 시적 자아와 물적(物的) 세계는 친화적인 관계 속에 놓이게 된다. 다시 말해 자연은 자아의 실재로 확장되고, 자아는 유기체적인 자연관에 의해 조응의 관계를 얻어 소우주의 세계로 현현되고 있다. 서정시가 지향하는 이상의 상태가 바로 이러한 합일의 극화(劇化)에 있는 것이 아니던가?

꿈인 듯 생시인 듯한 아슴한 정경은 자유시가 지는 내적 형식의 완결성을 지향하는 것에 닿아 있다. 이 시는 시가 빚어낼 수 있는 미감의 진경으로 독자를 인도한다. 「이별가」와 달리 저편 강기슭이 현실 세계라면, 내가 있는 이편은 박목월 유의 '보랏빛 소묘'의 세상과 같은 고즈넉한 피안(彼岸)의 서정 세계이다. 자아와 대상이 합일하는 극점에 내면의 음성이 안으로 꿈틀대고 있다.

같은 제목으로 된 또 다른 「하단에서」가 있음을 부기해 둔다. "서걱이는 갈대숲을, 일모(日暮)의 새떼들이 분주히 내려앉고 / 줍지 못해 차라리 갈대가 된 아픔들."을 표현하고 있는 좋은 작품이다. 시인 손종호가 『문학사상』(1981, 2)에 발표한 것이다.

살구꽃철 가까운
동래(東萊)병원에
입원해 있는 고희(古稀)의 노처(老妻)더러
"살구꽃이 좋지?"하니
좋다고 해서,
"살구도 좋지?"하니
또 좋다고 해서,
"남들이 먹고 버린 살구씨를 주워 모아

한약국에 갖다 주고
계피도 얻어먹어 봤소?" 하니
"일곱 살 때던가? 여덟 살 때던가?"하며
꼭 그 일곱 살짜리같이 빙그레 웃는다.
그래 오늘은
온갖 것 다 접어두고
그 계피를 찾어 동래 장으로 간다.
내 인생에선 이게 제일 좋은 일만 같어
이슬비 내리는 속을
동래 장으로 간다.

미당 서정주의 「계피(桂皮)」 전문이다. 1990년대 초반의 작품으로서 70대 노경에 쓴 시이다. 어려운 시어 한 마디 없이, 뜻을 뒤트는 수사적인 장식도 없이 매우 단조롭고 평이하게 읽히는 시이다. 노부부의 애틋한 정이 살갑게 느껴지는 이 시는 가슴 뭉클하고 눈시울을 슬몃 적시게 하는 시이다. 시인 서정주 부부는 동래에서 병원장을 하는 시인의 도움으로 치료를 몇 차례 받은 것으로 알려져 있다. 이 시는 이때 쓰이었다.

그는 부산과도 이미 인연을 맺은 바 있었다. 해방 직후 동아대학교 교수로 잠시 재직한 것이 바로 그것. 시인 민영은 이 시 「계피」에 관해 「그 겸허한 노년의 세계」라는 제목의 산문에서 짤막하게 언급한 바 있었다. 다름 아니라 "슬픔의 무게는 흐린 하늘보다도 무겁게 느껴진다."[15] 라는 것. 늙는다는 건 바로 죽음을 앞두게 된다는 것. 생의 불가피한 비애감이 이슬비 내리는 동래장으로 가는 길에 질척대고 있지는 않을까? 늙은 아내를 위해 계피를 구하러 가는 일이 인생에서 제일 좋은

15) 『창작과 비평』, 1994, 봄, 184면.

일로 느껴지는 위대한 겸허의 속 깊이는 늙은 시인이 아니면 느낄 수 없는 달관의 세계일 터이다.

8. 재지 시인과 출향 시인

부산 지역에서 활동하는 수많은 재지(在地) 시인들이 있다. 고(故) 정영태 시인이 시집 『자갈치 아지매』(1979)를 발간한 이래 부산의 풍광과 풍물을 노래하는 재지 시인들이 속속 등장했다. 최근에는 조해훈의 『사십 계단에서』(2007)가 나왔는데 이 시집은 도심 속의 쓸쓸함의 정서를 잘 포착했다고 한다.

언젠가 시인 최영철이 부산일보에 「작품 속 부산」이란 제하의 산문을 연재한 바 있었다. 그는 부산을 소재로 한 시·소설·미술·연극·영화·사진·대중가요 등을 선정해 해설을 덧붙이는 형식의 글을 통해 부산의 정서를 잘 대변한 시로, 양왕용의 「하단사람들」, 박철석의 「자갈치」, 김석규의 「부산」, 강영환의 「산복도로」, 손택수의 「범일동 블루스」 등을 꼽았다.

부산을 소재로 한 시편을 곧잘 발표해온 대표적인 재지 시인으로 강은교와 최영철을 쉽게 떠올릴 수 있겠다. 강은교는 동아대 교수로 부산에 내려와 짧지 않은 시간을 보냈다. 「붉은 강·1」, 「붉은 강·2」, 「낙동강의 바람」, 「몰운대 풀잎이 길을 건너네」, 「몰운대 웅덩이」, 「낙동강」 등의 시편들이 부산을 소재로 삼은 것이다. 최영철은 "해 지는 거 보러 왔다가 / 해는 못보고 / 해 지면서 울렁울렁 밟아놓고 간 / 바다의 속곳, 갯벌만 보네."로 시작되는 「다대포 일몰」을 비롯하여 「대변항에서」, 「물만골」, 「그리운 구포」 등의 부산 소재 시편을 스무 편 이상 발표했다.

또 한편으로, 부산이 고향인 시인 중에서 서울에서 활동하거나 다른 곳으로 거주지를 옮긴 경우도 있다. 이 경우를 가리켜 출향 시인으로 이름할 수 있겠다. 출향 시인 가운데 고향인 부산을 그리워하면서 시를 발표한 사례도 적지 않을 것으로 여겨진다. 나의 기억에 의하면, 김종해의 「부산에서」와 천양희의 「구포」등이 문득 떠올려진다. 이 두 편의 인상적인 시를 독자에게 소개하는 것도 비평가로서는 즐거운 일이다.

어머니는 앞에 서고
나는 뒤에서 리어커를 밀었다
가을은 한 마리 새처럼 멀리 날아가고
겨울이 가랑잎처럼 발밑에서 굴렀다
우리 시대의 희망, 우리 시대의 행복
누가 별이라도 되어 떠오르는 날
나는 어머니가 피운 빨간 숯불 위에
숯을 더 얹었다
아직은 새벽이며
아직은 그리움이 남아 있는 날
막벌이꾼들이 날아와
잠시 깃을 치는 부둣가에서
어머니는 술국을 끓이고
나는 먼 바다 위로 떨어지는
새벽 별똥을 주웠다
유리창도 없는 난장에서
어머니는 앞에 서고
나는 뒤에서 리어카를 밀었다

김종해의 「부산에서」는 추억을 제재로 삼은 시다. 부산 자갈치 시장 난장에서 부둣가 막벌이꾼들에게 술국을 끓여 팔던 어머니. 스산한 새벽 시장에 어느새 동이 틀 무렵이 되면 장을 파하고 돌아가는 어머니를 도우는 '나'. 어린 시절의 '나'는 자전적 화자이다. 가난했지만 좋았던 시절이었다. '나'는 먼 바다 위로 떨어지는 새벽 별똥을 주었다. 이는 초월적인 아름다움의 반짝임으로 승화되는 결핍, 무소유의 삶의 편린이다. 추억과 그리움을 한없이 자극하는 잃어버린 낙원이랄까? 박재삼의 「추억에서」가 남긴 그 환혹적(幻惑的)인 빛남의 아름다움, "달빛 받은 옹기전의 옹기들같이 / 말없이 글썽이고 반짝이던 것인가"를 연상케 하는 세계랄까? 모성의 회귀를 꿈꾸는 모든 사람들에게 있어서 어머니는 생명력의 근원이다. 고향은 어머니의 따뜻한 손길이다.

강 그림자 기울고 새들이 오래 날지 않는다
철새들이 길을 바꾸어버린다
명지 쪽으로 고개 돌린 갈대들
샛강 피라미떼 벌써 잊었다
조개잡이 배 몇, 묶여 있고
다리 아래 물살 돌아나간다
길 한끝 당겨 강 끝을 본다
보일 듯 말 듯 가물거리는 가포섬
나루터 쪽으로 손을 흔든다
길이 끝난다고 그게 끝일까
길 끝, 배 한척 기다리는 사람이 있다
당신은 물을 건너지 말아요…… 문득 떠오르는
공무도하가(公無渡河歌)
강 건너 대저면이 불쑥 몸을 내민다

당신이 물을 건너다 빠져 죽으면…… 당신이……
강둑 옆 수질관리사무소 문이
밖으로 잠겼다
왼종일 뭍에 서 있는 구포

천양희의 「구포」는 선경후정의 전통적 표현 양식에 기대고 있다. 낙동강 하류의 풍광을 정갈하고 단아하게 우선 묘사하고 있다. 그리고는 고조선의 노래 「공무도하가」(정확한 이름으로는 「공후인」이 되는)의 모티프를 이끌어 낸다. 흰 머리카락 휘날리는 광인과 이를 말리는 아내 사이에 아득하고 고즈넉한 죽음의 세계가 깊디깊게 놓여 있다. 구포와 대저면은 구체적인 지명이지만, 이 시에선 삶과 죽음의 경계에서 마주하고 있는 부부처럼 의인화되어 있다. 시인은 누군가의 죽음을 생각하면서 인간사의 헤어짐과 고통 등을 그윽이 관조하고 있는 것일까? 천양희는 대표적인 출향 시인이다. 출향 시인으로서 시의 소재가 고향이 될 때 왠지 모를 절절함이 묻어나오는 것은 어쩔 수 없는 결과일까?

9. 시로 읽는 부산의 재발견

부산은 민족사의 수난을 함께 겪어온 곳이기도 하지만, 천혜의 자연조건이 주어진 복된 땅이기도 하다. 수초·수량·해조류가 풍부해 한때 세계적으로 관심거리가 되었던 철새 도래지. 다사로운 바람이 늘 불어오는 언덕. 발길이 닿는 데마다 백사십리(白沙十里)가 아닌 곳이 없는 바닷가…….

그래, 부산은 산과 강과 바다로 둘러싸여 있다. 그래서 예로부터 부산은 삼포지향(三抱之鄕)이라고 불려오지 않았던가. 금정산, 낙동강, 을숙도는 말할 것도 없지만, 동남쪽 임해 지역에는 삼성대·해운대·이기대·태종대·몰운대 등의 경승지도 적지 않다. 조선말에 동래부사를 지낸 정현덕의 가사 「봉래별곡」에도 "몰운대와 해운대는 승지(勝地)라 이르니라."라고 쓰여 있듯이, 이 중에서도 몰운대와 해운대는 더욱 유명하다.

옛날에 시인묵객의 발길이 끊어지지 않았던 해운대. 지금 초고층 건물이 경쟁적으로 들어서고 있는 해운대는 관광지나 주거지로서 첨단의 길을 걷고 있다. 반면에 아직까지 접근성이 떨어져 본래 자연의 모습이 비교적 남아있는 몰운대와 다대포 해변은 앞으로 문명의 접근으로부터 보호되어야 할 곳이다. 동악 이안눌이 시편 「몰운대」에서 "우주는 여기에 이르러 더 나아갈 땅 없나니(大包到此渾無地)"라고 노래한 이래, 최근에 강경주가 "햇빛이 폭포수처럼 쏟아지고 있다."라고 표현한 「몰운대 삼림욕장」에 이르기까지, 고금(古今)의 시인들로부터 각별히도 사랑을 받아온 몰운대……. 그 아름답고도 환상적인 해넘이를 보지 아니하고서는, 바라건대 부산의 참모습을 말하지 말라!

어쨌든 시의 제재사(題材史) 로 본 부산의 역사와 지지(地誌)를 종합적으로 탐구할 수 있는 가능성과 전망이 이 시점에 열려 있다. 시적 경관에 의한 부산의 재발견은 여기저기 시비를 건립하는 데만 있지 아니하고, 시민들이 부산과 관련된 시를 예사롭지 않는 느낌으로 받아들일 수 있도록, 이를 널리 대중화하는 데 있을 것이다. 그런데 지금은 방대한 분량의 자료조차 정리되지 않아서 그 아쉬움이 참으로 크다고 하겠다.

신광수와 김소월이 만난 기녀들

격세의 슬픈 교감

1

처음으로 가는 호주라서, 나는 기대가 자못 컸다. 올해(2017년) 2월 초순에 한국문예창작학회에서 주관하는 국제학술회의가 호주에서 개최되는 것이 호주를 방문하게 될 매우 좋은 기회였다. 나는 기꺼이 이 회의에 참석해 발표까지 하려고 계획했다. 계획은 순조롭게 진행되었고, 마음은 소년처럼 사뭇 달뜨기까지 했다. 그 동안 해외여행 중에 많은 읽을거리를 챙겨갔었지만, 이번에는 읽을거리에 관한 한, 짐을 부쩍 줄이기로 했다. 그도 그럴 것이, 여행 중에 읽는 것 못지않게 바라보는 것과 생각하는 것도 중요하게 생각해서다.

2

호주를 여행하는 가운데 읽을, 부피가 작은 책 세 권 중에는, 간행된

지가 이미 오래된 『여섯 사람의 옛 시인』(1980)도 포함되어 있었다. 여섯 사람의 옛 시인이란, 최치원·김시습·이달·허초희(난설헌) ·권필·신광수를 말한다. 그러고 보니, 모두가 시대의 희생양들이었다. 나는 젊을 때부터 『여섯 사람의 옛 시인』의 저자인 한문학자 H씨로부터, 물론 한 차례도 사적인 만남이 없었지만, 한문학에 관한 번역의 책을 살펴보는 데 적잖은 도움을 받았다. 그 역시 젊어서부터 정열적인 번역 일을 해왔기 때문이다.

그런데 『여섯 사람의 옛 시인』을 읽어가면서 지적인 만족, 성정(性情)의 반응에 경험적으로 도움을 얻을 수 있었지만, 옛 시의 글을 오늘날의 말로 옮기는 데 그다지 썩 공명하지 않은 부분도 없지 않았다. 책의 막바지에 이르러 이건 아닌데, 하는 생각에 미치지 않을 수 없는 부분이 있었다. 석북 신광수의 시 「증기(贈妓)」에 관한 번역이다. 그가 국역한 부분과 한시 원문을 함께 인용해 보겠다.

열여섯 난 양갓집 딸이
올해 기방으로 들어왔으니,
난폭한 사내에게 몸을 그르쳐
눈물을 뿌리며 낭군과 헤어졌다네.
노래와 춤 배우는 것 부끄럽기 그지없고
가난해도 저고리 치마는 빌리지 않으니,
미인은 박명이라 원한도 많은데
현명한 관리들도 밝히 알리려 하지 않네.

十六良家者, 今年入教坊.
誤身由暴客, 揮淚去新郎.

羞難學歌舞, 貧不惜衣裳.
薄命多生恨, 明官照未詳.

보다시피, 이 시는 기승전결(起承轉結) 구성의 8행시이다. 기가 시상을 제기하고 있다면, 승은 제기된 시상을 계승하는 것인데, 열여섯 살의 어린 새댁의 수난이 제기된 시상이며, 이를 계승한 것이 한 사내에게 강간을 당해 신랑과 이혼했다는 얘기다. 즉 번역자는 기와 승의 관계를 원인과 결과의 관계로 간주하고 있다. 하지만 승은 결과에 대한 원인의 설명에 지나지 않는다. 열여섯 살의 어린 새댁이 교방에 들어 와 관기가 되었는데, 그 이유는 (과거로 거슬러 올라가) 난폭한 한 사내에게 강간을 당해 신랑과 헤어질 수밖에 없었기 때문이란 것이다. '교방'을 '기방'으로 해석한 것도 잘못이다. 교방은 관청에서 관기의 일을 관장하는 한 부서일 따름이다. 따라서 기방은 관기가 아닌 사기(私妓)의 사사로운 접객 공간에 해당하는 말이다. 전의 부분을 굳이 직역하자면, '부끄러움은 춤과 노래를 어렵게 하고, 가난은 치마저고리를 애석하게 여기지 않는다.'라는 정도의 뜻이 된다. 무슨 말이냐 하면, 부끄러워도 어쩔 수 없이 기생의 춤과 노래를 배웠고, 가난한 처지라서 하릴없이 기생의 치마저고리를 입을 수밖에 없었다는 것이다. 번역자는 특히 급하게 일을 마무리하려고 했는지 '애석할 석(惜)' 자를 '빌릴 차(借)' 자로 잘못 보는 실수를 범하고 있다. 결의 부분이 더 문제다. '박명'을 두고 '미인박명'으로 지레짐작해, 멀쩡히 살아있는 기생을 죽은 사람으로 처리해 버리고 말았다. 번역자는 이 기생이 한을 품고 자살해 생을 스스로 마감한 것으로 보았다. 그런데 하필 시의 제목이 '증기(贈妓)' 즉 '기생에게 시를 주다'이겠는가? '명관' 역시 축자적인 의미와 달리, 시인 자신이 평소 알고 있고 또 자신을 초청해준 특정한 관리인 '평양감사'를 가리키고 있다. 조미상(照未詳)도 마찬가지다. 자살 사건의 원인을 상세하게 조사하지 않았다는 뜻이 아니다. 신광수의 「증기」를 바르게 옮기면, 다음과 같은 역문(譯文)이 되어야 한다.

> 열여섯 살이 된 한 양갓집 딸이
> 올해 교방에 관기로 들어왔으니,
> 이유인즉슨 난폭한 사내에게 몸을 그르쳐
> 눈물을 흘리며 낭군과 헤어졌기 때문이라네.
> 부끄러워도 기생의 춤과 노래를 배웠고,
> 가난한지라 기생의 치마저고리를 입었다네.
> 기구한 운명에 살아가는 데 한도 많지만,
> 상관인 평양감사도 이 사연을 모른다네.

석북 신광수는 지금의 서울 가회동에서 생장했다. 집안의 당색(黨色)이 남인이었기 때문에 오랫동안 벼슬길에 나아가지 못했다. 경제적으로도 궁핍해서 충청도 서천 바닷가 마을에서 아우들과 함께 농사를 짓고 겨우겨우 살아갔다. 47세에 이르러서야 미관말직인 능참봉에 임명되었다. 49세에는 관서 지방으로 여행했다. 그의 관서행이 한편으론 구걸행각이었으며, 다른 한편으로는 평양감사의 초청인 것으로 짐작된다.

그는 35세이던 1746년에 소과 한성시에 2등으로 급제한 바 있었다. 이때 지어진 과시(科詩)인 「관산융마(關山戎馬)」는 공개되자말자 평양 관기들의 시창(詩唱)으로 불리어졌다. 이것은 교방의 노래로 오래 지속되다가, 훗날 서도 잡가의 하나로 정착된다. 이로 인해 그가 평양감사로부터 초청된 것 같다. 평양감사란, 다름이 아니라 '평안도 감영이 소재한 평양의 평안(도) 감사'라는 뜻이다. 속담인 '평양감사(평안도관찰사)도 제 하기 싫으면 그만이다.'를 두고 '평안(도) 감사……'의 잘못된 표현이란 말도 있지만, 반드시 그렇진 않다. 오래된 관용적 표현을 두고, 현대인들이 논리적으로 잘못된 표현이라고 함부로 재단해선 안된다. 어쨌든 신광수는 평양에 머물 때 평양감사로부터 술대접을 받기도 하고, 기생들의 기예를 감상하기도 했다.

이때 만난 기생이 있었다. 열여섯의 나이에 교방의 관기로 들어온 여인. 살아온 얘기를 들어보니 기구하기가 짝이 없었다. 양가집 출신의 딸로서 일찍이 결혼까지 했지만 한 난폭한 사내에게 강간을 당한 일이 있었다. 어쩔 수 없이, (아직 어린 듯한) 신랑과 서로 눈물을 흘리면서 헤어져 기생으로 평양 감영에 딸린 교방(청)으로 흘러 들어온 여인이었다. 재능에 비해 불우한 삶을 살아왔던 신광수는 이 기생의 넋두리에 공감하면서 동병상련의 정을 느꼈을 터이다. 그래서 이 기생에게 지어준 시가 앞에서 소개한 「증기」인 것이다.

신광수는 전국적인 문명을 떨치고 있었지만 사실상 거의 평생토록 벼슬길에 나아가지 못했다. 그런데 늘그막에 기회가 찾아 왔다. 그가 회갑의 나이에 예순 고개를 넘은 노(老)선비들에게만 응시가 주어진 특별한 과거인 기로과(耆老科)에 장원으로 급제하였다. 이것이 계기가 되어, 그는 연천현감, 우승지, 영월부사에 잇달아 임명되었다. 그리곤 64세의 나이로 별세했다. 말하자면, 인생 막바지에 이르러서야 벼슬다운 벼슬자리를 잠시 누렸을 따름이었다. 그는 이처럼 행불행, 복불복을 가늠하기 힘든 생애의 말년을 보냈던 것이다.

3

신광수가 한 평양기생을 만나 시를 써준 때는 대략 시기적으로 볼 때 1760년 무렵의 일이다. 이로부터 160여년이 지났다. 1924년 김소월이 영변읍성에 무슨 용무가 있어서 잠시 머문 적이 있었다. 이곳은 그에게 낯선 곳이고, 그는 또 외딴 집 나그네의 방에서 묵고 있었다. 하루는 초저녁의 밤에 담 너머로 구슬픈 노랫소리가 들려오고 있었다. 그는 자신이 남긴 산문 「팔벼개노래조(調)」에서 이때의 감회를 이렇게 서술하고 있다.

> ……어둑한 네거리 잠자는 집들은 인기(人氣)가 끊겼고 초생(初生)의 갈구리 달 재 넘어 걸렸으며 다만 이따금씩 지내는 한두 사람의 발자취 소리가 고요한 골목길 시커먼 밤빛을 드둘출 뿐이러니 문득 격장(隔墻)에 가만히 부르는 노래 노래 청원처절(淸怨悽絕)하여 사뭇 오는 찬 서리 밤빛을 재촉하는 듯, 고요히 귀를 기울이면 그 가사(歌詞)됨이 새롭고도 질박함은 이른 봄의 지새는 새벽 적막한 상두(牀頭)의 그늘진 화병(花瓶)에 분분(芬芬)하는 홍매(紅梅) 꽃 한가지일시 분명하고 율조의 고저와 단속(斷續)에 따르는 풍부한 풍정(風情)은 마치 천석(泉石)의 우멍구멍한 산길을 허방지방 오르내리는 듯한 감이 바이 없지 않은지라, 꽤 사정(事情) 있는 사람으로 하여금 그윽한 눈물에 옷깃 젖음을 깨닫지 못하게 하였을레라. (『가면』, 1926. 8)

인용문은 산문이라기보다 숫제 산문시라고 해야겠다. 담 너머의 미지의 한 여인이 부르는 노랫가락을 이와 같이 애틋한 정회로써 풀어내고 있다. 하루는 김소월이 노래의 주인공인 한 기생과 대면하였다. 그가 만난 갓 스물 살 나이의 기생은 신광수가 만난 일패(一牌)의 수준인 관기가 아니라, '들병이'와 같이 삼패(三牌)에 지나지 아니한 한낱 창기(娼妓)에 불과하였다. 하지만 노래의 수준만은 상급이었다고 본다.

이 노래하는 기생의 이름은 채란이다.

채란은 김소월과 수작을 나눈 끝에 자신의 기구한 운명을 넋두리하기 시작하였다. 자신의 고향은 경상도 진주이며, 아버지는 정신이 없는 사람이 되어 일찍이 종적을 감추었다. 이 대목에서 실성한 아버지를 둔 김소월은 기생에게 동병상련의 감정을 가졌을 것이다. 자신이 열세 살 때 그의 어머니는 후살이 밑천을 마련하기 위해 남중국 장사꾼에게 딸의 몸을 팔아 넘겼다. 그로부터 뿌리 없는 한 몸이 되어 인생유전을 하였는데, 남으로는 문사(文司 : 지금의 샤먼)와 향항(香港 : 홍콩)의, 북으로는 대련과 천진의 기생집을 전전하면서 영락한 몸이 되어 마침내 영변으로 흘러들었다고 한다.

김소월이 영변을 떠날 즈음에 채란이 부르던 노래의 가사를 그녀 자신의 친필 기록을 받아서 온 곳으로 돌아갔다. 김소월의 산문 「팔벼개노래조」의 끝에 적혀 있는 시편 「팔벼개노래」는 채란의 친필 기록이 아니라, 김소월이 재구성한 시편이다. 「팔벼개노래」의 또 다른 텍스트는 김소월 사후에 잡지 『삼천리』(1935. 10)에 발표된 것. 채란의 친필 기록인 것이 틀림없다. 채란의 친필 기록인 「팔벼개노래」는 7연 28행의 시이다. 3·3조의 4음보(격)로 이루어진 엄격한 정형률을 지향하고 있는 이 노랫말은 민요라기보다 잡가라고 봐야 할 것이다. 반면에 김소월이 재구성한 시편인 「팔벼개노래」는 음수율이 비교적 자유로운 12연 48행의 시이다. 또한 잡가를 수용한 근대 민요시의 성격에 가깝다. 형태적인 면에서는 전(前)7연과 후(後)5연으로 2분화되어 있다. 7연 28행의 텍스트가 채란의 기록을 수용하고 있는 부분이라면, 12연 48행의 텍스트는 채란을 화자로 삼아서 김소월의 창의력을 발휘한 부분이다. 이 텍스트의 후5연을 인용하면 다음과 같다.

> 영남(嶺南)의 진주(晉州)는
> 자라난 내 고향
> 부모 없는
> 고향이라우.
>
> 오늘은 하룻밤
> 단잠의 팔베개
> 내일은 상사(相思)의
> 거문고 베개라.
>
> 첫닭아 꼬꾸요
> 목 놓지 말아라
> 품속에 잇던 님
> 길 차비 차릴라.
>
> 두루두루 살펴도
> 금강(金剛) 단발령(斷髮令)
> 고갯길도 없는 몸
> 나는 어찌 하라우.
>
> 영남의 진주는
> 자라난 내 고향
> 돌아갈 고향은
> 우리 님의 팔베개.

이 인용된 부분은 김소월의 허구적인 창의력을 유감없이 발휘하고 있는 후반부 내용이다. 시인은 시인이 만난 채란을 화자로 삼아, 채란의 사사로운 넋두리(신세타령)를, 서정시의 놀라운 경지로 뽑어내 승화하고 있다. 단잠의 팔베개. 김소월의 스승인 안서 김억은 이 단잠을 '단야(短夜)의 잠'으로 해석한 바 있었으나, 나는 아주 달게 곤히 자는 잠으로서의 '감면(甘眠)의 잠'이 아닌가 한다. 이것이 더 시적인 표현을 가지는 게 아닌가 한다. 이 시에서 또 한 가지 짚어볼 게 있다. 금강 단발령 말이다. 신라 망국을 직면한 마의태자는 금강산으로 입산하기 전에 속세의 인연을 끊으려고 머리카락을 잘랐다. 그가 머리카락을 자른 고개가 바로 문자 그대로 단발령인 것이다. 채란이 스스로를 '단발령 같은 고갯길도 없는 몸'이라고 비하한 표현은, 고진감래랄까, 새옹지마랄까, 인생의 분수령이 어디에도 없다는 비탄의 아득한 심연을 보여주는 날것의 언어라고 해야 할 것이다.

4

시대를 격한 두 시인이었던 신광수와 김소월은 전혀 다른 시대에 살았다. 이들은 각각 기생들을 우연히 만나 기구한 운명의 넋두리, 즉 신세타령을 듣게 된다. 이들은 한국 여인의 수난사에 귀를 기울였다. 두 시인은 탁월한 공감 능력의 소유자였다. 공감 능력은 공감의 힘을 주목하는 삶의 기술(art)이다. 공감을 지향하는 시심(詩心) 내지 시적 상상력의 결과가 서정시가 아니겠는가? 두 시인에게는 불행하게 살아가는 여인들에 대한 격세(隔世)의 슬픈 교감이 있었다. 시대적으로 볼 때 조선 후기의 세상(世相)과 일제강점기의 세태를 사이에 두고, 그들은 인생과 운명의 슬픔에 대한 깊은 공감과 뚜렷한 견해를 가지고 있었다.

김소월 시의 자연

강변 · 달 · 산유화, 그리고 새

1

안녕하십니까? 사회자로부터 방금 소개를 받은 송희복입니다.

멀리 살고 계시면서 우리의 말글과 문학을 애호하는 호주 교민 여러 분들 앞에, 한때 국민시인으로 사랑을 받기도 했던 김소월에 관해, 물론 두서가 없을 터이겠지만, 제가 보잘것없는 한 말씀을 드리게 되어, 한편으로는 매우 기쁘게 생각합니다.

발표에 앞서, 떠오르는 제 오래된 기억 하나 먼저 말씀 드릴까 합니다. 아마, 1982년이었을 것입니다. 제가 청년 시절에 직장 생활을 하고 있었는데, 한 직장 동료가 호주는 지상낙원이라면서, 언젠가는 꼭 거기에서 살고 싶다고 내게 말을 했습니다. 이 얘기를 기억하고 있는 지금은 그때로부터 어느 새 35년이란 세월이 훌쩍 지났습니다. 저는 이번에 호주에 처음으로 왔습니다. 여기에 도착해 며칠간의 시간을 보내면서 그 얘기가 간혹 기억의 수면 위로 잔잔히 떠오르기도 했습니다.

그런데 오늘 우리 일행이 시드니 시내에서 한호일보 세미나실까지

오는 데 무려 2시간이나 가까이 소요되었습니다. 30분이면 충분한 시간이랍니다. 우리가 길에 막혀 차 안에서 보낸 시간이 그랬다는 겁니다. 물론 안내하는 분은 이 사정을 미리 알고 시간을 사전에 잘 배당해 놓았습니다. 대낮부터 짜증나게 하는 이 만성적인 길 막힘의 문제점은 지금의 서울에서도 보기가 드뭅니다. 도심에서 변두리로 가는 이 지척의 거리를 부산에서 진주로 가는 시간보다 더 걸린다는 게 저는 참 신기하기도 했습니다. 저는 속으로 호주가 정말 지상낙원이 맞나, 하면서 잠시나마 긴가민가해하였습니다.

또 그런데 저는 이 대목에서 호주가 지상낙원인가, 혹은 아닌가 하는 것이 중요하다고 생각하지 않습니다. 지금으로부터 35년 전인 전두환 시대의 우리나라가 환경과 복지와 인권이 그 당시의 호주와 비교해 볼 때 얼마만큼 객관적인 차이가 나 있었는가를 자성하는 것이 무엇보다 중요하다고 생각을 해봅니다. 서두의 소회가 좀 길었나 봅니다. 죄송하게 생각하면서 본론으로 들어갈까 합니다.

2

시인 김소월은 한때 국민시인으로 존경을 받았습니다. 1980년대의 한 조사에 의하면, 김소월의 시가 한국 가곡의 노랫말 20퍼센트에 이른다고 했으니, 그의 시가 그 시대에 이르기까지 한국인에게 미친 정서적인 영향은 어느 정도인가를 충분히 가늠하게 합니다. 그러나 이제 김소월이란 시인의 이름은 세월이 흘러가 국민들의 기억 속에서 점점 사라져가고 있는 것처럼 느껴지고 있습니다. 김소월이 점차 현재로부터 멀어져가면서, 그의 언어도 고어(古語)처럼 낡아가는 인상을 주고 있습니다. 하지만 그가 남긴 주옥같은 서정시는 옛날 같지 아니하여도 한국인들의 기억 속에 오래 남을 것으로 전망되고 있습니다.

시인 김소월은 우리가 어릴 때 부른 노래 때문에 아직도 많은 젊은이들에게 잘 알려져 있습니다. 어린 시절의 추억을 상기시키기도 하는 그의 명시인 「엄마야 누나야」가 있기 때문이죠. 엄마야 누나야 강변 살자. 이 시는 1960년대에 이르러선 어린이를 위한 노래로 만들어졌습니다. 즉, 이 노래는 '강변'으로 대표되는 '자연'과 더불어 살고 싶다는 소망이 실현되지 못한 한 소년의 목소리로 점철되어 있다는 맥락이 전제되어 있습니다. 이 노래는 한국에서 떠나오신지 비교적 오래된 분들은 잘 아실 것입니다.

그런데 김소월 원작인 이 노래의 작곡자가 누구인지 아십니까? 제가 바로 대답하죠. KBS 악단장을 역임한 김광수 씨입니다. 그는 동요풍의 「엄마야 누나야」를 1960년대 초에 작곡해, 이 노래를 한 시대의 사람들로 하여금 마치 국민동요처럼 부르게 하였죠. 그가 누구냐 하면 말입니다. 그는 「돌아가는 삼각지」를 부른 가수 배호의 둘째 외삼촌이었습니다.

호주에 오신지 오래된 분일수록 배호가 누군지 잘 아실 겁니다. 요즘 젊은 사람들에게 가수 배호를 아느냐고 물어 보았더니, 잘 안다고 해요. 대학원 수업을 받던 30대 초반의 교사들이었습니다. 정말 잘 아는가 해서 자세히 물어보았더니, 그들이 알고 있는 배호는 진짜 배호가 아니라, 「신토불이」라는 노래를 부른 배일호였습니다. 비슷한 이름의 다른 사람인 거지요. 어쨌든 배호의 둘째 외삼촌이 작곡한 동요 「엄마야 누나야」는 우리에게 가치 있는 동요로 남아 있습니다. 배호의 셋째 외삼촌 역시 MBC 악단장을 지낸 김광빈 씨였습니다. 특히 셋째 외삼촌은 배호의 음악성을 형성하는 데 결정적으로 기여한 음악인이기도 합니다.

우리나라 최초의 동시는 무엇일까요? 물론 이에 관해 공식적으로 확인된 정보는 없습니다. 더욱이 동아시아권을 넘어서면 동시와 동요라는 개념 자체가 없습니다. 김소월의 「엄마야 누나야」가 『개벽』 지 1922년 1월호에 발표되었는데, 그가 이 시를 창작한 시기는 1921년이라고 보아야 할 것입니다. 지금의 관점에서 본 동시라는 것은 이보다 먼저 나온 게 일단은 없다고 봐야 하겠습니다. 그러나 이 노래의 작자인 김소월 자신도 이것을 최초의 동시라는 자각이 없이 썼습니다. 먼저 동시 「엄마야 누나야」를 인용하겠습니다. 발표 자료집 영문 편에는 영역된 텍스트도 있으니 참고하시길 바랍니다.

엄마야 누나야 강변 살자
뜰에는 반짝이는 금모래빛
뒷문 밖에는 갈잎의 노래
엄마야 누나야 강변 살자

—「엄마야 누나야」

Mom, sis, let's live in one riverside house.
Wow, in the field, there are brilliant sand like golden grains!
Outside the back door, we hear songs of read leaves.
Mom, sis, let's live in one riverside house.

—「Hey mom, hey sis」 (trans. by, Hong seong-hun)

이 시에 드러난 자연의 요소, 예컨대 강변, 금모래, 바람의 노래, 갈잎 가운데서도 강변이 이 시에서의 주제를 형성하고 있습니다. 자연과 함께 살지 못하는 한 소년(인간)이 자연으로부터 분리되어 있다는 점에서 오늘날에도 유효한 작품이라고 하겠습니다. 여기에서 강변은 자연의 대유법으로 사용되고 있습니다. 자연이란 무엇일까요? 자연이란 말에는 서구어의 원천인 그리스어 '나투라(natura)'의 간섭으로 인해 본성·본능·자연과학 등의 뜻이 개입되기도 했지만, 한자를 전통적으로 사용하는 동양권에서는 축자적인 의미와 같이 '저절로 그렇다.' 내지 '그렇게 되다.' 등의 뜻이 강하게 내포되어 있습니다. 우리의 전통적인 관념에 의하면, 우리는 사람이 자연 속에서 산다는 것이 그 자연 속에 동화되어 가는 과정으로 이해하거나 생각해 왔습니다.

그런데 이 시가 가지고 있는 자연스러움이란, 누구나 느끼고 있듯이 시로선 상당한 미덕을 스스로 가지는 것이라고 할 수 있겠습니다.

그럼에도 불구하고 저는 이 시의 자연스러움이 완벽한 것은 아니다, 부자연스러운 구석도 전혀 없는 것은 아니다, 라고 생각하고 있습니다. 하나는 김소월이 이 시에서 자신의 언어를 버렸다는 사실 때문이며, 다른 하나는 자연을 무대의 소도구라고 한다면, 비유컨대 이 시의 무대에 자연을 잘못 배치했다는 사실 때문입니다.

엄마야 누나야 강변 살자……김소월의 방언이나 토박이말이 아니라, 서울말입니다. 그가 배재고보를 다녔듯이 서울에서 생활한 적이 있었는데, 표준어라는 개념이 생기기도 전에 그는 이미 표준적인 언어에 대한 관념은 가지고 있었던 것 같습니다. 자신의 언어대로라면, '어매야 뉘야 가람가 살쟈.'가 되어야 합니다. 그의 방언은 명백하게도 자연의 언어입니다. 반면에 표준어는 매우 효율적이고 기능적인 인공 언어입니다. 문학적인 언어는 전자의 경우에 한결 초점을 맞추어 지향하고 있습니다.

또 하나 부자연스러운 것은 강이 집 뒤에 흐른다는 것. 뒷문 밖의 갈잎의 노래를 살펴봅시다. 갈대는 물가 등의 습지에서 자라는 여러해살이 달뿌리풀입니다. 갈대는 본디의 토박이말인 '골'과 대(竹)의 합성어로 이루어져 있습니다. 말하자면, 한글 이름으로서의 갈대는 '마른 갈잎, 즉 가랑잎을 달고 있는 대'인 것입니다. 즉, 뒷문 밖의 갈잎의 노래란 의미는 집 뒤쪽에 강이 흐르거나 큰 습지가 형성되어 있다는 것. (옛 사람들은 북쪽을 '뒤쪽'이라고도 불렀습니다.) 전통적인 풍수관(風水觀)에 맞지 않은 자연의 배치입니다. 집은 배산임수여야 합니다. 남향의 집 앞에 물이 흘러야 합니다. 그렇지 않다는 게 이 시의 부자연스런 옥의 티가 아닐까요?

> 달빛은 밝고 귀뚜라미 울 때는
> 우둑히 싀멋없이 잡고 섰던 그대를
> 생각하는 밤이여, 오오 오늘밤
> 그대 찾아 다리고 서울로 가나?

—「월색」

> When the moon rises and crickets sing
> On such a night as this,
> I think of you whom I once held.
>
> When the moon rises and crickets sing
> I think of you
> And the night when I once held you.
> Would that we could elope.

—「The moon」 (trans. by, Kim Dong-sung)

김소월의 인용시 「월색」도 자연을 소재로 한 작품입니다. 보다시피 이 시가 연이 없는 소위 '비(非)련시'입니다만 김동성 역본을 보면 2연7행시로 변형이 되어 있음을 알 수 있습니다. 제목도 '월색(달빛)'에서 '달(The moon)'로 바꾸었음을 알 수가 있습니다.

김소월의 시적 언어가 대체로 보아 지금으로부터 백 년 전의 언어입니다. 좀 오래된 언어이지요. 인용시 「월색」이 요즈음 젊은이들에게 생각보다는 소통이 잘 되지 않을 것입니다. 먼저 '싀멋없이'라는 시어는 어떤 뜻일까요? 내가 소장하고 있는 김이협의 『평북방언사전』(1981)에도 등재되어 있지 않습니다. 이 말은 '망연(茫然)히', '아무 생각이 없이'에 가장 잘 해당하는 말입니다. 즉, '싀멋없다'는 요즘 젊은이들의 속어로 '멍때리다'에 해당하는 말입니다. 또 '그대 찾아 다리고 서울로 가나?'라는 표현도 '그대를 찾으려면 서울로 가야 하나?'로 이해해야만이 무리가 없습니다.

달은 한국의 전통 문학에 빈번하게 나타나는 자연의 대상물입니다. 김소월은 화자의 외로운 감정을 달에게 투사하지 않습니다. 화자와 달이 감정이입(empathy)하려는 것도 더욱 아닙니다. 여기에서의 달은 1인칭과 2인칭을 맺어주는 3인칭일 뿐입니다. 달을 통해 애인의 존재를 확인하고, 달을 통해 사랑의 기억을 다시 떠올립니다. 달이 화자의 정체성을 확보하지도 않습니다.

대체적으로 볼 때, 영어에 의한 번역이 한국어로 창작된 원작을 잘 반영하지 못했다고 보입니다. 그러나 번역된 시가 그런 대로 이색적인 인상도 주고 있습니다. 내가 생각하기에는 오히려 오리지널보다 더 좋은 느낌이 드는 면이 있어 보이기도 합니다. 영역본의 문법이 좀 이상한 듯해 결자(缺字)의 여지가 짐작되기도 합니다만, 여기에 모인 영어 잘 아시는 분들이 한 번 확인을 해보시기를 바랍니다.

요컨대, 김소월의 자연은 시인 자신의 주관적인 감정 속에 굴절되지 않고, 하나의 '객관적인 상관물(objective correlative)'로 존재하고 있는 특징을 보입니다. 다시 말하면, 그의 시편 「월색」에서의 달도 인간적인 삶의 충실성을 위한 자연의 대상물로 존재하고 있습니다.

김소월의 시에 나타난 자연은 다양하게 표현되어 나타나고 있습니다.

강이 있으면 산도 있습니다. 한국인들은 전통적으로 강과 산을 하나의 세트로 만들어 놓기를 좋아합니다. 산은 언제나 푸른 산이어야 합니다. 그러나 김소월은 한국의 전통 시인과 유다른 자연관을 보여주고 있습니다. 이것은 인간과 자연이 하나로 융합되는 상태를 지향하기보다는 인간과 자연의 적당한 거리를 제시하는 비전(vision)인 것입니다. 서양인들은 자연을 소유하는 것이라고 봅니다. 이에 비하면, 동양인들은 자연이 '저만치'—적당한 거리의 저쪽—에서 존재한다고 간주합니다. 김소월의 시편 「산유화(山有花)」가 그러한 관념을 잘 보여주고 있습니다.

산에는 꽃 피네
꽃이 피네
갈 봄 여름 없이
꽃이 피네

산에
산에
피는 꽃은
저만치 혼자서 피어 있네

산에서 우는 작은 새여

꽃이 좋아
산에서
사노라네

산에는 꽃 지네
꽃이 지네
갈 봄 여름 없이
꽃이 지네

—「산유화」

On the Mountain,
Spring, summer, autumn
They bloom.

Flowers bloom
On the Mountain.
Where nobody sees, alone
They bloom.

Alone, but for
The tiny bird
On the Mountain
Living there, loving them.

Flowers fall
On the Mountain.
Spring, summer, autumn
They fall.

—「Flowers on the Mountain」(trans. by. Kim Dong-sung)

김소월의 시편 「산유화」는 주지하듯이 명시 중의 명시입니다. 이 짧은 형식 속에서 시인은 깊디깊은 우주론적인 철리(哲理)를 담아내고 있습니다. 형식과 내용의 절묘한 조화가 기적적인 완벽성에 이르는 데, 이 시야말로 그를 사랑하는 전문가(비평가)들로 하여금 눈물겨움마저 이끌어내게 하고 있습니다.

이 시는 이미 오래 전에 한 비평가에 의해 높이 평가된 적이 있었습니다. 그에 의하면, 이 시는 한국의 서정시가 도달한 최상의 형식을 가졌고, 이로 인해 기적적인 완벽성을 확보한 명작이 되었다는 것입니다. 이 시에서 가장 중요한 시어인 '저만치'가 이른바 '푸른 산과의 거리'를 나타내주고 있습니다. 이 시어는 다양한 의미를 지니고 있습니다. 저쪽의 거리, 저렇게 놓여 있는 상태, 자신의 처지와도 같은 상황. 무엇이든지 해석이 가능합니다. 이를 두고 시적 모호성(ambiguity)라고 합니다.

무엇보다 일반 독자들은 이 시가 지니고 있는 언어의 율동에 감흥을 불러일으킬 것입니다. 가장 쉬운 우리의 말로 옹기종기 모여 있는 단어들이 이웃됨의 친숙함을 지니면서 시상이 물 흐르듯이 자연스레 흘러가고 있습니다. 김소월의 천재성이 가장 돋보이게 하는 시가 있다면, 저는 바로 이 시가 아닌가 생각합니다. 이 「산유화」야말로 김소월의 시에 나타난 자연의 구경(究竟)을 최대치로 보여주고 있기 때문입니다.

이상으로 볼 때, 김소월의 자연은 현실로부터 유리된 자연이 결코 아닙니다. 삶의 터전과 적당히 놓여 있는 자연입니다. 그는 적당한 거리의 저쪽을 가리켜 '저만치'라는 독특한 표현을 잘도 사용했습니다. 그에게는 강변도, 달도, 산유화도 적당한 거리의 저쪽인 '저만치'에 놓여 있는 것입니다.

3

이 대목에 이르러, 김소월의 「산유화」와 관련해 저의 경험 하나 여러 분께 밝힐까 합니다. 저는 지금으로부터 10년 전에 일본에 1년간 있었습니다. 제가 재직하고 있는 학교와 자매의 연을 맺은 학교에서 머물었습니다. 나고야 시(市)의 교외에 있는 아이치교육대학이었습니다.

하루는 제가 교내의 외국인 숙소에서 김소월의 「산유화」를 일본어로 시험 삼아 번역을 시도해 보았습니다. 그리곤 다음날 대학원생들이 공부하는 룸에 찾아가 번역이 제대로 되었는지 자문을 구해 보기도 했습니다. 그리하여 제가 완성한 일역(日譯)이 다음의 역본입니다.

山には花咲く
花が咲く
秋，春，夏なく
花が咲く

山に山に
咲く花は
あの遠くに
ただ一人で咲いている

山に鳴く小さい鳥よ
花が好きで
山に
住むのか

山には花散る
花が散る
秋，春，夏なく
花が散る

저는 이 일역시를 잠 아니 오는 날 밤에 읽고 되읽기를 거듭했습니다. 우리말과 일본어가 언어 계통론에 있어서나 동양 미학의 정서적인 측면으로나 서구어에 비해 친족성을 가지는 바 있어서인지, 김소월의 「산유화」를 일본어로 옮겨 읽어도 울림과 느낌이 좋았습니다.

일본어 발음은 이렇습니다.

야마니와 하나 사쿠, 하나가 사쿠, 아키 하루 나츠나쿠, 하나가 사쿠.
야마니 야마니, 사쿠 하나와, 아노 도우쿠니, 다다히토리데 사이테 이루.
야마니 나쿠 지이사이 도리요, 하나가 스키데, 야마니, 스무노카.
야마니와 하나 치루, 하나가 치루, 아키 하루 나츠나쿠, 하나가 치루.

저는 일본에서 김소월의 「산유화」를 일본어를 읽으니 왠지 모르게 가슴이 뭉클하고, 또 무엔가 울컥하는 마음을 달랠 수가 없었습니다. 김소월의 서정시도 인류의 자산으로 가치를 인정받을 수 있다는 자긍심 때문이었을까요? 아니면 객창(客窓)을 마주한 제 자신의, 쓸쓸한 여수(旅愁) 때문이었을까요? 아무튼 십 년 전에 경험한 저의 그 마음은, 때로 조국을 그리워하면서 타국(호주)에서 살아가는 여러분들의 심경과 비슷하리라고 봅니다.

저는 그 무렵의 언젠가 공동연구교수인 사토 요이치(佐藤洋一) 씨를 만나 일본어로 된 「산유화」를 보여주었습니다. 그는 누구의 시인가를 제게 물었습니다. 한국의 시인 김소월을 아느냐고 되물었죠. 그는 모른다고 했습니다. 나고야 지역에서 일본 현대시 연구의 권위자인 그는 김소월이 누군지를 전혀 몰랐습니다. 일본인 교수들은 이웃 나라인 한국의 역사와 사정에 대해선 관심이 거의 없습니다. 그들의 관심은 구미(歐美) 권역으로 향해 있습니다.

저는 사토 교수에게 김소월이 일본의 이시카와 다쿠보쿠(石川啄木)와 같은 한국의 국민시인이라고 했더니, 그는 이시카와 다쿠보쿠가 아닌 기타하라 하쿠슈(北原白秋)야말로 일본의 국민시인이라고 하더군요. 그리곤 그는 「산유화」를 유심히 읽더니 친필로 즉석의 작품론을 써서 제게 주더군요. 저는 이것을 우리말로 미리 번역해 두었는데, 그 내용은 대체로 다음과 같습니다.

> 이 시의 주제는 고독하기도 하면서 로맨틱한 시인의 마음, 또는 풍부한 내면과 정열을 가지면서도 고고(孤高)한 시인의 상념과 무관하지 않으리라고 본다. 고고하다는 것은 혼자인 사실과 더불어, 주변 사람들이 알아주지 못하는 가운데 느끼는 비탄의 정서가 아닐까? 김소월이란 시인은 고고한 사람이었던 것으로 보인다.
>
> 이 시의 구성상 특징은 다음과 같다. 산과 거기에 피는 꽃, 작은 새 등은 '자연'의 세계를 구성하고, 시인은 이 자연의 세계를 빌려서 자신의 심정에 대한 말하기를 구성하고 있다. 이 시에서, 꽃은 영원하지 않다. 이것이 끊임없이 '지다(散)'의 모양으로 끝나는 사실은, 몇 가지의 해석을 가능케 한다. 이를테면 자연 섭리의 영원성이랄지, 끊임없이 움직이며 변하는 것이랄지, 꽃이 심미적이며 귀한 가치를 가지고 있다고 볼 때, 꽃이 지는 것으로 시인이나 화자 자신의 마음이 소멸해가는 외로움과 고독이랄지 하는 것 말이다.
>
> 이 시의 표현상 특색도 있다고 여겨진다. 산과 꽃의 이미지가 여기서

> 는 특별한 의미로 사용되어 있는 것 같다. 산이 시인의 내면세계를 표현하고 있다면, 꽃은 내면의 정열과 희망, 동경을 의미한다고 본다. 그리고 작은 새 역시 '꽃이 좋아서, 산에, 살다 : 자유로운 새가 날아서 오다'의 의미를 가지면서 시인 자신의 생각이나 내면세계를 비추어 주고 있는 것으로 생각된다.

사토 교수는 김소월의 전기적인 사실을 전혀 모르는 상태에서 이 짤막한 작품론을 제게 써 주었습니다. 저보다 나이가 두 살 위인 이 분은 이국의 동년배 문학 교수에게 최대의 친절을 베푼 것입니다. 위의 인용문은 2007년에 즉흥적으로 기술한 것으로서, 저는 이것을 사토 요이치의 「'산유화' 소고(小考)」라는 가상의 제목으로 오래 기억해 두고 싶습니다. 비록 그의 친필 원문이 어디에 숨어 있는지 몰라도 말입니다.

4

김소월의 명편 「산유화」는 산유화를 제재로 한 시입니다. 산유화는 무슨 꽃이죠? 이것은 특정의 꽃 이름이 아닙니다. 그저 산에서 피고 지는 꽃, 산에 존재하고 있는 그 모든 꽃이랍니다. 야생화가 들에 나는 꽃이라면, 산유화는 산에 있는 꽃이지요. 이 산유화와 짝 맺음을 하는 것은 '작은 새'라고 표현된 산새입니다. 김소월은 유난히도 새를 좋아했지요.

김소월의 작은 새.

이것은 그에게 있어서 또 하나의 자연이랍니다. 그와 관련된 새 이야기 한 마디해도 될까요? 그는 한시를 더러 번역하기도 했는데, 충실한 직역보다는 창의적인 의역을 좋아했습니다.

지금으로부터 15년 전인 2002년. 김소월 탄생 백주년을 기념하는 학술대회가 성대하게 열린 적이 있었는데, 저는 지정 토론자로 참석하였습니다. 발표자는 한시를 전공한 분으로서, 김소월의 한시 번역에 관해 발표를 했습니다. 중국 두보(杜甫)의 시 가운데 「춘망(春望)」이란 명시가 있습니다. 김소월은 이를 매우 창의적으로 번역을 했죠. 어떤 측면에선 번역이라기보다 번안이라고 해도 좋을 번역이었습니다. 그런데 발표자는 두보의 시구 '한별조경심(恨別鳥驚心)'을 두고, '한 맺힌 이별에 나는 새도 놀라는구나.'로 이해하고 있었습니다. 다섯 자의 시구를 옮기는데 두 번이나 오역을 해도 되나, 생각하면서 저는 속으로 깜짝 놀랐습니다. 이 시구는 '이별을 한스러워 하니, 새소리마저 내 마음을 놀라게 한다.'가 가장 정확한 뜻이 될 것입니다. 놀라움의 주체는 새가 아니라, 시의 화자인 셈이죠. 김소월도 그렇게 인식하고 있었습니다. 그러니, 다섯 자 글자에 대한 김소월의 다음 의역이 빛을 발합니다.

> 새무리는 지저귀며 울지만
> 쉬어라 이 두근거리는 가슴아

앞서 말한 오역과 관련해, 새가 놀란다는 것은 지나친 감정이입입니다. 이 감정이입은 연쇄 반응을 부릅니다. 역자(譯者)에서 (작품 속의) 화자로, 화자에서 청자로 말입니다. 한때 영미의 뉴크리틱스(신비평가들)는 시에서 지나치게 감정을 이입하는 것을 두고 '감정의 오류'라고 하면서 경계해 왔습니다.

두보 자신도 새를 객관적인 상관물로 보았고, 김소월 자신도 꽃이 저만치 피어 있다고 보았듯이, 새와도 적당한 감정적인 거리를 유지하려고 했습니다. 15년 전의 그때, 지엽적인 지적이라는 전제를 깔고, 발표자에게 그 오역의 문제를 슬쩍 제기해보니, 전혀 문제가 없다는 식으로 가볍게 대응하고는 넘어가더군요. 그때의 발표자는 지엽적인 실수가 아니라 사실상 중대한 오류를 범한 것입니다.

요컨대 김소월의 경우에 있어서도 새는 알맞고 좋은 자연의 대상물이었습니다. 그는 새에게 친화적 감정을 부여하면서 자신의 처지를 성찰하고는 했습니다. 대체로 자신의 슬픈 처지에 대한 심미적인 반응을 가지기도 했습니다. 그는 새에게로 자신의 감정을 함부로 투사하지 않고 적당한 감정적 거리의 객관적인 상관물로 내버려 두려고 했습니다. 그는 죽음을 삶의 일부로, 또한 자연을 현실의 일부로 생각했는지도 모를 일입니다.

제 두서없는 말씀을 줄곧 경청해주신 여러분께, 마지막 인사 말씀을 전합니다.

여러분, 감사합니다.

*부기 : 실제의 발표 현장에서 못 다한 얘기들은 가상의 기록으로 남겨 두었다.

윤동주를 바라보는 비평적 관점의 확대와 심화

연구사에 대한 메타적 연구

1. 실마리 : 본 연구의 취지

올해 2017년이 윤동주의 탄생 백주년이 되는 해여서 그에 관한 많은 학술 행사들이 실행되었고, 또 예정되어 있다. 윤동주는 전문가들의 비평적인, 또한 연구의 대상에 머물지 않고 국민적인 관심사 속에서 조명을 받고 있는 시인이다. 시인 윤동주의 삶과 시가 그 동안 어떻게 비평적인 조명 및 재조명을 거듭해 오면서 탄생 백주년이 되는 오늘에 이르렀는가 하는 점을 밝혀보는 것이 본 연구의 동기요, 취지라고 할 수 있다.

1987년에도 연세대학교에서 '윤동주 탄생 70주년 연구발표회'가 있었다. 그 당시에 연세대 조교수였던 김영민이 「윤동주 연구의 성과와 과제-윤동주 연구사의 평가 정리」라는 주제를 가지고 발표한 바 있었다. 그는 윤동주의 유고 시집인 『하늘과 바람과 별과 시』의 서문(1948)을 장식한 정지용에서부터, 문학평론 「별 헤는 밤의 의미 공간」(현대문학 : 1987, 8)에 이르기까지 윤동주에 관한 205편의 자료 목록을 작성할 수 있다고 밝힌 바 있었다.[1] 탄생 백주년이 되는 지금은 얼마나 될까? 1년에 15편을 누적해 간다면[2], 아마 지금은 600편 이상 상회하리라고 족히 추정된다.

윤동주에 관한 비평과 연구의 전개는 크게 보아 작가론의 관점과 작품론의 관점으로 대별된다고 할 것이다. 윤동주의 삶과 시 중에서 어느 것이 중요한가? 오늘날의 우리는 한 순간에 문득, 이렇게 불쑥 물어볼 수도 있을 것이다. 그의 삶과 시는 우리에게 다 중요하다. 그에 관한한 작가론과 작품론은, 그래서 지금도 평행성을 그어가고 있는 것이다.

본 연구의 체재(體裁)는 윤동주를 바라보는 초기적인 개관의 양상, 전기비평의 전범이 된 송우혜의 『윤동주 평전』에 대한 평가, 생성 · 원전 · 본문에 관한 텍스트 비평의 재인식, 일본인들의 관점 및 일본과의 관계망, 읽기의 전문성으로서의 이상섭과 권오만의 경우로 구성될 것이다. 필자는 이 과제들을 하나씩 밝혀 나아가려고 한다.

2. 초기 개관 : 고석규에서 마광수까지

1987년까지의 연구사를 살펴보면, 윤동주에 관한 자료는 회고문 · 비평문 · 논문으로 나누어진다. 초기에는 회고문이 많았다. 윤동주와 연고가 있는 사람들이 많았기 때문이다. 논문은 후기로 갈수록 드문드문 보이지만, 그다지 많지 않았다. 앞서 말한 자료 편수 205편 중에서 대부

1) 김영민, 「윤동주 연구의 성과와 과제-윤동주 연구사의 평가 정리」, 『문학과 의식』, 창간호, 1988, 42면 참고.

2) 1987년 이전에 윤동주에 관한 자료 편수가 15편 이상인 해는 세 해(1974, 1976, 1983)나 있었다. 1976년의 자료 편수는 20편으로 가장 많았다. 1988년 이후, 윤동주에 관한 자료는 해마다 15편 이상 되었으리라고 추정된다.

분은 비평적인 글쓰기의 결과라고 말할 수 있다. 앞으로 연구사를 심층적으로 분석할 연구자가 있다면, 205편의 자료 가운데 다음의 경우는 반드시 간과할 수 없는 자료가 아닐까 생각한다.

윤동주에 관한 최초의 본격적인 비평문은 고석규의 「윤동주의 정신적 소묘」(1953)[3]이다. 윤동주의 정신세계를 고찰하려고 시도했던 점에선 일종의 작가론이라고 할 수 있다. 현학적인 한자 투의 어지러운 언어 선택이 눈에 거슬리게 하는 매우 주관적이요 인상적인 비평문이다.

> 그 무형하고 무성(無聲)한 율동을 인식함에 있어서 목숨의 상적(傷跡)이란 불사(不死)의 따뜻한 손짓이란……천체에의 심미(審美)는 끝내 결별의 조응이었다. 가장 신랄한 운명의 절선(切線)이었다. 그리고 영토(領土)의 울음이었다.[4]

고석규는 윤동주의 시편 「별 헤는 밤」을 두고 이렇게 비평적으로 서술하고 있다. 비평문의 언어는 요즈음의 그것과 사뭇 다르다. 그는 이 글에서 시인의 내면적인 갈등을 '내전(內戰)'이라고 표현하는가 하면, 상황을 가리켜 '정경(情景)'이라는 말을 사용하고 있다. 한편 김열규의 「윤동주론」(1964)은 『국어국문학』 지(誌) 제27호에 발표된 글인데, 국어국문학회 기관지라는 매체에 발표했다는 점에서, 일단은 최초의 논문이라고 하겠다. 윤동주에 관한 글들이 대체로 긍정적인 평가를 중심으로 이루어지고 있지만, 이 글은 연구자가 부정적인 입장을 취하고 있는 특징을 지니는 것이다.

---

3) 고석규는 이 글을 1953년 9월 16일에 썼다고 밝히고 있다.
4) 고석규 · 김재섭, 『초극(超劇)』, 삼협문화사, 1954, 58~59면.

> 심리적 에너지가 후퇴했을 때 개아(個我)는 '오티즘(autism : 자폐증 -인용자)'의 세계를 구조(構造)하고, 현실과의 객관적인 유대를 단절한 채 그 사고가 상징화(象徵化)에로 기울어지듯이 유아기에로 퇴행하기도 하는 것이다.
> 인간의 생에 있어 가장 보호 받았던 존재이던 유아기에의 퇴행은 그만큼 현실 생활의 파탄(破綻)을 의미하게 된다.[5]

이 인용문에서 보듯이, 김열규는 윤동주와 윤동주 동시 유의 어린 화자를 동일시하고 있다. 물론 온당한 일은 아니겠지만, 시의 허구적인 장치를 아예 무시하고 있는 것이다. 그가 윤동주의 시를 '운문으로 된, 잘 짜여진 일기 또는 수상(隨想)'[6] 정도로 여기고 있었는지도 모른다. 요컨대 김열규의 「윤동주론」은 허구적인 장치의 작품성이 배제된 전형적인 작가론인 것이다.

1950년대에서 1970년대에 이르기까지 윤동주의 지인들이 많이 생존하고 있었기 때문에 회고문이 적지 않았다. 앞으로는 윤동주에 관한 회고담 유의 글들을 모아 자료집을 만들어두는 것도 후세의 연구자들을 위해 동시대인들이 뭔가를 의미 있게 남겨두는 일이 될 것이다. 윤동주의 중학교와 전문학교 후배인 장덕순의 「인간 동주의 이모저모」(1969)는 거의 알려지지 않은 회고담이다. 특히 인용할 부분은 상당히 가치가 있는 증언이라고 하겠다.

> 그는 교회에 나가는 일에 충실했다. 그렇다고 샤머니즘적인 광적 신자는 물론 아니었다. 이른바 멋쟁이 신자였다. 담배도, 맥주도 종종 입에

---

5) 김열규, 「윤동주론」, 『국어국문학』, 제27호, 1964, 106면.

6) 김흥규, 『문학과 역사적 인간』, 창작과비평사, 1980, 114면.

> 대는, 당시로서는 진보한 크리스찬이었다. (……) 속물다운 기독교적 냄새가 전혀 없는 신사였던 것이다. 이러한 여건이 그의 시를 조국과 영원에 일치시켰던 것이다.[7)]

그가 조국을 사랑하는 민족 시인으로 남게 되었던 이유에 관해, 장덕순은 윤동주가 기독교 광신도가 아니었다는 데 두고 있다. 윤동주의 기독교에 대한 경미한 거리감은 오히려 잃어버린 조국에 대한 사랑을 승화시킬 수 있는 여지를 남겼다는 것이다.

김흥규의 「윤동주론」(1974)은 문예계간지인 『창작과 비평』 1974년 가을 호에 발표된 것. 당시에 계간지 중심의 문단으로 개편된 후에 한 유력한 매체에서 발표되었다는 점에서, 수준과 의식이 있는 독자들에게 강한 인상을 남긴 비평문이기도 하다. 그는 김열규의 윤동주관인 '유아기에로의 퇴행' 운운하는 논조가 인상적으로 각인시킨 작가론으로부터 벗어나, 시와 현실과의 관계성인, 이를테면 시인의 현실적 대처 및 대응의 자세를 한쪽으로 치우치지 않고 비교적 객관적으로 제시하는 논리를 전개하려고 했다. 김흥규는 심리주의의 관점이 아닌 사회문화적인 관점에서 윤동주의 시 세계를 파악하려고 했던 것이다.

> 윤동주의 시가 항일적인 저항시이기에 가치 있는 것은 아니며, 빼어난 서정성이나 미적 특질을 가져서 가치 있는 것은 아니다. 이러한 견해는 그릇된 것이거나, 적어도 부적절한 것이다. 윤동주 시의 가치는 그가 '시대의 고뇌와 개인적 번민이 통일된 육체'로 느끼고 표현했다는 점에서 온다. 그는 자신의 개인적 체험을 역사적 국면의 경험으로 확장함으로써 한 시대의 삶과 의식을 노래하였고, 동시에 특정한 사회·문화적 상황

7) 장덕순, 「인간 동주의 이모저모」, 『문우』, 제7호, 연세대 문과대, 1969, 144~145면.

> 속에서의 체험을 인간의 항구적 문제들에 연결함으로써 보편적인 공감에 도달하였다.[8)]

김열규가 개인의 심리적인 상황 속에서 윤동주의 시를 이해하려고 했다면, 김흥규는 사회문화적인 문맥 속에서 그의 시 세계를 확장하려는 시각의 폭을 보여주고 있었다. 이러한 성격의 비평의 유형을 두고 흔히 사회문화적 비평이라고 한다. 이 비평은 문학 작품이 이를 생산한 환경이나 문화를 떠나서 진실되게 이해할 수 없다는 데서 시작한다. 사회문화적 비평가들은 모든 문학 작품이 사회문화적인 요인들의 복합적인 상호작용의 결과로 본다.[9)] 김흥규의 경우도 여기에서 멀찍이 벗어난 것은 아니다.

한편 오세영의 「윤동주의 시는 저항시인가」(1976)는 윤동주관의 주요 쟁점 가운데 소수 의견에 손을 들어준 매우 특이한 비평문이다. 그는 윤동주의 시를 모두 저항시로 보는 것은 착각이라고 주장했다.[10)] 그는 윤동주를 저항시인으로 보는 것을 두고 그에 대한 인간적 편견에서 기인한 바, 소위 '의도의 오류'에서 온 일이라고 본다. 윤동주의 시에서 말하는 '주어진 길'이란 것도 저항을 의미하기보다는 구도적인 자기 확립의 자세로 이해해야 한다고 했다. 저항시는 시의 내용에 구체적인 행동으로 드러나야 하고, 또 여기에 현실에 대한 적극적인 부딪힘, 말하자면 참여 · 폭로 · 비판 · 선동 · 투쟁 등이 있어야 한다고, 그는 보고 있다.[11)] 그는 윤동주의 시에 이런 것들이 부족하다고 보았다.

---

8) 김흥규, 앞의 책, 156면.

9) 이선영 · 권영민, 『문학비평론』, 한국방송통신대학, 1988, 147면 참고.

10) 김영민, 앞의 글, 50~53면 참고.

오세영은 문학사의 위상에 있어서도 1940년대의 대표적인 모더니스트 시인으로 평가돼야 하며, 심지어는 윤동주가 「또 태초의 아침」에 반기독교적인 사상을 보인 것[12]처럼 때로 기독교의 이념을 거부한 시를 썼다고 주장했다.[13] 요컨대 오세영의 이러한 극단적인 소수 의견—윤동주의 비(非)저항시와 반(反)기독교-은 향후 객관적으로 검증되어야 할 필요가 있다.

윤동주에 관한 최초의 박사논문(연세대)인 마광수의 「윤동주 연구-그의 시에 나타난 상징적 표현을 중심으로」(1983)는 수사학적인 기술비평의 관점에서 연구의 방향을 튼 것이라고 하겠다. 윤동주 연구의 초석을 다진 논문으로 평가된다. 이 논문은 박사논문 지도교수 신동욱의 지도 아래 1983년 6월에 심사가 완료되었다. 그해 8월에 학위가 수여된 것으로 짐작된다. 그리고 해당 논문은 이듬해인 1984년 2월 29일에 정음사에서 단행본으로 간행되었다.

마광수는 윤동주 시의 상징 표현의 유형을 대체로 다섯 가지로 보고 있다. 그것은 구체적으로 ①자연 표상으로서의 상징 표현, ②시대 및 역사 상황으로서의 상징 표현, ③독특한 내면 공간을 형성한 소외와 갈등의 상징 표현, ④이웃에 대한 연민과 사랑을 소재로 하는 상징 표현, ⑤종교적 표상으로서의 상징 표현에 해당한다.[14]

그는 결론적으로, 윤동주 시 세계의 특질을 세 가지의 관점에서 해명

---

11) 오세영, 「윤동주의 시는 저항시인가」, 문학사상, 1976. 4, 227면 참고.

12) 같은 책, 229면 참고.

13) 이러한 유의 주장은 오세영의 「윤동주의 문학사적 위치」(현대문학, 1975. 4)에 이미 주장된 바가 있었다.

14) 마광수, 『윤동주 연구-그의 시에 나타난 상징적 표현을 중심으로』, 정음사, 1984, 151~154면 참고.

하고 있다. 형식상으로는 다소 모호한 표현을 통해 상상적 유추의 가능성을 확보하고 있으며, 산문시의 형태를 지향하고 있었고, 내용상으로는 실존적인 상황 인식을 유발시킨 개인의 갈등과 고뇌는 자기 성찰과 기독교적 세계관에 의해 극복하려는 의지를 보였으며, 마지막으로 문학사적으로는 일제 말 암흑기의 공백을 메우면서 모더니즘과 이미지즘의 영향권으로부터 벗어나 독자적인 서정시의 영역을 개척할 수 있었다.[15)]

3. 전기비평 : 묘비명과 평전의 글쓰기

청년 시인 윤동주의 할아버지인 윤하현은 자신이 세상을 떠난 뒤에 사용할 비석을 미리 준비해 두고 있었는데, 이것을 먼저 떠나보낸 손자 윤동주의 비석으로 사용했다고 한다. 참척을 겪은 그의 할아버지가 먼저 보낸 손자의 비석을 깎을 때 마음의 아픔이 얼마나 저렸는가는 이루 말할 수 없었을 것이다. 윤동주의 장례식을 치를 때 윤동주의 할아버지와 부모는 아무도 울지 않았다고 한다. 손아래 사람이 죽으면 곡하지 아니하고 울음을 참는다는 것이 당시 조선의 법도이기 때문이다.

윤동주에 관한 전기적인 자료의 시초는 윤동주의 묘비명으로부터 시작한다.

이 묘비는 해방되기 직전인 어느 여름날에 세운 것이지만 1945년 이래 역사의 격동기를 거치면서 수십 년 동안 버려진 채 방치되어 왔다. 이를 다시 발견한 이는 일본인 교수 오무라 마쓰오(大村益夫)였다. 그는 1985년에 와세다대학교 재외(在外) 연구원으로 중국 연변대학에 1년간

15) 같은 책, 155~158면 참고.

머물면서 현지 교수들의 도움을 받아 보살피는 사람들도 없이 40년간 방치해온 윤동주의 묘와 묘비를 다시 발견한 것이다. 그가 귀국한 후에 이 발견의 과정을 소상하게 서술한 연구 보고서 「윤동주의 사적(事蹟)에 대하여」를 『조선학보』(1986. 10)에 발표하기도 했다. 이때부터 윤동주의 묘비명이 세상에 알려지게 된 것이다.

윤동주의 '묘비명(1945, 6. 14)'은 아버지 윤영석의 벗이요, 자신의 명동학교 스승이기도 한 김석관(金錫觀)이 짓고 썼다. 그는 명동학교 학감(1919~1922)을 역임했고, 한학에 정통했다. 호가 해사(海史)여서, 세상 사람들은 그를 가리켜 '해사 선생'이라고 일컬었다. 묘비명의 전반부는 윤동주의 압축된 생애를 객관적으로 기술하고 있으며, 그 후반부는 그의 죽음에 대한 아쉬움과 감회를 주관적으로 드러내 놓고 있다. 후자의 원문을 인용하면 다음과 같다.

> 詎意學海生波身失自由將螢雪之生涯化鳥籠之環境加之二竪不仁以一九四五年二月十六日長逝時年二十九材可用於當世詩將鳴於社會乃春風無情化而不實旴可惜也君夏鉉長老之令孫永錫先生之肖子敏而好學尤好新詩作品頗多其筆名童舟云[16]

이 문장은 수사적인 표현의 자유로움과 빛남을 두고 볼 때 일종의 숨어있는 명문이라고 할 수 있다. 치명적인 병고의 용태에 대한 관습적인 표현인 이른바 '이수불인(二竪不仁)'을 구사하고 있는 것으로 보아 한학적인 교양의 깊이를 가늠해 볼 수가 있다. 이 묘비명에 대한 국역본은 오오무라 마쓰오와 송우혜의 책을 통해서도 충분히 참고할 수 있겠지만

16) 오오무라 마스오, 『윤동주와 한국문학』, 소명출판, 2001, 29면, 재인.

인용자 옮김의 한 사례를 다시금 만들어 보았다.

> 어찌 뜻하였으랴. 배움의 바다에 파도가 일어 몸이 자유를 잃으면서 장차 배움에 힘써야 할 생애가 급변하여 새장에 갇힌 새의 환경이 되었고, 게다가 돌이킬 수 없는 병마저 더함으로써 1945년 2월 16일에 영원히 저 세상으로 되돌아가니 이때 나이는 스물아홉이었다. 그의 재목됨이 가히 당세에 쓰일 만하여 그의 시가 장차 사회에 공명할 만했는데, 봄바람이 무정하여 꽃을 피우고서도 열매를 맺지 못하니, 아아 애석하구나. 그는 윤하현 장로의 손자요 윤영석 선생의 아들로서 명민하고 배우기를 즐겼으며, 더욱이 신시를 좋아해 작품을 자못 많이 남겼다. 자신의 필명을 스스로 동주(童舟)라고 했다.

글쓴이인 김석관은 제자인 윤동주의 묘비명을 아쉽고도 애틋한 심정으로 하나하나 써 갔다. 이 비문의 행간에 슬픔의 감정이 물씬 배어있지만 또한 추스르고 절제하는 마음도 없지 않음이 확인된다. 그가 윤동주의 필명이 '동주(童舟)'인 사실을 적시해내고 있는 것이 무엇을 가리키는 것일까? 이때 동주란 '어린 배' 혹은 '작은 배'를 말한다. 죽음의 저 세상으로 흘러들어가는 외로운 조각배. 윤동주의 외로운 죽음을 고조하기 위해, 그는 윤동주의 필명을 굳이 들먹이고 있는 것이다.

이 묘비명에 윤동주의 죽음 직후에 작성된 정확한 생애의 축도를 반영하고 있으며, 또한 그때의 감정적인 상황이 직핍되어 있기 때문에, 그것은 매우 신뢰할 만한 전기적인 자료이다. 다만 이 자료의 존재 여부가 새로 발견되고 공개되기까지 가족 외에는 아무도 몰랐다.

문학비평에 있어서의 전기비평은 '작품에 나타난 작가의 창작 의도를 밝혀줄 수 있다고 생각되는 온갖 정보를 찾아내는 일'[17]의 하나이다.

평전은 비평적인 전기라는 점에서 일반의 전기보다 한층 적극적인 개념이라고 할 것이다. 윤동주에 관한 전기의 자료는 문익환의 「하늘·바람·별의 시인, 윤동주」(1976) 가 가장 정평이 나 있었다. 단행본 분량이 아닌 단편소설의 분량인 이 전기는 직업적인 전기 작가가 쓴 것이 아니라 지인이 쓴 회고담이라는 점에서 일장일단을 가지고 있다. 윤동주의 많은 시들이 민족주의의 성향과 의식을 드러내는데, 그 이유는 은진중학에 재학하던 성장기의 교육 환경에서 찾을 수 있다.

> 이 학교에서 우리에게 절대적인 영향을 끼친 분은 동양사와 국사, 또 한문을 가르치시던 명희조(明羲朝)라는 선생이었다. 그 분은 동경제대에서 동양사를 전공하신 분인데 동경 유학 시절에 일본 사람에게 돈을 안 주려고 전차를 타지 않으시던 분이다. 어느 방학 때엔가 용정(龍井)에서 고향인 평양으로 가는데 기차를 타지 않고 자전거로 갔다 오신 분, 보통으로 상상조차 할 수도 없는 괴팍하면서도 철저한 애국자였다.[18]

북간도의 용정에 소재한 은진중학교는 윤동주가 잠시 다녔던 모교이다. 이 학교의 역사 교사인 명희조는 소년 윤동주에게 정신적으로 큰 영향을 끼쳤다. 그 이전에는 자신의 외삼촌인 독립운동가·목사·교육자였던 김약연에게서 교화와 감화를 크게 받았었다. 명희조는 소년 윤동주뿐만 아니라 송몽규와 문익환의 정신세계를 형성하는 데도 결정적인 역할을 했다.

윤동주의 삶의 내력을 복원하고 그의 생애에 관해 비평적으로 접근하

17) 이선영·권영민, 앞의 책, 28면.

18) 문익환, 「하늘·바람·별의 시인, 윤동주」, 『월간 중앙』, 1976, 4. 310면.

기 위한 글쓰기의 유형은 '윤동주 평전'이란 이름으로 단행본들이 나오곤 했다. 1980년대부터 윤동주에 관한 전기비평은 주로 평전의 형식으로 기술되었다. 기술자는 윤동주와 일면식도 없는 사람들이었다. 이건청이 쓴 평전(1982)과 권일송이 쓴 평전(1985)이 있었지만, 가장 체계적이고 걸맞은 것으로 정평이 나 있는 것은 송우혜의 것이라고 할 것 같다.

그는 1985년 초에 시인이면서 열음사 주간인 최하림으로부터 제안을 받았다. 북간도의 역사를 연구하고 있고, 또 윤동주의 가족사와 연결되기 때문에 윤동주 평전 쓰기의 적임자라는 것이다. 처음에는 망설였지만, 윤동주 평전을 몇 년 후에 완성해 세상에 공간해 내놓았다.

송우혜의 『윤동주 평전』 초간본은 1988년 10월 20일에 나왔다. 공식적으로 발간한 곳은 당시 열음사의 대표인 김수경의 주소지인 듯한 부산 동래구 낙민동이다.

평전은 문익환 목사의 모친인 김신묵 여사로부터의 증언에서부터 시작한다.

인터뷰한 때를 1985년으로 본다면 이미 아흔이 되었을 연세다. 기억력에 관해서라면 총기가 대단했던 것으로 알려져 있다. 68년 전 윤동주가 태어날 때 윤동주가의 사정을 이렇게 말했다.

> 곡물상들은 주로 백태만 사갔어. 그때 사람들이 백태를 심어 돈들을 많이 벌었지. 그래서 좁은 땅 일구는 사람들이 넓은 땅을 사고, 작은 집에 살던 사람들이 크고 넓은 집을 지어 옮겼고……. 동주네도 그때 백태 농사로 꽤 재미를 보았지. 그 집이야 본래도 아주 넉넉한 가세(家勢)였지만 말야.[19]

---

19) 송우혜, 『윤동주 평전』, 열음사, 1988, 28면.

송우혜의 『윤동주 평전』은 독자들로부터 사랑을 받으면서 오랫동안 판을 거듭해 왔다. 비평가가 아닌 그가 소설가이어서 한층 독자들로부터 친근한 반응을 얻은 것이다. 평전에 관한 한, 서술적인 힘이 감동의 원천이 된다. 특히 송우혜는 윤동주의 고종사촌인 송몽규와 혈맥이 연결된다. 그는 송몽규의 8촌의 딸이다. 평전 작가가 전혀 무연한 사람이 아니라는 데 그것의 강점이 있다는 것도 엄연한 사실이다.

이 책은 초판본이 간행된 후 정확히 3년 후에 일본어판으로 간행되기도 했다.

그 후, 제1차 개정판(1998)에는 1990년대 세계사적인 재편의 과정에서 냉전 상태의 종식이라는 정세 변화를 맞아 초간본에 다루지 못한 윤동주의 친구 강처중을 수용하게 된다. 강처중은 해방기의 좌익 인사였지만 연전(延傳) 시절에 윤동주의 막역한 벗이었고, 일본에서 보낸 윤동주 5편의 시를 잘 보존해 유고 시집에 보완을 했을 뿐만 아니라, 경향신문 기자로서 고인이 된 윤동주의 시인됨을 선양하기도 했다. 하지만 그는 송우혜에게 '목에 걸린 가시처럼 아프게 남아 있던 존재'[20]였다. 윤일주와의 생전의 약속 등이 개운치 않은 부담으로 남아 있었기 때문이다. 제1차 개정판에, 정치적인 해금과 함께 윤동주와 정지용의 관계도 자연스레 복원되는 것도 필지의 사실이었다.

제2차 개정판(2004)에는 일본인 윤동주 연구가 야나기하라 야스코(楊原泰子)에 의해 복원된 윤동주의 동경 시절이 보완된다. 또 제3차 개정판(2012)에는 『윤동주 평전』 글쓰기의 후일담을 새롭게 추가하고 있지만, 무엇보다 이 책의 성격에 관한 쟁점에 대응하려는 의미에서 간행되었다.

---

20) 송우혜, 『윤동주 평전』, 서정시학, 2014, 525면.

> ……최근에 나온 논문들 중에서 본서에 기술된 내용 일부를 강하게 부정하는 새로운 학설을 내놓은 연구자들이 있었다. 윤동주가 동시를 쓰게 된 계기와 창씨개명에 관련된 사실을 다루는 논문에서 그런 주장이 나왔다. 기존에는 없었던 전적으로 새로운 주장들인데 전혀 동의할 수 없는 내용이었다. 그래서 문제의 사안들을 정밀하게 고증하여 무엇이 진실인지를 밝히는 작업이 필요하다고 생각했다. 이제 그런 작업 결과를 담은 제3차 개정판을 출간한다.[21]

사실은 윤동주의 창씨개명은 알려져 있지 아니한 사실이었다. 그의 아킬레스건처럼 생각되기 쉬운데, 지금은 이를 문제 삼는 사람이 거의 없다. 그러면 이 사실이 송우혜 자신이 노력한 결과의 산물인지는, 향후 제2와 제3차의 개정판이 가지는 텍스트 상호관련성을 밝혀보아야 한다.

1980년대에, 일제강점기의 주요 문인에 관한 평전으로 쌍벽을 이루는 것이 있다면, 김윤식의 『이광수와 그의 시대』(전3권 : 1986)와 송우혜의 『윤동주 평전』(초간본 : 1988)이라고 할 수 있다. 전자가 비평가적인 평전이라면, 후자는 작가적인 평전이라고 하겠다. 물론 후자가 독자에게 가까이 다가서는 측면이 있다. 하지만 송우혜의 『윤동주 평전』을 넘어설 평전이 나오려면, 평전 쓰기의 당사자는 정신분석적인 안목에서 대상자의 글을 심층적으로 분석하고 그 삶의 과정을 고양해야 하는 심화의 단계에까지 나아가야 한다. 김윤식의 경우처럼 말이다.

> 개인사적인 체험은 매우 중요한 문제의식이다. 여기에는 이광수가 살았던 식민지 시대의 심리적인 메커니즘으로 작용된 의미의 그물망을 형성한다. 우리에게 있어서 일제 강점기란 도대체 무엇일까? 김윤식은 이

---

21) 같은 책, 제3차 개정판 머리말.

> 렇게 말한다. 그것은 정신사적인 차원에서 부(父)의식이 상실된 시대라고. 부의식의 상실은 다름 아니라 국권의 상실이 아닌가? 그에게 있어서의 국가 상실과 고아의식은 등가(等價)의 개념인 것은 말할 필요조차 없다. 이광수에게 있어서의 고아의식은 이처럼 복잡하고도 미묘한 의미망을 형성하고 있다.[22]

송우혜 경우의 뚜렷한 미덕은 증언자들이 자연사로 사라져가는 시점에서 고귀한 증언을 많이 청취했다는 데 있다. 그 대표적인 경우가 문익환 목사의 모친인 김신묵 여사(1895~1990)였다. 명동촌 초기의 이민사를 매우 선명하고 확실하게 기억하고 있는 증언자였다. 또, 소위 '재경도(在京都) 조선인유학생 민족주의 그룹 사건'의 한 사람인 고희욱 증언자의 소재를 파악해 그 당시의 상황에 관하여 증언을 이끌어낸 것도 큰 수확이라고 할 수 있다. 윤동주의 아우인 윤일주조차도 고희욱이 누군가 궁금해 하면서 세상을 떠났다. 고희욱은 윤동주를 가리켜 송몽규를 통해 교토 시내에서 서너 번 만나 식사를 같이할 정도였는데 조용한 미남형의 남자로 기억했으며, 송몽규에 관해선 온화하면서 침착하고, 한편으로는 정열적인 '창백한 인텔리'의 인상을 지닌, 민족주의적인 색채가 아주 농후한 사람으로 기억하고 있었다.[23]

요컨대, 송우혜의 『윤동주 평전』은 20년 가까이 수정, 보완해 왔을 만큼 시인 윤동주의 구체적이고 객관적인 삶을 체계적으로 복원하는 데 헌신해 왔다. 윤동주에 관한 우리 시대의 전기비평으로는 일단 완벽을 기한 성과라고 할 수 있다. 다음 세대에는 윤동주의 내면풍경을 섬세

---

22) 송희복, 『작가작품론의 실제』, 월인, 2014, 44~45면.

23) 송우혜, 앞의 책, 380~381면 참고.

하게 복원해야 한다고 본다.

4. 생성·원전·본문에 관한 재인식

텍스트에 관련된 비평은 전기비평과 마찬가지로 역사주의 비평에 해당한다. 하지만 전기비평이 작가를 중시하는 데 비해, 이것은 두말할 필요도 없이 작품을 중시한다. 이를 가리켜 원전연구니, 본문비평이니, 텍스트 생성의 시학이니 하는 용어를 사용하곤 한다. 근래의 윤동주 연구사에서 전환기적인 의미를 부여할 수 있는 것은 텍스트에 관련된 비평이라고 할 수 있다. 한때 유족이 소장하고 있던 윤동주 육필 원고가 사진판 전집의 형태로 간행된 바 있었다. 편찬자는 왕신영, 심원섭, 오오무라 마스오(大村益夫), 윤인석이다. 책의 제목은『사진판 윤동주 자필 시고전집』이며, 1999년 민음사에서 냈다. 윤동주 자필 시고(詩稿)의 범주는 이렇게 배열되고 있다.[24]

(1) 첫 번째 원고노트『나의 습작기의 시 아닌 시』시 59편[25]
(2) 두 번째 원고노트『창(窓)』시 53편
(3) 산문집 산문 4편
(4) 자필 자선 시집『하늘과 바람과 별과 시』시 19편
(5) 습유시 ① 일본 유학 이전 작품 시 10편
②일본 유학 시절 작품 시 5편[26]
(6) 신문·잡지에 발표된 작품 스크랩 시 9편

---

24) 왕신영 외,『사진판 윤동주 자필 시고전집』, 민음사, 1999, 7면 참고.
25) 1편은 제목만 있음.
26) 1편은 마지막 부분이 낙장되어 온전하지 못한 작품임.

이상과 같이 『사진판 윤동주 자필 시고전집』은 사진으로 실물로 제시한 것 외에도 편찬자들의 교주(校註)가 매우 정성스러워 보인다. 이 시고의 전집이 공간되고 나서 그 의의를 살펴보자면, 윤동주 시의 육필 원고가 모두 149편이지만, 중복을 제하면 총량이 119편임을 확정할 수 있다. 『사진판……』 이전에는 발표되지 않아 연구자들이 몰랐던 작품이 두 편 확인되고, 윤동주가 평소에 고쳐 쓰기의 흔적을 많이 남기고 있음이 확인된다.[27] 이를 두고 볼 때, 윤동주는 시적 영감을 중시하는 천재형 시인이라기보다, 시작의 수련을 중시하는 노력형 시인이다.

『사진판……』 공간을 위한 결단과 노력은 서구의 이른바 생성비평을 연상시킨다. 이 개념은 다름이 아니라, 문학적 글쓰기의 행위 속에서 텍스트 형성의 메커니즘을 이해하고 작가의 태도와 작품이 출현하는 것을 밝히는 범주의 비평이다. 전통적인 문헌학을 중시하면서도 문학 현상을 분석하는 새로운 관점을 도입한다고 한다.[28] 무엇이 생성비평인가, 하는 물음에 대한 가장 초보적인 대답이 있다면, 다음과 같은 용어의 풀이가 가능하겠다.

> 생성에 관한 비평은 확실한 사실을 근거로 하여 출발해야 한다. (……) 점진적인 되고, 작가가 헌신한 창작 기간 동안 행해지는 변형, 예를 들면 자료나 정보의 수집·준비·개작, 수 차례의 수정의 산물이다. 생성비평은 발생기 시점의 텍스트를 대상으로 삼는다.[29]

---

27) 홍장학, 『윤동주 시 다시 읽기』, 서강대 대학원, 2002, 144~145면 참고.

28) 다니엘 베르제, 외, 민혜숙 옮김, 『문학비평방법론』, 동문선, 1997, 18면 참고,

29) 같은 책, 15면.

생성비평은 우리에게 매우 생소한 개념이다. 필자가 참고로 한 이론서인, 다니엘 베르제 등의 『문학비평방법론』(민혜숙 역본)에는 걸핏하면 '텍스트의 유전학'이란 표현이 나온다. 이에 관한 기초적인 말뜻의 해명도 없다. 문맥상의 의미를 짚어볼 때, 그것은 작가의 원고가 어떻게 변형되고 수정의 과정을 거치면서 정본(定本)으로 확정되느냐 하는 문제와 관련된 개념이 아닐까 싶다. 즉, 텍스트의 변이 체계에 관한 민감한 부분을 깊이 성찰하는 것이라고 하겠다.

생성의 4단계는 대체로 보아 ①편집 이전의 초고 단계, ②편집 단계, ③출판 이전의 수고본 단계, ④출판 단계로 나누어진다. 윤동주의 경우에 ①의 단계는 자신의 초고인 상태를 말한다. 두 가지 시작 노트는 일단 편집을 했다는 점에서 ②에 해당한다. 졸업을 앞두고 육필로 써서 세 부를 묶은 자선(自選) 시집 『하늘과 바람과 별과 시』(1941)는 ③의 단계에 해당한다. ④의 출판된 단계란, 두말할 나위도 없이 유고집으로 공간한 『하늘과 바람과 별과 시』(1948)를 가리킨다.

그런데 여기에서 문제가 되는 것은 윤동주가 살아생전에 활자본으로 발표한 작품들은 어디에 해당하느냐 하는 점이다. 특히 연희전문학교 학생들의 교우지인 『문우』 종간호(1941. 6)에 실린 두 편의 시 작품이 그렇다. 말하자면 「새로운 길」과 「우물 속의 자상화(自像畵)」는 우리가 알고 있는 「새로운 길」이나 「자화상」과 다르다. 이 두 편의 시가 어떻게 텍스트 변이의 과정을 겪어갔느냐 하는 것이 연구의 매우 중요한 소재일 수 있다.

소위 텍스트의 유전학을 두고 어떤 이는 '발생학적 비평'이라는 조어를 사용하기도 한다. 현대 비평의 중요한 의미가 내포된 개념이기도 한 그 조어는 우리 시대의 긴요한 비평적인 요청의 산물이라고 볼 수도 있다. 이를테면 '완결된 결과보다는 창조 과정에, 닫힌 완성품보다는 '열린 작품'에, 작가의 의도보다는 독자에게 부여된 주도권에 더 민감한 (……) 언어의 존재들'[30]에 대한 관심이 다름 아니라 발생학적 비평의 조건 내지 정체성이 아니겠는가 한다.

윤동주 시의 텍스트에 대한 관심의 여지는 남아있다. 홍장학에 의한 원전연구 및 정본 확정의 작업이 이미 있었다. 『사진판 윤동주 자필 시고전집』이 홍장학의 『정본 윤동주 전집 원전연구』의 기본 자료가 되었고, 그럼으로써 윤동주 연구의 새로운 단계를 열어 보였다.[31] 원전의 확정이 인문학 연구의 기본이자 출발점임에도 불구하고, 기존의 윤동주 연구가 결과적으로 원전 확정의 기본적인 절차를 우회하여 온 것이다.[32] 앞으로도 그의 텍스트가 생성해온 과정에 대한 비평 담론이 지속되리라고 본다. 이본(異本)들 사이의 대조 연구도 반드시 필요할 것이다.

5. 일본인들의 관점, 일본과의 관계망

시인 윤동주에 대한 관심을 가진 일본인들이 있었다. 먼저 얘기할 이는 윤동주의 일본 모교이기도 한 도시샤(同志社)대학 출신의 (훗날 일본 국회도서관 부관장을 역임한) 우지고 쓰요시(宇治鄕毅)이다. 그는 한국어를 배우다 윤동주의 시를 알게 되었다. 그는 1970년대 후반 한국을 방문해 윤동주의 아우인 윤일주를 만나 친교를 맺었으며, 이 만남을 계기로

30) 장-이브 타디에 지음, 김정란 외 옮김, 문예출판사, 1995, 387면.
31) 김응교, 『시로 만나는 윤동주 : 처럼』, 문학동네, 2016, 485면 참고.
32) 홍장학, 『정본 윤동주 전집 원전연구』, 문학과지성사, 2004, 6면 참고.

일본의 도서관에 있는 윤동주의 재판 관련 자료(기록물)를 찾아 보내주기도 했다. 물론 이 과정에서 윤동주의 독립운동 이력이 구체적으로 드러나게 된다. 그가 한국 관련의 글들을 적잖이 남긴 바 있었는데, 가장 주목을 요하는 것은 「윤동주의 생애와 시(尹東柱の生涯と詩)」다. 윤동주의 동경 생활에 쓴 「쉽게 씌어진 시」의 마지막 두 연을 이렇게 이해하고 있다.

> 彼はいかに今が暗澹とした状況にあっても，必ずがけてがるように，新しい時代の到来を予感している．今は暗闇が絶頂に達しているが，まさにこの時点で彼は恥多き自己を去り，再生を願う'最後のわたし'であろうとした．そして最後連において，彼は長い試錬と彷徨の過程をへて，最初の朝を迎える自己に憐憫をこめて'最初の握手'をする.[33]

인용문의 내용은 대충 이렇다. 윤동주는 암담한 상황 속에서도 새로운 시대의 도래를 예감하면서 간절하게 재생을 원하는 '최후의 나'이기를 자임했고, 또 긴 시련과 방황의 과정을 거쳐 최초의 아침을 맞이할 자신에게 연민을 느끼면서 '최초의 악수'를 자행(自行)한다. 위의 인용문은 상당히 수준이 있는 해석이다.

오무라 마스오(大村益夫)는 와세다대학 교수 시절인 1985년에 중국 길림성의 연변대학에 1년간 체류하면서 윤일주의 부탁을 받고 현지에서 수소문해 그 동안 보살핌도 없이 방치되어 있었던 윤동주의 묘소를 마침내 찾아내기에 이르렀다. 이를 계기로 그는 일본에서의 윤동주 연구의 최고 권위자로 각광을 받았다. 그가 윤동주의 고향에 머물다가 귀국

---

33) 宇治郷 毅, 『詩人尹東柱への旅』, 緑蔭書房, 2002, 41面.

한 후에 「윤동주의 사적(事跡)에 대하여」(1986)를 발표한다. 윤동주의 사적 중에서 연구상 가치가 있는 것은 묘나 묘소라기보다는 묘비명이다. 묘비명의 작성자는 김석관이다. 오무라는 그가 윤동주의 외삼촌인 김약연이 세운 명동학교의 학감과 제2대 교장을 지낸 인물임을 밝혀낸다.[34] 또 오무라는 윤일주가 작성한 윤동주 연보와 묘비명의 차이점을 확인하기도 한다. 연보의 '대랍자의 중국인 소학교 편입'과 '화룡(和龍) 현립 제일소학교 고등과 필업'이 그것이다.[35] 전자보다 후자가 정확한 것은 말할 필요도 없다. 이 뿐만이 아니라, 광명학원 중학부 학적부에 의하면, 윤동주가 생년월일이 실제 나이보다 정확히 1년이 늦은 '1918년(대정 7년) 12월 30일'으로 기재되어 있는 것을 두고, 그는 음력이 일상생활을 지배하고 있는 시대에 윤동주의 실제 출생이 1918년 2월 초가 아닐까 추정해 보기도 한다.[36]

그밖에도 오무라는 연희전문 시절의 윤동주가 프랑시스 잠의 번역시집 『밤의 노래』(미요시 다쓰지 역본)를 1940년 1월 31일에 구입해 읽었다는 사실을 밝힌 「윤동주의 일본 체험」(1996), 윤동주에 관한 북한의 시각을 처음으로 소개한 「윤동주를 둘러싼 네 가지 문제」(1997), 사진판 원고 자료집 작성 경위에 대한 소상한 내력을 밝혀놓고 있는 「사진판 윤동주 자필시고 전집 편찬 공간 작업을 둘러싸고」(1998), 초판본과 1990년도판 비교하여 다섯 군데의 상위점을 주목하고 있는 「하늘과 바람과 별과 시의 판본 비교 문제」(1993) 등을 내처 발표했다. 특히 '일이 마치고'와 '일을 마치고'의 차이에 관해 중요한 시사점을 남기기도 했다. '일이'는

34) 오오무라 마스오, 앞의 책, 32면 참고.

35) 같은 책, 31~32면 참고.

36) 같은 책, 35면 참고.

'이리(이렇게)'의 뜻으로 해석된다는 것.[37] 그러고 보니, 타당한 문맥이 바로 서는 것 같다는 느낌이 물씬 전해진다.

우지고 쓰요시와 오무라 마스오 이후의 사람들이 윤동주에 관한 글들을 묶어내었는데, 국역본은 민예당에서 간행한 『일본 지성인들이 사랑하는 윤동주』(1998)이다. 이 책에서 가장 첨예한 쟁점이 된 것은 윤동주 시의 일본어 번역에 관한 문제였다. 이부키 고(伊吹郷)의 역본(1984)은 「서시」에서 '죽어가는 모든 것을 사랑해야지'를 '삶으로 살아가는 모든 것을 사랑해야지'로 번역하였는데, 이것은 일본인의 의식에 뿌리를 내리고 있는 하나의 표현으로서, 『고금화가집(古今和歌集)』에 반영된 특정의 성구(成句)에 기인한다.[38] 또 모리타 스스무(森田進) 역본(1998)이 「서시」에서의 '하늘'을, 즉 '소라(空)로서의 하늘'을 '아마(天)로서의 하늘'로 해석하고 있는데, 이 까닭에 관해 동양적 윤리관과 한국적으로 토착화한 기독교의 융합을 염두에 둔 것이라는 정도의 견해도 제시되어 있다.[39]

윤동주가 일본인에게 명료한 인상으로 남겨진 데 가장 큰 역할을 한 이는 전후 일본의 대표적인 여성시인으로 잘 알려진 이바라기 노리코(茨木のり子)이다. 그의 산문 「하늘과 바람과 별과 시」는 일본 검인정 고등학교 국어 교과서에도 실려 있다. 그는 여기에서 윤동주가 유학생 시절에 접한 일본 시인 다치하라 미치조(立原道造)에 착목해 두 사람의 시인

---

37) 같은 책, 135면 참고.

38) 이누가이 미츠히로 외, 고계영 옮김, 『일본 지성인들이 사랑하는 윤동주』, 민예당, 1998, 134~135면 참고.

39) 같은 책, 58면 참고.

을 비교하기에 이른다. 그의 견해에 의하면, 다치하라의 시가 음악과 같아서 의미의 무게가 실려 있지 않지만, 한편 윤동주의 경우는 핵(核)이랄까, 심(芯)란 것이 들어 있어 응집력이 보이고, 또 숨은 의미도 무게와 깊이를 지니고 있다는 것이다.

> つぶさにみればずいぶんと違う. 立原道造の詩は音樂のようで, 意味に重きがおかれてい ない. 一方, 尹東柱の詩は, 核というか芯がありたえずそこへ集約されてゆき, 隠された意味も重く深い.[40]

다치하라와 윤동주의 차이에 관한 이러한 유의 견해는 한국인 연구자에게도 영향을 끼쳤다.

왕신영의 박사학위 논문인 「윤동주와 일본의 지적 풍토」(2006)에서는 다치하라 미치조가 시의 형식에 대한 결백에 가까운 집착을 보임으로써 미의식으로 환치된 존재의 양식화에 머물었지만[41] 윤동주의 경우는 또 다른 차원을 열었다고 보고 있다.

> 윤동주는 그의 시형식뿐만 아니라 자신의 미의식의 양식화에도 그다지 큰 관심을 두지 않은 듯하다. 따라서 그가 릴케에게서 얻고자 한 것은 시인의 삶과 문학에 대한 태도를 통한 사유의 깊이였다고 할 수 있다. 그에 비해 다치하라 미치조는 릴케의 사유적인 측면을 인식하고 있었으면서도 그 영향이 구체적으로는 소네트라는 시 형식과 그를 통해 개별적인 체험을 의식화하고 보편화시키는 방법을 배우려고 했다.[42]

40) 茨木のり子, 『ハングルの旅』, 朝日新聞社版, 1989, 249面.

41) 왕신영, 「윤동주와 일본의 지적 풍토」, 고려대 대학원, 2006, 47면 참고.

42) 같은 논문, 54면.

왕신영은 윤동주가 남긴 일본어 도서, 육필 원고, 스크랩 북 등을 활용하면서 일본의 반(反)파시스트 지식인에의 사상적인 경사에 주목하기도 했다. 그는 이 이유에 관해서 '본질적으로 소외자일 수밖에 없는 식민지 지식인 청년의 마이너리티 지식인에 대한 공감'[43) 정도로 이해하고 있다.

그럼에도 불구하고 누구나 동의하는 바이겠지만, 적어도 시 창작에 있어서는 윤동주의 반파시즘에의 사상적인 경도는 발견되지 않는다고 봐야 한다. 독서와 메모 수준의 정도에서 사상적인 편력을 보인 것은 좌경화라기보다는 반일의 대리만족이 아닐까 한다.

6. 읽기의 전문성 : 이상섭과 권오만

이상으로 보는 바와 같이, 그 동안 윤동주의 전기적인 정보가 발굴, 축적되고, 또 텍스트에 관한 재인식이 활발히 이루어져 왔다. 이것이 윤동주를 바라보는 비평적 관점의 확대라면, 이상섭과 권오만의 경우는 그것이 심화된 양상이라고 할 수 있겠다.

이상섭의 『윤동주 자세히 읽기』(2007)는 형식주의 비평의 관점에서 이룩해 낸, 단행본 형태의 연구 결과이다. 그 자신이 평소에 가지고 있던 '말의 뜻과 쓰임새'에 관한 관심을 윤동주의 쪽으로 옮긴 것이다. 형식주의 비평이란, 언어의 질감과 형식의 조건을 강조하는 비평의 한 갈래라고 할 수 있다. 작품 그 자체의 자족성을 중시하기 때문에, 작가의 전기적 삶이나 창작 의도를 최대한 배제하려고 한다.

---

43) 같은 논문, 226면.

이상섭은 윤동주의 시편 「소년」에 나오는 모두문 '여기저기서 단풍잎 같은 슬픈 가을이 뚝뚝 떨어진다'를 이렇게 설명하고 있다.

> 일상언어로 말하면 '가을이 되어 여기저기서 단풍잎들이 여기저기서 뚝뚝 떨어진다'가 될 것이다. 다시 말하면 가을이 원인이 되어 단풍잎들이 여기저기서 뚝뚝 떨어지는 결과가 생기는 것이다. 그런데 '가을이 되어 뚝뚝 떨어진다'고 하였으니 결과가 원인의 자리를 차지한 것, 즉 큰 전이가 생겼다. 뚝뚝 떨어지는 것은 본시 단풍잎인데 단풍잎을 일러 '가을'이라고 뒤집어 말했으니 '가을이 되어 뚝뚝 떨어지는 나뭇잎'이 '단풍잎 같은 가을'로 뒤집어지는 것이다.[44]

시의 언어는 전이가 아닌가? 의사 진술도 그렇고, 아이러니와 역설, 애매성 등이 그렇다. 이 대목에서 이상섭의 비평안이 반짝 빛이 나 보인다. 그럼에도 불구하고, 필자는 윤동주의 시적 언어가 전이에 만족하고 있는 게 아니라고 본다. 한 술 더 떠서 '역(逆)전이'로 나아갔다고 본다. 인과의 호응이 과학적인 추론의 과정이라면, 역전이는 시적 직관의 결과이다.

이상섭은 영미 신비평을 천착한 연구자답게 윤동주 시적 언어의 '아이러니성(性)'에 주목을 한다. 물론 1970년대에 오세영 역시 윤동주의 시로부터 '로맨틱 아니러니'를 지엽적으로 담론화한 적이 있지만, 이상섭은 윤동주의 시 세계를 구성하는 중요한 언어 조건으로 보면서, 무서운 아이러니, 비극적 아이러니, 착잡한 아이러니, 정치적 아이러니, 수사적 아이러니 등의 용어를 이끌어낸다.

---

44) 이상섭, 『윤동주 자세히 읽기』, 한국문화사, 2007, 93면.

이상섭은 윤동주 시 텍스트의 생성 과정도 주목한다. 앞서 밝혔듯이, 『문우』에 실린 「우물 속의 자상화」에서, 왜 자상화(自像畵)인가를 밝혀 놓으려고 했다. 이 역시 말의 뜻과 쓰임새에 대한 세심한 비평적 고려요, 배려라고 할 수 있다.

> '자상화'가 자기 모습을 그린 그림 자체를 말한다면, '자화상'은 그림에 나타나는 자기 모습을 말한다. 하나는 그림을, 다른 하나는 모습을 나타내니까, 하나가 보다 객관적이라면 다른 하나는 보다 주관적이라 하겠다.[45]

이상섭이 『윤동주 자세히 읽기』(한국문화사, 2007)에서 윤동주의 시에 관해 주목하고 있는 아이러니의 유형은 다음과 같이 나열된다. 윤동주의 작품 가운데 「팔복」「위로」「병원」을 무서운 아니러니, 「또 다른 고향」을 자아분열의 비극적 아니러니, 「간(肝)」을 착잡한 아이러니, 「참회록」을 정치적 아이러니, 「종시(終始)」를 수사적 아이러니와 역설이라고 이름하고 있다.

> 밤을 새워 짖는 개를 그는 '지조 높다'고 했는데, 개를 지사(志士)나 충성심의 상징이라고 엄숙하게 해석하는 것은 잘못이다. 여기서 우리는 윤동주 특유의 아이러니를 아니 느낄 수 없다. 개는 개의 본성을 그대로 살려 밤이면 으레 짖어대니 타고난 '지조'를 지닌다고 할 수 있지만, 윤동주 자신은 본래의 순진을 버리고 고향을 등지려 한다는 사실을 그렇게 자조적으로 표현한 것이라고 하겠다.[46]

---

45) 같은 책, 134면.

46) 이상섭, 앞의 책, 182~183면.

이상섭이 윤동주 시세계의 아이러니성에 관해 집착한 것은 그가 미국에서 신비평(뉴크리티시즘)을 공부한 바 있기 때문이라고 본다. 그의 저서인 『복합성의 시학—뉴 크리티시즘 연구』가 그 공부의 결과물이었다. 어쨌든, 미국의 신비평가로 이름이 높은 로벗 펜 워른이 특히 아이러니를 강조했다. 그는 뉴 크리티시즘 이론에 가장 충실한 비평가였다. 워른의 시론인 「순수한 시와 불순한 시」는 미국 신비평에서 고전적인 성격의 비평문으로 뚜렷이 남아 있다.

> 시의 리듬과 말의 리듬에 긴장이 있고……리듬의 형식성과 언어의 비형식성 사이에, 특수와 보편 사이에, 아주 단순한 은유의 요소 사이에, 예쁜 것과 미운 것 사이에, 관념들 사이에, 아이러니와 관련된 요소들 사이에 긴장이 있다.[47]

관념으로서의 시는 언제나 순수하다. 낭만주의 시인들은 순수한 사랑에 어울리는 낱말, 리듬, 심상들만을 골라서 썼다. 이상섭 역시 시어의 선택으로 순수시를 조성하려는 시인은 미숙하다고 보았다. 신비평가가 본 것처럼, 언어 형식의 한 조건으로서의 아이러니는 이상섭에게 있어서 시의 작품성, 시인의 성숙을 드러내는 지표이기도 할 것이다.[48] 이 사실이야말로 또한 시인 윤동주의 수월성을 나타내는 지표이기도 할 것이다.

그냥 그런가 보다, 하면서 스치고 지나갈 수 있는 이러한 형식론적인 문제를 치밀하게 접근하는 것이 형식주의 비평의 미덕이라고 하겠다.

---

47) 이상섭, 『복합성의 시학—뉴 크리티시즘 연구』, 민음사, 1987, 218면, 재인.

48) 같은 책, 216~218면 참고.

문학비평의 기초 이론으로서 정평이 나 있는 텍스트인『문학에 관한 비평적 접근의 입문서(A Handbook of Critical Approaches to Literature)』에 의하면, 문자 그대로, 형식주의 비평이란 문학 작품의 형식을 발견하고 해명하는 것을 목표로 삼는 비평이어서, 작가의 생애, 그의 시대, 사회학적, 정치경제적, 혹은 심리적인 함축성이 깃든 문학 외적인 조건을 상대적으로 중시하지 않는다.

> As its name suggests, 'formalistic' criticism has for its sole object the discovery and explanation of form in the literary work. This approach assumes the autonomy of the work itself and thus the relative unimportance of extra-literary consideration–the author's life ; his time ; sociological, political, economic, or psychological, implications.[49]

요컨대, 이상섭의『윤동주 자세히 읽기』는 윤동주의 생애와 그의 시대, 사회과학적이고 심리학적인 어떤 외적 조건을 크게 중시하지 않고 언어형식의 내적인 질감을 중시하였다.

권오만의『윤동주 깊이 읽기』(2009)도 넓은 의미와 범주의 형식주의 비평이라고 할 것이다. 하지만 이것은 이상섭의 경우에 비해 형식주의적인 성격에는 미치지 못하지만 다소간 종합론적인 안목을 지향하고 있다. 그『윤동주 깊이 읽기』는 책의 제목처럼 윤동주 연구사의 심화 단계를 보여주는 성과물이다. 그는 윤동주의 텍스트 그 자체에만 안주

---

49) Wilfred L. Guerin (etc.),『A Handbook of Critical Approaches to Literature』, Harper & Row, Publishers. Inc., 1979, p.70.

하지 않고, 오무라 마스오나 왕신영처럼 사회적인 배경과 시대적인 맥락의 콘텍스트성, 뿐만 아니라 소위 '매운 맛'(윤동주가 이상의 시를 읽고 평한 촌철살인의 어록)을 매개로 한 이상과 윤동주의 텍스트 상호관련성을 해명한 간(間)텍스트성에도 '깊이 읽기'의 잣대를 들이대고 있다. 이런 점에서 「윤동주 시에서의 이상(李箱) 시의 영향」이 특히 주목되고 있다. 이 논문은 저서의 제1부 제3장에 속한다. 저서의 체재가 부와 장으로 연결되어 있지만, 이 논문은 다른 장과는 개별적인 성격을 지니고 있다. 저서의 총 면수 464면 가운데 정확히 100면을 차지하는 방대한 개별 논문이다. 200자 원고지로 환산하면, 족히 500매가 상회할 것으로 추정된다.

이상과 윤동주 사이에 영향의 주고받기를 다룬 「윤동주 시에서의 이상 시의 영향」은 두 시인의 관계 설정에 있어서 일단 의표를 찌른 것으로 보인다. 두 시인을 비교한다는 발상 자체가 그리 쉽게 도출되는 것은 아니다. 이 논문에서는 권오만이 윤동주에게 끼친 이상 시 영향의 다섯 가지 유형을 분석하고 있다.

그 첫째는 '이상 시의 시구(詩句) 살려 쓰기'이다. 윤동주의 시편 「못 자는 밤」의 '하나, 둘, 셋, 네 / …… / 밤은 / 많기도 하다.'[50]는 이상의 시편 「아침」에 나오는 '밤은참많기도하더라.'를 모방, 차용했다는 것이다. 권오만은 이를 두고 '일제의 강압이 매우 혹독했었던 이른바 암흑기의 시인 윤동주가 선배 시인 이상의 영향을 어떻게 강렬하게 받아들였던가를 증명하는 가장 생생한 자료로서 기능하는 점에서 각별한 주목을 받는다고'[51] 주장했다. 둘째는 '반복 기법으로 매운 맛 살려 쓰기'이다.

50) 홍장학, 『정본 윤동주 전집 원전연구』, 앞의 책, 317~318면 참고.

공포의 상황을 13회에 걸친 집요한 반복의 수사법으로 그려낸 이상의 「오감도 시 제1호」와, 슬픔의 정서를 8회에 걸친 반복의 수사법으로 그려낸 윤동주의 「팔복」 사이에 결정적인 유사성이 있는 것으로 본 것이다. 셋째는 '반영의 포에지로서의 성찰'이다. 비교의 대상인 텍스트는 이상의 「거울」과 윤동주의 시편 「자화상」·「참회록」에 각각 나타난 시의 제재들, 즉 '거울 속'과, '우물 / 구리거울'이다. 윤동주에게 있어서, 자아를 반영하는 정신과 방법이 이상으로부터 영향을 받았지만, 이상이 개인의 자의식 차원에 머문 반면에 윤동주는 공동체 구성원으로서의 자아와 공동체 운명의 관련성을 집중적으로 그려낼 수 있었다.[52] 넷째는 '의식 분열과 갈등의 극화'이다. 이상의 「오감도 시 제11호」와, 윤동주의 「무서운 시간」·「또 다른 고향」·「간」을 서로 비교하면서 소위 텍스트 상호관련성을 확보한 개념이다.

> 윤동주는 이상 시로부터 지대한 영향을 받았다. 이상 시의 의식의 갈등양상으로부터 분신들의 갈등이 치열하게 전개되는 극화 수법을 터득해 낸 것이다. (……) 윤동주의 시들은 분신들의 갈등을 극화하는 기법으로 그 자신의 고뇌하는 영혼을 그려내기에 이르렀다고 말할 수 있을 것이다.[53]

마지막으로는 '매운 맛의 정신 살려 쓰기'에 관한 것이다. 이 개념은 이상 시의 영향이라고 할, 겉과 속이 다른 (윤동주의) 두 겹의 의미에 관한 비평적 담론인 것이다. 이 얘깃거리는 이상과 윤동주 시의 중층적

51) 권오만, 『윤동주 시 깊이 읽기』, 소명출판, 2009, 178면.

52) 같은 책, 197면 참고.

53) 같은 책, 215면.

인 의미 구조에서 파생된 반어와 역설에 관한 수사적 담론으로 이어지는 게 아닌가 한다.

윤동주에게 끼친 이상 시 영향의 다섯 가지 유형에 관한 권오만의 가설은 매우 의욕적이다. 그만큼 윤동주의 시를 깊이 읽겠다는 의도의 소산인 듯하다. 그런데 이상과 윤동주의 텍스트 상호관련성에 아귀가 서로 딱 맞추어지는 것은 아니다. 비교할 수 있는 정보의 질량도 사실상 미흡해 보인다. 두 번째 유형에서 두 시인의 비교되는 시편들이 공통적으로 반복의 기법을 가졌다고 보이지 않는다. 동일한 언술을 되풀이하고 있는 윤동주의 「팔복」이 반복의 수사인 것은 사실이지만, 유사한 언술을 반복하고 있는 이상의 「오감도 시 제1호」는 반복의 수사라기보다 병렬의 기법으로 보아야 한다. 서로 비교 대상이 안 된다는 얘기다. 마지막의 유형도 그렇다. 이 경우에 윤동주에게 있어서 이상 시와의 관련성은 매우 경미하거나 표피적이다. 권오만 자신이 정확하고도 구체적인 맥락의 틀을 세우지 못하고 있다.

그는 『윤동주 시 깊이 읽기』를 간행하기 위해 마지막으로 시인 윤동주의 유족들과 인터뷰의 기회를 가지게 되었다. 윤동주 가족과의 인터뷰를 통해 전기적인 재구성에도 완벽을 기하려고 했던 것이다. 송우혜의 『윤동주 평전』에는 면담자와 피면담자의 대화록은 없었다. 이러한 글쓰기 형식은 송우혜의 간접화법식의 방식보다 한결 진일보한 것이 아닌가 하고 생각된다. 흥미와 신뢰성을 한결 부가한 느낌을 주고 있다.

7. 마무리 : 앞으로의 과제

윤동주 비평 및 연구의 과제는 앞으로 단편적인 관점이 아닌, 총체적인 관점에서 이루어져야 한다고 본다. 즉, 말하자면 작가·작품·독자의 관점에서 각각 이루어져야 한다는 것이다.

첫째, 작가의 관점에서는 정신분석학적인 비평이 매우 유효하다고 본다. 전통적인 표현론의 낭만주의적인 변용이 정신분석학적인 비평이다. 윤동주의 섬세한 내면풍경을 살뜰하게 재현·복원하는 것이 무엇보다 중요하다. 평전의 형식이 송우혜 이후에도 필요하다는 이유다. 최근에 정신과 의사인 이병욱이 『카우치에 누운 시인들의 삶과 노래』(학지사, 2015)를 상재하였는데, 윤동주에 관한 한 장(章)을 차지하고 있지만 극히 소략한 수준에 머물고 말았다. 윤동주의 시 「자화상」을 두고 '애증이 교차하는 양가적인 태도의 자기성찰'로 보는 것[54]은 참신한 게 아니라 사실은 진부한 견해이다. 우리나라의 정신분석가가 앞으로 윤동주의 시를 임상적이고 정신분석학적으로 해설을 시도한다면 매우 바람직할 것이라고 본다.

차세대의 윤동주 평전은 정신분석학적인 정교함이 요청된다. 레온 에델은 전기(평전)를 '영혼의 연금술'로 비유하면서 전기 작가는 타인의 체험을 자신 속에 융합시키는 색다른 작업을 수행해야 한다고 했다.[55] 평전의 가장 수준이 높은 방법론은 정신분석학 방법론이다. 마치 프로이트의 레오나르도 다 빈치에 관한 에세이 같은 것처럼 말이다.

헨리 8세의 평전을 쓴 한 전기 작가는 이런 말을 남긴 바 있었다.

---

54) 이병욱, 『카우치에 누운 시인들의 삶과 노래』, 학지사, 2015, 340면 참고.

55) 레온 아델 지음, 김윤식 옮김 『작가론의 방법』, 삼영사, 1988, 28면 참고.

당시의 심리로 돌아가는 것, 상상력과 직감력(直感力)을 구사하는 것, 생활을 암시하는 것—이것이 심리학적 역사가들의 과업이다.[56] 윤동주의 경우도 마찬가지라고 생각한다. 송우혜는 윤동주 지인들의 증언을 많이 반영했지만 그 나름대로 한계도 있다. 정신분석학적인 방법론에 근거한 차세대의 평전은 적어도 내가 생각하기로 가장 주관적이면서, 동시에 가장 객관적일 수도 있다고 본다.

둘째, 작품의 관점에서는 역사주의의 오류를 극복해야한다. 영미의 신비평가들이 이론적으로 마련해 널리 알려진 한 개념 틀로서 '의도의 오류(intentinonal fallacy)'라는 개념이 있다. 작가의 창작 의도를 비평가가 지나치게 금과옥조로 받아들이는 역사주의의 오류를 말한다. 윤동주의 도덕적인 완전주의, 순결한 영성, 정신적인 측면에서의 시적 정의에 지나치게 매료되고 도취되면 될수록 윤동주 시의 참모습을 제대로 바라보지 못할 수가 있다. 이를 위해 '의도의 오류'는 극복의 대상으로 삼아야 한다.

마지막으로는 윤동주에 관한 비평 및 연구가 독자의 관점에서 확대되고 심화되어야 한다. 이상으로 말한 '의도의 오류'와 함께 또한 '감동의 오류'란 것도 있다. 작가의 창작 의도 못지않게 독자의 감동도 경계의 대상이 된다. 윤동주의 시는 작가·작품과 상관없이 독자의 반응이나 심미적인 수용의 문제 등도 사뭇 긴요하게 인식되어야 한다. 그런데 독자 반응 비평의 입장에서 기술된 윤동주에 관한 비평문과 논문을, 나는 단 한 번도 본 일이 없다. 윤동주가 독자들로부터 애호를 받아왔다면, 그 비평적인 근거가 어디에 있느냐 하는 심미적인 반응과 수용

---

56) F. 브라운 편, 김수영 외 역, 『20세기문학평론』, 대문출판사, 1970, 280면.

에 관한 문제의 제기도 반드시 필요불가결하다고 본다.

이처럼 이제 21세기의 윤동주관은 종합적이고 총체적인 프레임 속에서 조성되어야 한다고 생각한다. 윤동주에 관한 비평적 관점이 더 확대되고 한층 심화되기 위해서는, 앞으로의 과제가 이상과 같은 관점에서 수행되어야 할 것이라고 전망된다.

서정주를 바라보는 서로 다른 눈에 대하여

두 원로비평가의 경우

미당 서정주가 시인으로 이룩한 문학적인 위업은 누구나 대체로 인정하는 바이지만, 그의 정치적인 처세나 대(對)사회적인 이미지에 있어선 문제성이 있는 인물이라고 지적하는 사람들이 결코 적지 않다. 시인에게 있어서 시와 사상은 불가분의 관계를 맺고 있다. 그런데 어느 시인의 시가 평판이 좋지만, 만약 시인에게 사상적으로 문제가 있다면 이것은 분명히 문제적이다.

글을 쓸 때 하나의 동기 부여라는 게 있다. 시인 서정주의 시 세계에 비추어진 사상을 되살펴보고 그의 시 언저리에 그의 사상이 지닌 문제의식이 놓인다면 이것이 왜 문제적인가, 그의 시 세계를 구성하고 있는 사상이 세간과 속정(俗精)이 말하는 것처럼 친일과 정치권력에 영합하는 것에 기인하는 것이라는 부초처럼 떠도는 얘깃거리가 과연 정당한 것인가 하는 물음을 던져보고자 하는 것이 본고에 부과된 비평적 글쓰기의 실마리라고 할 수 있을 것이다.

지금으로부터 10년 남짓 지난 때의 일이었다. 내가 재직하고 있는 지방의 한 국립대학교에서 해마다 있는 입시 면접이 있는 날이었다. 입시 면접은 대부분의 교수가 참여해야 한다. 그 날에 하루의 일과가 마쳐갈 무렵에 교복을 말쑥하게 차려 입은 여고생이 면접실로 들어 와 대기를 하고 있었다. 멀리서 온 학생이었다. 나는 멀리서 왔는데 늦은 시간에 면접을 하게 되어서 어떡하느냐고 하면서 지루하게 기다렸음에 대한 위로의 말을 건넸다. 그 학생은 시인 서정주의 고향 이름으로 한 여학교에 재학하고 있었다. 나는 면접이 거의 마쳐갈 무렵에 마지막으로 질문했다. 얼마 전에 타계한 시인 서정주를 아느냐고 물었다. 그 학생의 대답은 예상 밖이었다. 그는 같은 고향 사람이지만, 질이 아주 나쁜 친일파예요. 왜 그렇지? 그의 대표시 「국화 옆에서」는 일본 천황을 찬양한 시잖아요? 어째서 그런가, 하며 난 되물었다. 국화의 문양이 일본 천황가를 상징하는 문양이기 때문이죠. 국화의 문양이 그렇다고 해서 시편 「국화 옆에서」가 일본 천황을 찬양하는 시라고 말하는 것은 말도 되지 않은 억지논리인데. 한낱 여고생의 입에서 어찌 이렇게 나올 수 있는가 하고 내심 놀라지 않을 수 없었다. 누군가가 가르쳐 주었기 때문이다. 학교에서든, 가정에서든, 이도 저도 아니라면 음습하고도 일그러진 우리 사회의 한 부분이 가르쳐주었을 것이다.

최근에 이런 일이 있었다. 평소에 자주 가는 청계천의 한 헌책방에 들렀다. 제목이 좀 이상한 책이 하나 있었다. 제목은 원로 문학비평가 김우종이 지은 문학평론집 『서정주의 음모와 윤동주의 눈물』이었다. 출판사 '글봄'이 2012년 2월에 간행한 책이었다. 제목이 좀 이상했기 때문에 내 호기심을 자극했고 이를 가벼운 읽을거리 정도로 간주하면서 책을 사서 귀가했다. 이 책은 100면 남짓한 부분, 즉 책의 3분 1 가량에 걸쳐 시편 「국화 옆에서」를 비판하고 있었다. 나는 이 부분을 쉴 겨를도 없이 단숨에 읽어버렸다. 시 한 편을 두고 100면 이상의 작품론을 쓴 경우는 거의 없었을 것이다. 내가 이것을 읽고 느낀 첫인상은 다름이 아니라, 원로 문학비평가의 수준이 10여 년 전에 내가 직접 경험한 철없는 여고생의 의식과 어쩌면 그렇게 똑같을 수 있느냐 하는 거였다. 김우종은 시편 「국화 옆에서」를 두고 이렇게 단언하고 있다.

> 이 시는 정확히 분석하면 해방 후의 일본 왕 히로히토 찬미와 그의 이름으로 수행된 침략전쟁의 대량 학살을 찬미한 것이다.[1)]

> 서정주가 말한 국화꽃은 히로시마의 처참한 원폭과 무조건 항복의 총결산 때 만개한 것이다. 전쟁이 끝난 후의 일본 왕 히로히토의 모습을 이렇게 더 멋지게 피어난 국화에 비유한 것이다.[2)]

시편 「국화 옆에서」는 1947년에 발표한 시다. 해방이 되고도 2년이 된 시점에서 발표된 것. 그가 미치광이거나 일본인이 아니고서야 해방이 되고도 2년이 지난 시점에 이르러 굳이 친일시를 발표할 하등의 이유가 없다. 해방된 조국의 땅에서 자기 자신에게 무슨 이득이 있어서 일왕 찬양의 어용시를 써야 할 것인가? 심지어는 「국화 옆에서」의 한 부분인 '그립고 아쉬움에 가슴 조이던 / 머언 먼 젊음의 뒤안길에서 / 인제는 돌아와 거울 앞에 선 / 네 누님 같이 생긴 꽃이여'를 가리켜

> 기쁨과 흥분과 실패의 아쉬움에 가슴 조이던
> 14년 간 젊음의 뒤안길 전쟁터에서

---

1) 김우종, 『서정주의 음모와 윤동주의 눈물』, 글봄, 2012, 12면.

2) 같은 책, 29면.

인제는 돌아와 거울 앞에 선
내 조상 아마데라스 오미카미 같이 생긴 히로히토여

라고 해석되고 있다고 말한다.[3] 세상에 견강부회도 이런 견강부회는 없다. 나는 30대 젊은 시절에 비평사(批評史)를 연구했다. 그러다 보니 여벌로 북한의 문학비평도 읽을 기회가 있었다. 북한에서 생산된 문학비평문 중에서 정치적인 의도의 문학비평 아닌 게 있을까마는 정치적일수록 어거지가 많다. (국어사전에는 '어거지'를 '억지'의 잘못으로 보고 있지만, 이런 상황에선 '어거지'의 입말스러운 말맛이 더 적확해 보인다.) 「국화 옆에서」를 해석한 김우종의 이 경우는 북한의 문학비평에서도 찾아보기 어려운 어거지다. 김우종은 서정주의 친일 사상이 그가 젊었을 때 경도된 니체의 초인 사상에 영향을 받았다고 생각한다. 니체의 누이동생이 히틀러를 가리켜 오빠의 훌륭한 철학 사상의 초인이 '바로 당신'이라고 한 것[4]처럼, 김우종 역시 서정주가 찾은 초인은 바로 일왕 히로히토였다, 라고 생각하기에 이른다. 이와 같이, 생각이 굳어지고, 관념이 고정화되면, 비평적 사유의 가치 판단은 정지되게 마련이다.

김우종은 자신이 고등학교 국정 교과서에서 「국화 옆에서」를 뺐다는 무용담을 몇 차례 늘어놓는다. 자랑 치고도 유치한 자랑이다. 자랑은 지속된다. 문인들 중에서 김우종처럼 비이성적이고 몰상식한 수준까지는 아니라고 하더라도 그의 견해에 공명하는 문인들도 있으리라고 짐작된다. 그는 문학비평가 백낙청이 「국화 옆에서」에 나타나는 소위 '거울 앞에 선 여인'이 일본 아마데라스 오미카미임을 일본 신화 분석을 중심

3) 같은 책, 44~45면 참고.

4) 같은 책, 76면.

으로 구체적으로 밝힌 자신의 주장에 대해 전적으로 공감을 표현했다고 한다.[5] 나는 이 내용의 사실 관계를 확인해 보려고 했으나, 이내 포기하고 말았다. 백낙청이 그 내용을 공감하건 공감하지 하지 않건 간에, 그 의미나 가치가 별로 대단한 것이 아니기 때문이다. 김우종이 끝내 나아간 곳은 인신공격이 난무하는 자리이다.

> 사기범이 만날 사기만 치고 똥싸개가 평생 기저귀 차고 다니는 것이 아니듯이 그는 좋은 작품들도 썼다. 그리고 그것은 그의 무서운 악마적 얼굴을 가리는 가면 구실도 해 주었다. 그리고 그의 악마주의 문학에 나타난 범죄의식은 그것이 최고의 미를 창조한다는 기만적 논리와 함께 세계 어느 누구에게서도 찾아볼 수 없는 변태적 범죄의식을 지닌다.[6]

이건 아니다. 비평이 아니라, 숫제 인신공격이다. 비평가에게 있어서 비판과 인신공격의 사이에 있어야 할 윤리적인 금지의 정도를 훌쩍 넘어서고 있다. 김우종이 악마주의라는 단어를 무수히 사용하고 있지만 문예사조의 관습적인 용어로서 제대로 사용된 곳은 단 한 군데도 없다는 것도 문제다. 이 인용문은 비평정신의 처참한 저열함에로 바닥을 치고 있는 전형적인 사례다. 김우종의 서정주론과 대조되는 게 있다. 또 한 사람의 원로 비평가인 유종호의 「소리 지향과 산문 지향」이 바로 그것이다. 이 비평문 일부 가운데, 나는 독자를 위해 편의상 다음과 같은 요지를 만들어 보았다.

---

5) 같은 책, 97~98면 참고.

6) 같은 책, 106~107면.

> 결론부터 말하면 음악성 혹은 소리 지향이 가장 높은 성취를 보여준 것은 시집 『귀촉도』 전후의 시기라고 생각된다. 이어서 나온 『서정주 시선』에는 「국화 옆에서」「신록(新綠)」「추천사」 등 음률 지향의 명편이 수록되어 있어 절정기가 아니었나 생각된다. 그렇지만 미당의 솜씨와 그릇으로서도 음률적인 소리 지향이 자칫 깊이를 잃고 있는 것은 주목할 만하다. 음악성 지향의 미당 명시를 열거한 바 있지만 깊이와 음악성이 공존하고 있는 절창으로서 우리는 「풀리는 한강가에서」를 지목할 수 있을 것이다. 이 시는 생활인의 비근한 소회를 간곡한 정감으로 토로하여 비장미의 지경으로까지 높인 보기 드문 진정성의 생활 시편이다. 정감을 진정성으로 받쳐주고 있는 것은 작품의 음률성이다. 소리와 깊이의 의젓한 균형이라는 점에서 「풀리는 한강가에서」는 우리 시에서 고전적인 전범을 이루고 있지만 유감스러운 것은 미당이 그러한 고조와 긴장의 순간을 지속적으로 보여주지 않았다는 점이다.[7)]

원로 비평가 유종호는 서정주의 시가 소리 지향의 음률성을 지향할수록 사상적 깊이를 드러내는 데 취약하다고 말한다. 그럼에도 불구하고 시편 「풀리는 한강가에서」는 음률성과 사상성의 균형을 보여준 전범이라고 상찬한다. 그럼에도 불구하고 이와 같은 시들이 지속적으로 뒷받침해 주지 못했음이 유감이라고 말한다. 비평가로서 밀고 당김의 조화로운 시비곡직을 잘 제시하고 있다.

문학비평은 문학 작품을 둘러싼 허언을 막아주기 위해 존재하는 것이다. 허언의 우리말은 헛소리이다. 비평이 작가 및 작품에 대한 기본적인 애정이 없이 적대감만을 가지게 된다면 공소한 울림의 헛소리만 남게 된다. 비평의 품격, 비평 언어의 품새를 유지하는 것은 위대한 비평정신

---

7) 유종호, 『문학의 즐거움-유종호 전집(5)』, 민음사, 1995, 18~24면 참고.

의 승리에 값하는 일이다. 유종호의 비평문인 「소리 지향과 산문 지향」은 외양이나 실상에 있어서 비평정신의 진정성을 보여준 것이다. 원로 비평가라고 해도 작가 및 작품에 대한 기본적인 애정에 따라 허와 실로 극명하게 나누어지는 것은 어쩔 수 없는 일이라고 본다.

요컨대 서정주의 시 세계를 논하는 데 있어서 사상의 문제는 신중하게 접근해야 하며, 그의 사상 문제에 관해 친일 사상이라는 선입견을 가지고 단선적으로 이해하려고 덤벼드는 것도 초점을 잃은 처사라고 보인다. 한 시인이 종생토록 이룩한 문학 작품의 총량을 두고 일면을 부각하여 전체화하는 것이야말로 위험한 발상에 지나지 않는다고 나는 생각한다. 비평이 필요 이상으로 창작에 대한 우월감을 보인다는 것은 비평가의 숨은 무의식을 들어다 보게 한다. 창작하지 못하는 열등감에 대한 심리적 반작용이라고나 할까?

통의동 보안여관과 성북동 심우장

2016년 4월 10일, 다시올 문학답사단의 초대를 받고 약속 장소인 경복궁역 주변으로 서둘러 나아갔다. 이 날의 오전 일정인 윤동주 누상동 하숙집 터와 윤동주문학관을 가기 위해서였다. 실무 담장자인 조영환 선생님에게 통의동 보안여관도 들러야 된다고 내가 우겼다. 만남의 장소와 통의동 보안여관까지의 거리는 걸어서 오분 거리이다.

통의동 보안여관은 작년 오월에 나와 아내가 우연히 지나치다가 눈여겨 보았던 곳이었다. 작년에는 이층까지 오르지 못했으나 올해는 샅샅이 보게 된 것이다. 이 여관은 지금 폐허로 방치된 곳이다. 앞으로 하나의 문화재로서 어떻게 활용될 것인지에 관해 아무런 정보를 가지고 있지 않다.

이 보안여관은 1930년대 목조건물로 지어진 것이다. 당시로선 꽤 괜찮은 숙박업소였을 것으로 짐작된다. 세월이 흐르면서 목재 골조를 유지하면서 외벽을 시멘트로 입히면서 조금씩 보수해 나아갔을 것이다. 이 여관은 한 동안 지방에서 올라온 문인과 예술가들이 서울에 온전히 정착하기 전까지 장기 투숙하면서 일자리를 구하려 드나들던 곳이었다.

이곳은 군사독재시절에 청와대 직원들과 경호원 가족이 머무는 곳으로 이용됐다고 한다. 2006년에 여관이 폐업된 후에는 건물이 일부 고쳐져서 '예술이 쉬어가는 문화숙박업소'로 이름을 바꿔 운영했다고 하는데, 내가 작년과 올해에 본 것으로는 숙박업소로서 아무런 흔적이 남아있지 않고 이사 나간 집처럼 텅 비어 있을 뿐이다.

통의동 자체가 문화예술의 공간으로서의 역사 및 그 특유의 장소감을 가지고 있다. 조선 후기의 진경산수화를 개창한 겸재 정선이 화인들과 교유한 곳, 추사 김정희가 태어나 생의 중심적인 무대로 삼은 곳, 지방의 무명 화가인 허련이 그에게서 가르침을 받은 곳, 또한 일제 강점기에는 이상이 「오감도」의 그 '막다른 골목'을 하나의 모델로 삼은 곳도 이 통의동 골목이었다고 한다.

특히 통의동 2-1 번지의 보안여관은 사소하고도 범속하기 이를 데 없는 숙박업소를 넘어 예술·문화사적인 의미가 부여된 곳이다. 여기에 사소하지만 사소하지 않는 것, 범속하지만 비범한 것이 숨어 있다. 이 글에 비추어진 보안여관의 지대는 지나간 사람들이 있고 지나온 삶의 자취가 있다. 여기엔 한 시대를 살다간 예인들의 삶의 그림자와 페이소스가 이 공간 속에 배여 있기 때문이다. 화가 이중섭이 미국공보원 전시를 앞두고 여기에서 어지럽게 작업을 했다는 이야기도 전해지고 있다. 따라서 이러저러한 흩어진 얘기들을 주워보아 뭔가 퍼즐을 맞춰가다 보면 보안여관의 문화사적인 미시(微視)의 의미는 결코 가벼운 것이라고 볼 수 없다고 본다.

보안여관에 얽힌 미시사적인 화제는 빙산의 일각도 전해지지 않고 있다. 하지만 가장 도드라져 보이는 얘깃거리가 있다면, 그건 여기가 1930년대 중반에 있었던 이른바 시인부락파의 온상이었다, 라는 사실이 아닌가 한다. 식민지 조선의 시단에는 1925년 이래 10년간 정치적인 목소리의 시가 오로지 독점적인 지위를 누리고 있었다. 그러다 문학 외적인 강압의 힘에 의해, 사회주의적인 컬러의 시가 해체되었다. 젊은 시인들은 탈(脫)정치주의의 시학을 표방했고, 그 대표적인 시인들의 동인 모임인 동인지 『시인부락』을 통해 형성하고 있었다. 자금력의 부족으로 인해 비록 통권 2호라는 단명호로 끝났지만, 원시적인 생명주의를 탈정치적으로 표방한 시인부락파의 문학사적인 의미 부여는 결코 가볍지가 않다. 시인부락파의 주요 구성원은 서정주·김동리·오장환·함형수·이성범 등이었다. 인적 구성의 중심에, 물론 서정주가 놓여 있었다. 그는 1936년 가을에 보안여관에 장기투숙하면서 창간호를 만들었다.

왜 하필이면 동인지의 제호가 시인부락인가?

부락은 요즘 말로 동네이다. 시인들이 모인 곳이란 뜻이다. 그런데 부락(部落)은 일본에서 천민들이 사는 동네를 일컫는다. 사회의 최하층 계급인 천민을 가리켜 부락민이라고 한다. 그들도 이 사실을 알았을 게다. 식민지 청년 시인들은 천민에 다를 바 없다고 스스로 자신들의 정체성을 규정해버린 것이다. 이 무렵에 쓴 서정주의 「엽서—동리(東里)에게」를 보면, 이 사실을 잘 알 수가 있다.

> 머리를 상고로 깎고 나니
> 어느 시인과도 낯이 다르다.
> 꽝꽝한 이빨로 웃어 보니 하늘이 좋다.
> 손톱이 구갑(龜甲)처럼 두터워 가는 것이 기쁘구나.
>
> 솟작새 같은 계집의 이 얘기는, 벗아
> 인제 죽거든 저승에서나 하자.

목아지가 가느다란 이태백(李太白)이처럼
우리는 어째서 양반(兩班)이어야 했더냐.

(하략)

전통의 시인관은 귀족주의에 근거했다. 이백의 적선(謫仙)이 그랬고, 보들레르의 알바트로스(Albatross)가 그랬다. 이에 반해 서정주는 천격(賤格)의 자기규정에 몰입했다. 시의 허구적인 자아에게 있어서 애비는 종이었고, 문둥이에 자기상을 투사하기도 하였다. 이는 무척 자조적인 의도의 귀결일 게다. 식민지의 모든 청년들은 암울한 시대의 부락민일 따름이었다. 특히 청년 시인들은 인간 실격의 현존성을 자각하기에 이르렀을 게다.

이 무렵에 젊은 시인들이 시대의 상심으로부터 자유롭지 못했는지는 서정주와 이상(李箱)의 교유에서도 잘 보여준다. 서정주, 함형수, 이성범 등의 시인부락파 시인들은 시단의 선배격인 이상과 함께 서소문, 소공동 일대를 돌아다니면서 술을 야심토록 마셔대고는 했다. 이상에게는 유창한 창부타령이 일품이었고, 서정주는 남도 육자배기 한 가락을 했을 터이다. 야심한 밤에, 이상은 만취한 상태에서 길거리에 누워 통곡을 한 적이 있었다. 이를 두고 서정주는 '그 시대 청년의 본심이 겉으로 드러난 하나의 상징'이라고 설명한 적이 있었다.

보안여관을 답사하는 문인들 가운데 번역가 고창수 선생이 있었다. 직업 외교관으로서 대사까지 지낸 선생은 고령의 몸에도 불구하고 매우 정정하고 또 건강해 보였다. 국제신사로서의 매너와 온화한 인품도 매우 인상적이었다. 선생은 시인 서정주와 교분이 두터웠다. 한번은 두 분이 외국에서 만나 문학 얘기를 하다가 월북시인 오장환 시의 성취에 관해 낮게 평가하였는데, 선생은 서정주로부터 혼쭐이 난 적이 있었다고 말해주었다. 서정주의 소학교 친구인 이성범은 시인부락 시절에 연희전문학교에 재학하고 있었다. (재학 기간이 윤동주와 한 해 정도 일치되는 듯하다.) 고창수 선생은 물론 세상을 떠난 지 오래된 이 분도 잘 알고 있었다. 이성범은 시와 과학에 관한 내용의 책을 간행한 적이 있었다. 이 독특한 내용의 책이 지금 내 연구실 서재에 켜켜이 쌓여 있고 겹겹이 둘러싸여 있는 책들 가운데 어디에 숨어 있는지?

답사단 일행은 누상동 윤동주 하숙집과 창의문 쪽의 윤동주문학관을 둘러보았다. 다시 보안여관으로부터 멀지 않은 한식당에서 식사를 하고 운치 있는 북악산 성곽길을—깊어가는 가을날에 이 길을 다시 한 번 오고 싶다는 생각에 잠기면서—넘어서 시인 백석의 연인이었던 자야(子夜) 여사가 희사한 길상사와, 소설가 이태준이 거주했던 수연산방으로 향했다. 마지막으로 간 곳은 수연산방과 지척지간에 있는 심우장. 나는 십 여 년 만에 두 번째로 왔다. 비탈길을 좀 가파르게 오르면, 이곳이 산 중턱에 놓여 있지만 한길에서 그다지 멀지 않다.

심우장은 만해 한용운의 서릿발 같은 기상이 서려 있는 곳이다. 강철 같은 정신력의 소유자이면서 형형한 눈빛이 빛나던 그도 나이가 들면서 인간으로서 쇠운머리에 놓여 있었다. 서촌의 차가운 단칸방에서 겨울을 났던 그였다. 방이 좁다보니 책도 책장도 없었다. 벽에는 옷걸이만 있었다. 인근 주점에서 싸게 파는 막걸리와 칼국수로 늘 끼니를 때웠다. 이를 보다 못한 지인들이 나서 마련해준 집이 심우장이다. 그리고 이 무렵에 한의원 간호사 출신의, 혼기 놓친 여인과 재혼도 했다. 그의 생애 마지막 11년을, 그는 심우장에서 보냈다. 세간에 알려진 바에 의하면,

이 심우장이 북향인 까닭을 두고, 조선총독부를 등지기 위해 지은 것이라고 하는데, 이는 낭설인 듯하다. 지형으로 보아 남향이 설 수 없는 곳이다. 남향으로 집을 세우면 산으로 막혀 전망이 전혀 안 나오고, 북향이면 한길과 마을을 눈 아래로 훤하게 내려다 볼 수 있다.

나는 답사단의 일원으로 참가한 문인들에게 1960년대에 수묵화풍으로 묘파한 세계적인 중국 애니메이션 「피리 부는 목동」의 사례와 함께 심우(尋牛)에 관한 불교적인 의미를 밝히고, 또 만해 한용운에게 있어서의 삶의 주요한 요점을 심우장과 관련하여 차근차근히 설명했다. 한용운에 얽힌 내 이야기도 끄집어내었다.

1984년의 일이다.

나는 늦게 복학을 하여 한참 아래의 후배들과 함께 동국대 국문과를 재학하고 있었다. 후배 몇 명과 함께 덕수궁 근처의 마당세실극장에서 뮤지컬 '님의 침묵'을 관람했다. 1984년 꽃필 녘인 듯하다. 이 공연은 만해 한용운의 일대기를 극화한 것이었다. 연출자는 김상열이었고, 주역은 김갑수였다. 당시에 관객을 수만 명을 동원한 히트 작품이었다. 김갑수는 나와 같은 나이의 배우인데, 이를 계기로 연극계의 스타덤에 올랐다. 그는 1980년대에 한 동안 연극 무대의 주역으로 활동하다가, 그 이후에 TV브라운관과 스크린에선 연기파 조역으로 존재감을 과시하였다. 그때 이 연극이 나에게 준 영향력은 결코 작지 아니하였다. 이를 계기로 한용운에 관한 비평문 「존재 구현을 위한 시적 변증법」을 썼고, 이 작품을 때마침 월간 불교사상사에서 공모한 제1회 만해불교문학상 문학평론 부문에 응모해 당선했다. 상금은 대학 등록금 60만원하던 시대의 150만원이었다.

그해 초여름에, 한국일보사 건물인 송현클럽에서 시상식이 있었다.

한용운이 심우장에서 늦둥이로 낳은 한영숙 여사는 한복을 곱게 차려 입고 어엿한 중년의 귀부인으로 앉아 계셨다. 유일한 재가 제자인 김관호 선생은 고령에도 불구하고 카랑카랑한 목소리로, 일본만 역사를 왜곡하는 게 아니라 우리도 역사를 정확히 제대로 보지 못한다고 하면서 만해 선생의 역사적인 공적이 가려지고 있는 현실이 안타깝다고 설파하였다.

당시 심우장은 지식인들의 사랑방이었다. 만해 한용운은 심우장을 거처로 삼으면서부터 출가적 선사(禪師)의 삶에서 재가적 지사(志士)의 삶으로 전환한 감이 있었다. 아마 이때부터는 만해 스님이라고 부르는 사람이 없었을 것이다. 만해 선생이라고 했다고 본다. 그의 주변에는 사람들이 많았는데, 특히 조선일보사장 방응모, 소설가 홍명희, 국학자 정인보 등과의 교유가 유명하다. 지식인들이 많이 모인 자리에서라면, 변설의 주도권은 만해가 장악했다. 고금과 동서를 넘나드는 해박한 지식과, 시인다운 수사학적인 표현력은 많은 사람들을 감탄하게 했다. 지금의 시대 같으면, 김용욱과 이어령을 합한 카리스마적인 능변이 아니었을까 한다.

당대에 만해의 계승자들도 이미 많았다. 유일한 재가 제자인 김관호는 말할 것도 없거니와, 불교계의 후학인 청담도 만해의 사상에 감화되어 심우장에 들러 그에게 인사를 드리고는 했다고 한다. 훗날 청담은 한국 불교계를 혁신한 핵심적인 인물이다. 이렇게 볼 때 한국불교정화운동의 시원은 만해 사상에 있다고 해도 과언이 아니다. 또 시인 조지훈의 회고에 따르면, 그 역시 우국지사인 아버지를 따라서 심우장을 방문한 적이 있었다. 문학에서는 그가 아버지의 벗인 만해의 계승자라고 할 것이다. 만해가 심우장 시절에 비승비속의 삶을 살았듯이, 속인으로서 승방 생활을 했던 그는 중도 속인도 아니라는 뜻에서 한때 증곡(曾谷)이라는 호를 사용하기도 했다. 승속(僧俗)이란 낱말에서 사람 인자를 없애 '증곡'을 조어한 것이다. 시인의 기발함마저 조지훈은 만해의 선(취)시를 계승한 듯하다.

심우장에서 많은 사람들 앞에서 이런저런 얘기를 하다 보니 초여름의 기다란 해도 저뭇해지고 있었다. 걸어서 멀지 않은, 깔끔하게 지어진 집에서, 일행은 정갈한 한식에 막걸리를 곁들이면서 의미 있는 하루를 보내는 저녁식사를 했다. 연만한 고창수 선생님은 온종일 행사에도 피곤한 기색이 전혀 보이지 않았고, 답사단의 모든 살림살이를 꾸려가는 조영환 시인은 이것저것 갈무리하느라고 손길이 바빴다.

사월의 꽃처럼 진 소년 시인

안종길론

잊어진 소년 시인 안종길.

그는 1960년에 일어난 4.19 의거 당시에 서울의 경복고등학교 2학년에 재학하고 있었다. 대학생과 고등학생들이 서울의 도심에서 격렬하게 시위에 참여하고 있었다. 위기를 느낀 경찰은 마침내 사격을 자행했고 많은 사상자가 발생했다. 한국 민주화 과정의 한 획을 그었던 사건이었다. 민주화의 제단에 산화한 한 소년이 바로 안종길이었던 것이다.

안종길은 한낱 평범한 문학 소년이었다. 1959년 10월, 동구릉에서 경복고등학교 교내 백일장 대회가 열렸다. 심사위원으로는 시인 서정주와 소설가 안수길이 시와 산문 분야에 각각 초청되었다. 이때 경복고등학교 1학년에 재학하고 있던 안종길이 시 부문의 입상자로 선정되었다. 이 일이 인연이 되어 그는 공휴일이면 자주 서정주의 거주지에 드나들면서 시와 인생에 대한 가르침을 받는다. 서정주 역시 소년의 시적 재능을 알아차리고는 그에게서 전도에 유다른 촉망을 걸고 앞날을 기대하고 있었다. 요컨대 두 사람은 사적인 관계로 맺어진 사제지간인 것이었다. 이들의 인연은 불과 6개월간에 걸쳐 지속되었을 뿐이다. 예상치 아니한 죽음이 그들을 삶과 죽음의 세계로 갈라놓았기 때문이다.

소년 시인 안종길의 유고 시집은 1960년 7월 1일, 경향신문사에서 상재되었다. 시집의 표제는 『봄·밤·별』이다. 시의 배열은 대체로 시대의 역순으로 이루어져 있다. 그가 살아생전에 마지막으로 쓴 시는 「고요한 의미」이다. 이 시는 1960년 4월 15일에 쓴 시이니까 죽기 며칠 전에 쓴 시인 셈이다. 마지막 시이기 때문에, 시집의 가장 앞선 부분에 놓여 있다. 3행만 인용하면 이렇다.

> 유별 커다란 별똥이
> 왕국으로 파문하여
> 무수한 하늘들이 깨어지고
>
> —「고요한 의미」 부분

이 인용 부분을 볼 때, 곧 있을 혁명을 예감한 것처럼 보인다. 또 이 혁명은 백성들의 뜻이며, 또한 하늘의 뜻이기도 하다. 이 시는 4.19 전야의 긴박한 상황을 잘 증언해 주고 있다. 고요함의 의미란 것은 고요한 폭풍전야가 아닐까? 시집의 두 번째의 시로 나열된 「여음(餘音)」 역시 마찬가지이다. 이 시는 1960년 3월 23일에 쓴 시이다.

> 강물이 나를 따라오는 언덕길
> 꽃상여 하나 없는 이 길에 머물러
> 강 건너 우물가를 바라보는 크나큰 마음

하늘에서 내리는 마른번개에
머리카락이 모조리 빠져 버릴까
고개를 땅 밑으로 묻고 나니
꽃배암이라도 찾을까.

(……)

기폭으로 치마를 삼고
창을 꼰아 행렬과 전쟁을 하고
말을 달려 승전고를 울리며 개선을 할까.

—「여음(餘音)」 부분

이 시는 내용을 보아 짐작컨대 3.15부정선거에 반발하여 마산에서 일어난 대규모 시위를 소재로 한 정치적인 의미의 시인 것 같다. 이 사건은 주지하듯이 4.19 혁명의 도화선이 된 사건이다. 이 정치적인 사건을 두고, 안종길은 민권의 승리라고 규정하고 있다. 1960년 3월 15일은 정·부통령선거가 있던 날이다. 이 날에 공공연한 부정행위가 목격되자, 마산시민들은 굴복하지 않고 항의하기 시작했다. 경찰이 무차별 발포를 하자 학생과 시민 중에 적지 않은 사상자가 생겼다.

그 후의 상황은 극적이었다. 28일간에 걸쳐 소식이 끊어진 김주열이 4월 11일 마산 중앙부두에서 떠오르자, 이에 분노한 마산 시민이 다시 노도처럼 일어섰고 이 봉기가 전 국민의 분노로 확산되어 4.19 학생의거(시민혁명)의 기폭제가 되었다.

이대로 새날이 오지 않으면
시계가 아주 멎어버리면

내가 잡고 있는 이 로프는
곧 끊어져 버릴까.

—「현악기를 위한 시」 부분

인용시 「현악기를 위한 시」는 안종길이 1960년 3월 5일에 쓴 시다. 그는 민주주의의 새날이 올 것을 낙관적으로 전망하고 있었다. 만약 자신의 뜻과 바람과 달리 이승만 독재 체제가 지속된다면, 그가 잡고 있는 자신의 생명줄은 물론 민권의 생명 줄도 끊어져 버릴 것이라고 예감하고 있다. 이 나쁜 예감! 현악기의 줄과 같은 그 생명의 줄은 가녀린 것이지만 강인하다. 하지만 자신의 나쁜 예감은 현실이 되었다. 자신의 생명줄은 희생되고, 대신에 민권의 생명줄은 승리를 거둔다.

하늘에서 바다로 돌아다니며
꽃노래를 불렀다.

—「고양이와 소녀」 전문

이 시는 안종길의 시 중에서도 가장 예외적인 시다. 그의 시가 비교적 길고 산만하게 늘어져 있다. 하지만 이 시는 가장 긴축적인 2행시이다. 1행시로 처리해도 될 그런 시다. 또 이 시는 시를 쓴 날짜가 부기되어 있지 않다. 그의 시 가운데 극히 이례적이라고 하겠다. 생각을 뛰어 넘은 절제된 언어, 비유와 상징의 기법은 정확한 의미와 맥락에 대한 접근을 차단하고 있다. 4.19에 대한 승리의 예감일까? 그렇다면 고양이와 소녀는 어떠한 유추 및 관계성을 부여하고 있는 것일까? 난해하기 때문에 좀 불가사의하고 한결 신비롭게 느껴지는 시다.

봉우리, 봉우리마다 떨어져 죽어버린
나의 몸뚱이를 보려고 수없이 몰려든
꽃나무. 맥없이 펄럭이는 조기(弔旗)의 가슴
위로 바위 같은 불똥이 뛴다.
밤하늘 별자리가 바뀌었다.

—「꽃나무」 전문

이 시에도 시를 쓴 날짜가 없다. 추정하건대 1959년 말일 것으로 예상된다. 1960년 1월 초이다. 안종길의 시는 자신의 죽음에서 멀어질수록 정치적인 성향의 색깔이 옅어져 있다. 대신에, 죽음이랄까 초현실의 세계에 침잠되어 있는 느낌을 준다. 이상의 시에도 같은 제목의 초현실주의 시가 있듯이, 인용시 「꽃나무」도 초현실주의 시 같은 느낌을 갖게 한다.

이 시의 의미 구조는 모두 넷으로 이루어져 있다. 첫째, 나의 육체는 봉우리마다 떨어져 죽어있다. 둘째, 수많은 꽃나무들이 모여들어 나의 수많은 사체들을 내려다보고 있다. 셋째, 바위처럼 견고하고 크나큰 불똥이 맥없이 펄럭이는 조기의 가슴 위로 뛰고 있다. 넷째, 이 순간에 밤하늘의 별자리가 교체되었다. 첫째와 둘째의 관계는 상식을 초월하지만 인과 관계는 유지한다. 둘째와 셋째의 관계는 그나마 유지된 논리적인 인과 관계를 해체한다. 셋째와 넷째는 한 마디로 말해 필경 난센스의 상태에 도달하고 만다. 이때는 시인 서정주의 지도를 받은 지 몇 개월 지났기 때문에 문학성이 깊어졌다고 볼 수 있다. 그의 가장 대표적인 시로 알려진 「봄 밤 별」은 대중의 기억엔 쉬이 남을 수 있겠지만 문학성은 아직 갖추지 못했음이 드러나고 있다.

별을 보려고
왠지 별이 보고파
하늘이 안 보일까조차 두려운 비좁은 마당에
섰습니다.

가냘픈 초승달이
가냘파 뵈는 우리 어머니처럼
별들을 재우고 있습니다.
향그러운 봄색이 밤하늘에도 뚜렷합니다.
짙붉은 진달래처럼입니다.

님의 침묵처럼 눈만 빛나는 별들에서도
호사로운 봄기운이 삐쳐 나옵니다,
안타까운 밤의 서정 속에.

끝이 없는 끝이 없어 끝이 없는
화사한 진달래 빛으로 이루어나간 하늘길에
나비 벌처럼 별이 잉잉거리고
사월을 찬양합니다.
찬양하는 사월과 청포도 별 속에
밤이 깊어갑니다.

—「봄 밤 별」 전문

이 시는 안종길이 1959년 4월 18일에 쓴 시다. 거의 정확하게도, 죽기 1년 전에 쓴 시인 것이다. 보다시피, 이 시는 매우 서정적인 시다. 윤동주의 「별 헤는 밤」을 연상시키는 아름다운 서정시이다. 다만 윤동주와 다른 것은 계절에 대한 느낌이 서로 다르다는 것이다. 윤동주의 가을별에 대한 안종길의 봄별의 서정. 별을 바라보는 시심도 이렇게 서로 차이가 있는 것이다. 그가 이토록 찬양해마지 않았던 다음해의 사월에 자신이 목숨을 잃게 되리라고 전혀 짐작조차 못했으리라. 장미를 좋아했지만 정작 장미의 가시로 인해 죽음을 당한 시인 릴케의 역설을 보는 것만 같다.

시인 서정주는 6개월 동안에 걸쳐 사사롭게 인연을 맺은 제자였던 소년 안종길에게 안타까운 마음을 가지고 있었다. 그의 부모는 평소의 시 원고를 가지고 서정주를 찾아갔다. 서정주가 그의 많은 습작시 가운데 가리고 뽑아 시집을 편집하는 데 조언을 주었다. 그리고 시집의 서문을 직접 썼다. 서정주는 안종길의 천재성을 기리면서 프랑스 시인 랭보에 비유하기도 했다. 하기야 안종길의 시 대부분은 16세에 쓰인 것이다. 16세의 소년이 쓴 시라고는 믿기지 않을 정도로 아마추어 감각은 이미 넘어선 것으로 판단된다.

천재 시인을 말하다

시 비평에 있어서 천재 시인이라는 말이 나올 때, 나는 헛웃음이 절로 나온다. 얼마나 더 이상 할 얘기가 없으면 저런 말을 하나, 하고 생각한다. 윤동주 연구에 기여한 바가 결코 적지 않은 한 일본인 학자는 최근에 조선일보와의 인터뷰에서 시인 윤동주를 가리켜 '천재 시인'이라고 추켜세웠다.

언제부터인가 잘 모르겠지만, 윤동주는 국민 시인으로 소중하게 여겨지고 있다. 최근에는 이것도 모자라서 그의 영예로운 이름 위에 천재 시인이라고 덧붙이고 있는 것이다. 윤동주가 천재 시인이 아니라고 한다고 해도 그의 이름값이 가라앉을 것 같은 정황이 결코 아닌데도 말이다.

윤동주는 우선 전형적으로 노력형 인간형에 속한다. 그가 연희전문학교에 재학할 때, 자신보다 학업 성적이 우수하고, 또한 신춘문예에 응모해 작품(동화)이 당선된 동갑내기 고종사촌 형인 송몽규를 보면서, 자신은 '대기만성'이라고 자위했다. 그의 말대로 큰 그릇이 늦게 이루어지기 전에, 일찍 세상을 떠나 긴 아쉬움을 남기고 말았다. 이에 앞서 두 사람이 일본에 유학을 할 때에도, 송몽규가 명문인 교토제국대학에 입학 허가를 받았지만, 윤동주는 일이 뜻대로 잘 되지 못한 것 같다. 제국대학이 아닌 동경에 소재한 일반 사립대학에 진학을 했을 뿐이다. 잘 알려진 사실이거니와, 송몽규가 모든 일에 있어서 늘 자신만만해했고 남들에게 좀 과시적이었다면, 윤동주는 그런 송몽규에게 열등감을 가졌었고 자기 혼자만의 시간을 가지면서 자신에게로 향해 늘 성찰적이었다.

천재형 인간 중에는, 송몽규의 경우처럼 자기과시적인 사람이 많다. 능력 개발에 있어서는 영감을 중시하는 측면이 강하다. 반면에 윤동주와 같은 노력형 인간은 능력 개발에 있어서 도야를 중시하는 측면이 강하다. 불교적인 관점에서 굳이 비교하자면, 전자가 돈오(頓悟)라면, 후자는 점수(漸修)이다.

시인 중에서도 천재형이 있고, 또 노력형이 있다. 물론 이것은 가치의 우열을 말하는 것이 아니다. 한 시대에 살았던 이백과 두보가 가장 대표적인 사례가 아닌가 한다.

천재 시인인 이백은 반짝 빛을 발하는 역(逆)발상에 따라 시상을 자유자재로 다룰 줄 알았던 영감과 즉흥의 달인이었다. 반면에, 두보는 천재라기보다 인재(人才)의 시인이라고 할 수 있다. 천재가 아니라 인재라고 해서 격이 한 단계 떨어진다는 것은 결코 아니다. 조선의 문사들은 역발상의 이백보다 인정세태의 발상을 중시한 두보를 선호했다. 두보는 인간적인 진실과 생활감정을 한껏 담은 시의 언어를 매만진 일종의 장인이었다. 그래서 그를 정승(情勝)의 시인이라고 했다. 어떤 면에서는 이 말 속에 (이백을 염두에 둔 것은 아니라고 해도) 그가 여타의 어설픈 천재 시인들보다 오히려 훨씬 '낫다(勝)'는 뜻을 내포하고 있기도 한다.

죽는 날까지 하늘을 우러러
한 점 부끄럼이 없기를
잎새에 이는 바람에도
나는 괴로워했다.
별을 노래하는 마음으로
모든 죽어가는 것을 사랑해야지.
그리고 나한테 주어진 길을
걸어가야겠다.

오늘밤에도 별이 바람에 스치운다.

주지하듯이, 인용된 윤동주의 「서시」는 국민적인 애송시로 사랑을 받고 있다. 이 시는 독창적인 영감에서 비롯된 발상이나 발언이라고 할 수 없다. 짧은 시의 행간 속에는 문화와 학습의 요인이 녹아 있다.

하늘을 우러러 한 점 부끄럼이 없기를 다짐하거나, '나'한테 주어진 길을 걸어가야겠다는 뜻을 표명한다는 것은 윤동주에게 부여된 경험과 교양의 총체이다. 전자는 동아시아권 문명의 경천관(敬天觀)에 연원을 둔 맹자의 사상이며, 후자는 이른바 기독교의 숙명적인 희생정신을 말하는 것이다. 윤동주에게 있어서의 전자는 외숙 김약연 선생으로부터 하나의 가학(家學)으로 수용해 정신의 뿌리를 내린 것의 소산이라면, 그 후자는 연희전문의 건학 이념과 학교 교육의 분위기 속에서 영혼의 입지를 다져간 것의 결과이다.

독일 문학에서 유래된 '교양소설 · 형성소설 · 성장소설'의 개념이 있다. 한 개인의 성장 과정에서의 인격 형성을 제재로 삼은 소설의 한 유형이다. 만약에 시에서도 이와 유사한 개념인 '교양시 · 형성시 · 성장시'와 같은 하위의 갈래가 존재할 수 있다면, 윤동주의 「서시」가 가장 모범적인 적례가 되지 않을까 한다.

우리 근대시사의 시인 가운데 천재형 시인과 노력형 시인을 크게 나누어볼 수도 있을까? 이게 좀 가능한 얘기라면, 전자의 경우는 김소월·이상·서정주 등이며, 후자의 경우는 정지용·조지훈·윤동주 등이라고 본다. 김소월과 정지용은 1902년에 태어난 동갑내기이다. 이 사실을 입에 떠올리면 뜻밖이라는 표정을 짓는 사람들이 적지 않다. 두 시인이 주로 활동한 시기가 서로 다르기 때문이다. 1920년대 초반이 융성기였던 김소월, 1930년대 후반에 원숙기에 접어든 정지용……. 게다가 두 시인은 토착주의(nativism)와 근대주의(modernism)라는 상반된 문화적 지향성을 보이고 있지 않은가? 그래서 두 시인 사이엔 얼핏 생각하기에 십 수 년의 층위가 있는 것처럼 느껴진다.

김소월은 자신을 가르친 스승인 안서 김억보다 더 능가하는 시적인 재능을 보여주었다. 안서는 소월에게 시의 형식과 격조를 가르칠 수 있어도, 시적 언어의 음영(陰影)과 영감에 관해선 가르칠 수가 없었을 것이다. 김소월은 언어의 주술사라고 딱히 말할 순 없다. 하지만 몇몇 시편에선 무당의 넋두리 같은 광기의 언어도 엿보인다. 그 대표적인 시편이 「초혼」이다.

이에 반해 정지용은 시인의 재능을 점진적으로 수행, 내지는 도야해 갔고, 또한 시인됨의 정체성을 오랜 세월에 걸쳐 증명해 갔다. 그는 한마디로 말해 언어의 연금술사였다. 식민주의의 지배 언어에 의해 모국어가 침식되어가는 엄혹한 시대에 우리말의 묘미를 근대적인 감각으로 조탁한 그는 죽어가는 언어에 새로운 생기를 부여한 시적 언어의 명장

(名匠)으로 기억되어야 한다. 그의 문학적인 계승자이기도 한 조지훈은 시편 「승무」 한 편을 쓰기 위해 한 해를 보내기도 했다.

윤동주는 김소월보다 정지용에 가까운 시인이다. 정지용의 아현동 자택에서 두 사람은 만남의 기회를 가진 바 있었다. 해방 후에 정지용은 이 사실을 까마득히 잊고 있었다. 아주 먼 훗날인 1980년대에 이르러서야, 나사행(목사)이 두 사람의 만남에 관한 소중한 증언을 (윤동주에 관한 평전을 서술한) 송우혜에게 전해 주었다. 윤동주가 정지용의 시에 적잖이 영향을 받았을 뿐만 아니라, 그를 평소 사숙하면서 만난 사실을 두고 볼 때, 두 사람의 관계는 사제지간에 진배없었다고 하겠다.

이 대목에서 간과할 수 없이 중요한 건, 윤동주 자신이 노력형 시인이란 것도 정지용으로부터 알게 모르게 수용했다는 사실이다. 원고 작성의 과정에서 끊임없이 고치고 또 고치는 글쓰기의 습벽도 그가 노력형 시인임을 방증한다. 유족의 원고 공개에 따라 제작된 『사진판 윤동주 자필 시고(詩稿)전집』(1999)에 의하면, 어떤 시는 작품의 제목이 세 가지로 된 경우도 있고, 어떤 시는 원고지의 퇴고 상태가 읽는 사람이 판독을 해야만 하는 수준에까지 이르는 경우도 있다.

정확히 말해, 윤동주는 천재 시인이 아니다.

그가 시인으로서 정지용 유의 '언어의 연금술사'라는 개념 쪽에 다소 기울어져 있다고 보는 것이 실상에 가깝다. 그가 천재 시인이 아니라고 해서 그의 명예에 흠결이 생겨야 하는 아무런 까닭도 없다. 천재형 시인이냐, 노력형 시인이냐 하는 다소간의 직설적인 물음은 시학의 원론에서 논의되어야 할 객관적인, 내지 중립적인 성격의 문제라고 할 수 있겠다.

제2부

시단의 현장
: 주제비평과 북 리뷰

주역周易의 비의와 우주적 상상력의 시

1. 우주적 생명 상응의 시학

세월호의 국민적인 애도 반응은 엄청난 것이었다. 모든 인재(人災)가 다 그렇겠지만 도저히 이길 수 없는 큰 슬픔도 사소한 실수라는 작은 원인에서 비롯되는 것이다. 큰 것과 작은 것, 기억과 망각, 슬픔과 슬픔을 이긴다는 것은 인간 삶의 모든 것을 포괄하거나, 세상에 만연하고 있는, 모든 긴장된 관계의 이치인 것이다.

인생이란 미지의, 혹은 불가해한 세계다.

그렇기 때문에 인생에는 다양한 은유와 상징이 존재한다. 인간은 이를 통해서 인생을 이해하고 살아가는지도 모른다. 이러한 이유 때문에 은유를 역경(易經) 언어의 핵심이라고 말한 이도 있다.[1] 역경이라고 함은 주역(周易)과 역전(易傳)을 가리킨다. 앞엣것이 상징적인 부호 중심의 재현 텍스트라면, 뒤엣것은 은유 방식의 언어 중심의 설명 텍스트이다.

주역과 역전에는 무엔가 가슴에 파고들거나 가슴을 찌르는 촌철살

---

1) 문용직, 『주역의 발견』, 부·키, 2007, 278면 참고.

인의 언어가 적지 않다. 어떤 것은 매우 시적이기도 하다. 아무렇게나 생각이 떠오르는 대로 한번 적어본다. 하늘과 땅이 서로 감응하여 만물은 변화하고 생겨나며, 성인은 사람들의 마음과 감응해서 천하가 화평해진다. 천둥소리가 진동해서 만물의 힘을 돋우며, 바람이 불고 비가 옴으로써 만물은 윤택해진다. 서리를 밟으니 곧 얼음이 얼겠음을 알겠다. 하나하나 읽으면, 매우 시적이고 수사적이다. 역경의 언어가 이처럼 화사한 문식(文飾)으로 치장되어 있음을, 우리는 알 수 있다.

'천둥소리가 진동해서……' 하는 문장은 옥타비오 파스가 시 창작의 과정에서 이용한 적이 있었다고 한다. 두루 아는 바처럼, 옥타비오 파스의 시 창작에 적잖은 영향을 끼쳤던 것 중의 하나가 주역이었다. 그는 한국인과의 한 대담에서 이렇게 술회한 바 있었다. "제가 주역에 도취된 것은 일관성 있는 사건과, 시적으로 자연의 변화를 통하여 인간과 합일한 때문입니다."[2] 옥타비오 파스는 실제로 주역의 8괘(卦)를 이용한 구조적인 체계를 따른 시각적인 시를 적잖이 썼다. 중국의 한시(漢詩)는 표음문자로 된 일종의 공간시다. 공간시를 두고 스페인어로 '토포에마(Topoema)'라고 한다. 지형(地形)을 의미하는 '토포'와 시를 가리키는 '포에마'를 합성한 조어이다. 그가 한시적인 도상(圖象)의 시각시를 실험한 데는 주역을 염두에 둔 측면이 크다. 그는 시 창작에 주역의 영향이 있었음을 구체적으로 밝힌 바 있었다.

> 나는 여러 가지 이유로 하여 주역을 내 시의 모델로 삼기를 결심한 바 있었다. 첫째 주역은 변환이라는 사상에 용이하다는 보조적인 뜻이

---

2) 옥타비오 파스·정권태 대담, 「주역과 시 창작」, 『시와 시학』, 1996, 봄, 30면.

> 결합되어 있다(실제로 주역의 뜻은 변화가 쉽다는 뜻이다). 변화하고 있는 기호를 변환하고 있는 상황에 적용시킴은 어떤 정해진 범주와 개념을 통해서 이해하려는 것보다 훨씬 용이하다. 더구나 나는 이분법을 시험을 통하여 체험을 하였다. 실제로 시를 쓰는 데 나에게 도움이 되었다.[3)]

주역은 인간과 자연과 우주의 질서 안에 행불행을 새겨 넣고 예외를 인정하면서 변화에 의미를 부여하는 것이다. 옥타비오 파스의 표현처럼, 역(易)이라는 그 '순환하는 부호'는 움직이는 우주 상응의 이론이다. 시가 주역과 손을 잡을 수 있는 것은 고정적이고 규칙적인 언어의 한계를 넘어서 생명체의 움직이고 성장하며 변화는 특징을 얻을 수 있기 때문이 아닐까?[4)] 즉, 언어에 일종의 생기를 불어넣는 것이 아닐까?

서리가 내리나니, 머잖아 얼음의 계절이 찾아오리라. 누이동생을 시집보내는 데 날짜를 미루니, 늦게 시집가는 것은 때가 있기 때문이다. 앞으로 나아갈 수 없음을 알고 마차를 멈추니, 여우가 물에 꼬리를 적시고 되돌아온다. 이러한 유의 표현을 두고 볼 때, 우리는 역의 언어가 매우 시적임을 알 수 있겠다.

시인 김영석의 시 「고요의 거울」 가운데, "고요의 거울 속 / 꽃가지 그림자에 / 작은 벌레 한 마리 기어갑니다."라는 표현이 나온다. 이를 가리켜 문학평론가 김유중은 다음과 같이 해석한 바 있어서, 나에게 인상적으로 남아 있다.

---

3) 김현창, 「옥따비오 빠스의 생애와 문학」, 김현창 옮김, 『옥따비오 빠스—시와 산문』, 민음사, 1991, 320면, 재인.

4) 『시와 시학』, 앞의 책, 30~31면 참고.

> 고요 속에서도 끊임없이 모든 것들이 제 나름의 운행 원리에 따라 움직이고 변하는 것을 보면 그것들은 움직이는 질서가 분명 있다는 것을 깨닫게 된다. 이 움직임의 질서가 바로 역(易)의 질서이며 원리이다.[5)]

작은 벌레 한 마리가 기어가는 것에서도 움직임의 질서를 관찰한 비평적인 직관이 예사롭지 않다. 역은 이처럼 우주 생명의 진실을 은유하거나 상징한다. 모든 생명 현상은 질서와 혼돈의 상호작용이 빚어낸 결과이다. 생명력의 근원은 음양의 하모니에서 비롯된다.

역은 대립과 통일의 원리로 이루어진다. 천지의 모든 사상(事象)은 고립해서 존재할 수 없다. 모든 것은 상호작용하는 관계 위에서 존재한다. 이른바 모순의 동일성이다. 우주의 모든 것은 변화의 원천이 된다. 일월성진과 산천초목이 서로서로 상호작용하면서 변화를 이끌어간다. 우주는 이와 같은 친화력의 원리에 의해 이룩해 가는 것이다.[6)]

이렇게 본다면, 역의 근본 원리는 서정시의 동일성 이론과 매우 흡사한 면이 있다. 주지하듯이, 서정시는 자아와 세계의 경계 없는 화음의 꽃을 피우는 것이다. 시인 조지훈의 시편 「화체개현(花體開顯)」에서 보듯이, 신화적인 축제의 순간 같은 꽃 피우기야말로 우주 생명의 진실을 드러내는 서정시의 본질이 아니던가. 이것은 소우주(자아)와 대우주(세계) 사이에 존재하는, 측량할 수 없는 심연의 상호관계, 그 이상도, 그 이하도 아닌 것이다. 요컨대 역과 서정시는 서로 다른 이름의 우주적 생명 상응(론), 즉 '코스모바이올로지(cosmobiology)'인 것이다.

---

5) 김유중, 「도(道)·역(易)·시(詩)」, 『문학청춘』, 2012, 여름, 52면.

6) 노태준 역해, 『신역 주역』, 홍신문화사, 207~208면 참고.

> 꽃망울 속에 새로운 우주가 열리는 파동! 아 여기 태곳적 바다의 소리 없는 물보라가 꽃잎을 적신다. // 방안 하나 가득 석류꽃이 물들어온다. 내가 석류꽃 속으로 들어가 앉는다. 아무것도 생각할 수가 없다.

꽃이 피어 몸을 드러내는 순간을 시인을 이렇게 노래하고 있다. 일종의 우주론적인 전율에 대한 감흥이라고 하겠다. 이 몰아의 황홀경에 빠져드는 것은 서정시가 지향하는 구경의 세계이다. 주역의 연원과 본질, 또한 그 근본주의를 탐구해온 문용린은 자연을 대하는 인간의 첫 번째 마음이 곧 시적 감성이며, 시와 역경(주역)이 흥(興)과 은유로써 세상을 받아들이는 방식으로 삼는다고 했다.[7] 흥이란, 꽃 피어 몸 드러내는 순간만을 말하는 것이랴. 흥이야말로 다름이 아닌 미묘한 마음의 진실이다. 서양식으로 말하면 카타르시스와도 같은 것이다. 세월호의 슬픔도 일종의 비극적인 감흥이다.

그러나 이성복이 역의 원리에 바탕을 둔 시를 쓰려고 했으나, 다양성을 찾아내지 못하고 미완의 단계에 머물고 말았다. 그의 이러한 시도는 매우 참신하였으며, 문제의 제기에 대한 실마리와 가닥을 남겼다. 최근에는 시인 장석주가 이른바 역시(易詩)를 쓰고, 또 이에 관한 시집을 낸 바 있다. 이성복의 시적인 문제 제기가 있었기에 가능한 것은 아닐까? 앞으로 역의 사상에 바탕을 둔 시가 적잖이 나올 것이라고 예상된다. 나는 이러한 것에 착목하여 이 비평적 사색의 에세이를 쓰게 되었음을 미리 밝혀둔다.

---

7) 문용직, 『주역의 발견』, 부·키, 2007, 278면 참고.

2. 이성복의 시에 투영된 역(易)의 그림자

이성복의 첫 번째 시집인 『뒹구는 돌은 언제 잠 깨는가』(1980)는 모더니즘의 가치로부터 자유롭지 못한 시집인 것으로 판단된다. 말하자면, 이 시집은 서구적인 사유의 모델로부터 비롯된 시집이라고 할 수 있다.

근래에 정리해 간행한 시인의 대담집인 『끝나지 않은 대화—시는 가장 낮은 곳에 머문다』(2014)에 의하면, 이 시집은 시인 자신이 철저히 카프카적이고, 니체적이며, 또한 보들레르적이라고, 자평한 바[8] 있듯이 모던한 심미의 가치관에 따라 잘 직조된 시적 언어의 성과물이다. 시인 김수영이 일구어낸 한국어 감성의 실험은 이 시집에 이르러 하나의 완결성을 얻은 것 같다.

이 시집은 특별한 대표작도 없이 고르지만 수준이 비슷이 높은 43편의 참신한 시편들로 이루어져 있다. 굳이 대표적인 시 몇 편을 고를 수 있다면, 먼저는 이 시집의 권두시라고 할 수 있는 「1959년」이다. "그 해 겨울이 지나고 여름이 시작되어도 / 봄은 오지 않았다……"로 시작되는 이 시는 봄의 부재가 지닌 불길한 징조와 나쁜 의미의 주력(呪力)을 미리 느끼게 한다. 한 시대의 종언을 앞둔 숫자의 상징성 내지 정치적 알레고리와 무관치 않다. 1959년은 이승만 정부가 몰락하는 전야(前夜)의 상황인 것이며, 동시에 유신 정부의 극적인 종언이 저절로 이루어진 1979년의 시대적인 상황이기도 하다. 시편 「그 날」의 마지막 행에서는 결기가 가득 찬 시인이 "모두 병들었는데 아무도 아프지 않았다"라고 선언한다. 부조리한 현실을 광채로운 역설과 배리로 제시하는 시적인

---

8) 이성복 대담, 『끝나지 않은 대화—시는 가장 낮은 곳에 머문다』, 열화당, 2014, 51면 참고.

언어의 역량이 돋보이게 하는 대목이다. 또한 시인은 「다시, 정든 유곽에서」에선 악에 받친 소년들이 소주병을 깨서 제 팔뚝을 긋거나 식모애들이 때로 사생아를 낳거나 하는 것과 같은, 불가해한 '유곽'을 그린다. 이 유곽은 성이 음습하게 거래된다는 사창가의 기의를 넘어서 비이성과 폭력과 전도된 가치의 세상을 은유하는 기표로 사용된다. 요컨대 이성복의 시집인 『뒹구는 돌은 언제 잠 깨는가』는 시인과 시대, 자아와 세계가 반목과 불화의 갈등 관계를 극대화함으로써 격동의 1980년대 시의 문을 활짝 열었다는 점에 문학사적인, 내지 시대사적인 의미의 그물망이 매우 뚜렷한 시집이다.

그런데 시인 이성복의 그 다음 번의 시집들은 일반적인 성격의 서정시의 세계로 돌아선다. 뭔가 시에 관한, 아니면 세상에 관한 한 생각의 질감이 변화를 겪은 것으로 보인다. 사유의 발상 전환을 가져온 것은 불문학을 전공한 시인이 프랑스에 가게 되면서 나타나기 시작했다. 이 시점은 1984년이었다. 문제는 그의 프랑스 체험이 지식의 수용과 생활의 적응 등에 있어서 뜻대로 수월하지는 않았을 것이다. 불문학 전공의 교수로서 파리에 간 그는 보들레르를 생각하면서 여기가 고향이겠구나, 라고 생각한 그에게 다소간 충격적인 푸대접의 경험이 있었던 것 같다. 지식인 문화적으로나 경제적으로 선진국에 가면 흔히 경험할 수 있는 일이다. 자신을 그다지 알아주는 사람도 없었을 것이다.

이러저러한 이유로, 그가 1980년대 중반에 사상의 전회(轉回)를 불러일으켰으리라고 본다. 그가 귀국한 후에, 김소월과 한용운의 시가 지닌 가치를 되살펴 보았고, 중국 동양학의 고전적인 시원인 논어와 주역에 심취하기도 했다. 시인 이성복은 논어와 주역, 그리고 선불교 등의 가치를 재발견함으로써 서구의 지적인 패권주의랄지, 이로 인한 비관주의와 같은 것으로부터 일단 빠져나올 수 있는 탈출구를 마련할 수가 있었을 것이다. 나는 시인 이성복이 주역을 심취하게 된 동기 부여에 관해 여러 가지로 생각해 보았다. 이에 관한 근거가 될 수 있는 관련된 내용을 얻기 위하여 여러 자료를 뒤적여 보았다. 가장 근접할 수 있는 정보원은 대체로 다음과 같은 데 있지 않을까 한다.

> 주역의 기저를 이루는 음양 원리는, 서구의 이분법과는 질적으로 차별되는 사유의 문법을 제공한다. 또한 유기체적 세계관은 풍부한 생태 윤리를 내장한다. 상징성이 강한 괘상과 괘사, 효사는 창조적 상상력의 원천이다.[9)]

그는 한국에서 니체의 사상과 보들레르의 시적인 재보(財寶)를 알게 되었듯이, 프랑스에 가서야 오히려 동양학의 심연 속으로 빠져들 동기 부여의 기회를 가졌으며, 또한 김소월과 한용운 같은 우리 시인의 숨은 가치를 모색하기에 이르렀던 것이다. 결핍이 있는 곳이야말로 새로운 동기가 유발되는 기점이 아니겠는가. 그에게 있어서의 한국은 서구 일변도의 정신의 풍경이 깃든 곳이요, 그가 머문 프랑스는 동양적인 것으로 회향하는 발상 전환의 지점이다. 그는 시단의 한참 후배인 시인 김민정과의 인터뷰를 통해 그 시기를 다음과 같이 회상한 바 있었다.

> 내가 서양철학에서부터 문학을 시작했기 때문에 김수영은 알았지만 김소월과 한용운은 저게 시냐, 그랬었다고. 그런데 나는 지금 김소월이 무지 대단하다고 생각해. (……) 나는 그에게 모든 것이 있다고 생각해.

---

9) 최영진, 「주역, 어떻게 읽을 것인가」, 교수신문, 2005. 10. 10.

> 내가 불란서에 갔다 와서, 연애시를 읽으면서 동양의 음양 사상과 만나게 되었어. 연애라는 게 음양이잖아. 그래서 『주역』도 하고 그 다음에 불교쪽을 접한 거야. 불교 기초 강좌부터 불교 기초 경전, 『유마경』 『원각경』 그런 것들과 선불교, 티베트 불교, 인도 사상 뭐 그렇게 연결해서 조금, 조금씩 공부해 나갔던거라. 그런데 나는 전문가가 아니잖아. 내 인생에 필요하다 싶은 부분을 그저 섭취하는 정도랄까. 그러다 정신분석으로 넘어가서 프로이트를 읽기 시작했지. 불어 원문으로 읽기 시작해서 전집의 한 절반은 읽은 것 같아.[10]

물론 상대적인 비교가 되겠지만, 서양인의 사유 체계가 불변하는 개념의 절대 원리를 내세우지만, 동양인들의, 특히 중국인들의 그것에는 변화의 원리에 충실한 절대 원리를 내세우는 것이 없지 않다. 변화와 변형을 통해 새로운 생명의 질서가 생기(生起)한다는 사상의 원형적인 것이 있다면, 역(易)[11]의 개념 내지 사유 체계라고 말할 수 있을 것이다.

역의 사상을 집약적으로 표현한 고전적인 전범이 바로 『주역(周易)』이다. 중국에 있어서 상고(上古)와 선진(先秦)의 지혜가 함축되어 있는 이 옛 경전에는 소위 도(道)가 바탕을 이루고 있다. 도란 불변의 진리라기보다 상황에 따라 현실에 적응하는 피동적인 영감, 혹은 능동적인 직관을 아우르는 포괄적인 개념인 것으로 보인다.

시인 이성복이 1980년대 중후반에 수용한 주역이 지닌 역동적인 사유체계를 가장 뚜렷하게 드러난 것은 그의 박사학위 논문인 「네르발

---

10) 이성복 대담, 앞의 책, 145~146면.

11) 역의 자의는 『비서(秘書)』라는 책에 나타나 있다. 역은 '일월의 합이며, 음양을 본뜬 것(日月爲易象陰陽也)'이라고 말해진다.

시의 역학적(易學的) 이해」(1989)이다. 그가 19세기 전반기의 낭만주의 시인인 제라르 드 네르발(G. de Nerval)의 시 연구를 통해 역학적(易學的) 해석을 시도한 바 있으며, 또 자신의 시 창작에도 얼마간의, 또 간헐적인 영향을 미친 것으로 알려져 있다.

그는 우선 네르발 시의 연극성을 주목하였다. 여기에서 네르발 시의 역학적 해석이 시작된다. 그의 시로부터 전체의 변화와 생성의 원리를 도출할 수 있기 때문이었다. 이러한 이성복의 가설에 의하면, 네르발의 시의 총체적 극적 상황이 음양·4상·8괘의 구조와 무관치 않으며, 여기에서 하부 구조의 극적 상황들은 64괘와 같은 틀로써 이루어질 수도 있다는 것. 즉, 이성복은 네르발에게 있어서 시의 변화 과정과 세계관의 변화 과정은 간이(簡易)한 역의 원리에 의해 비교적 무리 없이 설명될 수 있다고 말한다.[12] 그의 가설이 도달한 결론은 가장 요약적으로 말해 다음과 같다.

> 역은 표층에 가리워진 심층의 구조를 읽는 방법을 제시하는 여러 교과서들 가운데 하나라 할 수 있다. 우주 자연과 인간 사회에서 일어날 수 있는 예순 네 가지 원형적 상황들의 유기적 조합이라고 할 수 있는 역의 체계는 특히 문학 작품 속에 내재하는 상징체계 혹은 '이미지의 그물'을 드러내는 작업에 있어서도 그 근거의 틀로서 기능할 수 있을 것이다.[13]

이성복은 네르발 시의 연구를 통해 수용된 역의 원리가 문학 작품 속에 내재하는 심층적인 부분들, 즉 상징체계 혹은 '이미지의 그물'을

12) 이성복, 『네르발의 시 연구—역학적 해석의 한 시도』, 문학과지성사, 1992, 331면 참고.
13) 같은 책, 332~333면.

드러내는 데 있어서 하나의 근거의 틀을 마련할 수 있다는 것을 결국 말하고 있는 것이다. 서구적인 비평 이론이면 모든 것이 해결되는 것은 아니다. 문학 작품을 해독하는 읽기 방식의 한계를 보완할 수 있다는 점에서 소위 역학적 해석도 또 다른 읽기 방식의 하나라는 것이다.

시인 이성복의 자유로운 사색의 궤적은 그의 시 세계를 형성하는 데도 적지 않은 영향을 끼쳤다고 본다. 그에게 있어서 시 창작 분야와 역의 사상도 상당한 관련성이 있을 것으로 생각되고 있다. 이 분야에 대한 비평적인 담화와 연구는 앞으로 수행할 수 있게 되리라고 충분하게 짐작된다. 하지만 네르발 시의 역학적(易學的) 이해라는 이론적인 것에 비할 때 시 창작에의 영향은 그다지 뚜렷하지 않다. 시적 세계관의 형성엔 다소간 영향력을 미쳤지만 언어 형식, 즉 수사나 표현법에 있어선 그의 시에 역학적인 명료함이 잘 드러나지 않는다는 것이다.

> 속옷만 입은 우리 아이가 밖에서 놀고 있는데 아이가 무섭다고 기겁을 하는 것을 보니 아이보다 훨씬 큰 멧돼지가 한 마리 화살통 같은 입을 세우고 달려오기에 엉겁결에 몽둥이를 들어 심하게 내려쳤지만 꿈쩍도 않아 누가 옆에서 갖다 준 도끼로 여러 번 찍고, 또 찍고 그러고 나서 들여다보니 도끼에 찢긴 어깻죽지에 피 묻은 속옷이 너덜거리고 정말 그것은 피투성이가 된 우리 아이의 무참한 모습이었습니다
>
> —「역전(易傳) 3」 전문[14]

이 시는 제목부터가 주역과 상관성을 가진다. 역전(易傳)은 주역의 일부로서 주석서를 뜻한다. 이것은 부수적이고 기생적인 해설에 지나지

14) 이성복, 『그 여름의 끝』, 앞의 책, 60면.

않는다는 점도 없지 않지만 그 이상의 가치 또한 없지 않다. 이를테면 거기에는 주석자들의 '철학의 철학, 즉 메타—철학적 자세'15) 가 수용되어 있기 때문이다. 인용한 이성복의 시편 「역전(易傳) 3」은 주역의 가상적인 세계 경험에 대한 소위 메타철학적인 시의 성격을 지닌 것이라고 할 수 있다. 비참과 공포의 극대화를 노린 이 시적 전망에는 암울하고도 비관적인 세계관이 틈입해 있다. 역의 사상이 점술(占術)로도 변형된 것은 잘 알려진 사실이거니와, 이와 관련해서 말하자면, 인용시는 대흉(大凶)의 불길함을 언표하는 형식의 시라고 말해진다.

이성복은 김민정과의 만남에서 밝힌 바 있었듯이, 프랑스에 갔다 와서, 연애시를 읽으면서 동양의 음양 사상을 접하게 되었고, 연애라는 게 음양과 통하는 것이므로 마침내 『주역』도 공부하게 되었다고 했다. 이 과정에서 그는 김소월과 한용운의 가치를 재발견할 수 있었던 것이다. 이와 관련해, 김소월의 시 「먼 후일」을 대상으로 한 미셀러니적인 그의 논평을 한 부분 인용해 보겠다. 이 인용된 글은 그가 1980년대 중후반에 쓴 것으로 보인다.

먼 훗날 당신이 찾으시면
그때에 내 말이 '잊었노라'

당신이 속으로 나무리면
'무척 그리다가 잊었노라'

그래도 당신이 나무리면

---

15) 문용직, 앞의 책, 244면.

'믿기지 않아서 잊었노라'

오늘도 어제도 아니 잊고
먼 훗날 그때에 '잊었노라'

……시에서 소월은 사랑에 빠진 여인을 통해 그리움의 깊이를 역설적으로 드러내고 있습니다. 그 여인은 그리움이 가져오는 고통을 벗어나기 위해, 더 이상 그리움이 없을 먼 훗날을 그려봅니다. 지금 내가 당신을 찾는 것과는 달리, 먼 훗날에는 당신이 나를 애타게 찾을 것입니다. 다시 말해 지금 나에게 무관심한 당신은 먼 훗날에 나를 그리워하는 고통을 받게 되리라는 것입니다.

그러나 이와 같은 가정은 오히려 그리움의 깊이를 더욱 절실하게 드러낼 뿐입니다. 망각은 편안한 것일 테지만 망각하려는 노력은 더할 나위 없이 고통스러운 것입니다. 그리움이 끝나면 잊음은 자연히 찾아옵니다. 그러나 잊음을 찾는다 해서 그리움이 끝나는 것은 아닙니다. 그것은 그리움을 부채질하는 결과를 가져올 뿐입니다.[16]

김소월의 시 「먼 후일」에 대한 이성복의 작품론이라고도 할 수 있는 이 글은 이른바 작가비평이라고 하겠다. 시인은 평이한 가운데 깊은 사색의 여지를 남겨주는 마음의 진실한 세계를 읽는다. 이에 비해, 좀 현학적인 비평가비평이라면, 이 시를 두고 망각에 대한 니체의 견해, 즉 '존재의 능동적 망각'이란 개념의 틀을 마치 물안개처럼 흐릿하고도 모호하게 차용하기에 이를 것이다.[17]

어쨌거나, 이 시의 화자인 여인은 현재의 그리움으로 인해 고통을

---

16) 이성복, 『꽃핀 나무들의 괴로움』, 도서출판 살림, 1990, 238면.
17) 윤호병, 『한국 현대 시인의 시세계』, 국학자료원, 2007, 53~54면 참고.

받고, 시 속의 당신은 미래의 그리움으로 인해 고통을 받게 될 것이다. 이처럼 처지가 바뀌는 것 역시 역(易)이라고 할 수 있다. 역이란 이와 같이 변전, 혹은 전변(轉變)의 철학이 아닌가. 요컨대 김소월의 시 「먼 후일」은 인간이 처해진 상황의 상징에 변화를 가늠하거나 점치는 것을 내용으로 삼고 있다는 점에서, 얼핏 보아 주역적인 성격의 시라고 말할 수도 있겠다.

주지하듯이, 주역은 기본적으로 음양(陰陽)의 이론에서 비롯한다. 주지하듯이, 음과 양은 생명에 관한 원초적인 상징체계이다. 조각난 획의 상징인 음은 여성적이며 에너지를 수용하는 쪽이다. 반면에 조각나지 않은 획의 상징인 양은 남성적이며 에너지를 분출하는 쪽이다. 옥타비오 파스 역시 주역을 가리켜, 빛과 그림자, 남성과 여성, 충만함과 공허함 등 양극의 상이한 결합과 해체를 보여주는 성애(性愛)가 포함된 책'[18] 으로서의 음양의 귀결점이라고 보았다.

음효(조각난 획)나 양효(조각나지 않은 획) 세 개가 모이면 모두 여덟 종의 조합이 가능하다. 3선형 두 개가 모이면 8의 제곱, 즉 64종의 조합이 가능하다. 음과 양은 0과 1에 각각 해당하는 이진수 체계이다. 이것의 변형을 통해 수(數)가 인간과 세상을 지배한다는 암시를 제시하는 변화의 프로세스인 4상, 8괘, 64종의 괘를 만들어간다. 이처럼 역은 다양한 변화 속에서 조화를 찾아가는 상징의 부호이다.

내가 생각하기로, 주역의 연원은 남녀 관계로서의 역(易)이 지닌 원형 상징성에 있다고 본다. 음과 양의 관계야말로 주역에 있어서 알파요 오메가가 아닌가 한다. 일본의 동양학자였던 가나야 오사무(金谷治)도

---

18) 옥타비오 파스 · 정권태 대담, 앞의 책, 31면.

이 문제에 관해 다음과 같은 견해를 밝힌 바 있었다.

> 역의 ⚊와 ⚋의 부호가 단순한 반대가 아니라 대대(對待 : 서로 대립하면서도 상대를 통해 공존하는—인용자) 관계를 나타낸다고 하는 것은 이들 부호가 음양 외에도 강유(剛柔)나 남녀 같은 개념으로 설명되고 있는 것에서도 명백하다. 강과 유, 남과 여라는 관계는 서로 반대되는 존재로서 서로 용납하지 않는 면도 있지만, 또한 서로 보완해주는 것으로서 어느 한 쪽도 없어서는 안 되는 것이다. (……) 음양, 강유는 서로 감응한다. 그리고 그럼으로써 세계는 조화를 이루게 된다. (……) 대립하면서도 서로 의존하는 관계는 역시 남녀의 관계로 생각해보면 가장 알기 쉽다. 전기의 플러스(+)와 마이너스(−)가 서로 끌어당기는 관계도 생각해보면 상당히 깊은 의미가 있다.[19]

이성복 시의 연(애)시적인 경향은 그의 세 번째 시집인 『그 여름의 끝』(1990)에 집중적으로 나타나게 된다. 연애의 원형상징성이 음양에 있는 것처럼, 그의 이 시집이 한편 잠언으로 읽히기도 하겠지만, 또 한편 주역의 언어로도 들리기도 한다. 음과 양이 서로 대대(對待)의 관계, 즉 서로 대립하면서도 상대를 통해 공존하는 관계를 유지하듯이, 그는 자신의 시집인 『그 여름의 끝』에 이르러 남자와 여자가 마주하는 대립과 공존의 관계를 넉넉히 잘 살려내고 있다. 그가 프랑스에서 귀국하기 전에 경험하지 못했던 감정의 진실이 담긴, 깊고도 오묘한 세계이다. 그의 연애시는 두 번째 시집인 『남해 금산』(1986)의 마지막에 실려 있는 표제시 「남해 금산」에서 비롯되었던 것으로 보인다. 여기에 주역을 연원으로 삼은 시적인 상상력의 그림자가 그에게 처음으로 드리운 게 아닌가 한다.

---

19) 카나야 오사무 지음, 김상래 올김, 『주역의 세계』, 한울, 1999, 174~175면.

한 여자 돌 속에 묻혀 있었네
그 여자 사랑에 나도 돌 속에 들어갔네
어느 여름 비 많이 오고
그 여자 울면서 돌 속에서 떠나갔네
떠나가는 그 여자 해와 달이 끌어 주었네
남해 금산 푸른 하늘가에 나 혼자 있네
남해 금산 푸른 바닷물 속에 나 혼자 잠기네

—「남해 금산」 전문

이 시는 대대의 이미지를 부여하는 음양적인 원형상징성이 잘 배치되어 있다. 한 여자와 나(남자), 돌과 비, 해와 달, 하늘가와 바닷물 속이 바로 그것이다. 이 시에서 가장 견고하고 강한 인상을 주는 상관물은 돌이다. 돌의 '돌스러운' 이미지를 벗어났다는 데서 이미지즘적인 객관적인 상관물은 아니다. 오히려 돌은 신화적이다. 신화에서 흔히 볼 수 있는 성석(聖石)의 모티프를 환기한다. 그 여자 울면서 돌 속에서 떠나갔네. 영원회귀의 제의를 위해 먼 행려의 길을 떠난 신화적인 여인들, 이를테면 바리데기나 당금애기 같은 신화적인 여인이다. 시인 장석주가 언젠가 이 시를 두고 '슬픈 사랑의 서사무가'라고 비유했는데, 생각해보니 매우 적절한 표현인 것 같다.

시의 내용을 보면, 연인의 죽음이 화석처럼 굳어졌다. 시의 화자인 '나'는 기억과 망각의 갈림길에 서 있다. (제1행의 망각과 제2행의 기억이 서로 병렬되어 있듯이 말이다.) 김소월의 「먼 후일」에 등장한 화자의 경우처럼 비슷한 상황에 처해 있다. 이 시에서 사랑은 기억과 망각을 아우르는 포괄적인 삶의 원리이다. 사랑을 매개로 인간을 자연화하려고 한다는 점에서, 시인이 가지고 있는 유토피아적인 그리움의 충동을 엿볼 수 있다. 초기 시에서 보여준 디스토피아적인 정신의 풍경은 이 시에 이르러 사라졌다. 세월을 뜻하는 해와 달이 시간의 개념이라면, 남해 금산은 공간의 개념이다. 하지만 이 시공간의 개념은 시인의 상상력에 의해 신화적인 시공간의 세계로 확장된다.

요컨대 이 시는 상식을 배반하는 언술이 전개되어 있다는 점에서 선(禪)적이요, 시의 소재가 서로 대립하면서도 상대를 통해 공존하는 관계를 맺고 있다는 점에서, 즉 음과 양의 원형상징성을 드러내주고 있다는 점에서 일쑤 역학(易學)적임을 감지하게 해준다. 내 개인적인 비평적 견해를 굳이 밝히자면, 「남해 금산」은 이성복의 시를 가장 대표하는 작품이 아닌가 한다.

3. 장석주의 주역시편과, 시적 생태 감성

장석주의 시집 『오랫동안』(2012)은 주역시편들로 구성되어 있다. 그는 수년 전에 『주역』을 만나 이를 수년 동안 읽어 왔다. 그 독서 및 사색의 결과가 시집의 형태로 나오게 된 것이다. 이 시집은 2013년 제11회 영랑시문학상 수상작으로 선정되었다. 선정의 이유 역시 주역의 시적 변용에 있음이 밝혀졌다.

> 그는 이번 시집에서 '주역'이라는 사유의 그물로 삶과 세계의 법도와 원리를 심도 있게 포착해 나아가면서 현대시의 폭과 깊이를 밀도 있게 형상화하는 뛰어난 성과를 보여주었다. 마찬가지로 '시'라는 감각적 사유의 그물로서 삶과 사유의 내밀한 이치와 운행 원리를 탐구하려 노력한 것은 현대시 사상 매우 의미 있는 일로 판단된다. 특히 '주역'의 운명론

과 '시'라는 자유론의 변증법적 관계항으로서 설정하여 삶의 지속과 변화 양상을 깊이 있게 천착해 내면서도 슬픔과 허무로서 생의 근원적 서정을 파악해 낸 것은 가치 있는 일로 평가된다는 점에서 심사위원들의 전폭적인 지지를 받아 수상자로 결정된 것이다.[20]

보는 바와 같이, 김남조와 고은을 비롯한 다섯 명의 심사위원들은 장석주의 주역시편을 매우 고무적으로 받아들이고 있다. 고인들은 주역을 통해 천지의 원리와 변화의 이치를 깨닫고 경거망동을 하지 않으려고 했다. 또 주역은 그림 속의 시, 시 속의 그림으로 비유된다. 음양이 서로 섞이고 착종된 64개의 괘와 그에 붙어 있는 설명인 괘사로 구성되어 있다. 64괘는 인간이 처한 여러 가지 상황들을 상징한다. 주역은 상징체계적이고 기호학적이다.

처서 지난 뒤
소나무가 제 무릎 아래에 놓은 그늘 중에서
잘 마른 것을 골라
홑겹 이불로 시린 마음을 덮는다.
묵밥 넘어가는 목구멍으로
슬픔과 곤혹도 넘어간다.
곧 눈보라 칠 게다. 칸나는 눈 속에서 붉고
헐거운 인생들이
칸나를 보고 제비 나는 것을 볼 게다.

—「묵밥 1」 부분[21]

---

20) 계간 『시와 시학』, 2013, 봄, 39면.

21) 장석주, 『오랫동안』, 문예중앙, 2012, 87~88면.

이 시는 곤(困)괘와 관련된 것이다. 곤괘는 주역의 47번 째 괘로서 곤경을 상징한다. 이 괘는 택수곤(澤水困)이라고도 한다. 시의 인용된 부분은 곤경의 처함이 아닌, 곤경의 극복과 관련된 내용이다. 왕필은 이 괘를 낙관적으로 해석했다. "곤경에 처했지만 형통할 수 있는 가능성은 많다. 올바르고 곧은 뜻을 굳게 지켜 나가야 하지만 편협해서는 안 되니……"[22] 곤경에 처해 도리어 형통하다는 건 소위 '궁즉통(窮則通)'을 연상시킨다. 또한 「연금술사」에 '가장 어두운 시간은 해 뜨기 직전이다.' 라고 서술된 파울로 코엘료의 경구를 연상시킨다.

해가 뜨네.
금은(金銀)의 울음을 울며
살자 하네.
해가 있으니 밥술이나 떠먹고
버드나무가 있으니 그 아래를 걸었지.
살았으니까
살아졌겠지.

이미 얼면
얼지 않네.
늦지 않으려면 늦어야 해.
가지 않으려면 가야 해.
오지 않으려면 와야 해.
죽지 않으려면
죽어야 해.

22) 심의용, 『주역과 운명』, 살림, 2004, 34~35면.

달 아래 버드나무 그림자 짙고
버드나무 아래
한 사람이 걸어가네.

살면 살아지네.
버드나무 아래 한 사람이 걸어가네.
내가 만약 버드나무라면,
내가 만약 버드나무라면,

—「달 아래 버드나무 그림자」 전문[23)]

이 시는 시집 『오랫동안』에 있는 주역시편 가운데 가장 성취적인 작품성을 지닌 것으로 판단된다. 보는 바와 같이, 변화롭고도 역설적인 어법으로 쓰인 시다. 이런 어법을 두고 '역(易)어법'라고 하면 어떨까 한다. 그 동안 살았으니까 살아졌겠지, 앞으로도 살면 살아지겠지. 이 시는 죽음이라는 한계상황을 설정한 삶의 실존적인 기투(企投)가 아니라, 삶 그 자체를 진행형으로 바라보는 삶의 실존적인 기투를 드러낸다. 시인은 여기에서 죽음에서 삶으로 자신을 내던지는 게 아니라, 삶에서 삶으로 자신을 내던진다.[24)] 시인은 모순의 상황, 모순의 어법 속에서 변화의 원리 및 이치를 찾고 있다.

가나 못 가나,
해남은
있나 없나

23) 장석주, 앞의 책, 60~1면.

24) 한용국, 「성(聖)과 속(俗)의 진폭, 그 뜨거운 역설에 대하여」, 계간 『시와 시학』, 앞의 책, 51면.

가면 있고 못 가면 없다.
이곳에 너는 없고
저곳엔 내가 산다.
……(중략)……
황사가 오고
황사가 오지 않는다.
오지 않는 것들은
해남에 있나.
저녁 여덟시에 온 것은 고라니,
고라니는 골짜기가 되어 뛰고
골짜기는 다시 어둠이 되어 뛰고
……(중략)……
가나 못 가나.
해남에는 비 내리고
비는 비가 되어 내리나 못 내리나
해남에는 눈이 내리고
눈은 눈이 되어 내리나 못 내리나

—「달의 사막」 부분[25]

장석주의 시적인 역(易)의 발상이 생태학적인 소재나 과제와 직접적으로 연결되는 것은 인용시의 경우이다. 다른 시의 경우는 그 연결이 행간 속에 함축되어 있을 뿐이다. 해남은 구체적인 지명을 빌려온 것이지만 사실상 생태적으로 완성된 가상의 공간이다. 주역의 괘사에는 물과 바람과 우레가 많이 등장한다. 대신에 이 시에서는 황사와 비와 눈이 자리를 차지하고 있다. 여기에서의 황사는 이방의 사막에서 불어온 것,

25) 장석주, 앞의 책, 91~93면.

불길한 예후를 상징하고 있다. 어둠이 날뛴다는 것도 마찬가지다. 생태적인 부조화의 천기는 흉하다. 흉한 것을 길한 것으로 바꾸는 것이야말로 다름 아닌 역(易)의 이상이다.

공자는 시를 가리켜 한마디로 말해 '천지지심'이라고 했다.

천지시심란 무엇인가. 우주 생명, 우주적 조화로움의 경지이다. 주역의 복(復)괘 단사(彖辭)에도 이 말이 나온다. "복에서 천지의 마음을 본다(復其見天地之心)." 주자와 함께 신유학의 혁명을 일으켰던 정이(정이천)는 이 천지지심을 다음과 같이 부연하였다.

> 이전의 유자들은 고요함을 통하여 천지의 마음을 보려 했지만, 그것은 오히려 그 고요함 속에서 일어나는 움직임의 미세한 떨림의 단서가 곧 천지의 마음이란 점을 이해하지 못하였기 때문이다. (先儒皆以靜爲見天地之心, 蓋不知動之端, 乃天地之心也)
>
> —『역정전(易程傳)』 복괘(復卦) 단사(彖辭)[26]

정이는 천지지심을 '움직임의 미세한 떨림의 단서'라고 보았다. 물이 흐르는 것, 바람이 부는 것, 우뢰가 치는 것, 눈이나 비가 내리는 것 이전 모든 낌새가 천지의 마음이다. 시인의 예감 능력은 이 천지의 마음으로부터 비롯하는 것이다. 정이가 천지지심을 동지서(動之端)라고 보았다면, 왕필은 동식지중(動息地中)으로 해석하였다. 말하자면, 움직임이 땅속에서 잦아들고 있는 복괘에서 천지의 마음이 드러난다.[27]

장석주의 천지지심은 무얼까?

---

26) 심의용, 앞의 책, 53~54, 92면, 국역문 및 원문 각각 재인용.

27) 같은 책, 52면.

그는 왕필의 견해에 동의한 듯하다. 이를테면 '뾰족하게 내민다. / 비비추의 파릇한 촉들,'(「입술」에서), '비비추가 땅거죽을 밀고 푸른 촉을 내밀었어요.'(「슬픔의 고고학」에서), '망종 무렵 비구름이 몰려오고 / 식물들의 촉이 돋는다.'(「강의 서쪽」에서) 등의 표현이 그것을 잘 말해주고 있다. 땅속에 잦아든 움직임에 대한 예감과도 같은 게 천지지심, 즉 태동하는 우주 생명인 것이다.

> 너 얼음이고 나 서리인가 나 서리고 너 얼음인가 내가 그림자라면 너는 아침 손님이다. 오늘 아침에는 밤나무 숲 가랑잎 위에 무릎을 꿇고 앉은 고라니를 보았다. 나와 눈이 마주쳤는데도 고라니는 달아나지 않는다 저와 내가 대멸종기의 재앙을 이기고 이 세상에 살아남아 한 인연으로 얽혀 있음을 알고 있는 까닭이다.
>
> —「얼음과 서리」 부분

죽음이란 무엇인가? 주역적인 대답은 이랬다. 서리를 밟으니 곧 얼음이 얼겠음을 알겠다. 곧 곤괘 초육(初六)의 효사이다. 서리를 밟은 다음의 결빙된 서러움. 슬픔도 일종의 동적인 과정이다. 장석주의 시편 「얼음과 서리」는 죽음에 관한 것이지만 죽음의 초월을 대신 말한다. 시인에게 삶과 죽음은 동전의 양면이다. 죽음 역시 삶의 일부에 포함된다.

역은 이처럼 우주 생명의 진실을 은유하거나 상징한다.

천지의 모든 사상(事象)은 고립해서 존재할 수 없다. 모든 것은 서로 감응하는 관계 위에서 존재한다. 우주의 모든 것은 변화한다. 시인 장석주가 죽음 역시 삶의 원리 속에서 이해하고 변역(變易)하려고 했던 것은 아닐까. 우주는 친화력으로 이름이 되는 모종의 원리에 의해 이룩해 가는 것이다.

4. 주역의 서문을 쓰다, 혹은 읽다

주역의 원리는 필연적인 인과관계를 가지는 것은 아니다. 언제나, 어느 상황에서나, 우연성의 개입이 잠재되어 있다는 것이다. 옥타비오 파스는 주역의 가장 매력적인 점의 하나가 우연성을 개입시키는 시스템이란 사실[28]을 잘 알고 있었다. 그는 칼 융의 주역 서문을 가리켜 주역의 우연성에 대한 명석한 에세이라고 했다. 서양의 우연성이 각각의 원인이 결과를 결정한다는 점에서 통시적이고 직선적이라면, 주역의 우연성은 원인들이 동시 발생의 결과를 만들어낸다는 점에서 동시적이고 집합적이란 것.[29] 이러한 견해에 옥타비오 파스는 상당히 매료되었던 것 같다. 시와 주역이 만날 수 있는 근거도 우연성의 원리에 있다고 하겠다.

칼 융의 긴 주역 서문은 영역본으로 인터넷의 바다에 떠돌고 있다. 주역의 영어적 표현은 '역경(易經)'의 중국어 발음에 따라 '이칭(*I Ching*)'이라고 한다. 주역의 우연성에 대한 융의 견해가 흥미롭다.

> The Chinese mind, as I see it at work in the *I Ching*, seems to be exclusively preoccupied with the chance aspect of events. What we call coincidence seems to be the chief concern of this peculiar mind, and what we worship as causality passes almost unnoticed. We must admit that there is something to be said for the immense importance of chance. An incalculable amount of human effort is directed to combating and restricting the

---

28) 옥타비오 파스·정권태 대담, 앞의 책, 32면 참고.

29) 같은 책, 39면.

nuisance or danger represented by chance. Theoretical considerations of cause and effect often look pale and dusty in comparison to the practical results of chance.[30] (주역에서 보이는 중국인의 심성은, 사건의 우연이라는 양상에 오로지 집착하고 있는 듯이 보인다. 중국인의 독특한 심성은 우리가 우연의 일치라고 부르는 것을 주요 관심사로 삼고, 우리가 인과율이라고 숭배하는 것은 거의 주목하지도 않는다. 우연의 중요성이 존재한다는 것은 우리도 인정해야만 할 것이다. 무한한 인간의 노력은 우연에 의해 제시되는 골칫거리와 위험에 대처하고, 그 폐해를 막으려는 데 집중하고 있다. 우연이라는 실제적인 결과와 비교할 때, 원인과 결과를 이론적으로 고려하는 우리의 관점은, 때로 엷은 빛처럼 흐릿하고 자욱한 먼지처럼 모호하다.)

옥타비오 파스가 영향을 크게 받은 칼 융의 주역 서문은 우연성에 대한 심오한 사색의 소산이다. 서구 인과율에 대한 칼 융의 반성적인 관점이 반영된 위의 인용문은 매우 인상적으로 읽힌다. 그래서 나는 그의 어록(영역본) 가운데 'often look pale and dusty'를 가리켜 '때로 엷은 빛처럼 흐릿하고, 자욱한 먼지처럼 모호하다.'라고 하는 수사적인 필치로 옮겨 보았다.

칼 융의 주역 서문이 나오기 훨씬 이전인 900년 전의 송나라 때 정이(程頤)가 쓴 글인 「역서(易序)」, 즉 주역의 서문도 있었다. 이것을 읽었다는 글을 남긴 조선의 선비가 쓴 「독역서(讀易序)」(1615)도 있다. 지은이는 서애 류성룡의 제자로서 산림처사로 자족해온 조선의 선비 경당(敬堂) 장흥효(張興孝)다. 또한 이 글은 동양사상을 전공한 철학자이며 시인인 김주완이 다시 읽은 다음에 「주역 서문을 읽다」라는 제목의 시로 재구성

30) cafe.daum.net/asiascience/L05K/6

하기도 했다. 일종의 메타적인 읽기로서의 시라고 할 수 있다. 11세기 말의 서문과, 17세기 초의 일기문과, 21세기 초의 시는 일관된 글쓰기의 형태로 집적되고 있다. 이를 두고 '다시간적 이종성' 운운한 해설도 있었거니와, 시적 언술의 다층적이고 다성적(多聲的)인 구조인 것이 사실이다. 매우 독특한 언어형식이다. 정이의 「역서」, 장흥효의 「독역서」를 이어 쓴 김주완의 시편 「주역 서문을 읽다」의 일부를 인용해 본다.

> 주역 서문을 삼독(三讀)하면 둔갑한다고 미욱한 사람들이 믿고 있다. 싸리울타리 너머가 숲이고 어둠이다, 아 두려운지고 깜깜한 내일이여, 대업을 내는 사람이여.
>
> 머리를 빗지 않았다. 마음만 가지런히 빗고 족인(族人)의 초대에 갔다가 날이 저물어 취하고 돌아왔다. 이전의 일이다. 때는 처음부터 하나만 있지 않으니
>
> 주역의 말은 질문이고 대답이다. 만물은 변하기에 변하지 않음에 붙어 있다. 변화의 근본은 간단하다. 다음인 지금이 변화이다. 앞과 뒤가 없어야 불변이다.
>
> 듣고 말하는 서책(書冊)은 사람이다. 소리가 없는 데서도 듣는 듯이 하며 얼굴이 없는 데서도 보는 듯이 해야 하느니, 삼천 년이 지나도 하늘에서 비 오고 해 진다, 달 뜨고 새 난다, 뿌리 있는 자만이 꽃을 피우느니, 피지 않는 꽃은 꽃이 아닌지라
>
> —「주역 서문을 읽다」 부분

이 시의 제목은 '주역 서문을 읽다'이지만, 사실은 '주역 서문을 읽다, 를 읽다'가 되어야 한다. 메타적 읽기에 대한 글쓰기로서의 시는 일종의

형식 실험이 아닌가 한다. 일기문을 시로 재구성하기란, 생각보다 결코 쉽지가 않다. 시의 내용은 그렇게 난해하지 않지만, 불가해한 게 많다. 항상 우연성이 개입되기 때문에 내일의 일을 알 수 없다. 주역을 제대로 아는 사람은 점서(占書)인 주역을 통해 점을 치지 않는다고 했다.

나는 동양철학자이면서 화려한 경력의 시인인 김주완을 본 일이 없다. 나처럼 서로 다른 지방에서 주로 글을 쓰고 있기 때문이다. 하지만 지난 시집의 해설을 쓴 인연으로 해서 전화를 걸었다. 이 시에 관해 혹시 시작 노트라도 없는지요, 하면서 말이다. 이 시에 관한 자작시 해설의 글을 에이포 한 장을 써 보내 주었다. 공연히 수고롭게 한 것 같아 송구하기 이를 데 없다. 독자들을 위해 시작 노트 일부를 인용하려고 한다.

> 주역은 글자의 뜻과 같이 '끊임없이 변화하는' 자연 현상의 원리를 설명하는 책이다. 주역에서는 자연 법칙의 네 가지 근본원리로 원(元), 형(亨), 이(利), 정(貞)을 내세운다. 이는 봄에 태어나고(春生) 여름에 성장하고(夏長) 가을에 거두어들이며(秋收) 겨울에 저장한다(冬藏)고 하는 농경 사회의 계절적 순환질서가 된다. 이러한 자연 법칙을 천명(天命)이라고 한다. 중용 1장에는 "천명을 성이라 이른다(天命之謂性)"고 한다. 그러니까 천명의 다른 이름이 성이다. 천명인 성이 사물 속에 들어가면 물성(物性)이 되고 인간 속에 들어오면 인성(人性)이 된다. (……) 모든 것은 태극에서 나왔지만 태극에 붙들려 있지 않고 천변만화의 조화로 이어진다. 따라서 때는 처음부터 하나만 있는 것이 아니다. 주역의 말은 질문이고 대답이다, 만물은 변하기에 변하지 않음에 붙어 있다, 변화의 근본은 간단하다, 다음인 지금이 변화이다, 앞과 뒤가 없어야 불변이다. 시간과 공간 안에 있는 모든 것이 변화한다. 시공을 넘어선 불변의 것—가치, 본질, 수학적 법칙, 논리적 법칙—이 변화하는 시공에 붙어 현상한

> 다. 하나가 둘인 이유이고 둘이 하나인 이유이다. 선경의 복숭아(반도 : 蟠桃)는 삼천 년에 한 번씩 열매가 열린다. 삼천 년이 지나도 하늘에서 비 오고 해 지기에 가능한 일이다. 달이 뜨고 새가 날기에 가능한 일이다. 뿌리 있는 자만이 꽃을 피우느니, 피지 않은 꽃은 꽃이 아닌지라. 400세 경당이 900세 정이를 만난다.[31)]

주역은 조선시대 선비들의 필독서였다. 자연의 운행 원리를 깨달음으로써 삶의 변화를 예감하려고 했기 때문이다. 경당 장흥효는 산림처사로서의 삶을 스스로 만족해했다. 목숨을 내놓고 중앙 정계로 출사하는 일은 리스크의 정도가 대단히 크기 때문이다. 시인 김주완은 어느 날 문득 그의 「주역 서문을 읽다」를 읽었다.

나는 이상으로 그가 보내준 '미발표 시작 노트' 초고(草稿)를 소개하였다. 독자들이 그의 자작시편 「주역 서문을 읽다」를 이해하는 데 도움을 주기 위해서다. 철학 교수를 지낸 그의 논리적인 사유 체계는 논리를 뛰어넘는 언어의 결정체인 시의 깊이와 묘미를 헤아려보는 데도 도움을 줄 수 있다. 시와 시작 노트를 함께 읽으면 뭔가 환히 드러나는 부분이 있을 거라고 본다.

김주완의 '미발표 시작 노트'는 자작시 「주역 서문을 읽다」에 대한 메타적 글쓰기의 산물이다. 이래서 정이의 '주역 서문'(易序) 이래 세 번째 메타적인 글쓰기로 집적되고 있다. 말하자면, 네 겹으로 이루어진 다성적인 언술의 특별한 사례의 시를, 우리는 드물게, 어렵사리 읽고 있는 것이다.

이 글의 모두에 평론가 김유중의 글을 인용한 바 있었거니와, 모든

---

31) 김주완의 미발표 '시작 노트' 부분.

것들이 움직이고 변하는 것을 보면, 움직임의 질서가 분명히 있음이 알게 된다. 이것이야말로 바로 역(易)의 질서이며 원리가 아닐까.

나는 지금 프로 야구를 보면서 이 글을 마무리해가고 있다. 야구와 역도 상관관계가 없지 않는 듯하다. 투수와 타자의 싸움은 타이밍과 타이밍 뺏기의 싸움이다. 점수를 멀리 도망가지 못하면 반드시 쫓기게 마련이다. 잘 되는 날엔 타자가 친 빗맞은 공도 홈런이요, 안 되는 날은 안타 열 개를 쳐도 점수 한 점도 못 낸다. 개연성이 충분히 있는 일이다.

야구는 가장 변화무쌍한 스포츠 게임이다. 부조리한 모순 속에서 합리적인 공생을 타진하고, 길흉을 예감하면서 진퇴의 기회를 가지고, 부조화한 대립 가운데에서 조화의 이치를 찾아가는 것이 야구다. 또 역의 진리이기도 하다.

풍수風水의 자각과 생태적 친화력의 시

1. 들머리 : 풍수적 사유의 시적 담론

본 연구는 현대시에서 논문의 성격으로 된 글에서 거의 볼 수 없었던 '풍수적 사유의 시적 담론'을 주제로 삼는다. 본 연구의 구성적인 체재(體裁)로는 (첫째) 풍수의 시적 원형과, 반(反)풍수의 시적 담론, (둘째) 청계천 소재의 시에 나타난 풍수적인 생태의식, (셋째) 김지하의 최근 시에 나타난 풍수적 사유의 자취로 미리 정해져 있다. '풍수의 시적 원형과, 반(反)풍수의 시적 담론'에서는 시와 풍수의 상호관련성에 관한 일반 원리, 소위 풍수시의 원형과 적례, 현대시에 나타난 풍수적인 무관심이나 반(反)풍수관의 사례들에 관해 밝힐 것이며, '청계천 소재의 시에 나타난 풍수적인 생태의식'에서는 극악하게 훼손된 청계천에 대한 문명비판적인 시, 반면에 청계천 복원이 가져다 준 생태학적 서정시의 많은 사례에 대해 비평적으로 성찰할 것이며, '김지하의 최근 시에 나타난 풍수적 사유의 자취'에서는 시인 김지하의 시와 사상 가운데 풍수와 관련된 것을 가려서 그것이 동시대 문학의 환경 인식의 차원으로 수렴되고 있느냐 하는 문제를 잘 맞추어보려고 한다. 현대시 비평에 풍수적인 사유의 담론을 수용하는 문제는 앞으로 좀 더 확대, 심화되어야 할 것이다.

2. 풍수의 시적 원형과, 반(反)풍수의 시적 담론

이미 오래 전의 환경결정론자들은 자연환경의 요인이 문화적인 특성을 결정할 뿐만 아니라, 자연이 인간에게 문화의 영향을 끼친다고 생각하였다. 반면에 문화결정론자들은 동일한 자연 조건이라고 하더라도 다른 의미 부여와 상징체계를 통해 전혀 다른 문화를 조성하는 것이 가능하다고 본다. 생태주의 시각에서 보자면, 환경결정론은 인간의 능력을 과소평가하는 것이고, 문화결정론은 그것을 지나치게 과신하는 것이다. 문화는 인간과 자연을 만나게 하는 중개자일 수도 있다. 생태주의의 시각에 의하면, 자연과 문화는 유기적으로 연계되어 있다. 오늘날은 생명의 악순환으로 인한 위기의 시대이다. 이것의 증폭을 차단하기 위해선 생명의 선순환으로 되돌려야 한다는 견해가 있다. 생명의 선순환이 진행되는 문화는 생태적으로 건전하면서도 지속이 가능한 문화이다.[1)]

1990년대부터 문학을 창작하고 비평하는 쪽에서 생태주의에 근거한 관점에 대한 발상전환이 점진적으로 제고되어온 것이 사실이었다. 문학의 생태주의적인 관점의 생각 틀은 소설가 박경리 「토지」의 창작 과정과 시인 김지하의 생명사상에서 비롯한 것이 아닌가 하는 생각이 든다. 김지하는 사상적인 측면에서 이 관점에 심오한 자기 체계에서 시작된 사유의 틀을 형성해 왔다. 그가 생태라는 용어조차 생명이란 말로 대체

---

1) 한면희, 『초록문명론』, 동녘, 2004, 295~300면 참고.

되어야 한다고 주장해올 만큼, 그는 생태주의에 관한 한 급진주의자의 부류에 속하는 인물이다. 과학적으로 검증되지 아니하는 풍수(학)에 관해서도 그는 희망적인 관점을 결코 포기하지 않는다. 그는 언젠가 대담에서 그것에 관해 이렇게 말한 바 있었다.

> 기맥, 이것은 우주생명의 흐름입니다. 동식물은 물론 산과 흙과 바위와 물마저도 영성을 가진 생명체로 보는 풍수학에서 우리는 많은 것을 배워야 해요. 보이지 않는 기맥을 집어 내는 풍수의 영성적 기감(氣感)은 생태학의 관찰 검증 방법과 탁월하게 결합되어야 하구요.[2]

그 동안 분류학적인 차원에서 풍수설화를 인식해온 것은 있었지만, 문학의 사유와 담론을 풍수(학)의 패러다임에서 이해하려고 한 적은 없었다. 이 인용문은 문학의 사유와 담론 속에 풍수를 끌어들여야 한다는 최초의 (우회적인) 발언이 아닌가 한다.

문학 중에서도 풍수와 깊이 상관하고 있는 것은 아무래도 시 쪽이 아닌가 한다. 서정시와 풍수가 공통적으로 추구하는 것의 사상 배경 중의 하나는 동기감응론(同氣感應論)이다. 서정시와 풍수는 이것을 공유하고 있다. 사람 속에 있는 기가 하늘, 땅, 우주 만물의 기와 통하게 되면 그와 같은 힘을 얻게 된다.[3] 소우주와 대우주가 늘 상응한다는 것. 우주론적인 영성의 콤비네이션이다. 서정시가 만물조응의 결과라면, 풍수는 물활론적인 상징체계의 표상인 거다.

김우창의 심미적 이성의 목록 가운데 생태의식이란 게 있다. 최근에

---

2) 김지하, 『생명학(1)』, 화남, 2003, 79면.

3) 최창조, 『좋은 땅이란 어디를 말함인가』, 서해문집, 1990, 178면 참고.

생태학적인 상상력에 깊은 사유와 폭넓은 관심을 보이고 있는 노대가의 생각 틀에도 동기감응론이 엿보인다. 이 동기감응의 결과가 바로 심미적 이성의 탁월하면서도 독창적인 가설로 연결된다. 그를 최근에 연구한 저술물에서 다음의 글을 따온다.

> 생태의식은 자기 삶을 자연의 전체성에 맞게 돌보며 가꾸는 생활방식으로서의 심미의식인 까닭이다. 이런 맥락에서 아름다움은 곧 생활의 무늬가 되고, 생활의 이러한 무늬로부터 개인적 삶은 우주적 전체의 섭리를 닮게 된다. (……) 김우창의 이성은 내면과 외면, 자아와 타자, 감성과 지성, 개체와 전체, 구체와 보편을 시적이고 심미적으로 통합한다. 심미적 이성은 이런 각고의 학문적 노력이 빚어낸 성찰적 결정체이다.[4)]

김우창은 『풍경과 마음』에서 시와 풍수지리의 관계를 거대한 문화사적인 맥락에서 담론과 표상의 체계 아래 두루 살피고 있다. 이에 관한 문제의 해명은 다음 기회로 돌리려고 한다. 요컨대 그에게 있어서 풍수란, 경험적이고 지리적인 차원에만 놓이는 것이 아니라 우주 전체와의 총체적 관련성의 문맥에 닿아있다는 것이다.

소위 '풍수시(風水詩)'라는 개념이 존재한다면, 이것의 원형이라는 것이 존재할 것이다. 도연명이 노래한 무릉도원(武陵桃源)이나 주희가 노래한 무이구곡(武夷九曲) 같은 것이 풍수지리에서는 장풍국의 명당이라고 부른다. 이 두 사람이 남긴 표현적인 관습은 중국과 한국의 시인들에게 면면히 계승되었다. 한시를 읊조리는 은사(隱士)들은 승지(勝地)를 찬양하기에 결코 인색하지 않았다. 소동파의 여산진면목과 윤선도의 보길

4) 문광훈, 『김우창의 인문주의』, 한길사, 2006, 328면.

도 부용동이 대표적인 사례이다. 또 한편 은사들은 자연 환경의 좋은 형국(形局)을 통해 인간의 생명계를 만들어가고자 했다. 이 생명계는 흔히 '복거(卜居)'라고 이름된다. 옛 시인들은 복거에 대한 관심이 적지 않았다. 자연 속에서 자족하는 자신의 위상을 늘 확인하고 싶었던 것이다.

당나라 시대의 시인 두보에겐 옛 촉나라의 서울인 성도(成都)에 살았던 시기가 있었다. 오래된 절의 빈방에서 더부살이하면서 친구들의 녹으로 탄 쌀을 꾸어 먹거나, 이웃집의 채소를 얻어먹었다. 그 후 절에서 불경을 베끼는 일의 허락을 받았던 것으로 보아, 살림살이의 형편이 조금 나아졌던 것으로 짐작된다. 서기 760년에 쓴 시 「복거」에 보면 그는 드디어 자기 집을 가지게 된다.

성도성 밖 완화계 강가의 서쪽에 있는
숲과 연못 그윽한 곳에 집터를 잡았노라.

浣花溪水水西頭
主人爲卜林塘幽

성도성은 산악지대이다. 여기저기 산이 많고 산으로 둘러싸여 있다. 오죽 했으면 이백이 촉나라 가는 길의 어려움을 '푸른 하늘에 오르는 것보다 어렵다(難於上靑天)'라고 비유했을까. 그가 살던 곳에서 멀리는 아미산이란 명산도 있다. 멀리 산으로 둘러싸인 곳에 물이 흐르는 곳이 두보의 복거인 것이다.

무리진 속세 떠나고 벗어나 산중에 들어섰노라.
물가의 세버드바람 속에서 홀로 하는 낚시질이란!

離群脫俗入山中
獨釣苔磯細柳風

이 시는 노계 박인로의 시 「노계복거(蘆溪卜居)」에서 따 왔다. 박인로 역시 은사였다. 그는 공직 생활을 마친 후에, 자신의 호이기도 한 노계에 집을 짓고 살았다. 산중(山中)과 태기(苔磯)는 산과 물의 조화로운 자연 환경을 가리킨다. 태기란, 이끼가 낀 돌들이 많은 물가이다. 원문의 '세류풍(細柳風)'을 두고, 나는 '세버드바람'라고 풀이했다. 물론 사전에도 없는 시적인 조어이다. 세류가 세버들이니까, 세버드바람은 세버드나무에 부는 바람이란 뜻으로 구성된다.

복거란, 살만한 집을 가려서 정하는 것을 말한다.

이것은 사적 생활 단위로서의 집을 의미하는 오이코스(Oikos)에 해당되는 것이며, 또 행복이 보장된(점쳐진 : 卜) 장소로서의 생활공간인 레벤스벨트(Lebenswelt : 生命界)로 인식되는 것이다. 복거란 단어만큼, 풍수적인 자각의 관점에서 사람이 거주 공간을 확정하는 일은 없을 것이다.

동북아시아권의 옛 시인들은 풍수적인 자각의 생각 틀 속에 알게 모르게 갇혀 있었다. 하지만 20세기의 현대시인들은 전혀 그렇지 못하다. 풍수 관념이 없는 것도 문제이지만 있다고 해도 본질적으로 반(反)풍수적이다.

저 산벚꽃 핀 등성이에
지친 몸 쉴까.
두고 온 고향 생각에
고개 젖는다.

도피안사(到彼岸寺)에 무리지던
연분홍빛 꽃여울.
먹어도 허기지던
삼춘(三春) 한나절.

(……)

저 산벚꽃 진 등성이에
뼈를 묻을까.
소태 같이 쓴 입술에
풀잎 씹힌다.

—민영의 「용인 지나는 길에」 부분[5]

이 시는 시인이 용인을 지나면서 쓴 것이다. 용인은 주지하듯이 이 시를 쓴 1970년대만 해도 네 개의 공원묘지가 조성된 곳이다. 지금은 5만기 가까운 묘가 여기에 들어 서 있다. 이곳은 생자와 사자가 공존하는 곳이다. 예로부터 용인은 이른바 음택 풍수의 상징이 되었던 곳이다. 옛날 말에 이르기를, 생거진천(生居鎭川)이요, 사거용인(死居龍仁)이라 했다. 즉 살아서는 진천 땅, 죽어서는 용인 땅이다. 산자에겐 진천이 가장 살기 좋고, 죽어선 용인에다 묏자리를 쓰면 후손에게 발복한다는 것이다. 이 시의 화자는 사실상 실향민이다. 시인 민영의 고향은 강원도 철원. 군사보호구역 내에 편입되어 민간인이 자유로이 드나들 수 없는 곳이 되었다.

시인은 용인 땅에서 사후에 편안히 쉴까, 즉 뼈를 묻을까, 하고 생각

5) 민영, 『용인 지나는 길에』, 창작과비평사, 1977, 22~23면.

한다. 그러나 그는 두고 온 고향을 생각하면 편안히 쉴 수도 없다고 한다. 죽은 다음에 고향에서나마 편히 쉴 수 없는 실향민의 비애가 잘 녹아져 있는 것이 인용시이다. 분단의 아픔을 자신의 사후 문제와 결부시켜 공감대를 확장시킨 좋은 작품인 듯하다. 시인 민영에겐 풍수적인 관념의 안식보다 현실적인 욕구의 충족이 더 중시되고 있다.

> 항상 마누라 볶아
> 풀 빳빳하게 먹인 모시 두루마기 떨쳐 입고
> 에헴에헴 하고 우자 부리는 창봉이 영감
> 땅 보는 재주 하나 달고 있어서
> 자좌 오향으로
> 남으로 주작이요 뒤로 현무로다
> 중출맥에 부귀현인군자 난다고 떵떵거린다
>
> 그러나 창봉이 영감은 이 산 저 산 다니다가
> 독사에게 물려 세상 떠났다
>
> 아 이 나라 온 땅이여
> 어디에 명당이 있고
> 어디에 살혈 흉혈 고여 있는가
> 땅이란 땅 다 내 조상 울음인데
> 어디에 명당이 있어
> 이 땅이 이 모양 이 노릇인가
> 억새풀 한 무더기 뿌리박은 땅 얼마나 오랜 내 자손들 무덤인가
>
> —고은의 「지관 오창봉」 전문[6)]

---

6) 고은, 『만인보 · 1』, 창작사, 1986, 99면.

이 시는 현대시 가운데 반(反)풍수의 시적 담론을 잘 보여준 모범적인 적례가 아닌가 한다. 시인 고은 한 명(名)풍수의 죽음을 통해 기복신앙적으로 기울어진 풍수학에 대해 강한 의혹의 눈초리를 던지고 있다. 명풍수의 상대 개념은 반(半)풍수이다. 우리 속담에 반풍수가 집안 망친다고 했다. 지관 오창봉은 명풍수인가, 반풍수인가. 시인이 남긴 인용시에 의하면 이 둘의 차이는 없다고 본다. 풍수에 관한 한, 고은의 시적 담론은 현저하게도 현실주의적이다. 그에겐 어떠한 신비주의도 용납되지도 않을 뿐더러, 그는 결코 이를 수락하지도 않는다.

3. 청계천 소재의 시에 나타난 풍수적인 생태의식

올해 초에 우리나라에서 아시아 풍수 학술대회가 있었다. 여기에서 나온 발언 중에서 의미 있는 발언들이 적지 않았으리라고 짐작된다. 이를테면, 풍수는 환경이란 용어의 원형이 된다는 것. 풍수는 중국에서 기원했지만 동아시아는 물론 말레이사아, 베트남까지 번져 나갔고, 지역에 따라 형태를 달리하며 응용됐다는 것. 풍수는 일본에서 문화 요소의 하나로 인식됐고, 오키나와나 베트남에선 공간적인 패러다임을 제공했다면, 한국은 그것을 통해 문명사적인 전환을 가져 왔다는 것. 한국적인 자생풍수의 특징은 허(虛)한 곳을 보완하는 비보풍수에 있다는 것. 그래서 한반도에서 꽃을 피운 풍수가 동아시아 전통의 지식 체계로 주목되고 있다는 것…….[7]

---

7) 조홍섭 환경전문기자, 「지속가능한 토지 관리 '풍수'는 과학이다」, 한겨레신문, 2014. 1. 30. 참고.

풍수는 우리나라에서 매우 친숙한 용어이다. 이것은 집이나 무덤 따위의 방위와 지형이 좋고 나쁨과 사람의 화복이 절대적 관계를 가진다는 학설, 또는 그 방위와 지형을 두고 말한다. 경우에 따라서는 풍수를 살펴보는 지관(地官)을 가리켜 풍수라고도 한다. 풍수의 역사는 꽤 오래되었다. 이것은 고대의 중국에서 기원했다. 전국 시대의 말기에 발생한 풍수적인 사고 관념이 한대(漢代)에 이르러 음양설이 도입되면서 그 논리 체계를 갖추었고 남북조 시대에서부터 음택(陰宅) 이론이 덧붙여지게 되었다는 것이다.[8]

여기에서 우리가 주의 깊게 살펴보아야 할 것은 살아 있는 사람들의 거주 장소인 양택(陽宅)에 대한 관심이 죽은 자들의 공간인 음택보다 기원적으로 앞선다는 사실이다. 말하자면, 풍수는 살아가는 사람들을 위한 환경 적응에서부터 시작되었다는 것이다. 그런데 우리의 풍수 사상은 음택 풍수가 상대적으로 승하여 본질을 왜곡해가면서 스스로 타락해간 측면이 없지 않았다.

풍수의 어원은 무엇일까? 과문한 탓에 잘은 모른지만, 장풍득수(藏風得水)라는 표현과 관련성이 있는 것 같기도 하다. 바람을 잘 갈무리하고 물을 얻는다는 것. 장풍득수라는 표현이 풍수보다 먼저라면 풍수의 어원인 것이 맞다. 하지만 장풍득수가 풍수에 대한 하나의 부연 설명이라면, 풍수의 어원은 또 다시 미궁에 빠진다.

풍수에서 가장 중요한 것은 물이요, 그 다음이 바람이다. 풍수에는 생태 통로의 맥이 있다. 물과 산줄기와 바람이다. 물의 흐름과 바람이 흘러가 산줄기에 가두어지는 것은 기운이 생동하는 생명 에너지와 같

8) 권선정, 「풍수의 입장에서 본 취락입지」, 최창조 외, 『풍수, 그 삶의 지리 생명의 지리』, 푸른 나무, 1993, 235면 참고.

다. 궁극적으로 볼 때, 풍수에서 물의 흐름이 으뜸이요, 바람을 가두는 게 버금이다.

> 인간 문화의 필수 요인인 물은 자연 생명체 모두의 생존에도 중요하다. (……) 산줄기가 바람을 가두어 내와 천, 강으로 이어져 흐르는데, 이런 명당 체계의 언저리에서는 온갖 다양한 생물종이 최대로 부양한다.[9)]

우리나라에서 풍수가 좋기로는 천 년 전의 도참 비결서에서 이미 정도(定都)를 예견한 데[10)]서 알 수 있듯이 서울이다. 풍수의 으뜸인 물이 풍부하고, 물의 흐름이 더 없이 좋기 때문이다. 우리나라의 하천은 대체로 동쪽에서 나와서 서쪽으로 흘러가는 형국을 보인다. 그런데 서울의 청계천은 서울 풍수의 주산인 북악(北岳)에서 나와서 광화문 광장과 시청 앞 광장인 내명당을 관통해 동으로 흘러간다. 서출동류(西出東流)하는 역방향의 흐름새가 예사롭지 않아서 천하의 명당수로 손꼽히고 있다. 우리나라 수도 풍수의 핵심은 산보다도 물이며, 또 객수에 지나지 않는 한강보다는 명당수인 청계천에 있다.

이 글을 통해 나는 청계천을 소재로 한 시 중에서 시인들의 풍수적인 생태관의 반응을 다음과 같이 살펴보려고 한다.

> 서울에 내리는 / 비는 / 청계천으로만 흐른다 / 아픔과 굴욕으로 / 굳어진 / 나의 살갗을 깎고 벗기며 / 내리는 빗줄기 / 녹슬은 쇠못같이 /

---

9) 한면희, 앞의 책, 310면 참고.

10) 비결서에 '삼각남면임한강(三角南面臨漢江)'이란 예언이 있다고 하나, 나는 아직 확인하지 않았고, 다만 전언으로 들은 바 있다. 이 말의 뜻은 '(왕도를) 삼각산 남쪽을 면하게 하고, 또 한강을 임하게 하라.'는 것이다.

이데아를 가리키는 추상명사일 따름이다.

왕십리 미나리꽝은 또 뭔가.

미나리꽝으로 넘쳐나던 왕십리는 청계천과 중랑천이 만나는 지점과 가깝다. 환경이 깨끗하지 않고선 왕십리 미나리가 서울의 전통 토산물이 될 수 없다. 중랑천과 한강이 맞닿는 곳인 두모포(豆毛浦)의 콩나물도 마찬가지다. 청계천이 흐르는 곳의 말단에 토산물 산지들이 있었다.

생태학적인 시의 과제를 다루는 시도 상이하고도 유다른 성격의 시가 있다. 하나는 생태학적 문명비판시라면, 다른 하나는 생태학적 서정시이다. 지금까지 본 두 편의 시들은 전자에 해당한다. 다음에 제시될 두 편의 시편들은 후자의 경우에 해당한다. 다음에 인용될 시 두 편은 2005년 10월1일에 복원된 청계천 직후에 만들어진 것이다.

> 청계천은 동맥이다.
> 서울 시민의 핏줄이다.
> 맑은 핏줄에 붉은 피가 흐른다.
>
> 청계천은 심장이다.
> 서울 시민의 심장이다.
> 한국인의 동맥과 정맥이 흐른다.
>
> 청계천은 밤의 혼불이다.
> 민족의 혼불, 파고다 공원이 곁에 있다.
> 한국인의 혼불을 에워싼 북악이 있다.
>
> —신협의 「다시 태어난 청계천」 전문[13]

---

13) 같은 책, 51면.

이 땅의 명당수련가
다시 열린 청계천
흐르는 개울물에
송사리떼 무리짓고
가던 맘
잠시 멈추어
냇물 속에 젖어본다.

—이지연의 「청계천은 다시 흐른다」 부분[14)]

신협의 「다시 태어난 청계천」은 앞서 말한 진단시 동인 제27집인 『청계천은 흐른다』에 실려 있는 자유시이며, 이지연의 「청계천은 다시 흐른다」는 자신의 시조집인 『청계천은 다시 흐른다』에 실려 있는 시조의 2연 형태 중에서 첫 번째 연에 해당하는 부분이다.

풍수는 기(氣)와 관련된 논리 체계를 스스로 가지고 있다. 기란 무엇인가. 이것은 서구적인 관점에서 분석이 되지 않고, 과학적인 방법으로 확인이 되지 않는다. 이 기란 것은 생활의 용어로서도 두루 쓰이고 있다. 예컨대, 기막히다, 기고만장하다 등과 같은 표현이 바로 그것이다. 『회남자(淮南子)』라는 책에 '기(氣)는 생(生)의 충(充)이다'라고 했듯이, 이것은 '생동의 충만'과도 같은 것이다. 그리하여 이것은 에너지, 힘, 원기, 변화 등을 일컫는다.

풍수의 사상적인 지향성은 크게 보아서 두 가지로 나누어지는 것 같다. 하나는 기생태주의(Ch'i-ecology)요, 다른 하나는 천지코스몰로지(Tiandi-cosmology)이다. 기생태주의에 의하면, 풍수관은 한의학적인 인

14) 이지연, 『청계천은 다시 흐른다』, 마을, 2008, 13면.

체관을 지닌다. 사람의 인체는 기혈(氣血)이라는 에너지로 구성된다. 기와 혈이 흐르는 생명적인 통로의 맥은 경락과 혈맥이다. 풍수는 자연물인 지형과 물길에도 기혈과 같은 생명의 힘이 흐른다고 보고 있다.

신협의 「다시 태어난 청계천」을 보면, 청계천 역시 한의학적인 인체관에 의거한 자연 형국으로 묘사된다. 여기에서는 청계천이 심장이요 혈맥인 것으로 비유되어 있다. 이지연의 「청계천은 다시 흐른다」도 풍수적인 사유의 흔적이 배어있다. 명당수라는 시어 자체가 풍수 용어가 아닌가. 앞서 말한 천지코스몰로지도 기생태주의와 상관한다. 다만 차이가 있다면, 기생태주의가 한의학적인 인체관에 의거하고 있다면, 천지코스몰로지는 주역적인 우주관을 배경으로 삼는다. 기생태주의를 우주론적으로 확장한 것이 천지코스몰로지다.[15)]

주역의 우주 체계는 천지인(天地人)이라는 삼재(三才)로부터 비롯한다. 천은 시간이요, 지는 공간이요, 인은 인간이다. 천지인의 조화가 주역에 이르면 간적(間的)인 존재의 관계성을 공유하고 있음을 스스로 말해주고 있다.

풍수의 패러다임은 지(地)의 공간적인 사유를 특히 강조한다. 풍수에 있어서의 공간의 공은 관념적인 진공(vacuum)이 아니라, 기로 충만된 생명의 힘이 미치는 역장(力場)이다. 인용한 두 편의 작품—신협과 이지연의—은 문학적인 성취도의 면에서 그리 높지 않아도 풍수적 관념의 생태주의 시학을 지향하고 있기 때문에 적절성과 유효함이 있는 참고

---

15) 이 대목에서 김용옥의 풍수관을 소개하고자 한다. 그에 의하면, 한의학의 인체관은 천지코스몰로지적인 기혈론(氣血論)으로 요약된다고 한다. 풍은 산의 형세에 따라 형성되는 기의 흐름이요, 수는 물의 흐름에 따라 형성되는 혈의 흐름이다. 기와 혈의 흐름은 경락상의 혈(穴)로 표현된다. 이 혈을 잡는 것을 두고 풍수에서는 정혈(定穴)이라고 한다. (김용욱, 『도올의 청계천 이야기』, 통나무, 2003, 46~47면 참고.)

작품으로 거론될 수도 있다.

4. 김지하의 최근 시에 나타난 풍수적 사유의 자취

김지하의 시 세계에는 풍수적 자각의 흔적이 드문드문 배어있다. 그에게 있어서 풍수적인 관점은 비교적 오래 전부터 적층해 있었던 것으로 판단된다. 그의 생명사상에 관한 한 초유의 저서인 『생명과 자치』에도 그 흔적이 반영해 있다. 그의 풍수적인 사고의 관념 체계는 이미 1990년대 초에 비롯해 있었던 것 같다.

> 풍수학에 대한 현대 한국 지식인들의 혐오감은 매우 뿌리 깊습니다. 이것은 첫째 그 지식인들의 서양 지향의 학문 체질에 달려 있으며 유행하는 서양학의 지배력에 그 원인이 있을 것입니다. (……) 또 한편 풍수학이 지식인들의 혐오와 경원을 불러일으키는 데에는 조선조 중후기 풍수의 타락상에도 그 원인이 있을 것입니다.[16]

김지하의 풍수관은 우리의 풍수가 내외적인 요인에 의해 설 자리를 적잖이 상실했다고 보고 있다는 것이다. 내적으로는 소위 음택 풍수가 지닌바 신비적이며 기복신앙적인 비합리성에 기인하는 것이며, 한편 외적으로는 서양의 합리주의 사고가 지닌 지배적인 힘에 의한 것이다. 그의 풍수관이 긍정적으로 작용하고 있는 것은 풍수학이 생명 운동의 한 갈래가 될 수 있다는 가설 때문이다. 그의 생명사상은 학적(學的)인

---

16) 김지하, 『생명과 자치』, 솔, 1996, 103면.

이론의 체계보다는 운동성이 확보되는 실천 쪽에서부터 비롯되는 성격이 강하다. 그에게 있어서 생명 운동의 초기 형태는 1982년 강원도 원주의 신협과 농협을 중심으로 한 유기농 운동에서 출발하였고, 그 이후 '한살림' 운동과의 관련성을 통해 발전해 나아갔다.[17] 그의 풍수관 역시 그가 지속적으로 추진해간 (큰 테두리인) 생명 운동의 관련성 하에 놓이는 것이었다.

한편 생각하기로는 김지하의 풍수관이 박경리의 「토지」에 내장되어 있는 산천(山川)의 사상에 기인하는 것인지도 모른다는 생각도 든다. 「토지」 제1부에서 선비 이동진이 망명하려고 하자 최치수가 그에게 묻는다. 누굴 위해서인가? 백성인가? 군왕인가? 하지만 이동진은 군왕도 백성도 아닌 이 산천을 위해서라고 한다. 민중 현실주의니, 왕정 복고주의니 하는 것도 한낱 공소한 주의 주장에 지나지 않는다. 그보다 높은 단계에 산천이 놓인다. (이 산천을 두고 김윤식은 '태생대로 살아가기의 세계'라고 말한 바 있다.[18]) 산천은 무엇일까? 풍수의 또 다른 표현이 아니었던가?

박경리의 「토지」에 나타난 소설적인 주(主)무대는 경남 하동군 악양이다. 이곳은 조용헌이 「내가 살고 싶은 곳」이라는 제목의 신문 칼럼에서 사견임을 전제로 한다는 복선을 깔면서 풍수의 으뜸으로 손을 꼽았던 곳이다. 박경리의 「토지」에서 말하는 산천이 구체적으로 지리산과 섬진강임을 암시해주는 대목이 되기도 한다.

17) 김우창 외 엮음, 『103인의 현대 사상』, 민음사, 1996, 56~57면 참고.
18) 김윤식, 『박경리와 토지』, 강, 2009, 202면 참고.

……하동군 악양이 살아보고 싶은 곳이다. 뒤에는 1000m가 넘는 지리산의 영봉들이 병풍처럼 둘러쳐 있고, 동네 앞으로는 지금도 맑은 강물을 유지하고 있는 섬진강이 흐른다. 한자문화권에서 가장 이상적인 주거지로 여기는 배산임수의 전형이다. (……) 지리산에서 산나물이 나오고, 섬진강에서 은어와 재첩 나오고, 남해 바다에서 생선 나온다. 먹을 것이 풍부하다는 것도 엄청난 장점이다. 겨울에는 따뜻하므로 양지 바른 창문 밑에서 책 보기도 좋다. 봄, 여름, 가을, 겨울마다 등장하는 구름과 안개, 석양, 눈 내리는 풍광이 볼만한 즐거움을 준다. 동네 뒷산인 형제봉에만 올라가도 지리산과 섬진강의 호쾌한 풍광을 즐길 수 있어서 근심 걱정이 털어진다.[19]

이상의 인용문은 하동군 악양의 풍수지리적인 조건을 잘 말해주고 있다. 이 온전한 산천의 풍수지리에서 박경리의 「토지」에서 보이는 저 해한상생(解恨相生)의 생명사상이 나왔고, 또 이를 계승한 것이 김지하가 보여준 시적 직관의 또 다른 생명사상인 것이다. 그는 생명에 대해 참으로 편견이 없고 진솔한 생각과 체험과 지혜가 필요한 이 시대에, 박경리의 저서 『생명의 아픔』이야말로 이에 관해 가장 원만하고도 날카롭고 성실한 저술물이라고 높이 평가한 바 있었다.[20] 시인 김지하의 풍수적 자각의 수준은 독문학 교수로서 풍수학 분야에 이름을 떨치고 있는 김두규에 의해 높게 평가된 바 있었다.

풍수지리의 본래적 모습은 간 곳 없고 지금에 이르러서는 술수로 뒤범벅이 된 타락한 묘지 술수만 난무하고 있습니다. 이런 의미에서 시인 김지하와 일본의 문화인류학자 와타나베 요시오의 풍수에 대한 통찰은 천

19) 조선일보, 2014. 2. 17.

20) 김지하, 『흰그늘의 산알 소식과 산알의 흰그늘 노래』, 천년의시작, 2010, 202면 참고.

재적입니다.[21)]

> 동양 고유의 직관 방법이자 풍수지리의 직관 방법론의 탁월성을 동아시아에서 가장 먼저 지적한 분이 시인 김지하 선생입니다. 그는 이미 1980년대부터 풍수지리의 가치와 효용을 인식하고 풍수지리 패러다임의 현대적 재구성과 활용을 강조하였습니다.[22)]

김두규의 평판에 의하면 시인 김지하가 지닌 풍수적 자각의 수준은 천재, 아시아적인 탁월성, 현대적 재구성과 활용 등으로 연결된다. 김지하의 풍수적 자각은 자신의, 비교적 최근에 발표된 시에도 드문드문 나타나고 있다. 그의 풍수적인 소재의 시편들은 시사적인 성격이 적지 않다.

신종플루로부터
산알을 찾아내야 한다

(……)

예부터 풍수학에서
독초 옆에 약초 있고
身土不二라 했겄다

—김지하의 「신종플루로부터」 부분[23)]

21) 김두규, 『우리 풍수 이야기』, 북하우스, 2003, 199면.

22) 김두규, 『김두규 교수의 풍수 강의』, 비봉출판사, 2008, 219면.

23) 김지하, 『흰그늘의 산알 소식과 산알의 흰그늘 노래』, 앞의 책, 356면.

산알(론)은 북한의 생물학자 김봉한이 발견한 독창적인 가설이다. 즉 이것은 경락의 실체를 연구한 결과, 인체 내에서 그물망 같은 시스템이 있다는 것에서 연유된 특별한 기호이다. 독이 있다면, 반드시 약이 있다. 그는 제한된 지역 내의 기(氣)의 확산과 수렴이 동시에 작용됨에 따라 독에는 이에 대응하는 효과적인 약이 있다는 소위 풍수학의 형국론(形局論)을 연결시킨다.[24] 특히 그는 풍수의 으뜸인 물에 관심을 촉발시킨다. 우리가 사는 시대를 물의 시대로 규정하면서 말이다.

이 시대는 물의 시대
물만이
온 세계의 산알
집 없이는 다아 죽는다

(……)

일본원폭방사능을
바닷물이
잠재우고 있으니

—김지하의 「물·1」 부분[25]

물의 시절에 물이 없다

참
원시반본

---

24) 같은 책, 122면.

25) 김지하, 『시김새·2』, 신생, 2012, 34면.

다시 개벽은
맞는가?

일본 원전은 바닷물 벼락으로
겨우 겨우 폭발 안 되고
숨 쉰단다

—김지하의 「물·2」 부분[26)]

일본의 원폭 방사능은 인류를 위협하는 독성의 이물질에 해당한다. 이에 맞서는 것은 약수에 해당하는 바닷물이다. 물만이 산알, 즉 삶의 고갱이(정수)가 된다. 물이 산알이라는 주장은 현저히 풍수적이요, 독과 약이 공존한다는 것은 지맥에 길과 흉이 뒤섞여 있다는 풍수관에 근거한 생각 틀이 된다. 독과 약, 길과 흉을 잘 가리고 이용하는 것이 다름 아닌 풍수다. 그런 점에서 산알론과 풍수관은 서로 회통하는 패러다임이다. 패러다임의 본래 의미는 '사례'이지만, 어떤 요인으로부터 다양하면서도 서로 무관한 듯해 보이는 사례가 나타나는 경우에 있어서, 다양한 관념을 서로 연관시켜 구조화, 체계화한 시스템을 두고 패러다임이라고 한다. 김지하는 손가락 끝, 손바닥, 목덜미 등과 같은 데에도 서로 다른 세포계가 자기 구심력을 지닌 무언가가 있다고 언젠가 말했다. 풍수지리와 같은 것으로 형국(形局)이라고 불리는 것이다.[27)] 그 무언가가 소위 '산알'이라고 해야 할 것 같다.

---

26) 같은 책, 61면.

27) 김지하, 『흰그늘의 미학을 찾아서』, 실천문학사, 2005, 15면 참고.

아아 며칠 뒤에 부산에 가
영구망해(靈龜望海)의
동백섬 강의를 해야 한다.

왜 고개를
외로 꼰 신령한 거북이
머언 바다

지진 해일 화산 원전의
태풍 아래 있는 일본 바라보는 그 부산을
그 부산의
거북을

—김지하의 「누가 날 이리 움직이나」 부분[28)]

인용시의 키 워드로 쓰인 '영구망해(靈龜望海)'로 인해 이 시는 문학 외적으로도 화제가 되었다. 김지하가 부산의 해운대가 세계적 도시가 되는 것이 필연이라고 말했다고 한다. 조선 중기 정조신이라는 학자가 그렇게 예언했다는 것. 정조신이 자신의 저서 『순수역수기』에서 '영구망해' 즉 '신령스러운 거북이 먼 바다를 바라보는 땅에서 우리나라의 국운을 융성시키는 새로운 길지가 생긴다'는 것인데, 김지하가 '영구망해'의 땅을 바로 해운대 동백섬이라고 주장했다는 것이다.[29)] 원로 시인의 영감이 깃든 예언이라고 해서 부산 지역의 사람들이 적잖이 고무되었다. 한 지역 신문의 기사에는 부산이 거북처럼 세상의 더러운 것을

28) 같은 책, 53~54면.
29) 국제신문, 2012. 8. 14. 참고.

삼키고 정화해 신령함을 토해낸다는 의미를 함축하고 있다고 해석한 경우도 있었다.[30)]

앞으로는 시에 있어서 풍수 담론은 이와 같은 문학 외적인 화젯거리로부터 벗어나야 하겠지만, 요컨대 김지하 시에 반영된 풍수적 자각의 자취는 그 자신의 화두인 동시대의 환경 인식 문제와 떼려야 뗄 수 없는 관계를 맺고 있다고 하겠다.

5. 마무리 : 약론 및 앞으로의 전망

본 연구는 현대시의 비평적인 영역 속에서 풍수적 사유의 시적 담론을 중심으로 주제로 구성해 보았다. 본 연구는 우선 '풍수의 시적 원형과, 반(反)풍수의 시적 담론'에서 시와 풍수의 상호관련성에 관한 일반원리, 소위 풍수시의 원형과 적례, 현대시에 나타난 풍수적인 무관심이나 반(反)풍수관의 사례들에 관해 밝혀 보았다. 또 두 번째로는'청계천 소재의 시에 나타난 풍수적인 생태의식'을 중심으로 극악하게 훼손된 청계천에 대한 문명비판적인 시에서 날카로운 성찰의 시(인)의식을 엿볼 수 있었으며, 반면에 청계천 복원이 가져다 준 희망과 낙관의 정서를 생태학적 서정시의 많은 사례을 통해 비평적으로 성찰할 수 있었다. 마지막으로, '김지하의 최근 시에 나타난 풍수적 사유의 자취'에서는 시인 김지하의 시와 사상 가운데 풍수와 관련된 것을 가려서 그것이 동시대 문학의 환경 인식의 차원으로 수렴되고 있느냐 하는 문제를 해결해 보려는 비평적 일련의 과정을 밟았다. 현대시 비평에 풍수적인

---

30) 부산일보, 2012. 4. 2. 참고.

사유의 담론을 수용하는 문제는 앞으로 좀 더 확대, 심화되어야 할 것이다. 이에 관해서는 많은 시인-논객으로부터 공감을 이끌어내지 못했지만, 환경 인식의 간절한 바람에 따라 정치하게 비평적인 척도가 마련되리라고 보인다.

선심禪心의 약동과 동서양 시인의 교유

게리 스나이더와 고은의 경우

인간과 인간이 공생하고, 인간과 자연이 공생하고, 마침내 자연과 자연이 공생하기도 한다. 이를 두고 공생의 '트라이앵글'이라고 하면 어떨까? 자연과 자연도 공생한다? 유정과 유정, 유정과 무정은 물론이려니와 심지어는 무정과 무정까지도 공생한다. 동양에서는 산과 물의 조화를 항상 중시한다. 그것은 언제나 어울린다. 그림에는 산수화가 있고, 자연은 산자수명이 바탕이 되어야 하고, 복지(卜地)의 터전에는 배산임수가 자리해야 한다. 송나라의 문인으로 잘 알려져 있는 소식(소동파)은 이런 시를 썼다.

계곡의 물소리는 유려한 달변
산의 자태 그것은 청정한 몸

溪聲便是廣長舌
山色豈非晴淨身

시인은 산과 물을 잘 어울리게 하고 있다. 조화의 묘는 이와 같은 것이다. 그런데 산이든 물이든 사람처럼 인격화를 부여한다. 물소리는 달변이요, 산은 깨끗한 몸이다. 이미 인간과 자연이 동일시된 상태다. 인간이 자연화되면 유토피아요, 자연이 인간화되면 물활론이다. 높은 깨달음에 도달해야만 이런 동일시의 상태에 도달할 수 있으리라고 본다.

선(禪)의 황금시대 제2기는 7세기에서부터 14세기에 이르렀다. 이 시기는 시와 선이 합일하는 경향을 보였다. 자연(물)에 생명을 부여하곤 했다. 우리나라에선 유독 소동파로 불리는 소식은, 한 시대를 풍미한 위대한 시인이면서 선의 달인이었다. 송나라의 선은 두 갈래였다. 주제(화두)를 강조하는 수행 체계의 전통은 임제종(臨濟宗)의 갈래로 발전하였고, 침묵으로 일관하는 '묵조선'의 개념을 강조하는 조동종(曹洞宗)의 갈래가 있었다. 이 상대적인 선의 유파는 몽고 침략에 앞서 일본으로 동시에 유입된다.

생태주의 시인으로서 세계적으로 명성을 떨치고 있는 게리 스나이더는 이 두 유파의 일본 수용이 일본으로 하여금 당송(唐宋)의 세계관을 상속받는 계기를 마련하게 하고, 또 그것은 고도로 발달된 일본인들의 자연 감각을 추가했다고 말하였다.[1] 게리 스나이더 자신도 젊은 시절에 일본에서 선을 실제로 수행한 경험이 있었고, 이 경험을 바탕으로 그 역시 일본적인 자연 감각에 길들여간 적이 있었다.

게리 스나이더의 불교관이 가장 명료하게 드러나 있는 것은 산문 「불교와 지구 문화의 가능성들」에 나오는 첫 번째 문장이다. "불교에서는 우주와 그 안에 살고 있는 모든 생물들이 본질적으로는 완전한 지혜,

---

1) 게리 스나이더 지음, 이상화 옮김, 『지구, 우주의 한 마을』, 창비, 43면 참고.

사랑, 그리고 연민의 상태에 있으며 자연적 상호 작용 및 상호 의존의 관계에 있다고 본다."[2] 이처럼 그의 불교관은 생태학적 세계관에 기초해 이룩되고 있음을 잘 알 수가 있다. 그의 시에도 이것이 반영되고 있다.

깎아지른 골짜기 빙하 흘러내린 방울뱀의 나라
껑충, 연못가의 땅, 송어 미끄러지고,
맑은 하늘, 사슴 다니는 길.
폭포 가의 험한 장소, 집채만한 둥글바위,
도시락 혁대에 매고,
바위 틈 기어올랐고 거의 떨어질 뻔했다
그러나 선반 바위로 안전하게 굴러나와 계속 나아갔다.
메추리 새끼 발 아래 얼고, 돌색의 보호색,
짹짹이며 도망간다! 멀리서, 어미 메추리 안달한다.

—「산책」 부분[3]

게리 스나이더는 미국 동부 워싱턴 주에 있는 작은 호수인 벤슨 호수에서 산책하였다. 바위 협곡을 지나서 3마일에 있는 파이유트 샛강을 배경으로 이 경관을 묘파하고 있다. 시의 배경이 되는 곳은 그에게 한낱 호수에 지나지 않겠지만, 여기는 시인이 심오한 불교의 명상 속에서 온갖 생명체가 서로 의존하면서 상생의 질서와 화평의 그물망을 형성하고 있음을 자각하고 있는 삶의 터전이다.

게리 스나이더는 자연이야말로 아름다움의 안에서 걷는 일이라고 본

---

2) 게리 스나이더, 「불교와 지구 문화의 가능성들」, 『세계의 문학』, 2000, 가을, 262면.
3) 게리 스나이더 시선집, 서강목 옮김, 『이 현재의 순간』, 들녘, 2005, 45면.

다. 이 일은 원주민 삶의 공동체가 유지해온 가치관이라고 한다. 그 역시 이 공동체의 제도나 관습에 매혹된 바 있었거니와, 아름다움이란 하나의 질서요, 없음의 힘과 같은 것이다. 불교에서 말하는 소위 없음은 텅 빈 충만이요, 가득한 공허이다. 그가 노래한 「무(無)」는 가장 불교적인 성격을 보여준 시라고 하겠다.

안에 있는
본성의
침묵.

안에 있는 힘.
무(無)의

힘.

길은 무위의 길—그 자체
어떤 목적도 지니지 않고.

—「무(無)」 부분[4)]

이것은 불교적인 시라고 해도, 일종의 선시적인 감각의 시다. 극히 간결하고도 단순한 미니멀리즘의 미학을 추구하고 있다. 없음의 힘이란, 자아와 행위와 욕망과 본성과 목적을 초월하는 세계이다. 내 젊었을 때, 신문의 짧은 글을 본 일이 있었다. 누군가 선(禪)이 무엇인가 묻는 말에, 한 이름 높은 선사는 선문답의 형식으로 대답했다. 즉, 선을 '대두

4) 게리 스나이더, 강옥구 옮김, 『무성(無性)』, 한민사, 1999, 182면.

청산(擡頭青山)'이라고 답했다. 고개를 들면 청산이란 것. 청산이 보인다는 것인지, 청산을 보아라는 것인지, 나도 잘 모르겠다. 게리 스나이더에게는 '시에라 마터호른을 31년 후에 다시 오르며' 쓴 시가 있다. 연이 없는 3행의 짧은 시다. 원문은 이와 같다.

Range after range of mountains
Year after year after year
I am still in love.[5)]

그가 찾고 있는 산은 산맥 뒤의 산맥에 놓여있다. 31년 지난 후에 다시 찾아보아도 여전히 사랑스러운 산이다. 첩첩 산중을 넘고 넘어야 드러나는 산이요, 흐르고 또 흘러간 세월 속에 버티고 있는 산이다. 선이 대두청산이라고 했듯이, 그의 선의 경지에도 청산이 시공간 속에 숨어 있는 것 같은 경지다. 나는 그 전형적인 선시와 같은 3행시를 2연 4행시에다 7·5조 정형률에 맞추어 옮겨 보았다. 다음은 오독을 각오하고 옮겨본 번역시인데, 정말 오독이라면 불가피한 오독이요, 창조적인 오독이다.

산맥 넘어 산맥에,
산이 있어라.

세월 가고 또 가도,
산이 좋아라.

---

5) 같은 책, 215면.

불교에서 말하는 선이란, 평범한 가운데 심오한 진리가 담겨 있는 것. 시간이 지나가도 변하지 않고, 공간은 늘 멎어 있는 하나의 지점에 자리한다. 이를 두고 우리는 순간이라고 말하지 않는가. 그는 '이 현재의 순간(this present moment)'도 오래 유지되면 '아득한 과거(long ago)'가 된다고 했다. 순간 속에서 영원성을 명상하는 것이 바로 선이 아니겠는가.

게리 스나이더와 시인으로서 교유(交遊)하고 있는 이는 고은이다. 게리 스나이더가 1930년생이고, 고은은 3년 아래의 1933년생이다. 두 사람은 1997년 겨울에 만났다. 고은은 본디 1988년 이래 알렌 긴스버그와 친교를 맺었다. 알렌 긴스버그는 고은에게 자신의 친구인 게리 스나이더를 꼭 한 번 만나보아라고 했다. 1997년 여름에, 알렌 긴스버그가 갑자기 죽었다. 그로부터 얼마 후에 게리 스나이더와 고은이 처음으로 만나 부쩍 친해졌던 것이다. 2000년, 고은은 「게리 스나이더와의 만남」이란 에세이를 발표한다. 작가론에 가까운 수준의 소비평문이라고 할 수 있다. 그는 이 글에서 불교적인 관점에서 본 게리 스나이더의 위상을 이렇게 말하고 있었다.

> 나는 그를 만났을 때 그가 불교와 만나기 훨씬 이전부터 불교적이었다는 사실을 직감했다. 마치 옛 중국의 도연명이, 선이 들어오기 전에 이미 선적이었던 것처럼. (……) 그는 화신과 법신의 노래를 태어날 때 가지고 온 것처럼 쉽사리 그의 내면을 발전시키는 체험이 되는 태평양 연안의 자연 환경 속에서 청춘을 보낸다. 내가 볼 때 그는 견성한 것이 틀림없다. 또한 그는 에즈라 파운드의 흔적과 함께 그런 종류의 시 세계를 섭렵했으며, 그 연장선상에서 일본의 선과 시를 만났다. 이미 당나라 남종선의 선농일치, 임제선의 전통적 수행과 방불한 선종의 길을 그는 진작부

> 터 가고 있었다. 그는 미 대륙 원주민의 자연 공동체 속의 우주적 감수성까지도 체질화하며 그것의 동양과 서양이라는 이질을 소멸시키는 풍화작용도 가능케 하는 것이다.[6)]

앞서 소개한 게리 스나이더의 선시풍 불교시 「무(無)」는 대표작이라고 할 수 있다. 고은 이 시를 두고, 분별없는 무의 힘을 노래한 것, 무의식적이고 편안하고 자연스러운 아름다움을 표현한 노래[7)]라고 했다. 이른바 무아(無我)와 무성(無性)의 경지라고 해야 할까? 그 후, 게리 스나이더의 산문집 『지구, 우주의 한 마을』(2005)이 국역본으로 나왔다. 옮긴이는 시인 고은의 부인인 영문학자 이상화 교수(중앙대)였다. 이 책의 원제목은 'A Place in Space'이다. 보다시피 '공간 속의 장소'라는 뜻이다. 공간은 우주를 말하고, 장소는 지구를 말한다. 철학적인 용어로 대체하자면, 우주는 영원성이요, 지구는 순간성이다.

> 저문 산더러
> 너는 뭐냐
>
> 너 뭐냐 뭐냐 뭐냐 뭐냐 뭐냐……
>
> —「메아리」 전문[8)]

고은은 1991년에 선시집 『뭐냐』를 상재했다. 이 시집은 출판사를 경영하던 시인 장석주가 제안해 간행한 것인데, 뜻밖에 반응이 좋았던

---

6) 고은, 「게리 스나이더와의 만남」, 『세계의 문학』, 앞의 책, 300~301면.

7) 같은 글, 308면.

8) 고은 선시집, 『뭐냐』, (주)문학동네, 2013, 24면.

덕에, 숱한 유럽의 언어로 번역되어 시인으로 하여금 국제적인 명성을 떨치게 했다. 이 시집이 근래에 다시 복간할 때 장석주는 시집의 해설을 쓰기도 했다. 인용시 「메아리」에 관한 부분을 보자.

> 선시는 삶과 죽음, 자아와 타아, 자연과 문명적인 것, 미물에서 우주까지 소재를 가리지 않는다. 시인은 첫눈을 뜨고 말을 막 배우는 아이와 같이 삼라만상을 향해 '너는 뭐냐'(「메아리」)고 묻는다. 더러는 무지의 극단에서, 더러는 예지의 극단에서 전존재로 삼라만상들에 쿵 하고 부딪치는 것이다.[9)]

메아리는 화답 없음의 반향이다. 언어의 의미론이라기보다는 하나의 뉘앙스의 문제다. 선어니 선시니 선문답이니 하는 것은, 이처럼 음영이 깃든 말이다. 선을 매개로 한 물음과 대답이 논리적이고도 엄정한 인과율을 맺는 정도에 그친다면, 선심(禪心)으로 약동하는 화려한 난센스의 언어가 어찌 우리에게 돌올하고 아름답게 드러날 수 있다는 말인가?

고은은 『뭐냐』 이후 10년 만에 또 다른 선시집을 상재하였다. 『순간의 꽃』(2001)이 바로 그것이다. 이 시집은 올해까지 16년에 걸쳐 35쇄를 찍었다. 낱낱의 시는 따로 제목이 없다. 그리고 우리의 표현 관습에 따르면 극히 단형을 지향한다. 이런 점에서는 『순간의 꽃』에 열거된 일련의 그의 선시가 일본의 하이쿠 같은 느낌의 구석이 남아 있다. 먼저 2행시 한 편을 살펴볼까. 이 시집에 단행시가 없으니 가장 짧은 시가 된다.

---

9) 같은 책, 211면.

비 맞는 풀 춤추고
비 맞는 돌 잠잔다

이처럼 순리를 지향하는 게 선이다. 비 맞는 풀 잠자고, 비 맞는 돌 춤춘다면, 역리가 아니겠는가. 무도인이면서 영화배우로 일세를 풍미한 이소룡(Bruce Lee)은 '문명의 높이는 단순함을 향해 치닫는다.'라는 어록을 남긴 바 있었는데, 이 2행시의 성격과 잘 어울리는 것 같다.

선시집 『순간의 꽃』에서 이미 대중적으로 잘 알려진 두 편의 시가 있다. 국민적인 사랑을 받고 있는 단형시랄까. 노벨문학상 수상을 염원하는 한국인들이 마음을 담은 간절한 바람이랄까. 오늘을 살아가는 현대인들에게 뭔가 절실함으로 다가서는 것이 있다. 이런 유의 시를 두고 일종의 명상시라고 할 것이다. 현대인의 자기 성찰을 고취시키는 촌철살인의 역발상이다. 그 하나는 내용이 이렇다.

노를 젓다가
노를 놓쳐버렸다

비로소 넓은 물을 돌아다보았다

이 시가 '노'가 가리키는 것은 무엇이겠는가. 인간의 '에고'이다. 우리는 이것을 악착 같이 쥐고 있다. 에고는 돈과 명예와 애욕과 본성과 권력 등과 같은 것. 인간 이것들로부터 자유로울 때 비로소 '넓은 물'을 볼 수가 있는 것이다. 이를테면 '사물의 진면목'이요, 자연 속의 본지풍광이요, 사람에게 있어선 분별심이 없는, 마치 동심과 같은 본래면목이다. 또한 넓은 물은 비유하자면 심우도(尋牛圖)의 모티프에서 목동이 찾아 헤매는 잃어버린 소와 같은 것. 다른 시의 한 편도 이와 비슷한 내용이 있다.

> 내려갈 때 보았네
> 올라갈 때 못 본
> 그 꽃

긴 시라고 해서 다 내용이 풍부해 좋다고 볼 수 없다. 진짜 좋은 시는 이런 3행시가 아닐까. 올라갈 때 못 보았다는 것은 에고와 집착과 탐욕 탓이요, 내려갈 때 보았다는 것은 무아(無我)와 무욕과 자기반성 덕이다. 이 시에서의 꽃은 에고에 길항하는 마음의 표상, 즉 실상과 진리(법)의 표상이다. 나는 최근에 무심코 자기계발의 책 하나를 손에 쥐었는데, 이런 내용이 있었다. "에고는 사람의 마음이 맑고 선명해야 할 때 구름을 드리운다. 반면 냉철함은 균형을 잡아주는 힘……"[10] 올라갈 때 못 본 꽃은 마음이 맑고 선명해야 할 때 드리는 구름 탓의 결과요, 내려올 때 본 그 꽃은 냉철함이란 균형의 힘이 작용하는 덕(분)의 소산이다.

> 바람에 날려가는
> 민들레 씨만 하거라
> 늦가을 억새 씨만 하거라
>
> 혼자 가서 한세상 차려보아라

---

10) 라이언 홀리데이 지음, 이경식 옮김, 『에고라는 적』, 흐름출판, 2017, 202면.

고은이 본 세상은 한 톨의 씨에서 비롯되는 한세상이다. 순간과 영원은 서로 통한다. 민들레 씨나 늦가을 억새 씨가 순간이라면, 한세상은 영원, 무한함, 온전한 세상, 천국을 말한다. 영국 낭만주의 시인인 윌리엄 블레이크는 한 알의 모래에서 온전한 세상 하나를 본다고 했다. 그는 '한 순간 속에서 영원을 붙잡아라'라고 소리를 쳤다.

게리 스나이더의 시집 제목 하나가 '이 현재의 순간(this present moment)'이라고 표현했듯이, 그는 순간 속에서 영원성을 명상하는 선객(禪客)의 시인으로 살아왔다. 시인이기 이전의 젊었을 때 출가의 경험이 있었던 고은 역시 '순간의 꽃'이라는 제목의 선시집을 상재했듯이 순간에 대한 깊디깊은 명상을 일삼은 결과로서 사물의 참모습을 바라보는 눈부신 역발상의 시를 썼다. 두 사람은 시인으로서 교유 못지않게 새천년 이래 사상적으로 접점을 마련했던 셈이다. 앞으로 나(필자)이거나, 혹은 누군가에 의해, 두 사람에 관해 좀 더 시학적인 깊이가 확보된 글쓰기를 시도해야 할 일이다.

시인으로서의 사상가 김지하

웅숭깊은 추(醜)의 미학

1. 사상은 때로 문학 위에 군림하는가

최근에, 시인 김지하는 조선일보에 「4대강과 풍수, 그리고 세종시」(2009, 11.10)라는 표제의 에세이를 발표하였다. 이 나라에 도대체 국토관(國土觀)이 있느냐 하는 개탄조의 문제 제기로부터 시작한 글이다. 이 글의 요지는 다름 아니라 모심의 문화, 모심의 생활양식으로 오늘날 인류의 삶 전체를 변혁하지 않으면 지금의 대혼돈을 극복할 수 없다는 데 있다. 무슨 특별한 내용의 주의주장이 아니라 어디서 많이 들어본 듯한 논조의 글투라고 할 수 있다. 그럼에도 불구하고 시인 김지하의 글이라서 사람들의 눈길을 끌게 한다. 초미의 시사적인 쟁점과 함께 그의 이름이 지닌 화제성이 함께 상승작용을 하게 마련이다.

시인 김지하 하면 요즈음 시인이기 이전에 사상가로 먼저 떠올린다. 1980년대 중반까지만 해도 투사라고 하는 이미지가 압도적이었던 그에게서 말이다. 그는 최근에 왕성한 강연 활동과 산문적 글쓰기를 이어오고 있다.

그 까닭에 관해선 과문한 탓에 잘 알지 못하지만 문사나 지식인 중에서 대중에게 말발이 먹혀들고 독자들이 읽기에 글발이 반듯해 보이는 경우는 극히 드물다. 우리 시대에 말발과 글발을 동시에 갖춘 이를 꼽으라면 몇몇 사람 정도로 국한되지만, 김지하가 나온 서울대학교 미학과 출신의 논객들이 말과 글에 있어서 적잖이 활기가 차다. 비교적 대중에게 잘 알려진 사람으로 김지하·유홍준·진중권 등이 있다. 이 가운데서 자기 철학을 가장 분명하게 드러내고 있는 경우는 김지하뿐이라고 생각된다. 그는 수사적인 필치를 사용해도 무엔가 근사해 보이며, 속어와 비어를 곁들인 막말을 쏟아내어도 자신의 인생이나 철학 때문에 적절성을 그냥 획득하게 된다.

시인으로서 투사의 이미지를 걷어내고 사상가의 이미지로 각인되기까지 그는 참으로 오랜 세월을 보냈다. 정치적 격랑과 부박한 세태의 손가락질을 넘어서 그의 사상은 이제 무르익은 감이 있다. 우리 시문학사에 시인으로서 그만한 사상가가 일찍이 없었다.

문학의 내용은 느낌과 생각의 결과다. 이 정도의 얘깃거리라면 중학교 1학년 국어 교과서의 수준에 걸맞은 얘기가 될 터이다. 좀 어려운 말을 사용한다면, 문학은 정서와 사상이 날과 씨로 교직된 일종의 등가물(等價物)로 이룩된 것. 문학에서의 사상은 내용상 반을 차지한다. 그만큼 중요하다는 얘기가 된다.

그런데 언제부터인가 문학에서의 사상은 기피되어야 하는 것으로 경시되었다. 사상이 문학위에 때로 군림한다고 보기 때문인가? 심지어 사상 하면 빨간 물이 든 것처럼 불온하게 여기거나 적대시하면서 이를 무시하려는 경향이 없지 않았다. 지금도 그것이 문학주의의 순수성을 훼손하는 장애 요인 정도로 생각하는 사람이 없지 않을 것 같다.

우리 신문학 백년사를 두고 직업 문인 가운데 사상가의 반열에 오를 사람이 과연 있는가? 있다면 김지하뿐이다. 이런 점에서 볼 때 김지하는 우리 문학사에서 매우 독특한 위상에 놓여 있는 존재라고 할 수 있을 것이다. 시인으로서의 사상가인 그의 사상은 무척 다채롭고 깊이가 있다.

2. 어두움의 세계에서 밝음의 세계로

김지하는 1969년 『시인』 지에 시를 발표함으로써 시인으로 등단하였다. 이때부터 80년대 중반에 이르기까지 그는 저항시인으로서 독재 권력과 혼신으로 맞섰다. 그의 초기시 세계는 1982년 창작과비평사에서 공간한 그의 시선집 『타는 목마름으로』에 잘 반영되어 있다. 이 시선집의 체재는 4부로 구성되어있다. 제1부는 '황토 이후'로서 그 당시 가장 최근작들을 모았다. 여기에 저항시의 절창인 「타는 목마름으로」가 실려 있다. 제2부는 '황토'이다. 그가 1970년에 세상에 내놓은 처녀 시집 『황토』에 실려 있는 시를 뽑은 것이다. 제3부는 '황토 이전'으로서 미수록된 시를 한 곳에 모은 것이다. 제4부는 '산문' 부문인데, 그의 네 편의 산문이 여기에 있어 그의 초기시의 사상을 잘 가늠해 볼 수 있다.

시선집 『타는 목마름으로』에 실려 있는 시들을 오늘날에 다시 살펴보자면 전반적으로 어둡다는 느낌이 든다. 이 시기에 그의 거주 공간이 주로 골방이나 감방이었다는 전기적인 사실을 미루어볼 때 그 느낌은 필연적이라고 할 수 있겠다. 대표적인 시편들을 예거하자면, 「어둠 속에서」, 「밤나라」, 「푸른 옷」, 「먹칠」, 「아무도 없었다」, 「별빛마저 보이지 않네」 등이 있다. 이와 같은 유의 그의 초기시에 깃들여 있는 것은 어둠의 정조이다. 말하자면 절망적인 세계 인식, 아비 없는 시대의 아비 찾기로서의 부성탐색(search for fatherhood), 현실을 부정하는 추(醜)의 미학과 풍자 정신 등이 그의 초기시에 깃들여 있는 것이다. 앞서 예거한 시편 가운데 가장 어둠의 정조가 짙게 깃들여 있는 것은 시선집의 끝판을 장식하고 있는 「별빛마저 보이지 않네」가 아닌가 한다.

> 아직은 따스한 토담에 기대 / 모두 토해버리고 울다 일어나 / 무너진 토담에 기대 우러른 하늘 // 아무것도 없는 / 댓잎 하나 쓰적일 바람도 없는 / 이렇게 비어 있고 / 이렇게 메말라 있고 / 미칠 것만 같은 미칠 것만 같은 / 서로서로 물어뜯지 않고는 견딜 수 없는 / 저 불켠 방의 초라한 술자리 초라한 벗들 // (……) // 서로 싸우지 않고는 서로 물어뜯지 않고는 / 견딜 수 없는 낯선 마을의 캄캄한 이 시대의 한 밤 / 토담에 기대 우러른 하늘 / 아아 별빛마저 보이지 않네
>
> —「별빛마저 보이지 않네」 부분

별빛마저 보이지 않는 엄혹한 시대에 대한 철저한 자기 인식으로 점철된 인용시는 『황토』 이전의 작품이다. 그는 시집 『황토』에 이르러 그것이 더욱 철저해져 날선 풍자의 세계로 향한다. 그에게 있어서 풍자는 강렬한 증오의 표현이다. 풍자만이 시인으로 살 길이라고 그는 말한다. 현실이 강고할수록 풍자의 거친 폭력이 날카로워진다. 시인과 세상 사이의 모순이 이럴 즈음 곪아터진다. 담시 「오적」(1970)과 「비어(蜚語)」(1972), 그리고 희곡 「구리 이순신」(1971)과 「진오귀(鎭惡鬼)」(1973) 같은 것이라고 하겠다.

1980년대에 이르러 김지하의 인생은 안정기에 접어들었다.

이 시기에 그는 또 다시 장르 실험을 시도하였다. 대설(大說)이 그것이다. 그의 대설 『남(南)』은 1982년에 비롯하여 1985년에 제3권으로 완결된다. 이 문학적인 프로젝트는 그에게 새로운 사상에 눈을 뜨게 하는 계기를 마련한다. 작품 속에서도 표현되어 있듯이 '언필칭 대설이란 물건은 바로 이 참생명의 바다에 이르는 한 길목'일지도 모를 일이었다. 그의 생명사상이 세상의 수면 위에 이렇게 떠오르게 된 것이다. 1986년에 새로 간행한 시집 『애린』은 초기시 세계와 전혀 다른 모습을 보인다. 어둠이 밝음으로 교체되는 순간이다! 따라서 애린에서는 절망보다 희망이, 비관보다 낙관이, 파괴보다 건설이, 풍자보다 서정적인 화음이 반짝 빛을 발한다. 애린 연작시 두 편을 다음과 같이 인용해 본다.

> 또 한 순간 빛났다 / 사라져가는 아침빛이며 / 눈부신 그 이슬 / 그리고 가슴 벅찰줄이야 / (……) / 분홍빛 새살로 / 무심결 돌아오는 / 애린 / 애린 / 애린아

> 내 속에서 차츰 크게 열리어 / 저 바다만큼 / 저 하늘만큼 열리다 / 이 내 작은 한 점의 검은 돌에 빛나는 / 한오리 햇빛 / 애린 / 나

김지하가 창조한 마음의 연인 '애린'은 가상적인 여성 이미지로 그려지고 있다. 이것은 죽고 새롭게 태어나는 생명의 표상이라고 말해지는 개념이다. 만해 한용운에게 있어서 식민주의적 죽음의 시대에 맞선 그리움의 연인적 표상 '님'에 해당하는 그런 시적 개념이라고 하겠다.

김지하의 시집 『애린』은 밝음의 환한 생명 세계를 연 기념비적인 시집이라고 하겠다.

김지하의 시집 『애린』이 지닌 생명에의 낙관적 전망, 생태학적 상상

력 및 사유의 시적 성취는 시집 『중심의 괴로움』(1994)으로까지 연결되고 있다. 이 시집에 나타난 하나의 문학적 사상으로서의 상생주의는 우주만상에 존재하는 모든 것들의 드넓은 연결망에서 확인되는 희망과 긍정의 큰 세계를 활짝 열어놓고 있다. 이 세계를 두고 김지하 시 세계의 중기적 현상이라고 잠정적으로 이름 붙이고자 한다.

그의 초기시와 중기시를 성격상 대비해 볼 때 서로 간에 대립상을 띠고 있다고 하겠다. 양자의 시적 정조, 세계관, 문학사상 등이 확연하게 차별성을 지니고 있기 때문이다. 그의 시 세계를 구성하는 의미의 총체를, 그의 문학의 전체적인 구조적인 맥락에서 볼 때 양자의 시기는 저항과 생명의 '엇박자' 관계를 맺고 있다고 할 것이다. 이 엇박자는 혼돈의 박자이다. 김지하의 문학이 혼돈상을 보인 것이라고 여겨진다. 그러나 그 나름의 질서도 간과해선 안 된다. 다름이 아니라, 변증법의 엇박자, 혼돈박이라는 종합의 단계가 잇따르고 있기 때문이다.

3. 흰 그늘의 시학에 대하여

정확하게 기억되지는 않지만 누군가가 그랬다. 김지하는 거대담론의 인기가 속절없이 추락한 이후에도 거대담론의 샅바를 여전히 붙들고 있는 사람이라고. 그는 1999년에 명지대학교 석좌교수로 임용되어 특강을 하게 되고 또 여러 군데에서 강연을 하게 되었다. 이 해는 그가 가장 강연을 많이 한 해가 아니었던가 한다. 그는 이 해에 미학에 관해선 『예감에 가득 찬 숲 그늘』을 상재했고, 또 『율려란 무엇인가』라고 하는 제목의 강연 모음집도 간행했다. 지금으로부터 딱 10년 전인 1999년.

이 해는 온통 세기말 담론에 집중했었다.

1999년부터 그는 사상가로만 활동했을까?

그렇지 않다. 2000년대 최근 10년간에 걸쳐 출판 시집으로는『화개』(2002),『유목과 은둔』(2004),『비단길』(2006),『못난 시』(2009)가 있다. 그는 사상적인 말하기, 글쓰기 못지않게 시집 네 권을 세상에 선을 보였던 것이다. 먼저『비단길』에 실려 있는 그의 시 한 편을 보자.

> 해뜨기 전엔 / 새하얀 물 // 해뜨고 난 뒤 / 검다 // 바이칼은 이미 흰 그늘 // 지구의 / 성스러운 구멍 // (……) // 여기 / 내 자유를 // 이제 / 어찌할 것인가.
>
> —「흰 그늘」 부분

김지하의 시와 사상이 1999년 이래 지금에 이르기까지 연속되는 진행형이라면 이를 후기 단계라고 이름 붙일 수 있다. 후기 단계란, 그의 시와 사상이 변증법적 대립의 과정을 거쳐 통합적인 비전을 제시함으로써 무르익은 단계를 가리킨다. 극과 극이 역설적으로 함께 공존하는 단계인 것이다. 음과 양, 어둠과 밝음, 한(恨)과 신명, 죽음과 생명이 우주적인 혼돈 세계, 즉 카오스모스(chaosmos) 안에 하나로 통일되어 있는 단계인 것이다. 이 단계에 들어서면, 그가 말하는 흰 그늘이 적이 드리운다.

> 삶은 우주적이고 자유로운 것인데 그것을 억압 차단 분열시키는 것이 바로 죽음입니다. 그런 의미에서 죽음과 삶은 하나의 우주적 생명 질서로 통합되어 있고 그늘 이야기처럼 죽음과 삶 사이에서 서로 기우뚱하면서 중심이 이리 갔다 저리 갔다 하는, 역설적인 균형을 잡는 새로운 율려 문학이 나와야 한다고 생각합니다. (『예감에 가득 찬 숲 그늘』, 실천문학, 1999, 40면)

율려(律呂)란 『주역』에 나오는 용어로 양과 음의 완벽한 우주적 하모니를 의미한다. 음양의 개념으로 보면 말의 순서가 바뀌어 여율이 된다. 19세기 중엽의 주역 대가 김일부와 일제 강점기의 재야 동방학자 김범부(김정설)는 여율이란 말을 사용했다. 김범부의 동생인 소설가 김동리는 해방기에 좌파 이데올로기의 문학에 맞서는 생명문학으로서 이른바 '제3의 휴머니즘'을 논할 때 여율이란 용어를 몇 차례 사용한 바 있었다.

김지하가 말하는 소위 율려의 문학이란 생의 구경(究竟)에 자리를 차지하는 지선지미의 문학이다. 그가 소설에 큰 관심을 갖고 있지 않기 때문에, 시에 국한시키자면 그것은 '흰 그늘의 시학'으로 이름될 것이다. 그는 2007년 11월에 부산에서 특별 강연을 가진 바 있었다. 강연의 제목은 '바다로 가는 길'이었다. 그는 이 강연을 통해 정지용의 산수시 「백록담」을 높이 평가했다. 허(虛)와 무(無)와 공(空), 그리고 틈과 여백이 없으면 산과 물이 살아나지 못한다고 본 그는 정지용의 「백록담」만큼 아름다운 시가 없다고 단언한다. 흰 그늘이 서려있기 때문이다. 그는 또 자신의 동년배 시인 이시영을 '우주적인 아름다움으로 접근하는 율려문학인'의 한 사람으로 지목했다. 이시영의 시 「무늬」에 나오는 표현 "저 잎새 그늘을 따라가겠다는 사람이 옛날에 있었다"라는 것에 주목하고 있다. 그가 그의 후배 가운데 문학적으로 가장 애정을 표한 시인은 허수경이다. 허수경의 시 「공터의 사랑」은 그가 가장 좋아하는 시의 한편이 되었다. "잊혀진 상처의 늙은 자리는 환하다 / 환하고 아프다." 이 기막힌 역설적인 균제감이야말로 그에게 흰 그늘로 구현되는 것이다.

그동안 김지하는 많이 변했다.

어떤 이는 그가 성숙해졌다고 하고 어떤 이는 그가 변절했다고 한다.

그가 한(恨)을 보는 관점도 확연히 달라졌다. 그의 초기 시론의 핵을 이른 「풍자냐, 자살이냐」(1970)에서 한을 가리켜 생명력의 당연한 발전과 지향이 장애에 부딪혀 좌절의 반복 속에 발생하여 퇴적하는 비애의 덩어리라고 규정했는 데 비해, 미학강의록 『예감에 가득 찬 숲 그늘』(1999)에서는 한을 두고 일정하게 반영되는 생명의 파동적 전개 과정이라고 했다. 한 세대를 두고 그의 생각은 극적으로 바뀌어졌던 것이다.

그가 10·26 사태를 앞두고 감옥에서 벽면증에서 비롯된 정신착란에 사로잡혀 정신적으로 크게 고통을 겪은 적이 있었다. 그는 이 고통을 넘어서기 위해 사활을 건 백 일 참선에 들어갔다. 그는 참선하던 중에 어느 날 문득 흰 그늘의 영상을 체험하기에 이른다.

> 저는 무엇을 보았는가 하면, 이 체험 전체를 통해서 빛이 나타나고 거대한 갈대밭이 나타나고, 한 나흘이 지나면 시커먼 뻘밭이 나타나고 시궁창이 나타나고, 이런 것이 왔다갔다하는—그 전체가 빛과 어둠인데도 불구하고 전체가 저녁 같았던 것입니다. 백 일 내내, 그 중 며칠, 환한 빛 속에 살았던 며칠간을 빼고는 거의 모든 시간이 꼭 저녁처럼 보였습니다. 아침도 저녁 같고 저녁도 저녁이고 대낮도 저녁 같고…….(『예감에 가득 찬 숲 그늘』, 앞의 책, 21면)

그 저녁처럼 보였다는 영상. 이것이 바로 흰 그늘이다. 김지하의 흰 그늘 체험은 일종의 종교체험이다. 그가 불교와의 친연성을 맺고 있었던 게 사실이며 친불교적인 성향의 대표적인 지식인으로 알려진 것도 엄연한 사실이다. 그러나 그는 불자가 아니다. 그렇기 때문에 그 체험은 온전한 종교체험으로 보기 어렵다. 일종의 환각처럼 느끼면서 받아들였던 그 영상은 그 이후 사상적인 체계성의 담론을 구성해 가면서 실재에의 인상을 얻었던 것이다.

> 어두운 / 독방에서 얻은 정신병 // 정신병을 넘어서자고 / 독방 안 바로 바로 그 자리에서 / 참선에 들어 // 백일 // (……) // 백 일째 되던 / 오후 / 감옥 안 특별 방송이 / 박정희 암살을 알린다 // (……) // 내 / 캄캄한 저녁 몸 안에 / 회음에서부터 / 푸른 별 뜨고 // 붉은 꽃 핀다 // 이제야 나는 모심을 안다 / 자궁의 / 샘물
>
> —「못난 시 303」 부분

인용한 시는 김지하가 올해 상자한 시집 『못난 시』에서 따온 것이다. 그는 20년 전의 기억으로 돌아가서 위의 시를 썼다. 흰 그늘의 영상을 시각적(혹은, 환각적으로)으로 체험하게 한 참선이 백 일째 되던 날에 박정희가 암살됐다는 소식을 접한다. 마치 영화의 한 장면처럼 드라마틱하다. 그 흰 그늘은 김지하 개인에겐 피그말리온 효과와 같은 것이지만 우주 생명의 질서, '예감이 생성되는 그늘, 숲 그늘의 초월적, 거룩한 생명의 아름다움'(『예감에 가득 찬 숲 그늘』, 앞의 책, 132면)과 같은 차원을 획득하기에 이른다. 이럴 때 약간의 신비주의, 다소간의 국수적인 사유의 틀이 개입되기도 한다.

4. 미적 근대성을 넘어서

김지하는 주지하듯이 시인과 사상가로 활동하기 이전에 대학에서 미학을 공부한 사람이었다. 미학은 넓은 의미의 철학에 속하는 학문이다. 그는 젊었을 때 추(醜)와 질병, 르네상스기의 죽음의 미학, 괴기미와 그로테스크 리얼리즘에 어느 정도 경도했던 것으로 여겨진다. 그가 애초에 서양 쪽의 미학을 접하고 나서 지금에 이르러선 미추의 경계를 넘어

선 동아시아적인 혼돈의 미학을 생각하기에 이르렀다.

이 대목에서 평단에서 활발하게 논의되고 있는 미적 근대성의 개념에 대해 성찰의 시선을 던지지 않을 수 없다.

이 개념에 관심을 두고 있는 비교적 젊은 세대에 포함된 비평가들은 사회적 근대성과 미적 근대성이 상호 구속된 관계 안에 존재하는 것이라는 전제를 깔면서 양자를 상호 연관되는 맥락에서 논의하고 있다. 그런데 문제는 미적 근대성의 개념을 사회적 조건 안에 얽매여 놓는다면 문학이 문학 스스로 자승자박하는 것이 되지 않겠느냐 하는 우려가 있다. 물론 미적 근대성의 개념을 지나치게 문학 쪽으로 풀어놓는다면 심미주의의 황폐함에 빠져들게 되는 것도 자명한 일일 터이다. 서구적인 가치의 기준에서 운위되는 아름다움의 근대적 성격을 지닌 실체가 미적 근대성의 개념을 구현하는 과정에서 구체적으로나, 혹은 분명하게나마 드러나는 것일까? 아름다움도 진보나 진화의 개념으로 쉽사리 설명될 수 있을까? 옛 그리스의 문화가 성취한 고전고대(古典古代)의 미와 아취가 20세기 초반의 유럽 사회가 이룩한 모더니즘의 미학보다 아름다움의 값어치의 측면에서 열등한 것이고 미숙한 것이고 덜 세련된 것이라고 얘기할 수 있을까? 미적 근대성의 개념은 애최 주관적일 수밖에 없는 것인데 사람들이 지나치게 문학을 판단하는 가치의 준거로 이용하고 있는 것 같다.

미적 근대성이 오늘날 우리 문학를 논의하는 과정에서 새로운 대안이론으로 부각되고 있다고 말하는 사람도 적지 않다. 동아시아 문학 가운데 타고르의 시집 『기탄자리』나 가와바타 야스나리의 소설 「설국(雪國)」의 문학적 가치는 세계적으로 이미 인정을 받았다. 이 작품들은 인류의 보편적 가치를 지닌 독자적인 아름다움으로써 미적 근대성의 조건을 이미 넘어설 수 있었기 때문이다.

소위 말하는 미적 근대성이란, 미와 추를 엄격히 분리하는 데 있지 않을까? 미와 추가 혼재된, 소위 미추일여(美醜一如)에 경지에 이르면 우리가 알고 있는 미적 근대성의 개념틀을 어느 정도 넘어서는 것이 아닐까? 우리 미술사학계에서 일제 강점기에 조선의 예술을 매우 호의적인 눈길로 바라보았던 야나기 무네요시(柳宗悅)는 분명히 미적 근대성의 관점에서 그것을 관조했다. 그런데 오늘날 한국 예술을 연구하는 이들은 좀 다른 시각으로 바라보고 있다. 강우방의 일련의 연구 성과는 미추일여의 경지에서 이룩한 것. 한국 예술 속에 약동하는 왕성한 생명력은 미적 근대성의 시점에서 잘 보이지 않을 부분일 터이다. 시인 김지하와 철학자 김용옥 역시 미와 추의 경계를 지우는 입장에서 새로운 미적 근대성의 패러다임을 보여주고 있다.

기존의 틀을 답습한 미적 근대성을 주장하는 젊은 사람들을 지켜보면서, 나는 작가와 작품을 홀대하는 문학 담론이 문학 담론으로서 어느 정도 진정성과 삶의 진실을 지니고 있느냐 하는 것을 한 번쯤 생각하게 한다. 작가의 독자적인 창작 정신과, 작품에 반영된 상상력의 다채로운 빛깔들에 대한 배려와 애정이 없이 미적 근대성이니 신생의 시학이니 하는 개념들을 아무리 목청껏 주장한다고 하더라도 사상누각에 지나지 않을 것 같다.

시인 김지하는 추과 괴기와 그로테스크로 일컫는 미적 근대성의 개념을 이미 체득한 사람이다. 그는 초기의 담시를 통해 자아와 대상의 대립적 갈등에 의해 조직화되는 추적(醜的) 형상미를 기획한 바 있었다. 이 기획은 정치적 억압에 대한 시적 응전 양식으로서의 풍자로 구현되는 것이다. 그러나 어두움도 환함도 추적 형상도 인간과 자연이 함께 하는 완미한 교감도 군생(群生)의 세세한 부분에 지나지 않는다. 군생이 서로 접화(接化)하여 큰 울타리를 만들어 내는 것은 그 세세한 부분들을 지우는 것. 오로지 모심의 마음이다.

> 모심. // 나의 촛불이다. / 모시면 / 빛과 어둠 갈라지고 / 모시면 이 으고 / 흰 그늘 // 뜬다 // 별처럼. // 꽃처럼.
>
> —「못난 시 206」 전문

영화의 관능적인 몸짓, 시인의 욕망하는 눈길

아이가 아이였을 적에 / 아이는 자신이 아이라는 걸 몰랐다. / 아이에겐 모든 것에 영혼이 깃들어 있었고, / 그리고 모든 영혼은 하나였다.

—영화 「베를린 천사의 시」에서

1. 시와 영화, 그 만남의 단초

최근에 법원의 판결 문제가 사회적인 관심사로 떠올라 사법의 독립성 위협이니, 국민의 신뢰를 받는 법원이니 하는 말들이 언론에 난무하거나 지상(紙上)을 장식한 때가 있었다. 나는 이 분야의 일을 잘 모르기 때문에 무어라고 말할 처지가 못 된다. 다만 정치적인 이해관계의 대립각을 날카롭게 세우고 있는 우리나라에 시국과 관련된 재판에 한 판사가 시적인 울림의 판결문을 써 발표한다면 당사자들은 물론 검찰도 변호인도 경건한 마음을 어느 정도 갖게 되지는 않을까 하고 상상해 본다. 오로지 보혁(保革)의 목소리와 흑백의 논리만이 존재하고 있는 우리 사회에 중도와 회색의 공유 지대가 설 자리가 생기지 않을까 생각해 본다.

그렇다면 법원은 마지막 조정자가 되지 않을까? 이때 글은 사람의 마음을 움직이게 하는 큰 힘이 될 것이다. 실제로 캐나나 브리티시컬럼비아주 대법원 베리 데이비스 판사는 2004년 판결문을 운문(韻文)으로 써 '시적(詩的) 판결문'이라는 찬사를 듣기도 했다.

> 코프리노호(號)는 작은 목조 바지선을 이끌고
> 케이프 빌을 벗어나 서녘으로 향했다.
> 두 척의 배는 바람을 타고서 조용하고 평온한 바다를
> 순조롭게 가르고 있었다.
> 바지선과 본선을 잇는 견인선이 시야에서 벗어날 줄 모르며
> 함께 밤을 향해 흐르고 있었다.
> 그러나 카마나를 지났을 때 거센 바람이 불자
> 바다는 더 이상 예전의 바다가 아니었다.
> 작은 바지선은 이내 가라앉고 말았지만 코프리노호는 가라앉지 않았다.
> 과연 무엇이 바지선을 전복시켰을까?

그 시적 판결문은 이렇게 시작된다. 결과적으로 이 판결은 원고가 문제의 목조 바지선이 전복된 것이 피고의 견인에 있어서의 과실과 태만에서 비롯된 것임을 입증하지 못했기 때문에 원고 패소 판결을 내린 것이라고 한다. 판결 내용이 어떻든 간에 시적 판결문이란 표현이 재미있다. 그렇다면 시적 영화라는 용어는 어떨까? 다시 말해 시와 영화는 어떻게 만나는가?

먼저 시부터 얘기를 꺼내 보자.

시는 예로부터 최고급의 예술을 뜻하는 상징적인 표지였다. 시인들은 탈속적이며 고절한 위치에서 모든 것을 노래할 수 있다는 권능과,

초이성적이고 초자연적인 경험의 세계마저 마음껏 주유(周遊)할 수 있는 신비적 영감을 부여받았다. 물론 오늘날 과학적인 이성의 힘은 뮤즈의 성스러운 신역(神域)에까지 뻗쳐 있다. 그럼에도 불구하고, 시가 생의 아름다운 빛과 사색의 심연과 세계의 진정성을 향유하고자 하는 적지 않은 사람들에 의해 여전히 애호되고 있는 위치를 점하고 있다는 사실 역시 부인하기 어렵다.

하나의 예를 든다면, 시적 조각이니 시적 연극이니 시적 발레니 하는 등의 표현에서 보듯이, 모든 예술의 영역에서 '시적'이라는 수식어가 붙는다면, 이 경우는 그 영역에서 적어도 가장 고급스럽고 수려하고 영예로운 경지에 상응하는 작품성의 가치에 도달하였음을 암시하기도 한다. 영화의 경우에 있어서도, 시적 영화니 영상시인이니 하는 말을 사용하기도 한다. 그런데 이 말은 성립되지 않는다. 시는 시고 영화는 영화이기 때문이다. 시와 영화는 매체와 표현양식에 있어서 각각 서로 다른 성질을 갖고 있다. 시는 음유시나 구전시를 제외한다면 문자로 이루어지는 것이 전부이고, 영화는 두말할 필요조차 없이 영상(화상)으로 재조직화, 또 재맥락화된다.

그러나, 내성성/점착성에 근거한 시와, 외향성/휘발성을 바탕으로 한 영화는 서로 다른 질적(質的)인 차이에도 불구하고 서로 간에 많은 부분을 공유하고 있다. 어떤 측면에서 볼 때 시와 영화는 빼 닮았다. 비유컨대, 시는 말하는 그림이며, 영화는 눈에 보이는 시이다.[1)]

1) 동서양 할 것 없이, 예로부터 말과 그림, 시와 회화를 동일시하려는 관념적인 경향성이 없었던 것은 아니었다. 저 호라티우스 이래 서양의 문학권에서 시창작의 지침이 되어온 바, "시를 그림처럼 여기고, 그림은 시를 닮게 하라.(ut pictura pöesis eril, similisque pöesi pictura)"라는 하나의 강령과, 그리고 인간 정신의 높이를 최고조로 반영한 언어인 시를 그림의 형식과 등가적(等價的)인 수준으로 제시한 문인화의 전통에서 일컬어진바 "시

물론 모든 영화가 시적인 장르의 특성을 공유하고 있다는 의견도 있을 수 있다. 작품을 공유하는 데 있어서 작가의 강렬한 영감과 개성적인 창조성(creativity)은 시인 못지않게 영화작가에게도 반드시 요구되기 때문이다. 매체의 속성을 한껏 고려한다면 시가 평면적이고 점착적인 반면에 영화는 입체적이고 휘발적이다. 하지만 모든 영화는 아무리 방대한 얘깃거리라고 해도 최소한 2시간 정도면 족히 표현될 수 있을 만큼 긴축성을 지향하고 있다. (이 정도의 시간이면 단편소설을 감상하는데 소요되는 시간에 불과하다.) 요컨대 시와 영화는 어느 정도의 단형과 함축적인 내용을 공유하고 있다는 데 비교와 유추의 대상이 된다는 것이다.

2. 나의 몸이 세계를 비추는 극장인가

시와 영화가 서로 관련성을 맺을 때 생겨나는 장르적인 변이 양상은 대체로 두 가지의 형태로 나타난다고 볼 수 있다. 영화의 입장에서 볼 때는 이상과 같이 말한 바처럼 시적 영화라고 할 수 있으며, 시의 입장을 고려할 경우 영화시의 개념이 도출되는 것이다. 영화시, 영상시, 시네포엠……이 모든 이름은 동곡이음이다. 개념상의 차이가 거의 발견되지 않는다. 그러나 이러한 이름들을 받아들이는 관점이나 관습의 차이만이 있을 뿐이다.

영화시의 고전적인 의미는 시나리오 형식으로 씌어진 시를 가리킨다. 이 용어는 산문시 형태의 실험시 범주 속에 포함되는, 이를테면 독특

가운데 그림이 있고, 그림 가운데 시가 있다.(詩中有畵, 畵中有詩)"라는, 당대(唐代)의 독특한 시적 심미관을 한 번쯤 상기할 필요가 있다.

한 시의 한 갈래였다. 1920년대에 영화가 대중화되어갈 무렵에 즈음하여 초현실주의 시인으로 활동했던 앙드레 브르통, 블레즈 상드라르 등이 앞장서서 구현한 시형식의 새로운 계발이 바로 영화시인 것이다. 그러나 이것은 사실상 영화로서 상영될 수 없을 만큼 문학성을 중시하기 때문에 실제적인 영화 현상과는 무관한 장르이다. 그렇다고 문학 쪽에서 지속적인 장르적 형식으로 인정을 받는 것도 아니다. 마치 희곡에 있어서 '레제드라마'처럼 기형적인 장르로 간주되면서 서자 취급을 받아왔던 게 사실이다. 그럼에도 불구하고 시네포엠의 독자적인 문학성이 전후 일본 시단에서 인정을 받으면서 그 명맥을 유지하기도 했다. 요즈음에 있어서 시나리오 형식의 영화시는 거의 씌어지지 않는다. 하나의 죽어버린 개념이랄까. 대신에 '포에틱 필름(poetic film)', 이를테면 시적인 영화를 두고 '영상시'라고 하는 비유적인 표현을 종종 사용하고 있을 따름인 것이다.

최근에 나에게 원고 청탁이 들어 왔다.

계간지 『시인세계』가 2010년 봄호(통권 제31호)가 특집으로 기획하고 있는 '내 시 속에 들어온 영화' 총론 부분이다. 청탁의 취지는 시와 영화가 전혀 다른 표현 양식의 결과이지만 상호텍스트성의 활발한 관계 맺기를 구하고 있다고 보는 것을 전제로 하여 시인들의 작품 현상으로 드러난 그러한 실제의 양상을 비평적으로 분석해 달라는 데 있는 것 같다. 이 특집에 호응한 시인은 모두 열여섯 명. 『시인세계』 편집부는 열여섯 편의 시편과, 이에 각각 딸려 있는 산문들을 나에게 보내왔다. 이 중에서 한때 시나리오 형식으로 씌어졌던 실험적인 영화시로 분류될 수 있는 시편은 오로지 강정의 「내 몸이 세계를 비추는 극장이다」뿐이다. 이 시로부터 논의의 실마리를 풀어갈 수밖에 없다.

(여자는 기억이 없다 여자는 기억 바깥으로 내달리며 가위질만 일삼는다
시인이 등장한다
여자는 시인의 누이
시인은 여자의 차가운 발에 입김을 분다
영락한 새들이 떨어져 내린다 푸른 불꽃, 가위가 검붉게 타오른다)

오, 내 사랑의 무정부주의

#2
(시인은 여자가 내몬 기억의 눅눅한 습지를 기어왔다
이 여자,
내 모태의 붉은 흙,
하혈하는 어머니, 젖은 땅,
시인의 푸른 입김으로 여자는 제 몸의 딱딱한 소리들을 적신다
시인이 울 때, 여자는 시인의 눈물을 받아 마신다)

이 미친 고열환자들아!

—강정의 「영화」 부분

옛날에 내가 어렸을 때 '인생극장'이란 말을 많이 사용했다. 1960년대의 청취자들의 폭발적인 인기를 모았던 라디오 단막극 '절망은 없다' 이후 1970년대 티브이 시대의 도래와 함께 부쩍 많이 사용되었던 말인 것 같다. 일종의 비유적인 표현이 적잖이 사용됐던 그 말에는 다양한 함의가 있을 수 있지만 대체로 보아 일반적으로는 무대나 영화 스크린이 사람의 감정이나 세상의 모습을 반영한다는 뜻이 담겨 있다고 할 것이다. 문학과 예술에 있어서의 미메시스(모방)의 소박한 견해라고 할 수 있다. 이 견해의 다른 한쪽에 소위 환영(幻影)의 이론이 있다. 경험적

현실 못지않게 실제라고 착각하려는 데서 즐김을 향유하는 것. 영화는 문학, 예술, 연극보다 더한 착각으로서의 극적 환상을 추구하려고 한다. 시인 강정은 기억하지 못하는 영화적 경험의 한 단편에 사로잡혀 시를 썼다. 그것도 영화의 영상적인 측면을 닮으려고 하는 시나리오 형식의 시를 썼다. 이 작품에 관해 그는 이렇게 말했다.

> 나는 가상의 평면에 투사된 빛과 그림자, 그리고 거기서 빚어지는 혼돈과 착종을 관람할 뿐, 그것들이 엮어내는 스토리나 인간 성정에 대한 고찰 따위엔 무관심하거나 무지하다. (……) 몸 안에 갇혀 있는 것들이 어둠을 빌미로, 그리고 천변만화하는 빛의 환각을 거푸집 삼아 매캐한 허공에 떠오른다. (……) 이 푸석푸석하고 얕고 가벼운 잠은 도대체 언제쯤 깨일 것인가. 나는 몸 자체가 극장인 채로 세상 밖으로 나오게 되었단 말인가. 세계와 나 사이의 이 허망한 막은 여전히 집요하고 끈끈하다.

영화의 장르적인 특성을 일반적으로 잘 나타내고 있는 말이다. 강정의 산문 제목 '내 몸이 세계를 비추는 극장이다'에서도 그 의도가 나타나고 있거니와 영화가 나를 비추어주는 게 아니라 내가 나를 영화 속의 세상에 반영한다. 이럴 때 말할 것도 없이 동일시의 감정은 더 커진다. 영화 속의 고삐 풀린 미친 사랑은 온전히 자기의 몫이 된다. 영화는 빛과 그림자, 가상과 현실 등의 이종교합인 각별한 의미의 꿈을 엮어낸다. 이와 같이 시인은 시인과 여자, 기억과 망각 등의 세계에 대립하고 있는 모든 것들의 아우름 속에서 극장인 자신의 몸에 헛것의 상(像)을 비추고 있다.

3. 관능하는 영화, 문과 비문의 틈새를 채우다

영화의 일차적인 속성은 곡두의 세계라는 데 있다. 그럴싸하고 잘 빚어진 헛것의 세계이다. 스크린의 창을 통해 들여다본 세상은 환시(幻視)의 것으로 가득 찬, 또한 그림자에 지나지 않는 요지경 세상이다. 우리는 영화를 보면서 욕망을 확대 재생산한다. 이 대목에서 영화 보기란 다름 아니라 훔쳐보기의 또 다른 심리적인 기제라는 사실이 새삼스레 떠올려지는 것이다.

바구니를 들고 딴다
임신한 배를,
부메랑같이 날아가는 초승달을,
중독된 파도의 체위를,
제레미 아이언스의 퇴폐를,
로리타의 도발을,
김언희의 그것을,
절개지에서 뛰어내리는 원추리를,
캔맥주의 마개를,
가을이군, 과수원에 매달려 익은 과일들
주인이 보는 사이와 안 보는 사이
바닥에 줄줄 흘린 것을 다시 딴다

—조말선의 「딴다」 부분

병렬적으로 나열된 시의 소재들은 시의 제목인 '딴다'라는 이름으로 기표화된 욕망의 블랙홀로 어김없이 향하고 있다. 예상보다는 은근히 관능적인 시다. 누구나 연상할 수 있듯이 '딴다'는 어김없이 '따먹다'로 연상되는 구석이 있다. 시인은 대중이 지닌 이 마음의 구석을 노린 것이다. 나를 미치게 하는 것은 로리타의 미묘한 이중성이었다. 마치 부서질 것 같은 섬세함, 그러면서도 반항적인 소녀, 나에게 위험한 듯이 야릇한 스릴을 안겨주는 아련한 꿈속의 연인이여……블라디미르 나바코프의 소설 「로리타」에 이와 같이 씌어 있다. 스탠리 큐브릭의 흑백영화와 애드리안 라인의 컬러영화가 있다. 전자가 문학성을 담보하고 있다면 후자는 극적 환상을 추구하려는 경향이 농후하다. 컬러영화만큼이나 색깔도 짙다. 시인 조말선이 본 영화 「로리타」는 후자의 것이다. 그는 시편 「딴다」에서 '절벽과 꽃과 나라는 거리가 만들어내는 공간을 보여주고 싶'다고 했다. 이 공간은 말하자면 인간이면 누구에게나 있을 수 있는 음습한 욕망의 사이버스페이스이다. 행할 수 없는 금기의, 범할 수 없는 위반의 욕망들이 인간 마음의 음습한 깊이 속에 무수히 뿌리내려져 있다. 무엇을 '딴다'라는 개념은 결핍을 '채운다'의 또 다른 이름인 것이다. 걸 그룹 가수 소녀시대는 중년 남정네에게 '원추리의 쫙 벌어진 꽃잎의 비명 같은' 로리타의 표상이다. 이 땅의 무수한 페도필리아의 숨겨진 성욕이다. 미성년자에 대한 성적 욕망과 동기를 부여하는 것이 현실적으로 가능성이 없기 때문에 더 아름답고 더 고귀할지 모른다. 이 로리타 컴플레스가 굳이 아니라고 해도, 우리의 마음속에는 행할 수 없고 범할 수 없는 것들이 무수히 많다. 이와 유사한 욕망은 차고 넘친다. 시인은 시 속에 반영된 영화적인 체험, 사실은 남성적 욕망의 추체험 내지 대리체험을 통해 이 사실을 독자들에게 말하고 싶었던 게다.

노예들을 방석 대신으로 깔고 앉는
옛 모로코의 왕이 나오는 영화를 보고 돌아온 날 밤

나는 잠을 못 잤다 노예들의 불쌍한 모습에 동정이 가다가도
사람을 깔고 앉는다는 야릇한 쾌감으로 나는 흥분이 되었다
내겐 유일한 자유, 징그러운 자유인
죽음 같은 성욕이 나를 짓눌렀다.
노예들이 겪어야 하는 원인 모를 고통에 분노하는 척해보다가도
은근히 왕이 되고 싶어하는 나 자신에 화가 치밀었다.
그러나 역시 내 눈 앞에는 왕의 화려한 하렘과
교태 부리는 요염한 시녀들의 모습이 어른거린다.
이 얄미운 욕정을 가라앉히기 위해서 나는
온갖 비참한 사람들을 상상해 본다.
굶어 죽어가는 어린아이의 퀭한 눈
쓰레기통을 뒤지는 거지 할머니,
그런데도 통 마음이 가라앉질 않는다.
왕의 게슴츠레한 눈과
피둥피둥 살찐 쾌락들이 머릿속에 떠올라
오히려 비참과 환락의 대조가 나를 더 흥분시킨다.
아무리 애써 보아도 그 흥분은 지워지지 않아
나는 그만 신경질적으로 수음을 했다.
왜 나는 순수한 민주주의에 몰두하지 못할까

—마광수의 「왜 나는 순수한 민주주의에 몰두하지 못할까」 부분

세상은 여성의 보여주기와 남성의 훔쳐보기라는 은밀한 상관관계로 이루어져 있다고 해도 과언이 아니다. 세상의 모든 일은 이와 같은, 이와 비슷한, 아니면 이로써 유추되는 유형무형의 인간의 함수관계로 실현되는 것이다. 젊은 여자들의 노출 욕망에서 중년 여인의 과시 욕망, 할머니들의 손자 자랑 등이 여성의 보여주기라면, 마광수의 경우처럼 영화를 통해 관음주의의 시각적 쾌락을 추구하려는 경우는 남성의 훔쳐

보기 메커니즘의 한 종류인 것이다.

주지하듯이, 영화적 영상의 관계는 카메라와 대상의 관계에 스크린과 '나'의 관계가 덧붙여진 것을 말한다. 나는 스크린에 투사된 영상물을 바라보면서 영상 커뮤니케이션을 경험하게 된다. 즉, 나는 움직임의 시간적인 흐름에 나타난 가공(架空)의 세상에 참여하게 되는 것이다. 다시 말하면 관객은 영화의 시선과 동일시됨으로써 영상의 의미를 찾는다. 영화 보는 내가 카메라의 눈길에 동화되는 물신화의 과정에서 영화적 영상의 커뮤니케이션이 비로소 이루어진다. 요컨대, 영화의 본질적인 의미도 보여주기와 훔쳐보기의 힘겨루기, 또한 그 대화의 과정에 있는 셈이 되는 것이다.

마광수의 시편 「왜 나는 순수한 민주주의에 몰두하지 못할까」는 그의 모든 문학관의 시사점이 되는 자료라고 할 수 있다. 그 만큼 이 시는 우리 시대 마광수 문학 현상의 원천이요, 영화 보기의 본질로서의 관음증을 제재로 한 명시라고 생각한다. 마광수는 젊었을 때 영화 「바람과 라이언」을 보았다. 한때 유명한 배우들인 숀 코네리와 캔디스 버겐이 주연한 영화로 꽤 알려진 영화이다. 그는 모로코 왕이 방석이나 의자 대신에 노예들을 깔고 앉는 충격적인 장면을 보고서 시적인 영감을 얻었다고 했다. 이 시를 쓸 수 있었다는 데는 거부와 수용, 혐오와 향유, 분노와 선망, 누적과 해소 등으로 표현할 수 있는 인간의 알 수 없는 양가감정(兩價憾情)이 자신의 마음속에도 있다는 걸 알아차렸기 때문이다.

내가 일본에 있을 때 서점에서 '관능하는 문학'이란 제목의 문학평론집을 본 적이 있었다. 일본의 소설가 가운데 성욕이나 섹스와 관련된 내용의 소설을 분석한 내용의 책이었다. 우리말에선 '관능하다'라는 단어는 비문(非文)이다. 일본에선 문법적인가 하고 궁금하여 내가 아는 일본인 대학원생에게 물어보았다. 일본 역시 그 말은 비문법적인 표현이었다. 그럼에도 불구하고 일본의 한 비평가는 표제에 비문을 사용했다. 사실상 '관능적인'이란 표현보다 '관능하는'이란 표현이 더 적극적이고, 더 자극적이고, 한결 능동적이다. 금기와 위반 속에 문학이 놓여 있으면 문학은 항상 그 속에 매몰되고 만다. 문학이 금기와 위반의 선을 넘어서고자 할 때 매몰의 질식으로부터 생기를 얻는다. 영화도 마찬가지다. 영화도 '관능적인'인 문과 '관능하는' 비문 사이를 오가는 것이다. 어느 한 곳에만 머물 수 없다. 마광수의 문학이 부도덕하다고 단죄하는 경우가 있는데 거기에는 도덕적인 함의가 더 많이 숨어 있다. 관능적인 문장의 규칙이 관능하는 비문의 일탈을 능가한다.

4. 영화 보기에서 시 쓰기로 : 변종 발생의 찬스

영화시의 또 다른 개념이 존재한다면 무엇일까. 영화시는 영화에 관한 시다. 다시 말해 영화를 소재로 한 시, 좀더 적극적인 의미를 부여하자면 영화에 관한 비평적인 시가 될 것이다. 이런 맥락에서 볼 때 영화시의 가장 전형적인 사례가 있다면 그것은 이세룡의 『채플린의 마을』(1988) 이 될 것이다. 이 시집에 실려 있는 모든 시의 제목은 영화 제목과 고스란히 일치하고 있다. 그는 이봉래, 유하와 함께 시인과 영화감독이란 두 얼굴을 가진 인물이다.

계간지 『시인세계』 2010년 봄호의 기획 특집 '내 시 속에 들어온 영화'에 참여한 시인들의 열여섯 편의 시편은 대체로 이상의 유형에 속하는 것들이다. 김선재의 「배후」는 페드로 알모도바르의 영화에 대한 도발적이고 화려한 색채로 엮어낸 낯설고 이질적인 사랑을 시로 얘기한다. 유안진의 「탱고 탱고, 탱고를 위하여」는 가수 마돈나가 출연한 (아직까지도 아르헨티나 민중의 성녀로 추앙받고 있는) 에바 페론의 전기 영화 「에비타」의 탱고 주제곡에 초점을 맞추고 있다. 이상희의 「양철북」은 동명(同名)의 소설에서 비롯된 동명의 영화로부터, 괴성을 내지르며 북을 쳐달라고 강요하는 어린 주인공 오스카의 광기어린 장면에 착목하여 다듬지 않고 날것의 시적인 언어로 재구성한 시이다. 이윤학의 「메타세쿼이아」는 연둣빛 이파리들이 막 나오기 시작한 나무 메타세쿼이아가 늘어선 풍경을 보면서 거대한 피라미드를 떠올리게 되는데, 이를 프레스토 검프가 커다란 나뭇가지 아래의 무덤 앞에서 이야기하는 인상적인 장면과 연결시키면서 시로 만든 것이다. 이러한 시들이 소재주의적인 영화시라고 한다면 권혁웅의 「돼지가 우물에 빠진 날」과 김신용의 「바위의 첼로」는 비평적인 의미의 영화시, 영화적인 내용의 비평시라고 말할 수 있다. 권혁웅의 시 「돼지가 우물에 빠진 날」은 남성 판타지에 기초한 연애소설 「낯선 여름」을 저본으로 한 홍상수 감독의 동명 영화를 대상으로 삼은 것이다. 그는 이 영화를 보고 비평문를 쓴 바 있다고 말했듯이 그 시에 그 영화의 가치 판단이 개입되지 않을 수 없을 것이다. 돼지가 우물에 빠지듯이 시인도 그 영화에 빠진 것이다. 김신용의 「바위의 첼로」는

저기, 바위에 기대 바위처럼 변해 있는 나무가 있네
마치 돌의 몸이 기억하는 어떤 기호가, 印象이, 돋을새김 된 것처럼
나무이면서 바위에 접골돼 바위의 척추가 되어 있는 듯한 나무
대체 얼마나 오랜 세월 바위에 기대 있으면 저런 무늬를 띠는 것인지

로 시작하는 비교적 긴 시이다. 상당히 잠언적인 느낌을 환기하고 있다는 점에서 진지한 시라고 할 수 있다. 이 시는 영화 「쇼생크 탈출」를 내용으로 한 것인데 단순히 내용을 열거하거나 요약한 것이 아니다. 이 영화의 가치를 매우 적극적으로 시의 행간에 감추어놓고 있다고 하겠다. 김신용은 이 시에 딸린 산문 「불의 알」 막바지 부분에서 이렇게 말했다. 이 영화를 보지 않았다면 또 영화의 그 대사 한 마디를 듣지 않았다면 「바위의 첼로」라는 시가 어떤 모습을 하고 있을까, 영화 또한 내 시의 촉수가 뻗어 있는 한, 책이다, 아무리 보잘 것 없어도 버릴 수 없는 한 권의 책이다, 라고……. 그는 영화를 책으로 보았다. 그에게 영화는 또 다른 텍스트인 셈이다. 또한 그의 영화시 「바위의 첼로」는 새로운 개념으로서의 영화시에 대한 한 전범을 제시한 것이기도 하다. 또 한편의 좋은 영화시가 눈에 뜨인다. 정끝별의 「안개 속의 풍경」이다.

깜깜한 식솔들을 이 가지 저 가지에 달고
아버진 이 안개 속을 어떻게 건너셨어요?
닿는 것들마다 처벅처벅 삭아내리는
이 어리굴젓 속을 어떻게 견디셨어요?
앞 못 보는 개의 부푼 혀가 컹컹 거려요
한치 앞이 안 보이는 발부리 앞을
위태로이 뻗어만 가는 두 살 배기는
무섭니? 하면 깔깔깔 응 우서워, 하는데요
바람에는 땅 끝 냄새가 묻어 와요
거기 안개 너머에는 당신 등처럼 넓디넓은
등나무 한 그루 들보처럼 서 있다는데요
깜박깜박 푹 젖은 잠에서 깨어나면
는개와 한 몸 되어가는 백내장이 내 눈芽들

덜거덩 덜겅 어디론지 화물 열차가 지나가요
당신의 등꽃이 푸르게 피어 있는 거기
꽃이 있으니 길도 있는 거죠?
예전처럼 무섭니? 낮게낮게 물어주세요
아니 안 무서워요! 큰 소리로 대답할게요
이 안개 속엔 아직 이름도 모른 채 심어논
어린 싹이 저리 짠하게 뻗어가는걸요!

—정끝별의 「안개 속의 풍경」 전문

영화 「안개 속의 풍경」도 마찬가지이지만, 이를 통해 자신의 얘깃거리로 변용한 정끝별의 영화시 「안개 속의 풍경」도 창작 과정을 서술한 시작 노트 「아버지는 어디 있는가」를 살펴보면 참 감동적이다. 시편 「안개 속의 풍경」은 동명의 제목인 영화를 본 직후에 썼다. 그때 시인의 딸은 두 살이었다. 영화 속의 어린 남매는 서로의 손을 잡고 안개 속으로 들어선다. 그때 시인은 두 살배기 딸애의 손을 잡고 안개 속을 건너고 있다고 생각한다. 그때 시인은 여섯 남매를 이끌고 안개 속을 헤치고 나아가는 자신의 아버지를 문득 떠올린다. 영화 속의 어린 남매가 안개 끝에서 발견한 한 그루 나무가 있었다. 그때 시인은 이름모를 그 한 그루 나무에서 아버지를 떠올린다. 등나무와 등꽃을 떠올린다. 이상의 서술은 마치 영화 속의 동시묘사법과도 같다. 인용시는 모두 21행으로 이루어져 있는데 "거기 안개 너머에는 당신 등처럼 넓디넓은/등나무 한 그루 들보처럼 서 있다는데요"라는 두 행만이 영화와 관련된 부문이다. 이 영화적인 시각 체험이 종자가 되어 시의 작품된 꽃을 피웠다는 점에서 주제행이라고 할 수 있다.

영화 「안개 속의 풍경」은 나 역시 영화관에서 개봉할 당시에 보았다.

20세기 말의 위대한 영상시인 테오 앙겔로풀로스의 아름다운 시적 영화인 그것은 가슴 저미게 하는 서정적 비감의 격조가 느껴지는 영화이다. 척박하고도 황량한 풍경과 삶의 후미진 구석에 내몰린 어린 남매는 아비찾기의 긴 여로에 서 있다. 이들에게는 세상의 모든 게 뜻대로 이루어지지 않는다. 안개 속의 자연 풍광, 안개 속의 스산하고도 울울한 삶의 풍경, 애조 띤 배경음악만으로도 영화적인 완성도를 이룬 영화라고 할 것이다.

시인 정끝별의 경우처럼 대부분의 시인들도 영화의 극히 단편적인 인상으로부터 착안을 얻어 자신의 시적 화제를 만들어내었다. 그래서 나는 영화 보기와 시 쓰기의 관계는 매우 미시적이고 작은 데서 비롯한다고 생각한다. 이 틈새에 박용철이 말한 '변종 발생의 찬스'가 개입되어 있는 것이다. 나는 고등학교 시절에 국어 교과서에 실려 있는 비평적 명문 박용철의 「시적 변용에 대하여」를 아직도 잊지 못한다. 읽고 되읽기를 반복하여 당시엔 거의 욀 정도였다. 시적 영감이 떠오르기까지 시인의 체험이 '변종 발생의 찬스'를 참을성 있게 기다려야 한다는 것. 시인에게 있어서 영화적인 시각 체험이 영감을 기다린 끝에 좋은 영화시로 산출되는 과정을 겪는 것이다.

5. 시의 한 가능성으로 부상된 포스트이미지

오늘날을 이미지의 시대라고 일컫는다. 그런데 시의 이미지는 이미 한 세기 전부터 거론되기 시작했다. 오늘날의 시에서 말해지는 이미지는 과거의 이미지스트들이 추구하였던 이미지와 어떤 차이가 있는가.

과거의 이미지는 그림과 같이 정지된 영상으로 하나의 전체상을 갖는다. 반면에, 오늘날의 그것은 영화나 더 나아가 게임과 같은 디지털 이미지에서 보듯이 대단히 역동적이고 미세하게 분절되는 파편처럼 느껴진다.

과거의 이미지는 감각적인 경험을 재생산하는 것이라면, 영상 매체에 의해 급속히 변화된 새로운 이미지는 단절되면서도 연속성을 구현하려고 한다. 세상을 바라보는 인식의 변화마저 또 다시 추구하고자 한다. 이러한 생각은 이미 오래전부터 지적되었다.[2] 하재봉이 「비디오/미이라」에서 "세계를 버렸다, 세계는/나를 버렸다"라고 한 시의 내용과, 박정대의 「동정 없는 세상」에서의 시선의 역전을 통해 얻어진 것, 즉 이를테면 '내가 영화를 통해 세상을 보는 것이 아니라, 내가 영화를 통한 세상에 의해 보여질 뿐이며, 이때 그 세상은 나에게 무엇인가를 해 줄 수 없을 뿐더러, 나와 아무런 감정의 교류를 기약할 수 없는, 그러한 동정 없는 세상이다, 라는 시의 내용을 한 사례로 떠올릴 수 있겠다.

오늘날 젊은 시인들이 영상문화의 거대한 사회 구조라는 생성 환경 속에서 교육을 받아 왔고 생활을 영위해 왔기 때문에 새로운 이미지에 알게 모르게 친밀감을 갖고 있고 또 시의 감수성의 변혁에 어느 정도 영향을 끼치고 있다고 볼 수 있다. 그래서 동영상의 포스트이미지에 깊이 침잠하면 할수록, 기존의 영화적인 이미지를 대체하는 새로운 디지털 매체—컴퓨터 게임, 뮤직비디오, 3D영화 등—에 빠져들면 들수록

---

2) "영상 매체의 등장으로 우리가 세계를 바라보는 방식은 내가 세계를 바라보던 것에서 내가 세계에 의해 보여지는 것으로 바뀌었으며, 대상은 하나의 눈으로 드러나는 것이 아니라, 다양한 시선의 총체라는 인식의 변화를 가져오게 했다고 할 수 있다. 그럼으로써 대상 혹은 세계는 해체되게 된다."(주창윤, 「현대 사회의 영상 이미지와 문학」, 문학정신, 1991, 4, 42면.)

매혹된 대상에 대한 선망과, 주체의 상실과, 나르시시즘과, 인간의 물신화와, 이미지의 소멸 등으로 귀결한다.

손택수의 「범일동 블루스」는 흥미로운 시이다. 김희진의 독립영화 「범일동 블루스」를 보지 않고도 영화 제목에 강한 흡인력을 느낀 이유만으로 씌어진 시다. 사실 영화와 무관한 시다. 그럼에도 불구하고 이 시는 영상 이미지는 말할 것도 없고, 혹은 포스트이미지의 가능성도 경미하게나마 내포하고 있다.

> 맨살을 드러내고, 간밤의 이불들이 걸어나와 이를 잡듯 눅눅한 습기를 톡, 톡, 터뜨리고 있다. 지난밤의 한숨과 근심까지를 끄집어내 까실까실하게 말려주고 있다. (……) 샷시문 여는 소리가 줄줄이 이어진다. 자다 깬 집들은 낮은 처마 아래 빗발을 치고 숨소리를 낮춘 채 부스럭거린다. 자다 깬 집들은 낮은 처마 아래 빗발을 치고 숨소리를 낮춘 채 부스럭거린다. (……) 젖꼭지처럼 붉게 튀어나온 너의 집 초인종 벨을 누르러 가는 나의 시간도 변함없이 구불구불하게 이어질 것이다.
>
> —손택수의 「범일동 블루스」 부분

손택수의 「범일동 블루스」의 내용 일부를 형태를 다소 무시한 채 인용해 보았다. 지면 관계상 많은 부분을 인용하지 못함을 양해해 달라. 이 시의 전체적인 내용을 읽어보면 마치 뮤직비디오를 보는 것 같다. 제목에 블루스가 있는데 이는 흐느적거리는 재즈블루스가 아니라 리듬앤블루스(R&B)인 것 같다. 1949년에 빌보드가 이름한 그것은 정형의 틀을 잡고 짝수 번째의 비트에 강세를 지닌 4박자 리듬으로서 존재해오면서 오늘날까지도 대중음악계에 막대한 영향력을 끼치고 있다. 시인이 의도했는지 하지 않았는지 알 수 없지만 나는 이 시가 공교롭게도

4음보로 읽힐 수 있는 것도 그것과의 관련성이 있는 게 아닌가 하고 짐작해본다.

박주택의 「사형수의 공작품」도 단절되면서 연속성을 구현하고 있는 포스트이미지를 어느 정도 제시하는 것 같다. 이 시는 사형 제도를 비판한 영화 「데드 맨 워킹」에서 시적 상상력의 착안을 얻었다. 준비된 죽음의 공포와 강박증을 잘 표현한 수작임에 틀림없다. 목각인형이 야윈 눈꺼풀을 구슬프게 끔벅거린다, 먼지는 흐느끼고 생의 부조(浮彫)는 죽음을 옮겨 나르고 있다, 죽음을 옮겨 나르는 바람이 노래를 부른다……. 단절되면서도 연속성을 구현하고 있는 이미지의 흐름을 보여주고 있지 않는가.

> 오동나무에 달이 뜨는 밤이면 나는 무사들을 본다
> 그들은 음악처럼 섬세하므로 나뭇잎 몇, 목이 베인다
> 때로 이렇게 잠들지 못하는 밤이면 칼날보다 사랑이 더 무섭다
> 칼날에 베인 자국은 상처를 남기지만 사랑에 베인 자국에서는 밤마다 달이 뜬다
> 눈을 뜨고 바라보는 세상의 풍경에서 풍경소리 들려온다
> 그 풍경소리, 눈을 감고 바라보는 세상의 저편에까지 간다
> 그 소리의 끝에 무사히 도착한 바람이 고요히 복사꽃을 피운다
> 오동나무에 달이 뜨는 밤이면 나는, 날아다니는 무사들을 본다
>
> —박정대의 「동사서독에 의한 變奏」 부분

박정대의 「동사서독에 의한 변주(變奏)」는 왕가위의 영화 「동사서독」과 관련이 있다. 그는 이 영화에 대한 남다른 애정을 드러내기도 하고 또 각별한 의미를 부여하기도 했다. 그는 왕가위 감독을 '영혼의 동지'

라고 말하기까지 했다. 시의 노트 「밥 말리」에 그렇게 밝히고 있다.[3] 아톰 에고이얀의 「엑조티카」와 함께 그 영화는 과거의 기억 속으로 흘러들어가 파편화되고 분절화되는 이미지를 제시한다. 말하자면, 황량한 풍경 속에서 부조리한 삶이 꿈과 현실이 혼재되어 뭐가 뭔지 모를 이미지로 부유(浮游)하고 있는, 일찍이 경험하지 못한 것들로 가득 차 있는 그런 이미지 말이다. 왕가위는 디지털 매체를 통해 이미지의 단서를 얻고는 했는데, 특히 MTV에서 사용되는 '스텝 프린팅'을 영화에 이용한 바 있다. 위에 인용한 박정대의 「동사서독에 의한 변주(變奏)」는 네 개의 시퀀스 중에서 하나에 지나지 않는다. 비교적 의미가 드러나는 부분이다. 각자의 시퀀스는 분절적이다. 얼핏 보기에는 엮음새가 없이 파편처럼 존재하고 있다. 영화 「동사서독」은 과거의 무협 세계를 그렸지만 사실은 현대인의 소통되지 않는 답답한 사랑을 묘사한 영화이다.

왕가위 감독의 영화를 시의 소재로 끌어들인 시 중에서 과거에 김소희는 「해피 투게더」를 썼다. 이 시는 왕가위의 '단절되었으나 연속되는 리듬'을 재현했다는 점에서 긍정적으로 평가되었다. 시인 자신도 이 시를 왕가위의 영화가 지니고 있는 단절의 아름다움과 같은 불안한 덜컥

---

3) "나는 이 영화를 본 다음 몇몇 장면을 내 시에 들였다. 그것은 일부러 그렇게 한 것이 아니라 어느 날 시를 쓰다 보니 「동사서독」이 내 시에까지 흘러들어와 있었다. 마시면 조금씩 기억을 잊는다는 취생몽사라는 술, 바람이 불 때마다 펄럭이던 사막의 여관, 눈이 멀어가는 무사, 온통 붉은 색으로 등장했던 장만옥이라는 여인, 그 모든 것이 내 시의 질료가 되었다. 나는 「동사서독」이라는 영화를 보면서 나의 추억을 반추했고, 「동사서독」을 모든 것이 엇갈리기만 했던 내 청춘의 자화상 같은 것으로 이해를 했는지도 모른다. 「동사서독」이라는 단순한 한 편의 영화가 그 당시 나에게는 왜 '청춘의 이상한 상처와 실연의 계보'를 집대성한 거대한 고독의 경전처럼 읽혔는지 모를 일이다. 독한 고독이 온통 나를 점령하고 있던 시절 나는 그렇게 왕가위 감독의 영화를 보며 또 한 명의 영혼의 동지를 찾을 수 있었던 것이다."

거림으로 가득 찬 시라고 말한 바 있다.

나는 2002년 여름에 「포스트이미지 시대의 시는 가능한가」라는 비평문을 (지금은 잘 기억이 떠오르지 않는) 잡지 가을호에 발표한 적이 있었다. 다행히 나의 그 원고 파일이 내 컴퓨터 속에 남아 있어서 이 글을 쓰기에 앞서 읽어 보았다. 마치 영화의 한 장면을 보는 것 같은 김참의 시편 「불사조」를 예로 들면서 '개인의 지식이 파편화되고 이것이 초개인적인 정보 구조 속에서 자동적으로 재맥락화되어 가는 것을 일컬어 디지털 언어의 문법' 운운했는데 지금도 이 생각은 변함이 없다.

우리 시대의 영상 이미지, 혹은 디지털 매체에 의한 포스트이미지가 새로운 세대의 시인들에게 어떤 감수성의 변화를 불러일으킬 수 있는가 하는 비평적인 문제의식의 제기가 필요하다. 현재로서는 정확한 답변을 기대하기가 시기상조인지도 모른다. 새로운 영상언어 및 포스트이미지는 인간이 구사하고 조작하는 언어의 구문처럼 보편적인 형식이나 법칙이 있는 게 아니다. 이것이 영화감독의 기술에 의해 감지되었던 것과 같이, 이것을 추구하는 시인들도 앞으로 그 자신들의 재능에 의해 감지할 수밖에 없으리라고 여겨진다.

풀과 풀꽃의 물명고物名攷를 넘은 시적 상상력의 기표

문효치의 시집 『모데미풀』

1

실학자 유희(柳僖)는 1820년경에 여러 가지의 사물의 이름을 모아 한글 또는 한문으로 풀이한 책을 만들었다. 이 책은 현재 원본이 전해지지 않고 있지만 이를 베껴 쓴 것으로 보이는 필사본이 '물명고(物名攷)' 혹은 '물명유고(物名類考)'의 이름으로 전해지고 있다. 물명고는 오늘날의 개념으로는 어휘 사전에 해당한다고 하겠다. 지난해에 시인 백석의 시어를 의미 범주에 따라 분류하고 출처와 해석을 덧붙인 사전이 나왔다. 유희의 물명고 이름을 계승한 『백석 시의 물명고』가 바로 그것이다. 이 책은 문학평론가 고형진(고려대 교수)이 10년의 작업 끝에 완결시킨 방대한 시어분류사전이다.

최근에는 시인 문효치의 시집 『모데미풀』이 상재되었다. 72편의 시의 제목을 들여다보니 모두가 풀이거나 풀꽃이거나 한 이름으로 점철되어 있다. 대개 이 이름들은 외양과 유래에 따라 붙여진 것들이다. 이 시집에 실려 있는 시들이 풀과 풀꽃이라는 평범한 자연을 탐색한 자연의 시라기보다, 기표와 기의의 이름을 발굴한 이를테면 '이름의 시'가 되는 이유가 여기에 있다. 최근의 한 문효치론에는 이런 말이 있다.

"그러니 이 시들, '자연시'라기보다 '이름시'에 가까울 것이다."[1]

요컨대 이 시집은 일종의 화초시(花草詩)의 보감이랄까, 물명고의 형식을 수용한 것 같은, 매우 독특한 시집인 셈이다. 하지만 더 중요한 사실은 이 시집이 물명고의 형식을 얻고 있지만 이를 뛰어넘은 시적 상상력의 기표가 마치 살아서 깃발처럼 펄럭이고 있다는 사실이다. 우리가 주목해야 하는 사실은 바로 이 사실이 아닌가 한다.

2

시집 『모데미풀』의 표제시인 「모데미풀」은 72편으로 나열된 것 중에서도 필두(筆頭)의 위치에 놓여 있다. 이 시가 시인의 상상력의 기저를 이루는 시임에 틀림이 없다고 할 것이다. 모데미풀은 미나리아제비과의 여러해살이풀이다. 꽃은 사오월에 흰 색으로 핀다. 이 꽃은 국가 단위의 희귀종을 넘어 국제단위의 희귀종이라고 한다.[2] 그래서 독자들은 대부분 이 풀을 본 일이 없을 거라고 본다. 국제단위의 희귀종이라고 하니, 당연히 그렇지 않을 것인가. 국립수목원의 사업 계획에 의해 만든 이 풀의 세밀화를 아래와 같이 인용해 보았다. 왼쪽 그림은 늦은 봄에 꽃이 핀 모습이고, 오른쪽 그림은 꽃이 피어 있지 아니한 일반적인 모습의 풀이다.

---

1) 권소영, 「글썽이는 이름들의 지도」, 『미네르바』, 2016, 봄, 155면.
2) 국립수목원, 『세밀화로 보는 희귀식물』, 지오북, 2011, 98면 참고.

모데미풀 세밀화[3)]

풀이름의 유래가 전라북도 지리산 운봉 모뎀골 마을에서 처음으로 발견되었다고 해서 붙여진 이름이란 것도 흥미가 있다. 한 일본 학자가 1935년에 처음으로 모뎀골에 있는 골짜기에서 발견했다는 것이 바로 이 모데미풀이다. 이로부터 70년에 걸쳐 지리산에서 자생하는 이 풀을, 아무도 본 일이 없었다고 한다.[4)] 시인 문효치가 본 모데미풀은 아마 지리산 자생종은 아닐 것으로 짐작된다.

앞의 그림은 모데미풀의 시각적인 이미지를 부연한 것에 지나지 않는다. 문효치 유의 이름시는 어디까지나 시인의 시심(詩心)이 언어의 탄력

---

3) 같은 책, 99면.

4) 김태원, 『들꽃산책』, 자연과생태, 2013, 137면 참고.

을 받으면서 시의 존재론으로서 존립할 때 비로소 문학의 텍스트로 인정될 수 있는 것이다. 이런 점에서 볼 때 소위 그 이름시는 언어철학이나 기호론의 기반 위에서 시로서의 자기 정립에 성과를 이룩한 것으로 너끈히 판단되지 않을 수 없다. 왜 그런가 하는 문제는 그 다음의 문제이다. 자, 그러면 문효치 이번 시집의 표제시인 시편 「모데미풀」을 살펴보자.

하늘이 외로운 날엔
풀도 눈을 뜬다

외로움에 몸서리치고 있는
하늘의 손을 잡고

그윽한 눈빛으로
바라만 보아도

하늘은 눈물을 그치며
웃음 짓는다

외로움보다 독한 병은 없어도
외로움보다 다스리기 쉬운 병도 없다

사랑의 눈으로 보고 있는
풀은 풀이 아니다 땅의 눈이다

—「모데미풀」 전문

이처럼 보는 바와 같이, 이 시는 하늘에서 시작해 땅으로 끝맺음하는 시이다. 여기에서 하늘과 땅은 주어진 자연이라고 할 수 있다. 하늘은 신적인 것의 표상으로서 수직적인 것의 개념에 해당한다. 이에 비해 땅은 죽어가는 시간 속에 있는 인간과 만물이 생명의 터전에서 '거주한다(wohnen)'는 수평적인 개념이다. 땅은 말하자면 뭇 생명들이 저마다의 존재를 통해 보여주는 공간, 즉 삶과 죽음이 개입된 공간이다. 하늘이 시간의 개념이라면, 땅은 공간의 개념이다. 이 사이에 존재하는 모든 존재, 즉 뭇 생명은 인간의 개념이다. 이 시의 배경 안에서 형상화된 풀 역시 인간의 존재성을 띠고 있다. 모데미풀에게 주어진 것, 이를테면 외로움과 눈물과 사랑의 눈 같은 것이 마침내 그것을 이루어내는 중요하고도 구체적인 요건이 된다.

시편 「모데미풀」에는 동양 전통의 서정시에 관한 관념이 자리하고 있다. 이를테면, '시자천지지심(詩者天地之心)'이라. 시는 하늘과 땅의 조화로운 마음이다. 일종의 만물조응의 사상이라고 말할 수가 있다. 서정시에 관한 한, 장르적인 성격의 본질을 이보다 더 집약한 말은 없을 성싶다.

> 매듭마다
> 피가 맺혔다
>
> 저도 깜냥
> 삶을 알고 있나
>
> 귀 기울여보면
> 신음 소리 끊는다
>
> —「매듭풀」 전문

시집의 순서에 따르면, 이 시는 두 번째의 시가 된다. 매듭풀이라?

태어나자 말자 환한 전구 불빛 아래에서 성장한, 도회지 출신인 나는 화초수목에 대한 상식이 현저히 부족하다. 정평이 나 있는 한 도감을 찾아보니, 이 풀은 별다른 특징이 없는 평범한 야생초이다. 높이나 크기도 자그맣고, 자주색 감도는 꽃도 볼품이 없었다.[5] 굳이 특징이 있다면, 가지마다 매듭이 많다. 매듭이 많아 매듭풀이 아니겠는가?

풀과 꽃이 눈에 뜨이지 않아 아무리 볼품이 없어도 이 세상에 쓸모없는 것은 아무것도 없다. 세상의 모든 화초수목은 '자연 내 존재(In-der-Natur-sein)'이기 때문이다. 아무리 보잘것없는 화초수목일지라도 자연의 거대하고도 신비한 질서와 조화 속에 놓여 있다는 것이다. 역사의 귀퉁이 속에 쭈그려 앉아 있는 남루한 노숙자라고 해도 인간됨의 권리가 있듯이, 물론 '세계 내 존재(In-der-Natur-sein)'인 인간도 마찬가지 일 것이다.

이 글을 쓰는 나는, 시인들이 앉아 있는 큰 사랑방의 말석에나 앉을 수 있을지는 모르겠다. 내가 본격적으로 시를 써 보기 시작한 일도 불과 십 수 년에 지나지 않는다. 그러나 저러나, 문효치의 「매듭풀」을 읽고 비평가로서의 심미적인 안목이나 교양인으로서의 자연의 우아한 취향에는 미칠 수 없으니, 화답의 뜻이 깃든 시편이나 하나 긁적여 볼 따름이다.

제목은 '매듭풀'로 하지 않고 이를 두고 '풀매듭'으로 한번 비틀어보았다. 매듭풀이 고유명사라면, 풀매듭은 일반명사이다. 서브타이틀(부제)은 시인동네의 선배에 대한 경의의 뜻이 내포된 바 '차문효치선생운(次文孝治先生韻)'으로 해 보았다. (이것은 김안서에 대한 김소월의 전례를 좇은 것이다.) 매듭풀이 삶을 앎을 깜냥을 가지지 못하듯이, 나 역시 남에게서

5) 서울대학교 학술림 지음, 『서울대학교 학술림 식물도감』, 서울대학교출판문화원, 2012, 136면 참고.

운향(韻響)을 빌릴 만한 깜냥이 없지만 말이다.

한이 맺힌 곳곳마다
삶의 피멍이 들었으니,

풀매듭의 여기저기에
불그레 감돌고 있는

핏기여

바람결과 숨결로 오는
저 자욱이 아득한

핏기여

한 귀를 조용히 기울여
신음 소리 끊으면,

풀에도 가지마다
매듭이 있나니.

내가 문효치의 「매듭풀」을 읽고 가장 먼저 떠올려본 것은 천 년 전의 기생시인인 설도(薛濤)의 동심초(同心草)였다. 설도의 연인은 연하의 남자였다. 우리의 청아한 가곡으로 불리어 뭇 사람의 심금을 흔들었던 그리움의 노래. 사랑의 연분을 묶을 수 없어 하릴없이 헛되이 풀만 묶는다는 마음의 아릿함이 절절히 배어나온 노래. 나는 20대 초반에 이 노래를 무척이나 사랑했다. 이 노래를 잘 부르는 알 수없는 연상의 여인이 장래의 내 여자일지 모른다는 헛된 생각에도 사로잡혔었다. 시인의 상상력대로, 풀을 묶으면 매듭마다 피가 맺힐까? 신음소리마저 끊으면서 매듭을 짓는 그 풀매듭 말이다.

풀이 이처럼 사람을 닮는다면, 풀의 열매나 풀꽃은 때로 하늘의 별을 닮기도 한다. 시집 『모데미풀』의 시편들 가운데 하늘의 별을 닮은 풀꽃 이야기도 종종 나오고 있다. 우리 인간에게 별은 무엇일까. 별은 잘 알다시피 순수와 이상과 영원성을 노래하는 시의 소재로 잘 이용되어 왔다. 꽃과 별의 유추적인 상동성에 의한 시심의 원리는 결코 생소한 것이 아니다.

그 언덕에 열린 빨간 별
뱀은 그것을 좋아했어

독 오른 뱀이
안채의 토방 아래에도
감나무 가지 위에도
기어 다니고 있었어

그 놈은 늘
내 가까이 있었어

—「뱀딸기」 부분

이 밤 웬 소나긴가 했더니
어둠을 찢고 내려오는 별들 부딪는 소리
귀밝이술 아니어도
내 귀는 너무 밝아

어질어질 취한 채 흔들렸었지

—「돌단풍」 부분

웃어서 생긴 주름으로
엊그제 내린 별빛 흐른다

(……)

고운 이름은 꽃에게 주고
그래, 산에 들에
웃음소리 왁자하다

—「산국」 부분

뱀딸기는 붉은 색의 점들이 흩어져 뭉쳐 있는 둥근 나무열매이다. 식용도 딸기처럼 가능하다고 한다. 하지만 딸기처럼 생겼을 뿐이지 딸기 그 자체는 아니다.[6] 시편 「뱀딸기」에서는 뱀딸기의 열매를 '빨간 별'로 비유하고 있다. 시인의 전언에 의하면, 어릴 때의 시인은 뱀을 죽인 대가로 (죽은 뱀의 가족인 듯한) 다른 뱀으로부터 늘 복수심에 시달렸다고 한다. 이 때문에 뱀은 어린 그에게 별을 따는 신비한 영물로 각인되어 있었던 것이리라.

뱀딸기가 딸기가 아니듯이, 돌단풍 역시 단풍나무와 전혀 관계가 없다. 돌단풍잎이 대여섯, 예닐곱 갈라진 단풍잎 모습을 하고 있어서 그리 불리어지고 있다. 한편으로는 '깊은 산 계곡 물가 바위틈에서 붙어 자라는 데서 유래된 것'[7]이라는 의견도 있지만, 돌단풍의 일본어 이름이

6) 서울대학교 학술림 지음, 앞의 책, 120면 참고.

'이와야스데(岩八手)' 즉 바위팔손이의 영향을 받은 것으로도 짐작되고 있다. 돌단풍잎 지는 소리가 어둠을 찢고 내려오는 별들 부딪는 소리로 들린다. '돌'이라는 접두사가 가진 선입견의 '말심'이 그만큼 드센가 보다. 어쨌거나, 시인의 귀가 아니면 들리지 아니하는 마음의 소리다.

시편 「산국」은 가을 산야에 피는 꽃을 소재로 하고 있다. 긴 타원형으로 찢어진 낱낱의 꽃잎조각이 무척 아름답다. 또 이를 왁자한 웃음소리로 비유한 것도 시인의 귀가 곧추 서지 않으면 들리지 않으리라.

꽃과 별의 유추적 상동성에 의한 시적 상상력은 내가 이미 전술한 바 있듯이 하늘과 땅의 조화로운 마음이 만들어준 결과이다. 천문과 지리를 동시에 응시하는 직관의 시학이라고 할까? 원초적으로 볼 때, 시인은 예언의 몽상가이다. 점성 의학의 주술사가 있었다면, 아마도 초유의 시인이 아니었을까? 빨간 별 같은 뱀딸기를 좋아한 그 놈의 뱀, 어둠을 찢고 내려오는 별들 부딪는 소리로 들리는 돌단풍잎 지는 소리, 왁자한 웃음소리가 만들어낸 주름으로 흐르는 별빛……. 원초적인 예언의 몽상과 같은 것이며, '대우주-소우주'라는 일종의 유비(類比) 이론에 기반을 둔[8] 시적인 상상력이다. 문효치 유의 소위 '화초시' 가운데 우주적인 궁극성으로 통하는 시적인 상상력의 소산은 시편 「말똥비름」일 것이다.

말똥비름은 다섯 개의 끝이 뾰족한 피침형 꽃잎을 가진 풀꽃이다. 장성급 군인들의 계급장과 같은 모습이다. 이것의 유사종으로 바위채송화가 있다. 시인 문효치는 말똥비름의 별 같은 모습에 우주적인 상상력

---

7) 허북구 외, 『재미있는 우리꽃 이름의 유래를 찾아서』, 중앙생활사, 2003, 73면.

8) 장샤오위앤 지음, 홍상훈 옮김, 『별과 우주의 문화사』, 바다출판사, 2008, 13면 참고.

의 시심을 유감없이 발휘하고 있다.

이 고요 속
허공에 떠도는
빛과 색깔을 불러들여
영혼을 빚고 있다
숨으로 잇고 있다
이윽고 우주가 된다
수많은 별들이
저마다의 궤도를 따라
돌고 있다

—「말똥비름」 전문

별처럼 환하게 반짝이는 노란색 꽃잎이 우주적 화음의 생명 원리를 담고 있는 듯하다. 들녘에 피고 지는 꽃 한 떨기라도 우리는 허투루 보아선 안 된다. 여기에는 늘 우주의 모습을 품으면서 닮으려고 하고 있다. 달맞이꽃이 달을 맞이하는 오묘한 인력의 꽃이라면, 말똥비름은 인용한 시에서 보듯이, 허공에 떠도는 무수한 별들의 빛과 색깔을 모아서 하나의 영혼을 빚고 있으며, 소우주의 한 모, 아니 대우주의 이모저모를 만들어가고 있다.

3

바람꽃은 미나리아재비과의 여러해살이풀로서 국가 단위의 위기종이다. 꽃은 대체로 여름에 피고, 분포는 거의 강원도 지방에 국한해 있다.[9] 꽃 이름은 서울대학교 식물학과 출신의 시인 이갑수(이굴기)에 의하면 '연약한 몸으로 겨울바람에 꿋꿋하게 대항한다는 의미에서 그 이름을 얻'[10]은 것이라고 전해지고 있다. 그런데 문효치는 시집 『모데미풀』에서 이례적으로 두 차례에 걸쳐 바람꽃을 제재로 삼고 있다. 시편 「돌단풍」에서 돌단풍잎 지는 소리를 별들 부딪는 소리로 들었던 것과 같이, 「이 밤-바람꽃」에서 시인은 '내 몸속에선 / 별똥별 떨어져 우는 소리'를 듣는다. 자연의 원리에 의거한, 꽃과 별의 상동성을, 시인이 추체험한 시적인 유추의 결과가 아니겠는가.

또 다른 제재의 「바람꽃」에 이르러서는 시인의 상상력이 신비와 주박(呪縛)의 경계에까지 감촉하고 있다. 온몸을 떠는 신내림의 꽃, 바람꽃은 땅속의 비밀을 꺼내어 하늘과 내통한다. 천문과 지리의 상상력에 의한 우주론적인 동기감응의 비밀스런 세계는 바람꽃의 오묘한 상징성을 통해 드러나고 있는 것이다.

강신 중이다
온몸이 떨리고
귀신의 말이 천둥소리처럼 들린다

세상이 온통
작두날

귀신의 힘이 씌우지 않으면
발은 잘리고 만다

9) 국립수목원, 앞의 책, 102면 참고.
10) 이굴기, 『내게 꼭 맞는 꽃』, 궁리, 2016, 65면.

땅속의 비밀을 꺼내어
하늘과 내통한다

물렀거라
썩 물렀거라

—「바람꽃」 전문

이 바람꽃은 어느 날 갑자기 신바람을 낸다. 바람꽃은 꽃을 피워 우주의 신명에 도달한다. 황홀경의 엑스타시, 빙신(憑神)의 상태에 도달한 바람꽃은 무녀처럼 비숫날에 올라 비수거리를 한다. 비숫날은 하늘과 땅, 신과 인간의 경계를 날카롭게 나누고 있다. 비숫날에 오른다는 것! 즉 무녀의 비수거리는 세계를 정화하는 상징으로서의 제의의 주력(呪力)일 것이다. 천문과 지리의 원초적인 상상력, 천인합일의 시적 상상력을 보여준 시인 문효치의 언어의 주술성은 여기에서도 다시금 확인되기에 이른다.

바람꽃 세밀화[11)]

언어학자 페르디낭드 소쉬르에 의하면, 언어 기호는 기의(記意)와 기표(記標)로 나누어진다. 전자는 '표시되는 것'이며, 후자는 '표시하는 것'이다. 기호적인 의미의 대상과 기호적인 표현의 실제는 서로 어긋나기도 한다. 소쉬르의 언어학이 혁신적인 이유는 표시되는 것과 표시하는 것의 관계가 필연적이지 않고 자의적(임의적)이란 데 있다. 소쉬르와 같은 시대에 살았던 지그문트 프로이트가 의식과 무의식의 차이를 중시했던 것처럼, 그 역시 기의와 기표의 차이를 중시하였다. 프로이트의 정신분석학에서 무의식이 의식의 주인 노릇을 하듯이, 소쉬르의 언어학에서도 인간이 언어의 주인이 아니라 언어가 오히려 인간의 주인이 된다. 즉, 인간이 언어를 사용할 수 있지만, 언어를 소유할 수 없다는 것. 의식보다 무의식이 그러하듯이, 기의보다 기표가 결국 힘이 세다는 거다.[12] 최근에 교육부의 한 고위 공직자는 '민중의 열악한 조건'이라는 기의에 대해 '개돼지'라는 기표를 사용함으로써 민심을 사납게 자극해 결국 파면되기에 이르렀다. 기의 때문인지, 아니면 기표 때문인지, 그 원인은 실로 자명하다.

문효치의 풀꽃 가운데 '빼꾹나리'가 있다. 뒤로 말린 연한 자주색 꽃잎에 짙은 색의 반점이 있는[13] 이 꽃은, 사실상 뻐꾸기 하곤 무관하리라고 본다. 서정주의 국화꽃이 소쩍새 하고 아무 상관이 없듯이 말이다. 빼꾹나리는 하나의 기표일 뿐이다. 시의 언어는 기의가 아닌 기표다. 그리하여, 시인도 꽃과 무연한 뻐꾸기의 허구와 상상의 음영 속으로 빠져들게 되었던 것이다.

---

11) 국립수목원, 앞의 책, 103면.

12) 남경태 지음, 『한 눈에 읽는 현대철학』, 광개토, 2001, 53~57면 참고.

13) 서울대학교 학술림 지음, 앞의 책, 67면 참고.

마지막으로, 문효치의 풀꽃 가운데 '하늘말나리'를 보자. 황적색의 색감이 강한 여름꽃이다. 내가 최근에 법주사에 갔는데 담장 아래의 뙤약볕 속에 핀 꽃이 하늘말나리인지 원추리(꽃)인지 잘 모르겠으나, 황적색의 꽃잎에 자주색 반점이, 꽃술이 갈구리 닮은 것이 눈에 뚜렷이 띄었다. 꽃술이 옆이나 아래로 향한 원추리와 달리, 하늘말나리는 그것을 하늘로 향해 곧추 세우면서 그 끝을 강하게 말린 것이라고 해서 생긴 이름인 것으로 여겨진다. 시집 『모데미풀』에는 하늘말나리를 노래한 「노을」이란 시가 있다. 황적색이란 기의를 노을빛이란 기표로 유추한 것이다. 하늘말나리라는 대상의 기의를 넘어 노을빛의 사랑으로 기표화한 이 시는 이 시집에서 가장 감동적인 아름다움을 환기시키는 시, 반짝이는 연가풍의 서정시라고 생각된다. 조용히 읊조리면, 그윽한 맛이 우러나는 시다.

저 하늘가 조용히 걸어가시는
당신의 붉은 옷이 아름다워요

누구를 그리워함인가 끝나지 않은 기다림인가
말은 없어도 마음은 뜨겁게 타고 있으니

사랑은 고요한 세월 속에서도 저 혼자 타고 있어요

당신의 신발 소리가 들려요
바람은 없어도 나무는 흔들리고
아무도 부르지 않는데 나는 어딘가 가고 있어요
일렁거리며 흐르는 여울 같은 길이
당신을 저 멀리 데려가고 있어요

—「노을—하늘말나리」 전문

현실, 혹은 현실주의에 반응하는 서정성

문태준과 김선우의 시집

1

시에서 서정적인 것의 특징은 정서의 절제에 있다고 할 수 있다. 시에서 정서가 지나치게 과격한 양상을 띠게 되면 시는 필경 시적인 언어의 긴장과는 무관한, 이를테면 정치적인 구호가 난무하는 선동적인 긴장감이나, 외잡한 풍경의 시적인 선정주의가 판을 치게 될 것이다. 이런 점에서 선동과 선정은 사람의 정서를 과격하게 한다는 점에서 비유컨대 초록이 동색일 터이다.

나는 중견 시인 중에서 서정적인 품위가 가장 잘 드러나고 있는 시인들 중에서 문태준과 김선우가 나에게 비평적인 주목과 관심의 대상이 되어 왔다. 이들에 관한 개별적인 작품론을 써볼 기회가 있으면 좋겠다는 생각을 해보았으나 기회가 오지 않았다. 때마침 하나의 테마 아래 두 사람의 시인을 선택해 시적인 경향을 비교하는 비교적인 짧은 형식의 비평적인 글쓰기를 요구하는 청탁이 있어서 소위 신토피컬(syntopical)한 비평문을 쓰기에 이른 것이다.

문태준과 김선우는 비슷한 점이 많은 시인이다. 같은 1970년생이며, 비슷한 시기에 시인으로 등단하였으며, 성장지가 비수도권인 지방인데다, 지방 출신의 시인답게 농촌적인 삶의 현실이라는 데서 시의 착안과 발상을 두고 있다는 점이 그러하다고 하겠다. 이들은 최근에 창비를 통해 나란히 신작 시집을 공간했다. 창비시선 343번 문태준 시집 『먼 곳』과, 창비시선 344번 김선우 시집 『나의 무한한 혁명에게』가 그것이다.

2

문태준 시집 『먼 곳』 첫머리에 놓인 작품은 「아침」이다. 허두(虛頭)의 작품이 가지는 상징성이 생각보다 뜻이 깊고 의의가 있듯이 이 작품이 시집에서 차지하는 중요함과 대표성은 이루 말할 수 없다고 하겠다. 이 시를 통해 그의 시가 지닌 서정적인 품새는 여전하다는 것을 알게 한다.

새떼가 우르르 내려앉았다
키가 작은 나무였다
(……)
나무상자로밖에 여겨지지 않던 나무가
누군가 들고 가는 양동이의 물처럼
한번 또 한번 출렁했다
서 있던 나도 네 모서리가 한번 출렁했다.

—「아침」 부분

세상의 모든 사물은 관계맺음을 통해 그물코를 형성하고 있다. 서정적인 자아인 나와, 세계의 대상 속에 존재하는 나무의 관계는 상호의존적인 출렁임의 조응 관계를 맺고 있다. 이 관계는 출렁임의 인과(因果)로 이루어진 긴밀한 서정성의 관계, 혹은 시적 교융의 장애 없는 관계이다. 불교에서는 이를 두고 사사무애(事事無碍)라고 이름하기도 한다. 현상과 현상이 서로 방해를 받지 않고 교류하고 융합하는 것을 가리켜 이렇게 부른다.

> 관을 들어 그를 산속으로 옮긴 후 돌아와 집에 가만히 있었다
>
> 또 하나의 객지(客地)가 저문다
>
> 흰 종이에 떨구고 간 눈물자국 같은 흐릿한 빛이 사그라진다
>
> —「망인(亡人)」 전문

단형의 시이지만 품격이 있는 시다. 화자는 장례를 치렀다. 시인의 가까운 지인이거나 육친이거나, 이도 저도 아니면 허구화된 인물을 내세웠을 수도 있다. 남은 사람들은 망인을 저승으로 보냈다. 망인에게는 저승이 또 하나의 객지처럼 낯선 곳이다. 날은 조금씩 저물어간다. 저물녘의 흐릿한 빛은 흰 종이에 떨구고 간 눈물자국으로 비유된다. 사람이 이승에 살다가 남겨진 삶의 자취는 이처럼 보잘것없는 것이다. 권력이나 부(富)나 명예를 갖추고 살았어도 죽고 나면 누구나 할 것 없이 자연인으로 돌아간다. 보통사람의 죽음은 더 말해 무엇하리.

이 시가 가치의 측면에서 압권인 것은 '흰 종이에 떨구고 간 눈물자국 같은 흐릿한 빛'으로 형상화한 서술 전략에 있다. 즉, 이것은 슬픔의

감정을 최대한 절제하고 있는 객관적인 상관물이다. 문태준의 시가 대체로 그러하듯이 사려 깊음의 서정성이랄까, 후미진 삶의 그늘에 비친 흐릿한 애잔함이 묻어나 있다.

누가 있을까, 강을 따라갔다 돌아서지 않은 이
강을 따라갔다 돌아오지 않은 이
누가 있을까, 눈시울이 벌겋게 익도록 울고만 있는 여인으로 태어나지 않는 이
누가 있을까, 삶의 흐름이 구부러지고 갈라지는 것을 보지 않은 이
강을 따라갔다 돌아왔다
강을 따라갔다 돌아와 강과 헤어지는 나를 바라보았다

—「강을 따라갔다 돌아왔다」 부분

한번 흘러간 것은 되돌릴 수 없다. 사람들은 모든 것이 영원할 것이라고 믿는다. 젊음도, 권력도, 부도, 명예도 영원할 것이라고 생각한다. 아름답게 활짝 핀 꽃잎이 한 순간에 떨어지는 것을 바라보는 사람들은 그 아름다움이 되돌려질 수 없다는 사실을 마침내 깨닫는다. 강을 따라갔다 돌아오는 일. 이것이 바로 인생이다. 인생의 대유적인 표현이다. 생의 근원적인 조건으로 향한 자기 인식에로의 회귀이다. 문태준의 시편 「강을 따라갔다 돌아왔다」는 시집 『먼 곳』이 일구어낸 가장 성취적인 수준의 작품이 아닌가 한다. 슬픔과 무상(無常)의 감정에 바탕을 둔 다소 보편적인 성격을 내포한 시이면서도, 또한 생의 깊은 의미를 탐색한 결과에 대한 자기 인식에 도달한 시가 아닌가 하는 생각이 든다.

3

김선우의 신작 시집도 주목을 받게 되리라고 짐작된다. 그의 네 번째 시집은 『나의 무한한 혁명에게』라는 다소 도발적인 표제의 시집이다. 시집 표제만을 놓고 볼 때 남미의 혁명 시인이 쓴 시집의 번역 제목 같은 느낌이 든다. 시집에 실려 있는 작품들을 두루 살펴보고 나니 가장 먼저 다시 눈길이 가는 것은 「첫번째 임종게」였다. 임종게란 무엇인가. 고승이 죽음(입적)을 앞에 두고 남긴 유언시를 말한다. 일생을 두고 생각해온 인생관, 세계관, 불교관을 총체적으로 집약하여 단형의 시로 남긴 것. 한 동안 세간의 화제가 되기도 하고, 당대 불자의 삶에 적잖은 영향을 끼치기도 한다. 그런데 김선우의 「첫번째 임종게」는 불교적인 의미의 죽음의 시로 보기 어렵다.

> 목련 꽃술 들여다보다 내가 말한다
> 근사하다! 너의 그곳 같아
> 목련 꽃술 들여다보다 네가 말한다
> 근사하다! 너의 그곳 같아

「첫번째 임종게」의 첫 연을 보면 레즈비어니즘의 시를 연상케 한다. 목련의 꽃말이 이룰 수 없는 사랑이듯이 성적 소수자로서의 결핍된 완성의 아름다움이 좌절의 표상을 나타내는 낙화를 통해 형상화되고 있다. 이 시는 삶과 죽음의 경계를 일체화한다는 점에서 불교적인 의미의 죽음의 시인 임종게와 전혀 무관하지 않다.

나무 연꽃에 닿는 바람 물고기
반짝이는 은빛 물결 일으킨다

현실에 적확하게 채워지지 않는 언어이다. 나무 연꽃은 나무에 피는 듯한 연꽃과 같다는 의미의 목련을 말한다. 바람의 흐름을 물고기로 비유한 것도 선(禪)의 경지로 약동하는 화사한 난센스의 시학이다. 화려한 비유라는 점에서 임종게라기보다는 오도송 같은 느낌을 주는 시다.

이 시는 김선우 이전의 시 작품에서 보여주곤 한 것처럼 주문 같은 난해성의 매력이 은근히 배어있다. 첫 번째 임종게란 표현부터가 말이 되지 않은 말의 묘미, 즉 언외지미(言外之味)가 아닌가. 산문적인 해설을 거부하면 거부할수록 그것이 짙게 나타나는 경향이 있음은 물론이다.

목련 꽃이 지는 것을 가리켜 적멸의 순간을 노래할 수 있는 것은 불교적인 정감을 환기하기에 충분한 것. 김선우는 불교적인 삶의 관계론적인 전망을 시로써 밝혀오는 데 기여해 왔다. 이런 점에서 볼 때 문태준과 비슷한 위치에 서 있는 시인이라고 하겠다. 그가 산문(山門)에 귀의한 언니로 인해 시인이 되고 싶었다는 내용의 글을 어디선가 읽은 적이 있다. 이 글을 쓰고 있는 즈음에는 그가 불교신문에 연재하는 소설의 첫 회 분이 발표되고 있다.

그런데 김선우가 이번에 상자한 신작 시집 『나의 무한한 혁명에게』는 말의 부림과 쓰임이 적잖이 헐거워졌다는 것을 느끼게 한다. 말하자면 산문적인 해설이 가능한 시들이 예전보다 많아졌다는 것을 뜻하고 있다. 이 시집의 발문에 해당하는 '시인의 말'에서 아름답고 아픈 세상을 사랑한, 사랑하는 연애시집이라고 스스로 규정했다. 그만큼 시사적(時事的)인 언어의 목록이 늘어나고 있음도 확인된다.

살처분,이라고 했다. / 집단살해,라고 말할 수 없으니까 / TV를 끄고 나는 구역질을 시작했다. (「얼음놀이」)

주저앉은 소들, 으깨진 뇌수, 회색 은하수, 국경 없는 발랄한, / 자유, 비애의 자유—무역 (「아무도 미워하지 않는 자의 무덤」)

뜨거운 심장을 구근으로 묻은 철골 크레인 / (……) / 세상을 유지하는 노동하는 몸과 탐욕한 자본의 폭력에 대해 (「나의 무한한 혁명에게」)

김선우의 시세계를 유지해온 동일성의 시학은 불교적 세계관의 관계론적인 세계관과 에코페미니즘에의 전망에서 확인되는 것이 아닌가 하는 생각이 든다. 그런데 이번 시집에 이르러서는 그런 유의 동일성의 시학에 균열감의 기미가 생기기 시작하고 있는 게 아닌가 하고 여겨지기도 한다. 나는 그 동안 지상(紙上)에서 그의 정치적인 발언이 반영된 산문을 적잖이 보아 왔다.

4

최근에 현실정치에 간여하는 사람들이 많아졌다. 그 중에서도 두드러진 부류는 연예인이다. 말을 직업으로 하는 연예인과 글을 직업으로 삼는 문인은 이 점에 관해선 성격이 다르다. 정치 현실이나 현실 정치에 대해 할 말이 있으면 시와 소설의 형식으로 된 글쓰기를 통해 말을 했으면 한다. 김선우의 문명(文名)이라면 그것이 비문학적인 산문 형식의 글쓰기론 부적절하다는 생각이 든다. 나는 1990년대 이후에 등단한 시인 중에서 김선우를 가장 주목해왔고, 그렇기 때문에 그는 내가 가장 소중하게 생각해온 시인이다. 또 그렇기 때문에 한 마디의 쓴 소리를 던진 것이다.

충족될 수 없는 현실 속에서, 꿈을 노래하다

김복근의 생태주의 시조

1. 왜 생태주의 시조인가

시조 시인 김복근은 생태주의 시조에 관한한 상징적인 존재이다. 이 개념의 담론을 비평적으로 수용하고, 또한 창작의 면에 있어서도 사뭇 각별한 필드로 개척한 그는 물론 생태주의 시조 연구로 박사 학위를 받은 학인이기도 하다. 그가 지금 교육행정가로 재직하고 있기 때문에 생태주의의 시조 시인으로서, 생태주의 시조 연구자로서 후속의 업이 단절된 감이 있어 아쉽다. 나는 2003년에 삼백 면이 가까운 두툼한 분량의 학위 논문을 받은 적이 있었다. 김복근론을 쓰게 되면서 모처럼 시간을 내어서 이 논문을 가려서 읽어 보았다.

생태주의 시조의 장르적 가능성을, 그는 대체로 다음 세 가지 관점에서 이해하고 전망하고 생명의 소중함을 제대로 인식할 수 있다고 보았다.

첫째는 시조가 자연친화적인 사상과 무관하지 않다는 것이다. 우리의 전통 시조는 대체로 자연친화적인 사상을 배경으로 하고 있다. 시조 문학이 갖고 있는 이른바 생태주의적 삶의 보편적 원리는 우리에게 선험적으로 존재하고 있다. 예를 들자면, 한시(漢詩)와 시조 분야에서 조선조 중기에 한 시대를 풍미한 산촌 신흠이 있었다. 그는 시의 조건을 두고 하늘에서 얻은 것이 아니면 시라고 할 수 없다는 사실을 전제로 했다. 그가 궁극적으로 지향한 시세계의 끝간 데에는 무위(無爲)가 아스라이 존재하고 있다. 무위란 지극히 자연스레 이루어진 말하자면 '하늘된' 상태가 아닐까? 그의 문학사상이 노장(老莊)의 철학과 역(易)의 사상에 근거를 하고 있음은 두말할 나위조차 없다고 하겠다. 생태주의 시조의 사상적 근원은 이처럼 상촌 신흠의 경우에서 찾을 수 있을 것이다.

둘째, 김복근은 압축과 절제의 미를 갖추고 있는 현대시조가 생태주의적 상호관련성을 표현하는 문학 형식으로 적합하다고 판단하고 있다. 주지하듯이 시조는 간결성의 효과를 지향한다. 축소지향의 일본 문화에 비추어볼 때 하이쿠의 경우는 우리의 시조보다 더 간결성을 추구한다. 시조든 하이쿠든 최소한 말을 아끼고 아낀 말 속에 최대한 뜻을 깊게 담으려는 문학 형식이다. 생태주의적 사실은 객관적인 보고서에 의해 쓰여져야 할 것이다. 만약 이를 문학적으로 형상화해야 한다면 간결하면서도 독자의 상상력을 자극하는 압축과 절제의 시형식인 시조에 적합성을 두고 있지 않으냐고 보는 것이 김복근의 시각인 듯하다.

마지막으로, 시조의 의미 구조가 유기적으로 연결되어 있다는 점에 그는 착목한다. 시조는 3장 6구의 형식으로 완결된 의미 구조로 짜임새 있게 만들어진다. 시조의 유기적인 의미 구조에서라면 환경의 파괴와 생태주의적인 문제의식에 대응할 수 있고 생명의 소중함을 제대로 인식할 수 있다는 것이다. 요컨대 생태주의 시조란, 다름이 아니라 자연 환경을 포함한 오염과 파괴의 문제를 주요한 소재로 다룬 시조 작품이다.

평소에 생태문학에 관해 가장 폭넓고 속깊은 관심을 표명한 문학비평가는 김욱동이다. 이에 관한 저서만 해도 2003년까지 네 권을 상재했다. 이에 관한 네 번째 저서인 『생태학적 상상력』(2003)에 이르러 그는 한국의 문학과 문화에서 눈을 돌려 좀 더 넓은 안목으로 생태의식을 살펴보고 있다.

동아시아의 전통적인 시가 형식인 한시, 하이쿠, 시조에서 생태주의의 자취를 읽어내려고 한 것은 말할 것도 없고, 북아메리카의 원주민들의 생태의식을 살펴보았던 것도 이 책이 갖고 있는 놀라운 장처라고 할 수 있다.

김욱동은 시조의 생태주의적인 존재 의의가 시조가 지닌 '절로'의 미학에 근거하고 있다고 말한다. 시조 작품에서 나오는 '절로'라는 말은 절로의 세계가 지향하는 것이 곧 자연의 생태라는 것을 단적으로 보여주는 대목이란다. 인간의 늙음 역시 자연 속에서 자연과 더불어 늙어간다.

왜 생태주의 시조인가.

시조는 우주의 율동을 닮았다. 그 자체로 생태학적 서정시임에 틀림없다. 시조의 압축과 여백이야말로 생태주의의 객관적인 사실을 다 담을 수 있기 때문이다. 그러나 그것이 나로서는 문명비판적인 고발의 시학이 되기보다는 품격이 있는 일원론적인 생태시의 한 종류가 되기를 바라고 있다.

2. 김복근의 생태주의 시조를 읽다

시조시인 김복근의 신작 중에서 「독거 연습」은 자신의 일상적인 삶을 시 작품의 자장 안으로 과감하게 끌어들임으로써 시조의 갈래에 걸맞은 표현 관습을 전복한 것처럼 보이는 작품이다. 적지 않은 사람들이 현대 시조가 옛시조의 전통을 이어받아서 화조월석을 구가하거나 음풍영월을 일삼으며 좀 생활의 여유를 부리는 것으로 생각하는 것 같다. 이런 고정관념을 마치 깨뜨리려는 것 같이 역발상으로 쓰여진 시가 바로 「독거 연습」이다.

섬에 와서 혼자 사는 법을 익힌다
밥하고 청소하고 넥타이를 고른다
아내는 수혈의 자양 빛살처럼 흔들리고
어둡고 텅 빈 동굴 심지를 올려 봐도
숨쉬는 건 오래된 시계와 풍란 한 촉
나 홀로 살아가기엔 호흡이 너무 길다
때 절은 옷섶 위에 마른 땀 흘리면서
한 줄기 바람 따라 노숙하는 입덧마냥
그리운 이름을 헤며 윗도리를 벗어 건다
느리게 뛰는 맥박 내가 나를 의지한 채
골다공 낡은 관절 스스로를 증언하며
어느 날 주어진 독거 검불처럼 다독인다

—「독거연습」 전문

김복근은 이제 오랜 교직 생활의 마감을 앞두고 있다. 한 지역의 교육 행정을 담당하는 책임자가 되어 근무지를 옮겼다. 모처럼 근무지를 옮기게 됨으로써 홀로 살아가는 일이 많아졌다. 우리는 오래 전부터 주말부부라는 말을 사용해왔다. 우리와 같은 한자문화권에 속하는 일본에서는 이 말을 쓰지 않고 대신에 단신부임이란 낱말을 곧잘 쓰고 있다. 김복근의 경우는 주말부부보다는 단신부임에 잘 어울린다. 만남의 의미보다는 격리의 느낌이 더 밀접하게 와 닿기 때문이다.

이 작품에서 우선 눈에 띄는 시어가 있다. 이를테면 뉫살, 입덧, 검불과 같은 토착어이다. 시의 전체적인 맥락에서 볼 때 이 시어들이 시적 상황에의 적확성에서 벗어나 다소 돌출한 게 아니냐는 생각도 들지만 그 나름의 키(key) 역할을 하고 있는 것도 분명해 보인다. 뉫살과 입덧과 검불은 비유를 이끌어내는 과정에서 보조관념으로 쓰이고 있다. 이 세 가지 보조관념은 하나의 원관념을 향해 존재하고 있다. 그것은 일상적인 낱낱의 삶에 대한 총체의 양상이 아닐까. 또한 이 총체의 양상이란, 익숙한 삶의 반경 속에 노년기에 접어드는 사람의 외로움을 들여놓는 것이 아닐까. 뉫살처럼 흔들리고, 입덧마냥 그립고, 검불처럼 다독인다는 것은 다시 말해 차츰 늙어가면서 느끼게 되는 외로움에 대한 견딤의 효과와도 같은 것이 아니겠는가.

사람이 젊었을 때는 홀로 서기를 통해 세상과 접촉해야 했었다면 늙어가면서 홀로 살아가기를 연습하면서 살아가지 않을 수 없다. 독립에서 독거로 전환하는 비감한 초로의 애환이 잘 담겨 있는 「독거 연습」은 늙어가면서 사람들이 저마다 느끼게 되는 보편적인 정서의 공감대를 시인의 각별한 체험으로 잘 반영하고 있는 경우라고 해야 하겠다.

절간을 오르는 길목에 버려진 타이어 한 짝 제 분을 삭이지 못해 둥근 눈을 끔뻑이고 문명에 길항하는 는개 물관을 따라가다

잎맥마다 걸려있던 초록 빛 둥근 꿈은 실핏줄 타고 올라 포말로 부서지고 동화를 하는 이파리 힘겨워진 감성으로

붉은 녹 스며들어 경화된 혈관처럼 제 무게 못이기는 내 몸 속 작은

피톨 살기 띈 수액을 따라 중금속 능선을 치고 있다

—「는개, 몸 속을 지나가다」 전문

이 작품에 나열된 시어 역시 놓여져야 할 자리에 놓이지 않은 듯한 부자연스런 나열에 당혹감을 느끼는 독자들이 좀 있을 것 같다. 이 시의 주제어는 아무리 생각해 보아도 '중금속 능선'이 될 성싶다. 말할 필요도 없이 비시적(非詩的)인 시어인 것이 틀림없다.

이 작품의 제재인 '는개'는 안개와 이슬비 사이에 존재하는 기상 현상이다. 는개가 안개도 아니고 이슬비도 아닌 것처럼, 자연과 문명의 생태주의적인 간극에 놓여 있다. 는개는 잎맥마다 걸려 있던 초록빛 둥근 빛과, 붉은 녹 스며들어 경화된 혈관의 중금속 능선의 틈서리에서 힘겨운 모습을 하고 있다.

는개도 일종의 환경이다.

는개의 물성(物性)은 만질 수도, 붙잡을 수도 없는 것이지만, 여타의 환경 조건과의 불가피한 관계를 맺는다. 그러나 시인이 처한 상황에서의 는개는 매우 암울하고 비관적으로 인식되고 있다. 시조 문학의 문명 비판적인 모더니티를 드러내는 데 한계가 있다고 미리 단정하는 비평적인 선입견이 이 시의 사례를 통해 얼마나 치우친 것인가 하는 것을 시사해 주고 있다.

설계도 허가도 없이 동그란 집을 짓고 산다
작은 부리로 잔가지 지푸라기 물고와
하늘이 보이는 숲속에서 별들을 노래한다
눈대중 어림잡아 아귀를 맞추면서
휘어져 굽은 둥지 무채색 깃털 깔고

무게를 줄여야 산다 새들의 저 생존법칙
대문도 달지 않고 문패도 없는 집에
잘 익은 달 하나가 슬며시 들어와
남몰래 잉태한 사랑 동그란 알이 된다
울타리 없는 마을 등기하는 법도 없이
비스듬히 날아보는 나는 자유의 몸
바람이 지나가면서 뼈 속마저 비워냈다

—「새들의 생존법칙」 전문

앞에서 인용한 「는개, 몸속을 지나가다」가 문명비판적인 각이 져 있고 날을 세우고 있다면, 시편 「새들의 생존법칙」는 다소 생태학적인 서정시의 품새를 지향하고 있다고 하겠다. 새는 여기에서 시인의 감정 속에 이입되어 있는 객관의 상관물이다. 새는 인간을 위해 자연 속에서 늘 노래하는 대상이 아니라, 주어진 환경의 조건에 따라 자연 속에서 현실을 어떻게 적용하면서 살아가야 하는가 하는 엄연한 사실에 의해 통제되는 조건이다.

얼마나 속을 비우면 하늘을 날 수 있을까

몸속에 흐르는 진한 피를 걸러 내어

이슬을 갈아 마시는 비상의 하얀 갈망

혼자서 견뎌야 할 더 많은 날을 위해

항로를 벗어나는 새들의 저 무한여행

무욕의 날갯짓으로 보내지 못할 편지를 쓴다

—「새」 전문

시인은 새를 자신의 의식 속에 잇달아 투영하고 있다. 자신과 새의 동일시 관계는 시조 문학이 전통적인 장르의 특성을 유지하면서 생태학적인 서정시의 이상을 지속적으로 구현할 수 있느냐 하는 문제의 시금석이 될 수도 있다.

새가 속을 비운다는 것은 물론 욕망의 절제라는 수사적인 표의를 대신하는 것이기도 하다. 이 대목에서 시인은 욕망을 비워내지 못하고 있는 나 자신의 속인 내지 속물의 근성을 비추어내고 있다. 새가 시인 자신의 삶을 반추하는 매개물이 되고 있다는 것은 시조 창작 역시 반성적 성찰 행위의 한 가지로서의 글쓰기일 수밖에 없다는 것. 그래서 새는 때로 무소유의 삶을 살아가는 성자의 표상이 되기도 하는 것이다.

김복근 시조 문학의 미학적 지향성이 이와 같이 생태주의의 상호의존 내지 다양성에 근거를 두고 있다는 것은 그 자신의 생태주의 시조 연구에서도 거듭 확인이 되고 있는 바다.

젊은 날 한때 나의 핏줄은 투명하여
세상 모든 것을 담아낼 수 있었다.
물무늬 숨 가쁜 삶을 걸러낼 수 있었다.

수직으로 이는 파문 속보인 내 가슴엔
고갯마루 넘어가는 저녁 해 머문 자리
달리다 지친 세월이 별무리로 뜨려는가.

고향 강, 너 없으면 나는 겨울이다.
그리움 깊이만큼 그림자 길게 내려
언젠가 돌아가야 할 내 마음이 흐르고 있다.

—「겨울 남강」 전문

이 시조는 김복근 시인의 고향을 노래한 것이다. 그의 고향은 경남 의령이다. 이 시조 한 편으로도 그가 경남문인협회장으로서 지역문학에 기여한 것이 아닌가 하는 생각이 든다. 고향은 생태학적으로 완결된 순결한 고토(故土)이다. 그는 이제 나이가 들어가고 객지에서 한 생애가 서서히 저물어가고 있음을 느끼지 않을 수 없으리라.

문학 하는 행위가 바로 이처럼 반성적 행위일 수밖에 없는 것은 지극히 당연한 것이다. 고향 강의 끊임없이 흐름을 자각하는 것……이 자각의 상태가 정지된다면 나는 겨울처럼 얼어붙은 것에 지나지 않는다. 고향 강의 흐름이 나의 의식을 언제나 일깨운다. 이런 점에서 그것은 생명력의 근원으로 환원하게 하는 것으로 생각이 미치게 된다.

김복근의 「겨울 남강」은 생태학적 서정시에 가장 근접하고 있다는 점에서 (물론 후술하겠거니와) 전통 시조의 미학에서 인간의 본연지성을 잘 드러내고 있는 것이라고 평가되고 있다.

육질의 정보들이 애무하는 성감대에
떨리는 가슴 안고 나비처럼 들어갔다
지긋이 커서를 바라보며 마우스를 끌어 당겼다
내가 내 스스로를 찾아내기 위하여
보일 수 있는 건 다 열어 보이며
무정란 불빛을 따라가는 사이버 넓은 마당

자르고 보태고 풀어낸 생명 위에
네거티브 필름같이 꿈틀대는 저 천형의 몸부림
내 마음 더하기 위한 접속을 하고 있다.

—「인터넷」 전문

인터넷의 누리꾼들이 악플을 달고 있다는 것이 사회적인 문제로 떠오른 것은 어제 오늘의 일이 아니다. 가상의 광장인 인터넷을 통해 익명의 은밀함을 즐기는 후기 현대사회의 낙서족들. 이들이 남겨 놓은 모진 댓글들을 가리켜 시인은 네거티브 필름같이 꿈틀대는 저 천형(天刑)의 몸부림이라고 비유하고 있다.

언어로 소통해야 할 공간은 사이버 넓은 마당에 쏟아져 나온 언어의 무량한 배설물들로 오염되고 있다. 오염된 언어 환경 역시 생태학적 시심의 대상이 되는 것은 말할 나위도 없다. 김복근의 시조 「인터넷」과 같은 작품도 생태주의 시조의 연장선상에서 읽혀져야 하는 까닭이 여기에 있다.

인터넷이 새로운 형태의 언어 환경을 조성하고 있다는 게 분명하다. 대기와 시냇물이 오염되면 시야가 흐려지고 물고기들이 죽어간다. 언어가 오염되면 현실의 참모습이 모호해지거나 불분명해진다. 오염된 언어가 현실을 왜곡하고 파괴하기 때문이다. 오늘날에 공생과 협력의 생태언어관이 중시되고 있는 것이 상당히 시의적절하다고 할 것이다. 김복근의 「인터넷」 같은 작품은 생태언어관이 스미어 있다. 그는 이 작품으로 2000년 제17회 성파시조문학상을 수상하였다.

적의의 눈으로 그대를 지켜봄은
펑크 난 나의 일상 구부러진 좌표 속에
일몰이 가져다주는
알 수 없는 공포 때문

무심코 돌려대는
볼트와 너트처럼
나는 조이고 있다
때로는 풀리고 있다
감출 수 없는 아픔에
벼랑을 딛고 섰다

—「볼트와 너트의 시(詩)」 전문

인용한 「볼트와 너트의 시」는 관계론적 사유의의 그물망을 보여주고 있는 작품이다. 작자 자신은 이 작품을 두고 그의 박사학위 논문에서, 인간의 욕망을 가져다 준 문명의 폐해를 직시하면서 자신의 욕망에 대한 절제를 염원하고 있는 생태주의 시조로 규정한 바 있다. 조임과 풀림의 관계는 밀물과 썰물, 날숨과 들숨 등처럼 자연적인 상보 관계가 아니다. 그것이 인위적인 상보 관계를 맺고 있기 때문에 불안하고 두렵기도 하다.

천의 손 천의 얼굴 마그마로 타올라
너울대는 불의 눈 불의 혀를 마주하며
게송이 울러 퍼지는 해탈의 우담바라

사루고 풀어헤쳐 오롯하게 솟아오른
동자승 귓불 같이 빠알간 봉오리

광배를 두른 자비는 닫혔던 문을 연다

풀무질 불길 속에 가부좌 틀고 앉아
적멸로 태운 사리 선홍빛 만다라는
자연의 운율 맞추어
장엄한 시가 된다

—「화중련」 전문

주지하듯이 불교의 생태사상은 연기론에 근거하고 있다. 불교의 교리는 존재와 환경 사이의 관계론을 밝히고 있는 것들로 그득하다. 중생과 세간, 정보(正報)와 의보(依報) 사이에 철저하게도 상호의존적인 법칙이 엄존하고 있다. 이 작품 「화중련」은 아직 발표되지 않은 신작이다. 이 작품에 이르러 그는 불교적인 생태 사상에 근거한 생태주의 시조를 시도하게 된다.

신작 「화중련」의 경우는 앞서 말했듯이 본연지성의 절로의 미학에 값하는 생태학적 서정시의 입장에서 세계를 자아화한 경우라고 할 수 있다. 그림 속의 연꽃은 초월의 신비를 머금은 우담바라로 비유되며, 또한 천인합일을 상징하는 묘법(妙法)의 꽃이 된다.

조화와 융합의 질서정연한 세계는 인간사에서 찾기 어렵고 저 자연 속에서 발견해야한다. 그런데 자연마저도 파괴되어가고 있으니 이를 어찌할 것인가. 생명의 존엄한 원리를 체득하여 오염되고 파괴된 세상을 장엄한 꽃으로 꾸밀 수 있을 때 시조 시학의 생태학적인 완결성을 찾을 수 있을 것 같다.

3. 결여된 현실은 어떻게 채워지는가

환경은 본래의 그 모습을 유지하는 것이라면, 에코시스템은 조절과 형평의 관계를 중시하는 것이다. 오염된 환경, 파괴된 에코시스템은 우리에게 하나의 엄연한 현실이다. 시인들이 아무리 본래의 모습과 상태를 아름답게 노래한다고 해도 현실적으로는 우리에게 분명히 결여된 부분이다. 문학과 예술은 본질적으로 잃어버린 것에 대한 애틋한 그리움이요, 아름다운 결핍의 신화이다. 현실적으로 충족될 수 없는 부분을 그리워하고 노래하는 것이 생태학적 서정시가 아니겠는가.

김복근의 생태주의 시조는 생태학적 서정시로 환원되는 게 옳다. 많은 경우에 그의 시조는 적어도 환경 문제에 있어선 문명비판적인 포즈를 취하는 경우가 적잖다. 다시 말하면 본연지성의 시조보다는 기질지성의 시조를 선호하고 있는 셈이다. 언젠가 국문학자 조동일은 시조를 이와 같이 둘로 나누어 사유한 적이 있었다. 이기론(理氣論)의 철학에서 볼 때 본연지성이란 선험적인 천인합일의 이상론이다. 대체로 보아 이황과 정철 등의 사대부 시조는 본연지성을 노래한다.

이에 비해 기질지성의 시조 미학은 이런 데서 나오는 것이 아닐까. 사람 사이에 틈새가 생기고 관계가 악화되거나 갈등을 불러일으키고 지질(地質)에 의해 천인합일을 깨뜨리는 것에서 기질지성은 드러난다. 조동일은 방외인이나 기녀의 시조를 두고 기질지성에 근거를 둔 것이라고 적시했다.

오늘날의 문명비판시는 기질지성을 드러낸 것이다. 김복근이 제안한 용어 생태주의 시조라는 것도 기질지성이 의해 세계를 자아화한 것이다. 기질지성에 얽매이는 것을 두고 타락이라고 생각하는 사람의 입장에 서면 우리 시조사(時調史)는 일종의 타락의 역사이다. 기질지성이 의한 세계의 자아화 기도는 현대시조에 이르러 부쩍 많아진다. 해방기의 좌파 시조 시인과, 1960년대 이호우의 시조에서부터 드러나기 시작한다. 특히 이호우의 시조가 오늘날 각별히 주목되고 있다. 한국 군인의 목숨값이 3달러에 지나지 않는다고 풍자함으로써 월남 파병을 반대하는 내용의 시조를 쓴 「삼불야(三弗也)」, 핵실험을 반대하는 입장을 분명히 밝히고 있는 「비키니」 등은 새롭게 조명되어야 할 작품이 아닌가 한다.

시는 써먹을 수 없는 것을 활용하고 재활용하는 데서 묘미를 찾을 수 있다. 시는 현실적으로 우리에게 아무것도 해주지 못한다. 결여된 현실을 결코 충족시켜주지 못한다. 다만 우리는 시를 통해 꿈을 꾸게 할 따름이다. 김복근의 생태주의 시조가 기질지성에 다소 기울어진 감이 있지만, 그의 작품 속에는 우리가 현실적으로 충족할 수 없는 꿈과 그리움이 서정적으로 담겨져 있다. 외잡한 선정주의나, 건조무미한 풍경의 문명비판의 시각으로 황폐한 세계에 대한 꿈과 그리움을 담을 수 없기 때문이다. 없음에 대한 비원(悲願)은 슬프지만 그래도 아름다운 것이다.

생태학적인 시의 경관과 지역주의의 성취

1. 지역 시 정체성의 조건-역사, 언어, 경관

지역의 문학에 관한 최근의 관심은 국제적인 추세라고 할 수 있다. 물론 지역시는 가상의 개념에 지나지 않을 수도 있다. 경남의 지역시가 과거에 있었다면, 이것은 어디까지나 경남의 지역 연고를 가진 시인들의 시가 될 것이다. 이때 시인은 재지(在地) 시인이거나 출향(出鄕) 시인이거나 할 것 없이 지역의 특성에 적합한 시를 쓰면 쓸수록 지역시의 함량은 높아진다. 즉, 경남의 지역적 연고를 가진 시인이 경남의 지역성을 띤 시를 썼을 때, 우리는 이를 두고 일단 경남의 지역시라는 말을 사용할 수 있을 터이다. 경남의 지역시를 가능하게 하는 조건은 역사·언어·경관라고 할 수 있다.

경남 지역의 사적과 관련된 시들이 적지 않을 것이다. 민족과 이데올로기 등의 문제를 다룬 거대담론의 역사도 있을 것이고, 이것에 가려진 인간의 섬세한 내면 풍경을 다룬 이른바 미시사(微視史)도 있을 것이다. 전자의 경우에 역사 인물로는 김수로·문익점·조식·이순신·논개·

사명당·곽재우 등의 소재가 있을 것이고, 역사의 현장으로는 남해·낙동강·지리산·촉석루 등의 소재가 예상될 것이다. 실제로 전자의 경우와 관련하여 경남 지역시의 정체성과 성과를 보여준 사례들이 있다. 거대담론의 역사는 장시나 서사시와 같은 장르의 선택과 긴밀할 것으로 보인다. 이런 점에서 볼 때 일제 강점기 양우정의 장시 「낙동강」(1928), 김용호의 서사시 「남해찬가」(1952), 정동주의 서사시 「논개」(1985)는 경남 지역시의 뚜렷한 성과라고 할 수 있겠다.

지역 시의 정체성을 나타내주는 요인은 그 지역의 언어만한 것이 없다. 시인들은 이 점을 놓친다. 소설가가 소설의 대화에서 방언을 쓰는 것이 익숙한 관습으로 이미 오래 전부터 자리매김하였지만, 시인들은 시를 반드시 표준어로 써야 한다는 관습에 빠져 있다. 박태일의 「처서」에서 한 소년 상주가 울면서 주검이 된 아버지에게 건네는 말 '아부지 이제 가입시더'라는 시구를 표준어로 표현했다면 전혀 느낌이 달라졌을 것이다.

표준어는 의사소통을 원활하기 위해 만들어진 인공어에 지나지 않는다. 이것은 자연 언어가 지닌 생생한 느낌을 반영하기가 상대적으로 미약하다. 문학 작품에서의 방언의 사용도 특별한 효과를 낳는다. 특히 시에서의 방언은 말로 된 것이라기보다 하나의 말투인 것이다. 시에서의 방언의 가치는 표현적이라기보다 환기적인 데 있다고 하겠다.

문제는 경관이다.

나는 이병주 문학관의 세미나실인 이 자리에서 한 오년 전에 경남 지역 시의 정체성에 관해 발표한 바 있었다. 그때 지금 말하는 역사, 언어, 경관의 조건에 관해 제언하였는데 우리 지역의 국립대학교에서 시학 및 비평학을 가르치는 한 교수가 경관이 뭐라고, 하면서 냉소적인 반응, 노골적인 반론을 나타나 보인 적이 있었다. 그때 그는 경관을 눈을 통해 들어오는 시각적인 풍경이나 단순한 경치 정도의 개념으로 이해하고 있었던 거다. 경관은 풍경이나 경치만을 뜻하지 않는다. 오히려 인간적인 삶의 구체적 현장과 무관하지 않는 공간이다.

요컨대, 경관은 인간, 인문, 자연, 환경 등이 결합된 지리적인 앙상블이다. 다양한 요소들이 어울려 균형과 평형을 이룩한 하나의 시지각적인 총체의 상태이다. 여기에는 인간에 의해 부여된 특정된 장소성의 의미가 내포되어 있다.

이 원고는 내가 「넘쳐나는 시정의 부산」(『시와 사상』, 2007, 겨울) 이래 9년만에 문학지리학적인 경관의 시학에 관해 글쓰기를 시도한 것이다.

2. 최정규의 『통영바다』, 생태학적 문명비판시의 경관

최정규의 시집 『통영바다』(1997)는 생태학적 문명비판시의 경관을 전형적으로 드러내 보임으로써 지역 시의 한 성취 수준을 보여주었다. 1990년대 생태환경시의 주된 조류는 문명비판적인 흐름을 타고 있었다. 생태학적인 디스토피아의 세계를 부분적으로 보여준 최승호의 『세속도시의 즐거움』(1990)과, 이 세계의 외연을 더욱 확장시킨 이형기의 『죽지 않는 도시』(1994)이 있었다. 더욱이 이 시대는 시인 정현종이 메뚜기가 없는 적막한 들판을 가리켜, 생명의 황금 고리가 끊어진 불길한 고요임을 노래하던 시대였다.

최정규의 시집 『통영바다』는 길게 이어진 연작시 '통영바다'를 하나의 시집으로 묶은 것이다. 시작에서 끝까지 일관된 안목과 가치관을 보여주고 있다. 이것은 '통영바다'로 기호화된 황폐한 경관의 시적인 문제 제기가 매우 적나라하게 나타내 보이고 있다. 하나의 프레임 속에 제시된 경관 속에 생태학적으로 황폐화된 시대의 고통을 집약적으로 담고 있는 것이다.

> 꺼멓게 타들어가는 바다의
> 거친 숨소리가 들락거린다
> 막 잡아올린 고기 놓고
> 밥주발에 소주 부어 잔 돌리는 손으로
> 넙치 우럭 방어 농어를 키워내게 되었지만
> 듣도 보도 못한 항생제와 발육촉진제가 뿌려져
> 살아 오르는 바다를 뒤덮고 있다
> 눈여겨본 축양장 갈매기가 목을 놓아
> 끼룩끼룩 울어젖히는 해거름 속에
> 입항하는 고깃배를 보며
> 술집 여관이 손 내밀지만
> 어린 자식들이 통영바다 빛깔을
> 무슨 색으로 칠할까 두려워진다

—최정규의 「해거름 속에」 부분

최정규의 시집인 『통영바다』를 읽어보면, 아름다운 항구라서 한때 한국의 나폴리로 비유되곤 하던 통영바다는 1990년대에 이르러 해양 수질 오염의 대명사처럼 오손되어 있다. 시편 「해거름 속에」에 의하면, 그 바다는 듣도 보도 못한 항생제와 발육촉진제가 뿌려져 뒤덮인 바다다. 일반적으로는 볼 때 듣도 보도 못한 항생제와 발육촉진제가 뿌려진 바다란 어장을 말하는 것인데 입항하는 고깃배 운운 하는 것으로 봐서 시의 내용에는 서로 앞뒤가 맞지 않는 면이 있다. 입항하는 고깃배의 물고기가 어장에서 길어낸 물고기가 아닐 터인데 말이다. 다만 통영바다의 빛깔이 맑은 빛이 아니라는 사실은 1990년 이래 어김없는 현실이었던 것 같다.

냇가에 돌멩이조차 가을빛에 잠겨
고운 모습 내보이는데
우리 바다 원평리 바닷가는
번져 나오는 산폐물에 갇혀
씨고기들의 애달파하는 버둥거림 위에
찬 빗방울만 내리고 있다

—최정규의 「찬 빗방울만」 부분

생태학적인 시, 즉 생태환경시는 오손된 자연, 파괴된 생태계를 사실적, 풍자적, 상징적으로 묘사함으로써 오손과 파괴의 주체인 인간을 고발하는 시다. 위에 인용된 시 「찬 빗방울만」은 오손된 바다, 파괴된 자연의 평형 상태를 기인하게 한 주체인 인간을 신랄하게 고발한다. '씨고기들의 애달파하는 버둥거림'에서 자연 평형의 어그러짐을 잘 엿볼 수가 있겠다. 이 시에서, 인간을 구체적으로 적시하고 있지 않지만, 인간이 필요에 따라 만들어서 버린 산업폐기물이 인간을 대신하는 시어로 사용되고 있다.

포구에 띄워놓은 배들을
부모형제 같이 보듬고 살았던 통영 사람들은
눈뜨고 눈 붙이는 순간까지
분주하게 드나들던 객선들의

뱃고동 소리에 세월 꿰며 살아야 했다
새벽별 안고 물칸 채운 똑딱선들이
부우새 헤치며 아침 저자 보러
달려오는 숨소리에 잠깨게 되고
어판장 객주집 경매 소리와 진해 마산 가는
창영호 신천호 동일호 뱃고동 소리가
해장국 뚝배기 속에 담겨질 무렵이면
동녘해는 저만치서 떠오르고
장꾼들의 손길은 마냥 바빴다.

(……)

다투듯 울리는 뱃고동 소리에
극장마다 낮 영화는 다시 막이 올랐고
한일호 복운호의 뱃고동 소리가
강개미 섶에 맺힐 때면
조선소 방파제에는 갯바람이 드리웠다
동피랑 집집마다 알전구에 불 들어오고
괭이 바다 거쳐 장개섬 휘돌고 들어서는
금성호의 뱃고동 소리가
뱃머리에 마중 나온 사람들을
손손이 어루만져 주고 나면
밤배 태안호 뱃고동 소리는
부둣가 여인숙방 이불 속에 찾아들었다
멘데에서 굴다리에 이르기까지
속속들이 배어 있는 뱃고동 소리에
태를 묻고 셈들고 나이 들었던 통영 사람들
이젠 어느 소리에 세월 묻고 있는지
스스로 얼굴 붉히며 고개 흔드는 통영바다여

—최정규의 「뱃고동 소리에」 부분

인용된 시 최정규의 「뱃고동 소리에」는 생태학적인 문명비판시의 경관 개념을 잘 드러내 보인 것이라고 할 것이다. 뱃고동 소리는 본디 청각적인 심상의 소재이지만 여기에서 시각적으로 적절히 활용, 내지는 재활용되고 있다.

이 시의 재미있는 점은 로칼 칼라에 있다. 부우새와 강개미는 새 이름과 개미 이름처럼 보이지만 이 낱말들은 그 방대한 국어사전인 표준국어대사전에도 등재되어 있지 않다. 통영의 지역어(방언)이기 때문이다. 부우새는 날이 막 밝을 무렵을 말하며, 강개미는 저녁 해가 진 뒤 차츰 어두워지는 때를 말한다. 토막이말로 된 멘데는 해안길이 나 있는 통영의 땅이름이며, 반(半)토착어인 동피랑은 동쪽 벼랑을 뜻하는 통영의 땅이름이다. 순전한 토착어인 진주의 새벼리는 동피랑과 같은 말이 된다. 비랑과 벼리는 표준어 벼랑에 해당되고 한자어로 말하면 단애(斷崖)에 걸맞은 표현이 된다.

지역 색이 짙은 언어의 사용에도 불구하고 「뱃고동 소리에」는 '스스로 얼굴 붉히며 고개 흔드는 통영바다'의 통절한 현존을 말한다. 시의 화자는 자신의, (혹은, 통영 사람들의) 추억 공간 속에 들앉아 있는 통영바다를 회상함으로써, 기대하지 않고 바람직하지 않는 현실에 적극적으로 대비시킨다.

추억 공간 속의 통영바다는 뱃고동 소리에 소롯이 잠겨 있다.

번성하기도 하고 번화롭기도 하던 통영바다는 한때 남해안 일대에 있어서 물류 유통과 수로 교통의 요지였다. 자연과 인간이 조화를 이루던 경관을 보여주었던 곳. 하지만 지금은, 뱃고동 소리에 태를 묻고 셈들고 나이 들었던 통영 사람들조차 얼굴 붉히며 고개 흔드는 통영바다다.

1997년에 간행된 최정규의 시집 『통영바다』는 최승호의 『세속도시의 즐거움』(1990)과, 이형기의 『죽지 않는 도시』(1994)를 이은 1990년대식의 생태학적 문명비판시이다. 생태학적 문명비판시가 지향하는 것의 끝 간 데에 세계의 종말을 예언하는 묵시록적인 시의 세계가 존재한다. 시집 『통영바다』가 조금 앞선 시기에 나온 두 시집에 비해 비판의 강도가 좀 덜한 것은 사실이다. 하지만 주제의 범위가 구체적인 지역을 배경으로 삼고 있다는 점에서, 장소·장소성·장소상상력이라고 일컬어지는 바, 유의미한 시적 공간의 감수성에 값하고 있는 사실도 놓치지 않고 세심하게 살펴보아야 하는 부분이다.

3. 배한봉의 『우포늪 왁새』, 생태학적 서정시의 경관

배한봉의 시집인 『우포늪 왁새』(2002) 역시 경남 지역의 경관을 시의 소재로 삼았다. 이때의 지역의 경관은 지질학적인 특성을 나타내 보이는 경관이다. 한 이십 년 전부터 경남 지역의 지질학적인 특성을 매우 돋보이게 하는 공간은 말할 필요조차 없이 우포늪이라 할 수 있다. 이것이 생태환경의 관심사가 되어가는 과정에서 그 시집이 때를 맞추어 상재되었으니 생태 환경에 관한 한 지역 시의 상징이 된 것은 이루 말할 수가 없다.

가을이면 어김없이 연출하는 억새의 장관, 온통 가시가 박힌 지름 1m가 넘는 둥그런 이파리가 진흙을 그대로 묻힌 채 늪을 덮는 붉은 보랏빛의 가시연꽃이 있는, 희귀 수생식물만 해도 1천 200여종이 서식하고 있다는 우포늪. 이것은 수천만 년 전부터 숱한 생명체들이 생멸을 거듭

한 살아있는 자연사 박물관이다. 여기에는 모든 생명체가 상생과 공멸을 거듭하는 연기(緣起)의 법칙이 존재하고 있다.

1960년대와 1970년대에 6·25의 후유증과 산업화 과정으로 인해 고향을 상실했다는 소시민 인식이 반영된 가상공간으로써 무진(霧津)과 삼포(森浦)가 각각 그 시대의 상징성을 얻고 있었다. 김승옥의 「무진기행」과 황석영의 「삼포 가는 길」이 바로 그것이다.

그런데 1980년대부터 가상공간은 사라지고 구체적인 삶의 현장이 동시대 문학의 한 부분을 기호화하는 경향이 없지 않았다. 1980년대 이래의 '광주'와, 1990년대 이래의 '압구정동' 이 그 대표적인 사례라고 할 수 있을 것이다. 이러한 맥락에서 볼 때 21세기의 문학 공간으로 상징적인 기호의 힘을 가지고 있는 것이 '우포늪'인 셈이 된다. 우포늪은 21세기 문학의 절망과 희망이 교차하는 인간적인 상징의 공간이다.

우포늪의 겨울 밤하늘은 철새 울음으로 가득 차 있다.
기러기, 고니, 쇠오리, 백로, 흰쭉지, 댕기물떼새
울음 한 곡조에서 별 하나씩 태어나고
지상에는 잠 못 드는 가장들의 뜬눈이 집집마다 등불로 매달린다.
구조조정에 칼바람 맞은 쑥새 가족의 눈물 등불
지난여름 폭우에 일년 농사 다 망친 물닭 가족의 눈물 등불
하늘로 가면 길이 보일까, 등불 하나씩 꿰차고 날아오른 우리들 웃음이
동천 가득 찬 별로 돌며 지상을 내려다본다.
무엇이냐, 눈에 귀만 열리는 밤
울음은 하늘에 묻고, 몸도 지상에 남아
날개 푸덕이며 밤을 지새는 가창오리, 청동오리, 개똥지빠귀……. 이 시대 우리들의 얼굴은

—배한봉의 「지상의 별」 전문

이 시에서 우포늪은 우리의 삶의 현장과 유리된 생태 공간이 아니다. 바로 우리가 살아가야 할 삶의 터전으로서의 '오이코스'인 것이다. 10여 년 전부터 우리 시단에 생태환경시가 새로운 주류를 형성하였는데 이 시도 이 범주에 해당한다.

배환봉의 시집 『우포늪 왁새』(2002)는 우포늪을 소재로 한 시편들만 모아서 시집 한 권으로 묶어놓은 것이다. 이 시집은 독자로 하여금 생명 공동체인 우포늪의 살냄새를 느끼게 하는데 기획되었다는 점에서 교훈과 도덕적 엄숙의 의도가 개입되어 있다는 문제점도 지적될 수 있겠지만, 최근 10년에 걸쳐 경남의 지역시가 일구어 낸 최대의 성과가 아닌가 하는 데는 이견의 여지가 없으리라고 보인다.

시의 사회학, 에로스의 시학

1

성 · 성성(sexuality) · 성행위 · 성적 이미지 등등은 도대체 무엇인가. 이러한 것들은 추잡한 것의 산물인가, 지선지미한 것의 표현인가. 권력 메커니즘에 의해 제도화된 억압의 담론인가, 아니면 억압으로부터 인간성의 자율을 구현하기 위한 정치적 해방 이론인가. 오늘날에 있어서 성은 왜 중요한 논의의 대상이 되고 있는가.

마흔 나이에 특별한 연애 경험도 성 경험도 없는 사내가 있다고 하자. 그는 어쩌면 실패한 인생인지도 모른다. 남성 사회에서는 너무도 초라하고 왜소한 존재임에 틀림없다. 성에 관한 한 견인주의자라고 해도, 성에 관해 아무리 무지한 소년 소녀들이라고 할지라도, 성을 현실적으로 철저히 금기시하는 수도자라고 할지라도, 성이 종족 보존의 인간적 본능을 채워주는 것이라는 사실 정도는, 완벽한 성 행위가 튼튼한 이음새를 통해 한 치의 오차도 없이 서로 맞물려 교접의 합일에 도달하는 것이라는 사실 정도는 안다.

우리는 성에 관한 한 참으로 어지러운 모순의 세계에 살고 있다. 성은 가장 인간적인 갈망이 내포된 아름다운 가슴 설렘이 되기도 하고, 후기 산업사회에서 인간의 무한한 욕망이 극한으로 분출되는 수단이 되기도 한다.

성이 고전적 의미의 (특히 중국식 표현으로) 성사(性事)일 때, 그것은 가장 자연적이고 우주적인 오묘한 이치가 깃든 성사(聖事)의 한 인간적 표현일 수도 있다. 음양설·궁합·소녀경 등으로 이름되는 저 유현한 동양적 성사! 그러나, 오늘날 우리에게는 그것이 너무도 무분별하고 지극히 세속주의적인 이미지로 우리의 생활 주변에 깊숙이 파고들고 있거나 산재해 있다.

광고 등의 대중 매체를 통한 성 이미지의 선정적인, 아니 선동적인 자극은 대중의 욕망을 획일적으로 대량 조작하고 평준화시킨다. 중년의 남정네 중에서, 지나가는 처녀가 흔들어대는 탄력성 있어 보이는 엉덩이를 흐뭇이 눈요기하지 않는 남정네 누가 있으랴. 그럼에도 '엉덩이가 예쁜 여자' 운운하면서 섹스어필로써 여성을 상품화하는 기도에 대해서는 혐오감을 갖게 된다. 이 혐오감이 확산될수록 마침내 대중의 욕망은 정당한 비판 능력을 상실하게 된다.

이제 성적 욕망을 부추기는 이미지의 표현 전략은 도처에 영향력을 행사하고 있다. 풍문과 소유욕을 제도화하는 광고에서부터, 인간의 심오한 정신세계를 반영하는 예술에 이르기까지 드넓게 확산되고 있다. 문학의 경우에서도 마광수·하재봉·장정일 등의 성 텍스트가 범람해도 이른바 성(性)문학성을 판별할 수 있는 진정한 비평적 가치 기준이 마련되어 있지 않는 것도 매우 유감스런 일이다. 그들은 모두 시와 소설의 형식을 통해 인간의 성적 욕망을 여과 없이 분출시키는 데 앞장을 선

사람들이다. 문학에서의 성 표현의 리얼리티는 한계가 있다. 문학은 이것을 시각적인 엿보기(voyeur)의 형태로 보여줄 수 있는 미술·조각·영화 등과 달리 관념적인 형상으로 드러낼 수밖에 없다. 그럼에도 불구하고 그들은 지극히 감각적인 표현 전략을 통해 대중을 무감각한 존재로 획일화시키려 했다.

물론 그들의 작품 중에 유의미한 부분도 있을 것이고, 또 유의미한 부분을 무시해버리려는 독자의 수용 태도도 문제가 있을 것이다. 가령 마광수의 「즐거운 사라」가 십중팔구 무의미한 내용으로 이루어져 있어도 십중의 일이는 유의미한 부분인데, 독자들은 이 점에 대해 매우 인색하다. 우리는 읽지 않고 비판하면서 여론 재판에 참여하거나 막연한 선입견으로 재단하지 않았는지를, 읽어도 한편으로 은밀히 향유하면서 한편으로 공공연히 비판하는 이중적인 모순에 빠지지 않았는지를 반성해야 한다.

그런데 화제를 전환해 문학에 있어서 성적 표현 전략이 왜 문제점이 있는지 논의되는가를 살펴보자. 논의의 방향은 여러 갈래로 나누어지겠지만, 한 마디로 말해 그것이 뿌리 깊은 남근주의(phallicism)에 의거하고 있다는 사실이 문제점의 요체라고 생각된다. 이것은 우리 사회의 범람하고 있는 성 개방적 풍조라는 사회 현상과도 직접적으로 연결되어 있다. 왜 문학에도 성의 이미지가 파고들고 있는가. 왜 우리 사회에 성의 문제가 드넓게 확산되고 있는가. 나는 대체로 세 가지 관점에서 이해하려고 한다.

첫째, 남성적 지배욕의 재무장화에 두고 싶다. 유교적 가부장제와 근대 시민사회의 청교도적 가부장제는 '남근주의'로 대표되는 전통적인 지배 이데올로기의 성격을 띠고 있었는데, 가정과 사회에서의 남성적 역할이 축소됨으로써 남성들은 남근중심적(phallocentric)인 성 모럴을 유지하기 위해 여성의 상품화를 즐김의 대상으로 이용하고 있다.

둘째, 사회가 복잡해지고 문명이 거대화되면서 남성들의 심리에 두려움과 불안이 깃들기 시작했다. 갈수록 왜소화되어 가는 남성의 자의식에 스며들고 있는 그 이면의 심리 현상이 성욕을 부추기는 사회 현상에 반영되어 있다는 것이다.

셋째, 창작에 종사하는 사람은 쾌락지상주의 즉 이른바 '포로노토피아'에의 선망에 빠져있는 우매한 대중을 선정적, 선동적으로 자극함으로써 한탕주의적인 짭짤한 재미를 맛볼 수 있다. 보이지 않는 욕망의 유통 구조를 잘 이용하면 소위 떼돈을 벌 수 있다는 상업주의적 환상이 이미 사회 구조 속에 얽혀져 있는 것이다.

이 세 가지 관점에서, 우리 사회는 성과 성 담론의 생산성을 제고하고 있는 게 아닌가. 만약 그렇다면, 그 원인을 한 마디로 집약한다면 전세계적으로 아직까지 뿌리 깊게 남아있고, 또 만연해 있는 남근주의의 전통 속에서 찾아야 할 것이다.

나는 얼마전 윤혜준의 「포르노에도 텍스트가 있는가」라는 글을 읽은 적이 있다. 그는 에이드리엔 리치(Adrienne Rich)라는 레즈비언 여성 시인이 쓴 시-그것도 여성 간의 성 행위를 묘사하고 있는 「The Floating Poem」을 예로 들면서, 오히려 남근중심적 포르노와 포르노의 남근주의를 벗어날 때 인간의 성 표현과 성 체험의 가능성은 진정 해방될 것이다.[1] 라는 주장을 폈다. 매우 흥미롭고도 유효한 발상이라고 생각했다.

때마침 근래, 성을 주제로 삼은 두 권의 시집이 출판되었다. 여성

---

1) 『사회비평』, 제13호, 1995. 하반기, 116면.

시인에 의한 점에서도, 남근주의적인 성 의식과 성 모럴을 벗어나고 있다는 점에서도 매우 유의미한 시집이라고 생각되어 간단히 짚어보기로 한다.

2

백미혜의 『에로스의 반지』(민음사)와 김언희의 『트렁크』(세계사)는 성과 성 문제가 범람하는 오늘날의 세태 속에서 어렴풋이나마 여성으로서의 삶의 정체성에 대한 질문과 문제의식을, 성적 이미지의 표현을 통해 던져 주고 있다. 물론 두 사람의 표현 전략은 전혀 상반되게 나타나고 있다.

에로스란, 본디 정신적 사랑을 의미하는 용어였다. 오늘날의 용법에 의하면, 그것은 섹스라는 유희적 행위에 의해 탐욕을 배설하는 것 정도의 뜻으로 쓰이고 있다. 백미혜 시집의 주제어로 등장한 이 말은 옛 그리스에서 사용된 의미와 분위기를 복원하고 있는 것 같은 느낌을 주고 있다. 이 느낌은 시집의 해설을 쓴 평론가 김주연의 말에서도 잘 드러나 있다.

> 육체적 사랑은 정신의 깊이를 확인해 주고, 그것은 세계와 생명에 대한 넓고 겸허한 인식, 곧 겸손을 가르쳐 준다.(……) 에로스는 정신과 더불어 있을 때 아름답다는, 한동안 상실된 것처럼 보였던 이 고전적 명제를 그의 시는 확인해 준다.[2)]

---

2) 백미혜 시집, 「에로스의 반지」, 민음사, 1995. 116~117면.

백미혜는 개인전을 여섯 차례나 연 화가이기도 해서 그런지는 몰라도 성을 탐욕적으로 생각하지 않고 매우 탐미적인 것으로 그리고 있다. 마치 생명의 외경에 대한 감사를 표하는 심정과도 같이 경건하게 말이다. 주지하듯이, 서정시는 이질적으로 대립된 세계를 감싸 안음으로써 합일하고자하는 성향을 밀도 있게 지니고 있는바, 그의 시 역시 서정시가 지향하는 장르적 특성을 십분 드러내면서, 남성과 여성, 육체와 영혼, 아니무스와 아니마, 자아와 세계 등의 상충하는 세계를 시적 일체감, 즉 말하자면 오르가즘 속에 융해시키고 있다. 그것은 생명을 잉태하는 새로운 열림의 세계라고 말할 수 있으리라.

> 키를 맞댄 한 묶음의 / 무지개 다발들이 / 서로의 미끄러운 몸 위로 흘러 / 곡선으로 굽어들다가 / 돌연 직선으로 솟구치기도 했어요 // (……) // 나는 눈치 챘어요. / 내 닫혀 있던 자아(自我) 낱낱이 열리고 / 부서져서 둥글게 다시 모이는 / 한 세상, 크고 크신 한 열림 / 예감했어요.
>
> ―「꽃 피는 시간」 부분

> 내가 너에게 / 네가 내게 오고가는 것이었지만 / 내가 내게 / 네가 내게 오가는 것이기도 하다. // 그 오고감이 / 수많은 밀실을 만들게 하고 / 그 밀실들마다 / 숨결과 체온을 섞어 / 끼얹었던 땀흘림 // 내 정신이 핥았던 / 너의 불타는 몸마다 / 김처럼 솟구치던 열기, 그 냄새 / 그 퍼덕임
>
> ―「백일홍」 부분

두 작품 모두 꽃을 소재로 하고 있다. 시인 백미혜의 눈에는 꽃으로부터 동물적인 관능의 상상력을 빚어내고 있다. 그는 성 이미지를 시의 영역으로 끌어들이되 남근주의적 섹스 이미지를 최대한 배제하여 독특한 아름다움의 세계를 발하고 있다. 그에게 있어서 성사(性事)란 성사(聖

事)와 같은 것. 껄끄러운 이질감마저 해소된, 그리하여 꽃의 가장 완벽하고 순수한 상태에 도달할 때 우리는 문자 그대로 이른바 정화(精華)라고 표현할 수 있지 않을까.

반면에, 김언희는 비루하고도 위악적인 이미지를 거느리면서 삭막하고도 엽기적인 풍경을 드러내고 있다. 백미혜 시집의 표제 '에로스의 반지'가 그러하듯이 그의 시집 표제인 '트렁크' 역시 여성의 생식기를 상징하고 있다. 에로스의 반지니, 비너스의 삼각주니, 심산유곡(深山幽谷)이니 하는 등속의 표현은 문화적인 관습의 상징물이지만, 여성의 생식기를 가리켜 "지퍼를 열면 / 몸뚱어리 전체가 아가리가 되어 벌어지는" 또는 "토막난 추억이 비닐에 싸인 채 쑤셔 박혀 있는" 등으로 형용되는 '이 가죽 트렁크'야말로 매우 개성적이고 참신한 표현이라 아니할 수 없다. 김언희 역시 백미혜처럼 식물적 성사(性事)의 이미지로부터 비롯하고 있지만, 그의 의도는 지극히 속사(俗事)의 차원으로 타락해 있으며 생성이 아닌 사멸로 향해 치닫고 있다.

> 죽어서 / 썩는 / 시취(屍臭)로밖에는 너를 / 사로잡을 수 없어 // 검은 시반(屍班)이 번져가는 몸뚱어리 / 썩어갈수록 참혹하게 / 향그러운 // 이 집요한, 주검의 / 구애를 // 받아다오 당신
>
> —「모과」

> 자웅동체 / 암수 한 몸 / 지척지간 한배 새끼 / 나는 나와 / 생피붙는다 / (불륜의 향기는 코를 찌르고 목을 조르고 눈구녕을 / 후벼파고) / 씩씩서리는 / 향기의 / 여섯 발굽에 비끌어매여 / 이토록 / 찢어지고 있는 / 육시처참의 나는
>
> —「백합, 백합, 백합」

김언희에게 있어서 성사란, 잔인하리만치 비극적인 고통의 축제와 같다. 백미혜는 이것을 긍정적인 아름다움의 세계로 이끌어가면서 생명의 외경에 감사하는 마음을 잘 추스르고 있지만, 김언희는 죽은 자가 산 자를 겁탈하는 백주의 시간(屍姦)을 구가하고, 인간을 살아있는 시체로, 세계를 고깃덩이가 내걸린 정육장의 진열장으로 비유력을 거침없이 구사해내고 있다. 그 도도한 오도성(誤導性), 그 도착적인 폭력성, 피·가학적인 학대로 그득한 욕정의 이미지 등은 그의 비극적인 세계 인식을 잘 말해주고 있다.

그러나 백미혜처럼 김언희도 남근주의적인 세계상을 비판하고 있다. 비판에 관해서라면 김언희의 경우가 훨씬 맹렬하고 강도가 높다. 후기 산업 사회에 만연해 있는 남근중심적인 가치관과 이로부터 기인된 왜곡된 욕망을 향한 비판, 요컨대는 여성이 결코 성의 도구가 될 수 없다는 강렬하고도 강고한 외침 같은 것이 행간에 짙게 배어있다.

김언희는 우리를 숙연케 하고 성찰케 한다. 그의 시를 읽어보면, 성이 무조건적인 기피의 대상이 아니라는 것, 성의 깊이를 들여다보면서 성을 수단화하는 사회적 억압 메커니즘을 까발려야 한다는 것, 이것에 길들여져 은폐되어 있는 온갖 인간적 진실을 복원해야 한다는 것을 깨닫게 해준다. 김언희의 시를 자세히 읽으면, 성이 동물적 본능이라기보다는 일종의 인간적 본능이며, 그래서 문학의 한 부분으로 수용되어야 할 당위성이 느껴지기도 한다. 여기에 상업주의의 환상이 틈입할 여지는 전혀 없다.

3

문단에는 차세대 시인—비평가로 각광을 받을 한 젊은 여성이 있다. 그 이름은 허혜정이다. 허혜정은 월간 『현대시』 2월호에 10편의 시를 발표했다.

이번에 발표된 허혜정의 시는 그의 풋풋한 장광설, 돌발적으로 변주되는 생소한 이미지, 신성 모독인 근친상간 및 우상 파괴적인 근친살해 모티프 등등으로 인해, 우리에게 신선한 충격을 부여하고 있다. 강한 울림으로 와 닿는 바 "날카로운 손톱이 음부에 박히죠."와 같이, 잉게마르 베르히만의 영화 「외침과 속삭임」에서의, 훗날 페미니스트들로 하여금 분노케 한 여성적 자해 이미지, 검은 아내, 검은 악몽, 검은 핏줄 등으로 이어져 가는 비밀스런 부정(不貞)의 이미지 등에 힘과 패기가 실려 있다.

평론가 오형엽은 허혜정의 열 편의 시를 두고, 완전하고 충만한 상태가 아닌 결핍되고 거세된 남근의 이미지로써 억압의 실체인 부성(父性)의 세계를 비판하거나, 고도 산업사회의 물질문명 속에서 본래의 건강성이 박탈된 현대인의 왜소함을 통해 남성중심주의와 이성중심주의의 이데올로기를 파괴하고자 했다고 밝히고 있다.[3]

그렇다.

허혜정은 남성적 문명의 폭력성에 의해 찢어질 대로 찢어진 현대인의 불구의 몸짓, 혹은 그 사악한 흉상(凶狀)의 기형성을 성의 신비주의를 통해 여실하게 드러내고 있다. 이를테면 그로테스크 리얼리즘이라고나 할 수 있을까. 저 도시의 정관절제당한 밤의 환관, 홀쭉한 뺨과 쪼개진

---

3) 『현대시』, 1996. 2, 209~213면.

남근의 망나니, 나의 절름발이 아들에게 살해 당한 아버지, 구부러지지 않는 손가락을 겨드랑이에 낀 육손이, 제거된 성대로 신음을 흘리는 불독 등등은 황폐한 불모의 세계에서 그가 공들여 형상화하거나 탈근대적으로 투사한 인간상이다.

허혜정의 에로스는 저편 저주의 피안에 존재하고 있다. 성을 신화의 공간에서 얘기하고 있다는 사실이 한편으론 관점에 따라 약점으로 지적되지는 않을지 모르겠다. 그러나 분명한 것은 거칠게 분출하는 그의 시적 대응력, 즉 여성시인으로서의 관례적인 문법적인 틀에 도전하는바 '힘을 부수는 힘'은 강점으로 지적되어야 할 것이다.

최근 20년 사이에 미국 사회에서의 여성의 평균 수입이 5배나 늘었다고 한다. 전세계적으로, 여성의 사회 진출은 급속히 확산되고 있는 중이다. 이제 여성에게 있어서의 '신데렐라 콤플렉스'는 시대착오적인 낡은 용어가 되어가고 있다. 기득권층인 백인 남성은 이에 위기를 느끼면서 저항하며 보수주의를 재무장화했다. 이것이 저 80년대의 레이거노믹스, 또한 '람보'적 신화의 허상이 아니겠는가.

지금도 세계 곳곳에는 남근주의적 신화의 허상이 존재하고 있다. 엽색의 미덕이 찬미되는 변강쇠 시리즈, 여성 공유에 대한 남성적 꿈의 표상인 애마부인 시리즈, 아놀드 슈왈즈네거 근육질의 빛나는 파괴력, 걸프전 승리의 기념탑 등등과 같은……. 여성의 정체성이 온전히 확보되지 않는 한, 남근주의에 대한 여성 시인의 시적 대응력은 지속될 것이다.

*부기 : 이 글은 21년 전인 『시와 사상』, 1996년 봄 호에 발표한 글이다. 그동안 단행본에 실리지 않아 이번 기회에 조금 수정해 실었다.

제3부

시단의 현장
: 신작시와 시집의 해설

일상성日常性의 시학에서 관조의 미학으로

최영철의 신작시 · 1

1

최영철 시인은 비판과 적의를 좀처럼 잘 드러내지 않는 시인으로 정평이 나 있다. 그렇다고 그는 속말을 능청스럽게 감출 줄 아는 시인인 것도 아니다. 시인이 시적인 대상에 대해 속 시원히 곧이곧대로 시비를 거는 것이 옳으냐, 변죽을 울리면서 속엣말을 감추는 것이 옳으냐 하는 문제는 가치의 쟁점에 속하는 문제이다. 최영철 시인이 이완된 듯한 일상의 삶 속에서 언어의 긴장감을 추구하는 시인이라는 인상이 평소 나에게 강하게 남아 있었다. 그런데 신작 「소름 돋는 봄」은 직설의 어법이 드러나 의외의 각별한 느낌을 주고 있는 작품이다.

기름값이 내리고 독재자의 동상이 쓰러지고
거기 솟은 꽃의 색깔이 너무 붉다
피고름에 잘 듣는 가루약처럼
폭격 멈춘 사막 위로 무역상의 전단지가 뿌려진다

(……)
두 다리 잘린 소녀
웃는 것도 우는 것도 아닌 표정으로
점령군이 던진 빵 조각을 씹고 있다
사막에서 날아온 검은 재가
자꾸만 빵 조각에 달라붙는다
소녀의 잘린 다리에도 소름이 돋는다

―「소름 돋는 봄」 부분

인용된 시 「소름 돋는 봄」은 최근의 일을 다루고 있다. 최근의 일 중에서 세계사적인 의미의 무게를 지니고 있는 이라크 전쟁에서 시적인 취재를 시도하고 있다는 점에서 그의 시로서는 예외적인 시사성(時事性)을 갖는다고 하겠다. '피고름 잘 듣는 가루약'이란 개성적인 수사의 제시가 참신함을 띄고 있지만, 작품의 배후에 깔려있는 반전의 생각은 예사롭다. 물론 직설의 화법이 직정(直情)을 절제하지 못하는 것은 아니지만, 만신창이가 된 세계에 찾아온 봄은 그 폭력성으로 인해 소름이 돋는다? 소름은 춥거나 무섭거나 징그러울 때 돋아나는 피부의 거부반응이다. 요즘 아이들이 자주 말하는 소위 '닭살'과 같은 것이다.

소름이 돋는 봄이란, 더 이상 자연의 아름다움이 노래되지 않는다는 것. 봄을 통해 자연의 순환적인 쾌미감을 감수할 수 없는 인위적인 재해인 전쟁은 인간들로 하여금 강박의 관념과 공포의 의식 속에 매몰시키고 만다. 최영철의 의도는 대충 이런 것이었을 터이다.

2

최영철의 시를 읽으면 문득 떠오르는 것이 하나 있다. 그의 시는 소박하게 아름답고 질박한 쓰임새를 지닌 일상의 용기(溶器)와도 같다. 그의 그릇에는 그리 크지도 않고 작지도 않은 일상사의 얘깃거리가 담겨져 있다. 그렇기 때문에 그의 시는 크기가 알맞은 일상성(日常性)의 그릇이라고 비유적으로 표현될 수 있겠다.

우선 그는 일상의 삶으로부터 사라져 가는 것에 대해 애틋함을 느낄 줄 아는 시인이다. 삶의 후미진 주변부에 서성이면서 사람의 살림살이에 짙게 배여 있는 사람다운 몸냄새가 사라져 가고 있는 것을 안타깝게 여기고는 하는 시인이다. 이번에 발표된 시 중에서 「철거지를 지나며」는 이러한 정감을 다시 한 번 느끼게 하기에 충분하다.

코딱지만한 부엌 단칸방 가득
솔솔 피어나던 따습던 저녁이 없다
오랜만에 걸어보는 길
희미한 외등만이 비추는 철거지는
여남은 집 어깨 나란히 하고 오순도순 살던 곳
쌀 한 됫박 연탄 한 장 빌리러 갚으러 가서
절절 끓는 아랫목에 발 집어넣던 곳
한글 막 깨친 아이 하나
밥상 위에 턱 괴고 앉아 소리 높여 글 읽던 곳
희미한 외등 따라 내 그림자만 길게 늘어졌다
고단한 생의 흔적이 말끔하게 지워진 길
한 발 두 발 내 구두 소리만 흥얼댄다
일가족 칼잠으로 누웠던 머리맡 밟으며 간다

—「철거지를 지나며」 부분

한때 우리의 생활 주변에는 서로의 등을 기대어 웅크림의 앉음새로 빼곡히 붙어 있는 무허가 주택들이 있었다. 어느 날 갑자기 이러한 집들이 철거되고 새로운 길이 생기고 길가에는 번듯한 현대식 건물이 들어서는 것을 우리는 익히 보아왔다. 시인 최영철도 사람살이들 사이로 나 있는 구불구불한 골목길을 걸어 다녔으리라. 이 골목길을 시인은 '고단한 생의 흔적'이라고 말하고 있다. 이러한 삶의 흔적들이 지워진 자리에 새로운 길이 난다. 비록 가난하지만 그 골목길에는 인간들의 체취가 짙게 배어있고 이것이 사라진 자리엔 규격화된 실용적인 삶의 양식으로서의 새로운 길, 새로운 살림살이의 모형을 암시하는 길이 생겨나 그를 안타깝게 한다. 시인은 자신이 걷고 있는 철거된 땅이 더 이상 쓸모없는 삶의 양식을 의미하는 것인가 하고 시의 행간 속에서 강하게 반문하고 있다.

> 우리 집 앞을 지나가는 칼 가는 아저씨
> 칼 가시오 칼, 말을 높이지도 않고
> 칼 갈아라 칼, 하고 말을 턱턱 놓고 다니네
> 잠 덜 깬 채 그 소리 들으며 오금이 저려오네
> 칼 가는 아저씨 그렇게 외치고 다녔는데도
> 오랫동안 칼 갈지 않았네
> (……)
> 내 칼에 번득이는 건 시퍼런 날의 섬광이 아니라
> 푸르죽죽 끼기 시작한 녹이라는 걸 알아버렸네
> 무엇이든 단번에 베어 넘길 날이 아니라
> 눈꼽처럼 앞을 가리기 시작한 녹이라는 걸 알아버렸네
>
> —「날과 녹」 부분

시인의 일상적 삶 속에 놓여 있는 칼은 식칼인 듯하다. 이 칼은 사용하지 않아 무디어지고 또 무디어져서 녹이 생겨 아주 사용할 수 없는 듯한 칼이다. 쓰임새를 다한 용도 폐기의 사물에 대해 애틋한 아쉬움이나 애정 어린 눈길을 주고 있는 것을 소재주의적인 측면에서 볼 때 최영철의 시가 가지는 하나의 장기라면 장기가 될 수 있었다. 『가족사진』 등의 오래된 시집에 실려 있는 작품들, 예컨대 낡고 볼품이 없는, 딸아이가 잃어버린 신발 한 짝을 생각하면서 그리움의 정서를 적절하게 환기시켜주고 있는 「그리움을 위하여」가 그러한 성질의 것이리라.

서슬이 시퍼러서 섬광의 빛이 감도는 것은 실용적인 삶의 양식이다. 이것은 일상의 자아를 하여금 늘 쇄신과 경신을 요구하게 한다. 이 작품은 갈고 다듬고 고치고 하여 빛을 내고 규격화하는 삶의 양식 속에 쉽게 동화하지 못하는 시인의 자괴감을 묘사한 것이라기보다는 이속에 쉽게 동화하려는 시속적(時俗的)인 삶의 양태에 성찰을 요구하는 것이 아닌가 한다.

> 총알택시 타고 잠깐 조는 사이
> 나의 전생이 간다
> (……)
> 전생에 오줌 한 번 갈긴 적 있는 버드나무
> 눈 흘기는 이파리로 숨어
> 찬란한 현세에 휩쓸려 가는
> 총알택시 나를 붙든다
> 어이, 하고 부르다가
> 여봐라, 하고 호통치다가
> 묵묵부답 졸고 있는 현생을 지나

저기 눈에 불을 켠
후생이 앞질러 간다.

—「총알택시 타고」 부분

무의식과 몽유(夢遊)의 자유분방한 흐름을 보여주는 재미있는 시이다. 속도전의 현실 속에서 풀어져 해체된 자아, 즉 '묵묵부답 졸고 있는 현생'을 성찰하고 있는 시인 듯하다. 그러나 기능과 효율성을 강조하는 현대사회를 상징하는 총알택시, 이 속도전의 현실을 풍자하고 있다고 보는 것이 좋을 것이다.

요컨대, 최영철은 일상 속에 매몰되어 가는 자아를 성찰하면서도 동시에 이것에 길항하며 또한 자신이 살아가고 있는 삶의 크기에 알맞은 일상성의 시학을 구체적으로 드러내고 있는 시인이라고 할 수 있다.

3

시인 최영철의 심리적인 반응을 살펴볼 때, 그는 그다지 마음이 편치 않는 모양이다. 소름이 돋고, 오금이 저리고, 녹이 눈앞을 가리고, 총알택시 안에서 졸음을 느끼기도 한다. 그의 신작시를 통해 세계와의 긴장된 관계를 다소간 유지하고 있는 자아의 뒷모습을 슬몃 엿볼 수가 있다.

그럼에도 불구하고, 인간과 자연의 친화적 관계에 대한 웅숭깊은 사색의 편린도 엿보이고 있다. 그의 시력(詩歷)은 이제 20년이 넘어섰다. 그의 시력이 말해주듯이 인생과 세계를 관조하는 시적인 안목도 깊어진 듯하다. 다음의 시는 삶의 대조적인 측면을 잘 포착하고 있는 해학적인 작품이다.

풀풀 방사하고 있는 조루 벚꽃
첫 휴가 해군 옆에 선 처녀 가슴께로
후르르 떨어지네

쉽게 방사할 줄 모르고 꼿꼿이 선 지루 벚꽃
첫아들 면회 온 아낙 머리 위에
낭창낭창 흔들리고 있네

—「벚꽃제」 부분

벚꽃이 휘날리는 걸 두고 그는 방사(放射)라고 표현하고 있다. 바퀴살 모양의 내뿜음을 일컫는 말이다. 그는 이 시에서 조루 벚꽃과 지루 벚꽃을 식별해내고 있다. 연정은 짧은 시간을 아쉬워하는 격정의 한 순간이요, 반면에 모정은 은근하게 길어져 시간 가는 줄을 모르고 환희의 지속성을 유지하는 시간이다. 어쨌든, 자연의 상태에 동화되어 가는 삶의 대조적인 측면이 유머러스하게 잘 묘파되어진다.

찬바람에 떨어지는 잎의 무게에
내 가슴이 철렁 내려앉았네
제 몸의 무게를 저 잎 하나에 실어 보내려고
지난 계절 나무는 눈물 한 방울 생기면 잎으로
바람이 간지른 웃음 하나 까르르
잎으로 올려 보냈네
그 나무 아래 앉아 너와 나
세상이 짐 지운 모든 슬픔을 부렸네
세상이 쥐어준 모든 기쁨을 묻었네
나무를 받아먹고 나를 받아먹고
불그레 취한 잎이여

찬바람에 떨어지는 잎의 무게에
내 가슴이 철렁 내려앉았네
봄 여름 가을 받아먹은 것들을
여린 몸 하나에 꽁꽁 담아낸 잎의 무게에
내 가슴이 철렁 내려앉았네
더 줄래야 줄 것도 없이 나를 다 받아먹은
천근만근 잎의 무게에
잔잔하던 땅의 가슴도 철렁 내려앉았네

—「어떤 하강」 전문

이 시는 유기체적인 자연관을 배경으로 삼고 있다. 인간과 자연의 동화 및 친화력을 잘 제시하고 있는 수작이다. 보잘것없이 지는 낙엽 한 낱에도 의미를 부여할 줄 아는 시인의 안목이 예사롭지 않다. 이제 시인은 한층 오묘하고 성숙한 시인의식을 보여주고 있다. 일상성의 시학에서 관조의 미학으로 한껏 격상이 된 느낌이다.

상승과 하강의 순환적인 반복은 자연의 웅숭깊은 법칙이요 이치이다. 이와 같은 순환적 반복을 통해 대우주의 세계와 소우주의 자아는 날숨을 내뿜기도 하고 들숨을 받아들이고는 한다. 자아와 세계가 온전하게 서로 합일될 때, 가벼움은 무거움에 기대고, 무거움은 가벼움에 매달린다. 이 기막힌 상생의 의존성이야말로 온생명(global-life)의 지닐성이자 항존성으로 이름될 수밖에 없으리라!

마침내 시인 최영철의 눈은 이와 같이 오묘의 궁리(窮理)에까지 이르게 되었도다!

인간의 폭력성에 관한 시적 고찰

최영철의 신작시 · 2

1. 논의의 실마리를 콜린 윌슨에서 찾다

중국에 배문갑(裵文甲)이란 한 젊은 고생물학자가 있었다. 그는 1929년에 세기적인 발견으로 세계를 깜짝 놀라게 했던 인물이다. 북경 시내에서 약 50km 떨어진 마을 주구점(周口店) 근처의 동굴에서 화석 하나를 발견했는데, 그것은 다름 아니라 인류 초기의 것으로 인정될 만한 두개골이었다. 보기에 따라선 맹수의 두개골 같기도 하고, 유인원의 두개골 같기도 한 그런 두개골. 초기에는 아시아인의 선조로 여겨지기도 했지만, 오늘날에는 현생인류(現生人類)와의 직접적 연관성은 부정되고 있기도 하지만, 북경원인으로 이름된 이 두개골이 발견된 주구점 유적에서는 석기와 화로 등도 함께 출토되어, 이들이 무리를 이루어 공동체 생활을 했으며, 석기 등의 도구를 사용했음이 밝혀졌다. 불에 탄 동물의 뼈 등도 발견되어 불을 사용하고 있었던 것으로 추정되는 북경원인으로 이름된 이 두개골에서 인류의 야수성이랄까, 야수적 본능의 기원을, 콜린 윌슨은 흥미롭게 살펴볼 수 있었던 것이다.

실존주의의 물결이 일렁이던 1950년대에 독자적인 관점의 사색가로 혜성처럼 나타나 문학비평, 문명비평, 각종의 인문학 등의 분야에 자유분방하게 누비고 다녔던 콜린 윌슨은, 『인류의 범죄사(A Criminal History of Mankind)』라는 저서에서 북경원인을 식인족으로 추정하면서 아래의 인용문과 같이 말하고 있다. 이 책은 '잔혹-피와 광기의 세계사'라는 이름으로 2003년 하서출판사에서 국역되었다. 다음의 인용문은 국역본 34면에 있다.

> 주구점의 동굴이 시사하는 것은 다음의 사실이다. 북경원인은 동굴에 살고 있는 야생동물과 싸워 이를 모두 죽인 다음, 동료와 살육을 벌여 이긴 자가 그 둘을 먹었다. (……) 즉 인류는 항상 서로를 살육하며 오늘날에 이르렀다는 사실이다.

북경원인의 획기적인 발견이 있은지 8년 후, 북경에서 1000km 정도 떨어진 남경에서는 인간에 의한 인간의 집단살육 중에서 가장 천인공노할 악행의 하나로 기억되고 있는 남경대학살이 일본제국주의 침략군에 의해 자행되었다.

1937년 12월 13일, 일본군은 남경을 함락한 후 무장이 해제된 중국 병사의 잔당을 색출한다는 명분으로 대량으로 학살하였다. 물론 병사와 구별되지 않은 많은 민간인들이 수없이 희생되었다. 남경의 여자들은 울타리 안으로 끌려가 일본군에 의한 능욕의 아수라장을 이루었고, 소년들은 손목이 묶인 채 매달려 총검술 연습대로 쓰였다. 당시의 일본군이 인륜을 저버린 이 만행을 두고, 사람들 사이에는 단순 보복으로 가볍게 생각한 경향이 있었다. 그러나 역사의 차디찬 심판은 인간의 극악한 행위를 반성하게 하고, 또 다시 반성하게 한다. 어쨌거나 북경원인의 동종에 대한 폭력성은 남경대학살의 현실적인 증명으로 이어졌던 것이다.

2. 친화감의 소산인가, 위화감의 성찰인가

나의 오랜 글벗인 최영철은 작년 여름에 문학과지성사에서 『찔러본다』라는 시집을 간행한 바 있었다. 그는 이 시집 덕분에 최근에 두 차례에 걸쳐 문학상을 받았다. 전업 시인인 그에겐 이 시집이 회심에 찬 실효의 시집이 되기도 하겠지만, 나의 생각으론 그것이 비평적인 가치가 평가되는 시집으로도 남을 성싶다고 생각한다. 나는 이 시집의 시편들 가운데 가장 눈에 띄는 것의 하나를 고르라면 주저 없이 다음의 것을 고를 것이다.

> 여자를 겁탈하려다 여의치 않아 우물에 집어던져버렸다고 했다 글쎄 그놈의 아이가 징징 울면서 우물 몇 바퀴를 돌더라고 했다 의자 하나를 들고 나와 우물 앞에 턱 갖다놓더라고 했다 말릴 겨를도 없이 엄마, 하고 외치며 엄마 품속으로 풍덩 뛰어 들더라고 했다 눈 딱 감고 수류탄 한 발을 까 넣었다고 했다
>
> 담담하게 점령군의 한때를 회고하는 백발의 일본 늙은이를 안주 삼아 나는 소주 한 병을 다 깠다 캄캄하고 아득한 소주병 속으로 제 몸에 불을 붙인 팔월이 투신하고 있다 자욱한 잿더미의 빈 소주병 들여다보여 나는 엄마, 하고 불러보았다 온몸에 불이 붙은 아이들이 엄마, 엄마, 울먹이며 내 몸 구석구석을 헤집고 있다
>
> ―「팔월 즈음」 전문

시의 전반부 내용은 충격적이다. 시인 최영철은 일본군 병사였던 한 노인의 증언을, TV를 통해 듣고 적잖이 충격을 받았던 것 같다. 그 노인은 거의 70년이나 가까이 된 일을 어떻게 생각하며 그토록 긴 세월을 살아왔는지 궁금하다. 마음속에 지울 수 없는 악행의 트라우마를 안고 살아왔는지, 아니면 의기양양한 점령군의 좋았던 시절을 회상하며 살아왔는지 잘 알 수 없다. 노인의 증언을 볼 때 남경대학살과 관계가 있는 얘기 같다. 이 시의 내용이 얼마나 의분을 불러일으켰으면, 시인 권혁웅이 "내일은 어버이날, 붉은 카네이션이 무슨 수류탄 같다."(중앙일보, 2011, 5.14)라고 위악적인 말을 내뱉었을까? 정작 시인은 '내 몸 구석구석을 헤집고 있'는 위화감이 수반된 반전(反戰)의 제스처를 보이는데 말이다. 그러나 최영철 시인의 시집 『찔러본다』는 인간과 자연의 위화감 못지않게 인간의 자연에의 친화감이 폭넓게 펼쳐 있다. 그 대표적인 게 표제시다.

햇살 꽂힌다
잠든 척 엎드린 강아지 머리에
퍼붓는 화살
깼나 안 깼나
쿡쿡 찔러본다

비온다
저기 산비탈
잔돌 무성한 다랑이논
죽었나 살았나
쿡쿡 찔러본다

바람 분다
이제 다 영글었다고
앞다퉈 꼭지에 매달린 것들
익었나 안 익었나
쿡쿡 찔러본다

—「찔러본다」 전문

햇살이 강아지 머리를, 빗줄기가 잔돌 무성한 다랑이논을, 바람이 나무에 매달린 과실을 쿡쿡 찔러본다. 사물과 사물의 인과적 관계는 사물과 사물이 서로 의지하고 의존하는 긴밀한 상호관계이다. 우주의 만상은 이처럼 서로 쿡쿡 찔러보는 상호작용의 그물망 속에 존재한다. 불교적인 관점에서 볼 때, 이와 같은 우주적인 존재론을 두고, 생태주의자들은 곧잘 화엄경적 생명 원리라고 치부한다.

시편 「찔러본다」는 동심의 발상으로 쓰인 시임에 틀림없다. 이것이 한 시대를 대표하는 탁월한 한 편의 동시로 남아있는 게 시인의 입장에서 오히려 좋을 것이라는 다소 엉뚱한 생각을 나는 해보았다. 최영철의 시집 『찔러본다』에 나오는 시편들이 이처럼 인간과 자연의 화해로운 조응 내지 감응력을, 사물과 사물이 상호작용하는 우주 질서의 그물망적인 관계를 다잡아 서정의 영감을 떠올리면서 표현하고 있는 것만은 결코 아닌 듯하다.

한 열흘 대장장이가 두드려 만든
초승달 칼날이
만사 다 빗장 지르고 터벅터벅 돌아가는
내 가슴살을 스윽 벤다
누구든 함부로 기울면 이렇게 된다고

피 닦은 수건을 우리 집 뒷산에 걸었다

—「노을」 전문

노을을 두고 '피 닦은 수건'으로 비유한 것은 시인의 직관적 상상력의 역량을 유감없이 발휘한 것으로 여겨지는 대목이다. 노을에 관한 한, 이와 같이 독창적이거나 사뭇 아름다운 비유의 장치는 없다. 초승달 칼날과 내 가슴살이 시각적으로 기묘한 대조를 이루면서, 인간의 잠재된 폭력성과, 폭력에 의한 희생물의 무고성의 유추적 관계를 적실하게 밝히고 있는 것도 시적 비유의 아름다움이 실현한 눈부신 광휘이다.

시집 『찔러본다』의 해설을 쓴 비평가 이숭원이 시집의 모두에 놓인 「노을」을 논외한 것은 위화감이 지닌 불편한 진실보다 '자연의 천진성과 원초적 생의 리듬'으로 언표되는 친화감의 시적 진실에만 논의의 초점을 두고자 했기 때문인 것이다. 이런 점에서 볼 때 나는 이숭원이 최영철의 시 세계의 양면성 가운데 한 면만을 바라본 것이 아닌가 하는 생각이 든다.

3. 최근의 신작에서 보는 인간의 폭력성

『불교문예』 겨울호에 최영철은 다섯 편의 신작을 발표하고 있다. 시의 제목이 「검은 물」, 「바이오테러」, 「사랑과 전쟁」에서 느껴지듯이 인간의 폭력성에 관한 시인의 성찰이 맥락의 일관성으로 파악되기도 한다. 첫 머리에 둔 「주위를 뱅뱅 돌았다」라는 시는 파리에 관한 얘깃거리를 통해 폭력과 희생의 짝패 관계성을 말하고 있다. 그렇다! 폭력과 희생은 필연적으로 짝패의 관계를 이룬다.

파리가 파리채에 앉아 놀고 있다
그러니까 파리지 어제도 그제도
짓이겨져 죽은 동족의 피 터진 흔적
알기나 하니?
파리가 파리채에 앉아 놀고 있다
한 마리 두 마리 또 저 멀리서 한 마리
동족의 남은 사체 빠는지
파리채 주위를 떠나지 못한다
며칠 있으면 추석
조상님 산소엔 언제 가나 궁리하는데
파리는 여전히 파리채 주위를 맴돈다
앉았다가 날았다가 몇 바퀴 빙빙 돌다가
어디선가 몇 마리 더 데려왔다
파리채를 번쩍 쳐들었다
파리채를 흔들어 멀리 내쫓았다
몇 마리는 즉사했다
잠시 한눈팔다 돌아보니
무슨 영문?
파리들은 다시 그 자리에 돌아와 있다
아차, 아무래도
동족의 남은 흔적 수습하고 있는 것인가
줄초상 처참한 흔적에
넙죽넙죽 절이라도 올리고 있는 것인가
파리채를 번쩍 쳐들었다

다시 가만히 내려놓았다
한쪽에 버려진 몇 마리 사체
고운 흙에 묻었다
파리들은 거기까지 쫓아와
주위를 뱅뱅 돌았다

―「주위를 뱅뱅 돌았다」 전문

이 시는 추보식 구성에 의한 평이한 산문적 진술에 의존하고 있으며, 시인의 날카로운 시선이 그다지 느껴지지 않는다. 그럼에도 불구하고 최영철 시인의 인간에 대한 폭력성의 시적 고찰을 잘 보여주고 있는 텍스트이다.

최근에 곤충의 박물학적인 지식에 관한 방대한 체계의 저술물인 『인섹토피아』가 번역되었다. 곤충(insect)과 백과사전(encyclopedia)을 합성한 이 제목의 책은 변하지 않는 본능에 따라 행동하는 곤충의 생태를 다룬 것. 이 책에 중국 상하이에 있는 당나라 시대에서부터 전래되어온 귀뚜라미 씨름대회가 소개돼 있다.

내가 살고 있는 진주에서도 전통적인 소싸움 대회가 있다. 소싸움 전용 경기장도 있고, 승리에 거는 판돈의 규모도 결코 작지 않다고 한다. 나는 다른 생명체에게 폭력을 강요하면서 대리만족을 얻는 인간들의 야수적인 본능으로서의 폭력성을 진주 소싸움에서 본다. 왜 말 못하는 불쌍한 짐승들에게 억지로 싸움을 붙이느냐고 하면서 진주의 지인들에게 불만을 터뜨리곤 했었다.

인용시 「주위를 뱅뱅 돌았다」는 인간의 폭력성 앞에 희생된 파리가 희생물이 되어 늘 사람의 표적이 되는 것에 대한 성찰을 시의 내용으로 담은 것이다. 희생물에 대한 인간의 폭력성을 인간은 미처 파악하지 못한다. 르네 지라르가 말한 소위 '박해의 텍스트'를 시인 최영철이 보잘것없는 미물의 파리에게 부여하고 있는 것은 자못 흥미가 있다. 다음의 시를 보자.

하루도 전쟁 아닌 날 없었네
평화를 보장받으려고 굳게 쌓아올린 담 너머
꽁꽁 동여맨 대문 틈으로
독가스 같은 분쟁의 씨가 잠입하고
대서양 넘어 상륙한 대량 살상무기에 감염되어
순식간에 평화가 박살나네
사랑을 까뒤집자 전쟁
사생결단 살림살이가 박살나고
너 죽고 나 죽는 뜻밖의 돌격
시퍼런 욕지거리 집구석 곳곳에 낭자하고
식탁을 뒤집어엎네 접시가 박살나네
(……)
전쟁을 까뒤집자 평화
사랑의 표면은 음흉하고 축축해
전쟁은 그걸 꺼내 반짝 윤나도록 닦아놓는 일
언제 그런 일 있었냐는 듯
우장창 두드려 엎으며 진군한
신명 나는 즉흥 난타

—「사랑과 전쟁」 부분

단막 형태의 TV드라마 「사랑과 전쟁」이 한 동안 인기를 끈 후 종영되었다. 이를 염두에 두고 쓴 듯한 이 시는 부부싸움을 풍자적이고 희화적으로 구성한 것이다. 인간에 대한 다양한 정의 가운데 '호모 비오랑스'가 하나의 개념으로 자리하고 있듯이 인간은 본질적으로 폭력적인 인간이다. 로젠 다둔은 폭력적 인간의 개념을 가리켜 '근본적으로 폭력에 의해서 정의되고 폭력으로 구조화된 인간'(로젠 다둔, 최은주 역, 『폭력—폭력적 인간에 대하여』, 동문선, 1993, 10면.)이라고 설명한 바 있다.

사랑하는 남녀의 관계에서도 작은 전쟁으로 비유되는 욕망의 다툼이 있고, 세계 도처에 인간성을 말살하는 진짜 전쟁이 늘 있게 마련이다. 폭력으로 정의되고 구조화된 인간과, 사람살이의 모습을 인용시의 경우처럼 유머러스한 상황으로 몰고 가는 것은 시인의 다사로운 가슴속에 온기가 남아있기 때문일까? 인간은 다투기도 하고 화해하기도 한다는 점에서 이중적인 모순의 존재인지도 모른다.

4. 검은 물, 인간이 개입된 자연의 정령

최근에 우리 사회를 둘로 나누어버린 국책 사업이 하나 있었다. 4대강 사업이 그것이다. 한동안 골프장 만든다고 산을 파헤쳐 난리를 피우더니, 이제는 강물의 순조로운 흐름을 끊어버림으로써 자연의 숨통마저 끊는 것이 아니냐면서 못마땅하게 보는 사람들이 많았었다. 이래저래 상자수명의 순결한 국토가 훼손되어가고 있는 것은 부인할 수 없는 사실일 성싶다.

권력의 입장에서 볼 때 4대강 사업은 치수(治水)의 문제다. 이것이 결과적으로 잘된 치수냐, 잘못된 치수냐 하는 것을 두고 지금도 논쟁이 진행되고 있다. 그것이 실효의 유용성을 얻는다면 그보다 다행스런 일이 없겠거니와, 만약 실패의 판가름으로 끝을 맺는다면, 인간, 혹은 인간의 이기적인 욕망에 의해 폭력화된 자연의 능욕이란 관점에서 두고두고 뒷말이 무성할 것 같다.

> 물이 죽었다
> 앓지도 않고 못 살겠다 소리치지도 않고
> 다소곳 물이 죽었다
> 목마른 어디로부터 급한 전갈 받고
> 허겁지겁 달려가던 중이었다
> 달려가다 엎어진 것이었다
> 왕진가방 풀어헤치고 구급약을 바닥에 쏟았다
> 벌컥벌컥 속살까지 환하던 투명한 눈
> 어둡게 감겼다
> 이제 더 이상 갈 데 없다
> 갈 길 찾지 못하겠다고 웅덩이에 주저앉았다
> 맥을 놓고 통곡한 사지가 썩고 있다
> (……)
> 초승달 달빛에 썩은 물의 혼령 어른거린다
> 승천하지 못하고 시커먼 얼굴로 숨이 끊겼다
>
> —「검은 물」 부분

검은 물은 현대문명의 폭력성에 의해 희생된 대상물의 상징이다. 폭력화된 자연의 정령이다. 늘 그렇듯이 희생에는 제의적 성격이 수반되기 마련이다. 그럴 때 희생은 성스러운 것이거나, 죄악의 것으로 나타난다. 희생 제의의 대상은 보통 연약한 것, 온순한 것, 순결한 것이 되는 경향이 있다. 이른바 희생양(scape-goat)이란 것도, 우리가 잘 아는 에밀

레종 전설에서 인신공양된 어린 아이도 희생 제의의 전형적인 대상이 되지 않았나? 시편 「검은 물」에서 검은 물 역시 일종의 희생 제의의 대상이다. 본래 순결한 물이었던 것이 어떻게 일이 잘못되어도 크게 잘못되어서 죽음의 물로 심각하게 훼손된 것이다.

최영철은 인생이 살만한 것인지, 세계는 살만한 곳인지를 묻고 있는 시인이다. 그는 딱 부러지게 말하지 않는다. 그저 살만한다고도 말하기도 하고, 살만하지 않다고도 말하기도 한다. 어느 한 쪽을 위해 손드는 걸, 그는 자제한다. 만약 그가 대답의 획일성을 띤 시인임을 고집하였다면, 그는 독종의 참여시인으로 남고 말았을 터. 그의 시가 혼돈의 경험에로 복귀하고 있는 것이 때로 이처럼 시적인 모호성이 지닌 미덕으로 자리하고 있다.

현실의 변형과 재구성을 통한 무의식의 창조성 획득

박덕규의 신작시

1

박덕규의 신작 시 다섯 편을 보면, 예술가는 본질적으로 신경증(neurosis) 환자라는 프로이트의 가설을 생각하게 한다. 이러한 예술관의 전제 조건에 의하면, 시인은 현실을 의도적으로 착란케 하고 왜곡하게 하는 언어로써 초현실의 환각 상태로 비상하려는 자에 다르지 않는 것이다. 한편으로 볼 때, 시는 현실의 적격성 못지않게 현실의 자의적인 왜곡상이 주는 애매모호한 언어에 대해 의외의 흥미와 색다른 매료를 느낄 수도 있다.

> 노약자 석에 앉은 한 사내가
> 고개를 앞으로 꺾고
> 이마를 지팡이에 대고 힘차게 밀고 있다.

지팡이는 부러지지 않을 것이고
전동열차 바닥은 뚫어질 리 없지만

사내는 끙끙대며 지팡이를 밀어 보고 있다.

뿌리도 길게 늘이지 못하고
가지도 시원스레 뻗지 못한 채
오직 흠투성이 몸통만으로 자란 나무도

때로는 자신을 밀어올린 땅바닥을 향해
온몸으로 저항하고 싶은 때가 있는 것이다.

—「지팡이」 전문

이 시에서 한 사내가 전철 안에서 이상 행동을 보이고 있다. 지팡이를 밀면서 전동열차 바닥을 뚫어져라 밀고 있는 것은 정상적인 사람의 행동이 아닌 것이다. 마치 신경증 환자의 비정상적이고도 강박적인 행동과 같다. 이와 같은 이상 행동에 대한 비유적인 근거의 제시가 불완전한 나무의 저항성으로 제시된다.

사람은 누구나 현실의 장에 뿌리를 내리고 싶어 한다. 그러나 사람이 현실에 뿌리를 내리는 과정에서 무수한 저항을 받게 된다. 시에서 극화된 사내의, 저항에 대한 저항의 이상 행동은 상징적이며 동시에 제의적이다. 땅 속에서 자족적으로 뿌리를 내리지 못한 나무도 온몸으로 저항하듯이, 사내는 뿌리 내림에 대한 저항의 이상 행동을 신경질적으로 반응하고 있다.

2

인간에게 몸의 감정은 왜 필요한가? 몸은 생명 유지 이상의 기여를 한다고 한다. 몸은 정상적인 마음의 작용을 이루는 내용을 제공한다. 우리의 몸이 변화를 겪고 있지 않다고 하더라도 마음은 신체의 변화를 환각적으로 체험함으로써 각별한 감정을 만들어내기 일쑤이다. 그런데 자신의 몸만이 아니라 타자의 신체적인 변화를 통해 자신의 몸이 어쩔 수 없이 파괴되고 있다는 환각에 사로잡히기도 한다. 다음에 인용된 박덕규의 신작 「내 친구」도 이러한 맥락에서 읽기가 가능하지 않을까 한다.

그의 마누라는 요리 솜씨도 좋지.

군침 도는 향기와 탐나는 빛깔
모든 것이 완벽해.

다만,
그의 손이 닿을락말락한 먼 곳에
그 요리 접시를 놓지.

그의 마누라는 노래 솜씨도 좋지.

음정 박자 바이브레이션 좋고
특히 카나리아 같은 음성 변조가 놀라워.

다만,
모처럼 그가 신문을 펼칠 때

그 노랫소리가 들려오지.

그의 마누라는 애교도 만점이야.

더울 때 등목을 해주고
추울 땐 껴안고 귓속말만 하지.

다만,
그의 살갗이 부풀어 오르고
고막이 터져 내장까지 고름으로 가득 차 있지.

—「내 친구」 전문

인용시의 제목은 '내 친구'이다. 그러나 시에 나타난 내용을 보면 '내 친구'의 이야기가 아니라, 사실은 '내 친구 마누라'의 이야기이다. 내 친구 마누라에 관한 이야기는 일관되게 칭찬을 일삼다가 막바지에 이르러 내 친구에 대한 부정적인 이미지로 귀결해버린다. (일종의 억양 반전의 기법이라고 할 수 있겠다.) 그 이미지는 참혹한 주검의 이미지다. 부풀어 오른 살갗, 터진 고막, 고름으로 가각 찬 내장 등에서 보여주듯이 신체 파괴의 환각 모티프이다.

보다시피, 이 인용시는 제목과 내용이 다르다. 시의 서사적인 화소(話素)마저 슬쩍 비틀어버린 시이다. 이와 같이 제목과 내용을 의도적으로 차이를 나게 하는 까닭은 객관적으로 존재하는 현실을 곧이곧대로 받아들이기보다는 왜곡된 현실을 차라리 인정하려는 일종의 '나'에 대한 '나'의 역(逆)제안이라고 할 수 있다.

이 시는 시적 화자가 대상—내 친구—에 프로이트의 전형적인 방어기제인 이른바 투사(projection)를 이용하고 있다. 내 무의식에 가득한 것은 불안과 공포라는 음습한 마음의 그림자다. 시적 화자인 나는 내 욕망의 동기나 불편한 감정을 타인에게로 되돌려줌으로써 나의 불안, 공포, 죄의식 등으로부터 벗어나려고 하는 것이다.

3

시인 박덕규가 현실을 직시하지 않고 비트는 방식의 하나는 시각적인 왜곡상에 의해 불가능한 현실을 수용하는 것이다. 불가피한 자아, 낱낱이 까발릴 수 없는 현실—시인에게 있어서 최종적인 믿음은 허구뿐이다. 시인에게 있어서의 시적 자아는 본질적으로 환영(幻影)이다. 착시의 현상은 시의 환영으로 이렇게 인도한다.

> 연탄집게로 연탄을 집어 든 어머니가
> 마당을 뛰어가신다.
> 연탄을 든 어머니의 한쪽 어깨가 올라가고
> 반대편 어깨가 낮아졌다.
> 어머니의 연탄 든 팔과 기운 몸 사이에 큰 틈이 생겨나 있다.
> 그 틈으로 바람이 예사롭게 지나다닌다.
>
> 지금 내 아내보다 더 젊은 어머니가
> 머리에 수건을 두르고
> 연탄을 집어 들고 마당을 뛰어가신다.
> 어머니의 연탄 든 팔과 기운 몸 사이의 틈으로
> 바람이 지나갈 때마다
> 어머니가 입은 치마가 살랑거린다.

한번은 그 연탄에서 불이 뿜어져 나와
어머니 몸이 공중에 떠오르기도 했다.
그때도 어머니는 공중을 뛰어가셨다.
꼬리치며 쳐다보던 개가 고개를 갸우뚱했다.
어머니의 연탄 든 팔과 몸 사이가 크게 벌어져
그 틈으로 비행기가 지나가기도 했다.

아내는 어머니 흉내를 잘 낸다.
그래도 연탄을 집는 일은 없다.
연탄 힘으로 공중에 떠오르는 일은 상상도 못한다.
아내와 아내보다 젊은 어머니 사이에 틈을 그려 본다.
나는 그 틈으로 들어간다.
어느새 내 몸이 공중으로 떠올라 있다.

—「둥근 사이」 전문

환원주의 심리학에 의하면, 사람의 마음은 거울처럼 빛을 반영한다. 사람의 마음 역시 감각 기관의 데이터를 통해 설명되고, 확인된다는 것이다. 그러나 게슈탈트 심리학은 사람의 마음이야말로 결코 거울이 아니라고 본다. 사물을 보는 과정이 인간이 보고 있는 세상에 대해 끊임없이 수정을 가한다. 인간이 생각하고 있는 것 중에서 많은 부분이 사실은 마음의 그림자로부터 변형되어 나온 것이다.

박덕규 시인의 과거 경험을 변형한 '연탄집게로 연탄을 집어 든 어머니' 이야기 역시 시인의 마음에서 변형된 구체적인 과거 경험이다. 게슈탈트 심리학자들은 인간의 마음이 인간이 실제로 경험하는 현실에서 비롯된다는 가설에서 출발했다. 구체적인 경험이 객관적인 정보의 환원(설명)에 선행하고 있기 때문이다.

인용시 「둥근 사이」는 일상적인 착시들에 의한 환영의 증거에 따라 시각적인 장면의 변형과 재구성을 통해 무의식의 창조성을 획득하고 있다는 점에서 환원적이라기보다는 현저히 게슈탈트적이다. 어머니의 연탄 든 팔과 몸 사이가 크게 벌어져 그 틈으로 비행기가 지나가기도 했다, 라는 대목에 이르러서는 초현실주의 시의 언어적인 광휘로 접근해간다는 점에서 이 시는 인상적인 구석이 없지 않다.

4

이번에 발표된 박덕규의 신작시 다섯 편은 한마디로 말해 신경증적인 반응의 극화가 적절하게 드러나 있다고 할 것이다. 여기에서 가장 정점에 도달한 경우가 있다면 「모든 사랑 노래」가 아닐까 한다. 이 시는 산문처럼 긴 시이다. 내적인 목소리로서의 이른바 신경언어, 사유 강제 형태의 언어, 생각 위조의 시스템 등을 보여주고 있다는 점에서 다니엘 파울 슈레버(D. P. Schreber)가 기술하여 프로이트 등 세기의 수많은 지성인들에게 반향을 불러일으킨 그의 회상록을 연상하게 한다. 현실의 논리적인 구문과 거리가 먼 자동기술적인 자유연상이 병치의 수사(修辭) 틀로 되풀이되고 있다.

> 아니면 우리 엄마가 꿈속을 혼몽하게 헤매는 사이
> 내가 몽유병에 걸려 거리를 쏘다니다 길을 잃고
> 대신 이웃집에 놀러와 있던 네가 소변을 보러 밖에 나왔다가
> 달빛에 이끌려 우리 집에 들어와 우리 엄마 곁에 누운 건지도 몰라.
> 그날 밤 우리 집 대문하고 방문하고
> 너와 내가 드나들 수 있을 만큼 적당히 열려 있었던 거야.

(……)

그래서 우리는 서로 사랑할 수 없는 사이야.
그래서 우리는 서로 사랑밖에 할 게 없는 사이야.
그래서 우리는 서로의 눈동자 속으로 들어가
그래서 우리는 서로의 시간을 후벼 파 온몸이 피범벅이 되지.
그래서 우리는 서로의 피를 핥아먹으며

(……)

그래서 우리는 서로 사랑밖에 할 게 없는 사이야.
그래서 우리는 서로의 피를 핥아먹으며
그래서 우리는 서로의 눈동자 속에서 대한민국만세를 외치는 거야.

—「모든 사랑 노래」 부분

독자들은 이 시를 읽고 당혹스러움을 금치 못할 것이다. 몽유병 이야기에서 비롯된, 뭐가 뭔지 모를, 종잡을 수 없는 의미 체계에서부터, 나와 너의 과잉 동일시를 통한 파시스트적인 망상 체계에 이르기까지 이해가 될 실마리가 거의 보이지 않는다. 이해될 실마리가 보였다면 그건 의미화의 영역에 도달한 기의(記意)의 특권이리라. 이를 해체하게 된다는 것의 의미는, 문자로 이룩된 편견 이성의 텍스트 역시 도전을 받는다는 것을 가리킨다.

다시 말하면, 「모든 사랑 노래」와 같은 시는 새로운 가상공간에서 의미의 체계에 대한 재구성을 시도한 시이다. 이 시에서 시적 자아의 정체성이 지닌 의미는 도대체 무엇일까? 슈레버가 말한 것처럼 과도하게 신경을 자극하는 소위 '지옥의 백작'일까? 그렇다면 악마숭배의 위악적인 몽상의 세계에서 백일몽이나, 아니면 악몽 같은 현실은 향유하기라도 하는 것일까?

5

박덕규의 신작시를 읽어보면 『시운동』의 동인으로서 활동하던 그의 젊은 날이 연상된다. 1980년대 초 『시운동』의 동인들은 현실주의의 음습한 의식화를 넘어서 몽상의 시학과 자의식에 바탕을 둔 탈정치의 수사학에 시적인 전망을 제시했다. 특히 그 당시의 청년시인 박덕규는 시대의 아픔과 절망을 현재화(顯在化)했다기보다 시대의 고뇌와 번민을 내면화했기 때문에 문학의 사회 운동화 과정에서 소외되어 장르를 비평과 소설 등의 산문으로 옮겨 다녔던 감이 없지 않았다. 이제 그는 시의 영토라는 제 자리로 귀환하려고 노력하고 있는 중이다. 그의 노력의 일단이 이번에 발표될 신작시가 아닌가 한다. 내 개인적으로는 그가 젊은 시절에 마음 놓고 시도해보지 못한 몽상의 시학을 재현해 보기를 바란다. 즉 신작시보다 강도가 더한 신경증 환자의 언어를 시 창작의 대안으로 극화했으면 하고 바란다. 우리 시에서 크게 성취해보지 못한 초현실주의 시의 영역으로 한껏 비상해보기를 바란다.

*부기 : 이 글에 인용된 시 「내 친구」가 박덕규의 시집 『골목을 나는 나비』(서정시학, 2014)에 「귀여운 여인」으로 개작되어 있음을 참고로 밝힌다.

증폭하는 긴장 속의 합치의 감각

이재무의 신작시

이재무의 시에서 엿볼 수 있는 것은 행간에 감추어진 긴장감과, 이를 해소해가는 과정이 아닐까 한다. 그의 시를 이루고 있는 언어적 다층성, 이를테면 시어·문장·단락·전문(全文) 등의 단위마다 문명과 자연, 모호와 명료성, 해체와 재구성, 황폐함과 황폐함의 인식 등의 대립적인 구성 요소가 알게 모르게 자리하고 있다. 이런 점에서 볼 때 그의 시는 복잡한 의미 구성체를 이루고 있다고 할 수 있겠다. 이와 같은 맥락에서 볼 때 이재무의 시가 이제 제대로 갈 길을 가고 있지 않나 하는 생각이 든다. 현실주의적인 단순 논리만으로는 시적 전략의 타당성이 점차 잃어가고 있는 시대가 아닌가 해서다.

돌을 부르는 차고 딱딱한 것들

날라 온 돌 은빛 강철 몸으로 튕겨내면서

감춘 제 속 보여주지 않는 강

간류에서 벗어나 유속 잃은 뒤

물고기 한 마리 품지 못하고

결빙으로 존재 증명하지만

입춘 경칩 지나 활짝 봄 열리면

지독하게 냄새 풍기며 백일하에 본색 들키고야 말

샛길, 샛길로만 파고드는 강

—「샛강」 부분

인용시 「샛강」은 전체적으로 13행으로 이루어진 시다. 사실은 단행으로 된 13연시라고 해야 한다. 인용한 부분은 9행이다. 행과 행 사이에 행간의 휴지부를 의도적으로 만들어 놓았다. 행과 행 사이를 이처럼 떼어놓은 것은 긴박과 상충을 완화시키려는 시각적인 여백의 효과가 아닌가 여겨진다.

인용 부분은 두 개의 의미 단락을 이루고 있다. 주어(구)는 '(겨울철에) 꽁꽁 얼어붙은 샛강'이다. 이것이 어떠한 강이며, 또한 어떠한 강이다, 라는 것이다. 샛강은 우선 '감춘 제 속 보여주지 않는 강'이며, 또한 '샛길, 샛길로만 파고드는 강'이다. 이 시는 전체적인 의미 구성체의 입장에서 볼 때 점차 풀어져가는 문장을 조성해가고 있다. 샛강이 샛길, 샛길로만 파고드는 강이다, 라는 진술로 향할 때 가장 복잡화된 의미의 한 문장을 이룩하고 있다.

샛강은 결빙으로 자신의 존재를 증명하다가 봄이 되어 날이 풀릴 때 지독한 냄새를 풍기며 그 황폐함이 드러날 하나의 흐름에 지나지 않는다. 흐른다는 그 자체 하나만으로 시인은 꿈틀대는 생명의 실마리를 바라본다. 샛강은 인간 세상의 사벌(死罰)에 대응하는 개념이다. 시인의 직관은 결국 황폐하게 사라지는 것에 대한 아름다움의 명상을 제시한다. 경직된 결빙의 긴장감도 유연한 흐름의 변화에 의해 감지되고 해소되는 양상을 보여준다. 이재무의 시집 『저녁 6시』(창비, 2007)를 해설한 한 평자의 진술에 기댄다면, 샛강은 '진정한 생명의 아름다움을 보여주는 존재'로서의 역설적인 의미의 낡은 사물이다.

> 웃음의 굴렁쇠 굴리던 아이들 보이지 않고
> 요구르트 아줌마의 밀차,
> 종종거리던 치맛자락들 보이지 않는다
> 빨간 집배원 가방 보이지 않고
> 전봇대, 닥지닥지 열려 있던 전단지가 보이지 않는다
> 비오는 저녁 푸른 공기 속으로
> 번지던 고등어구이 냄새가 없고
> 손목 긋던 소주병, 단골 외상값이 없다
> 다급하게 바닥 울리던 발소리, 북북 하늘 찢던 고성방가,
> 술 절은 유행가 들리지 않는다
> 가등 아래 은밀하던 비릿한 첫 키스,
> 구멍 속 쥐들의 두근거리던 불안,
> 낀 때가 돋을새김 새겨놓은 유리창
> 긁어대던 고양이 울음소리며,
> 여린 감잎 마구 흔들어대던 신혼부부의 고성
> 들리지 않는다 온밤 어슬렁대던 달빛 자취 없고
>
> —「사라진 골목」 부분

골목이 사라졌다? 시인은 이런 당돌한 상황을 만들어냈다. 시인은 "조석으로 붐비던 골목 사라진 뒤 (……) 낱장으로 뜯긴 책 흙바람에 어지럽게 날리고 있다."라고 진술하고 있다. 이 일반적인 진술에 의해 포장된 구체적인 내용은 다음과 같이 묘사된다. 여기에 왜, 어떻게 골목이 사라졌는가에 대한 진술은 없고, 무엇이 사라졌는지에 대한 진술만 묘사되어 있다. 언어의 긴장도가 높아져 갈 때 독자의 궁금증이 증폭되어 가는 것은 어쩔 수 없는 일이다.

인용시는 일종의 시정(市井) 묘사다. 시인이 그려내고 있는 것은 시간이 정지된 폐허화된 공간이다. 아니면 시간에 의해 파괴된 실종의 공간인 것이다. 시인이 기억에 의해 묘사해내고 있는 시정은 갖가지 삶의 세목들이 망라되어 있다. 그 세목들은 무척 서민적이다. 보는 바와 같이, 굴렁쇠 아이들의 웃음, 요구르트 아줌마의 밀차, 집배원의 가방, 전단지, 고등어구이 냄새, 단골 외상값, 술 절은 유행가, 신혼부부의 고성 등등은 우리가 한때 흔히 볼 수 있었던 서민적인 풍경이다. 물론 지금도 이 풍경은 영세 도시민의 삶의 틈새 속에서 생생하게 살아있는 낯익은 것들이다.

시인이 기억하고 있는 공간을 구성하고, 해체하고, 재구성하기를 반복한다면 그 시인 나름의 언어를 만들어가는 것이라고 할 수 있을 것이다. 이재무의 시 「사라진 골목」은 그 나름의 시적인 '건축 언어'이다. 자신에 의해 기억되고 있는 일상의 공간을 해체했을 때 상상력의 가능성은 새롭게 열리는 것이다. 이 건축 언어야말로 늘 새롭게 만들어져야 한다는 모험적인 도전의식을 전제로 해서 만들어지고 매만져진 것의 소산이라고 할 수 있다.

이재무의 시가 시정에서 자연으로 슬쩍 옮겨간 것이 「꽃들의 등급」이다. 기억에 의해 재현되고 해체되는 일상의 공간을 이 시에 이르러서는 자연 속에서의 한판 승부의 세계로 이끈다. 나와 꽃과의 싸움이 바로 그것인데 시인은 여기에서도

어떤 꽃들은
영화처럼 관람 등급 매겨야 하지 않을까
불온한 생각 불쑥 들게 할 때가 있다

—「꽃들의 등급」 부분

라고 당돌한 문제를 설정한다. 골목이 사라졌다고 한 상황을 만들어낸 것과 당돌하기는 마찬가지이다. 시적 자아가 꽃을 두고 자기 격투의 대상으로 삼은 경우는 거의 없었다. 일반적으로 볼 때 꽃이 유혹과 탐미의 표상으로 이용되는 것이지 시인이 자신의 감정을 조절하거나 절제하기 위한 격투의 기호로 뒤틀어버리는 경우는 거의 없었다. 상식의 허(虛)를 교묘하게 찌르는 언사이기 때문에 불온하기까지 하다. 꽃들의 불순하거나, 혹은 관능적인 등급을 염두에 둔다면 꽃에서

가령 볕 좋은 유월 한낮
공중으로 번지는 향기 파문에
향보라 일으키며 질주해온 한 떼의 벌들
거침없이, 아카시아
속치마 속 파고드는 행위

를 보게 될 수도 있으며, 또 그럼으로써 '맹목의 벼랑으로 몸 부추겨

몰아가'기도 하는 것이다. 꽃의 피어오름을 자연 속의 성행위를 연상하여 묘사하는 것은 극히 물활론적인 발상이 아닐 수 없다. 그러면서 시적 자아가 소위 '꽃과의 싸움'에서 해야 할 말을 머뭇거리지 않고 늘어놓다가 '지루한 평화가 날마다 폐지처럼 쌓여간다.'면서 딴전을 피우거나 딴지를 부리며 시상을 능청스레 마무리짓는 것도 썩 재미있다. 꽃과의 싸움에 직면한 시인은 긴장 관계 속에 빛나는, 아니 긴장의 끈을 놓치지 않으려는 합치의 감각을 유감없이 발휘하고 있다.

이재무의 시편 「문신」은 그 자신이 성숙한 시인 의식에 도달했음을 보여주는 징표가 되는 것이다. 짐작컨대 누군가가 문신을 시의 소재로 쓴 적은 거의 없을 성싶다. 시인은 문신의 이미지에 섬세한 반응을 일으켰다! 나 역시 비평가로서의 섬세한 반응의 기회를 가졌다. 한마디로 말해 좀 과장스레 얘기한다면 나는 이 「문신」을 통해 미세하면서도 비시적인 탐미 감각을 밝히는 보기 드문 명시를 만났다고나 할까?

그는 늘 그런 당돌한 화두를 끄집어내고 있다. 복도는 온몸이 귀가 되어 신발이 내는 소리의 미세한 결들을 본다. 귀가 소리를 본다는 것. 논리적인 정합성의 기준에서 볼 때 모순은 세 겹으로 쌓이게 된다. 초현실주의 시에서나 간혹 접할 수 있는 자유분방한 커넥션에 기대어 이미지들의 상충 효과를 가져다 온 저 야심찬 자신만만함은 어디에서 온 것일까? 이재무 시인이 평소 문학동네에서 보여준, 다소 격의가 없고 또 거침이 없는 성정의 개방성과도 무관하지 않으리라고 보인다. 어쨌든 시의 전문을 읽어보자.

복도는 온몸이 귀가 되어
신발이 내는 소리의 미세한 결들을 본다
물기 빠져나간 통나무 같은 복도의 몸에
자취 남기며 무수히 오가는 신발들은 알까,
문 나선 신발들이 문으로 돌아와
깊은 잠에 빠져 있을 때
홀로 우는 것들 중에 복도가 있다는 것을.
또 그런 밤에 복도의 식솔이 되어버린,
어제의 신발들이 남긴 낡은 소리들도
들썩들썩 도대체 바깥이 궁금하여
복도의 천장 열고 나와
바람 부는 대숲처럼 수런, 수런댄다는 것을.
그러다가 갑자기 희미하게, 신발 끄는
소리의 빛 보이면 재빠르게 표정 지워내고
저를 무두질해오는 신발의 무게 고스란히
받아들이는 것을. 그 때마다 몸 더욱 각 지고
딱딱해지는 복도가 또 아프게 몸 열어
날 선 소리 하나를 끌어안는다
세금파리가 지나간 유리의 표면처럼
늙은 근육에 태어난 문신이 아프다

—「문신」 전문

비유적인 표현의 현란함 가운데 직유와 은유가 중첩되고, 의인화될 수 없는 것들이 의인화되는 돌발 상황이 연출된다. 더 경직화돼 가는 복도가 아프게 몸을 열면서 날 선 소리 하나를 끌어안고, 또 늙은 근육에 새로 생긴 문신에 세금파리 지나간 유리의 표면처럼 여리고 아릿한 통증이 전달된다! 늙은 근육이라고 말해지는 후락한 존재에 아름다운 상처의 무늬를 새겨 넣음으로써 문신으로 표상화된 하나의 전일적인 생명의 기호 체계를 완성해 간다. 시인 의식의 성숙함이 더불어 전해지는 느낌이다.

증폭해가는 긴장감이 극적인 반전을 얻을 때 이처럼 인간과 자연, 사물과 사물, 주관과 객관이 서로의 경계를 풀고 시의 언어적 의미 구성체는 마침내 합치의 감각에 다다르게 되는 것이다. 이를 가리켜 우주감각이니, 만물조응이니, 서정시의 황홀경이라고 해도 좋을 것이다. 요컨대, 그 감각을 시적 현실주의자로서 다소 대립적인 관계를 중시해온 이재무 시인의 야틈하게 변화된 감각의 징표로도 확인될 수 있을지 모르겠다. 이를 두고 굳이 생태시학 관점의 부분적인 수용이라고 치부해도 될지 모르겠다. (앞으로 시인 이재무에 대한 독자로서의 바람이 있다면 그가 현실주의적인 생태시라는 새로운 장르를 개척해 보았으면 한다.)

마을 밖으로 내달리는 밭둑들과
키 작은 지붕들도 들썩들썩 덩달아 분주해졌다
호박꽃 핀 날 이후로 새댁 입덧이 심해졌고
여름이 더욱 여름다웠다

—「호박꽃」 부분

인용시 「호박꽃」에 이르러 시인은 다시 생활과 자연이 만나는 중첩의 현장으로 돌아 왔다. 삼라만상은 관계의 그물망 속에서 인파를 맺고 인간과 자연이 제각각 연줄이 닿는 조응(照應)과 상호 몰입의 수렁 속으로 빠져든다. 불교의 화엄경적 세계관에서 보는 서로 의존하며 함께 존재하는 인드라망의 관계를 맺는 것 같은 우주 감각의 향연을 펼치는 듯해 보이는 국면이다.

몽유의 로망스, 난유亂喩의 언어

이선영의 신작시

1

나는 본디 시 쓰는 재능이 없어 시 쓰는 일이 주어진 업(業)이나 운명에서 멀찍이 벗어나는 일이라고 생각했었다. 그런데 삶에는 우연한 계기가 주어지는 일이 가끔 생기고는 한다. 내게 이러저러한 일로 인해 시를 써보는 기회를 가지게 되었다. 언감생심이라고 여겼던 게 현실의 과업이 되고 있는 이즈음에 이르러서는, 나는 도대체 시란 무엇인가 하고 성찰의 물음을 던져볼 때가 있다.

시인들에게, 혹은 시에 관한 전문적인 논객들에게 시가 무어냐고 묻는다면, 그들의 대답은 맞울림의 화답이 아니라, 백인백색의 다양한 되울림으로 돌아올 것이다. 철학자에게 인생이 무어냐고 묻는 것과 같을 것이다. 시가 도대체 무어냐는 데 수많은 사람들이 목소리를 내어 왔던 게 사실이다. 이런 점에서 볼 때 시 정의의 역사는 오류의 역사다. 끊임없이 새로운 정의를 다양하게 낼 수 있다는 점에서 기존의 정의는 새로운 정의에 의한 오류로 점철될 수밖에 없다는 것이 된다.

그렇다면 시의 정의에 관한 한, 나도 내 목소리를 한 번쯤 내어볼 수는 있지 않을까? 그렇다면, 내 이야기도 좀 해볼 일이다. 내가 시를 좀 써 보니 느낀 것은 시는 현실 속의 소리가 아니라는 것이었다. 그리고 시는 꿈속의 소리도 아니었다. 꿈이 아니면서도 꿈인 듯한 소리. 그것이 시였다. 비몽사몽의 긴장에 빠져보는 이만이 시를 쓸 수 있고 써야만 하는 권리를 얻을 수 있는 게 아닌가 하는 것이 이즈음 내가 막연하게 가지고 있는, 시의 정의에 관한 한 생각의 일단이다.

백인백색의 다양한 되울림으로 돌아오는 것, 가치의 무정부 상태에 빠진 응답 중에서도 시에 관한 좋은 정의들이 적지 않다. 이 가운데 하나쯤 골라서 보일 수 있는 선택의 여지가 있다면 다음과 같은 것이 될 것이다.

> 꿈에 대하여 말하고 있는 바로 그것이 시다. 꿈속의 이름들은 지상의 그 무엇과도 연결되지 않는다. 이 꿈의 세계들은 동시적이며, 또한 마찬가지로 하나의 공간을 이룬다. 그것은 나부끼고, 추락한다.
>
> —후고 프리드리히

시 속의 이야기는 꿈속의 말은 정녕 아니다. 꿈이라기보다는 꿈같은 이야기를 모아놓은 각별한 말의 풍경인 것이다. 시는 꿈의 바람직한 지닐성을 지닌 것일수록 가치가 있다고 나는 본다. 그리하여 나는 현실 속에서도 통할 수 있는 꿈같은 말로 아로새겨진 독특한 시에 관한 꿈을 가져본다. 내가 생각하는 시의 궁극적인 꼭짓점이 여기에 있는 게 아닌가 하고 생각해본다. 요컨대, 혹은 비유컨대 시는 가르시아 로르카의 시집 표제처럼 '몽유의 로망스(Romance son　mbulo)'이리라. 꿈을 꾸면서 노니는 저 미지의 낭만(浪漫) 세계가 아닐 것인가?

2

시란 애최 논리적인 의미의 접근을 방해하는 속성을 가지고 있다. 일반적인 글쓰기가 평이하게 공감하는 소통의 언어를 이끌어내는 것이라면, 시는 이 언어를 뒤틀어버리려고 하는 데 가치와 의의를 두려고 한다. 뒤틀어버리면 뒤틀어버릴수록 혼돈과 어둠 속에 은폐된 진실이 놓여 있다. 언어 속에서의 진실 찾기가 어디 그리 쉬운 일인가? 그러다 보니 내용도 상식을 반하는 것으로 채워질 수밖에 없다. 시의 언어가 지닌 매혹은 논리를 배제하는 데서 세상을 바로 바라보거나 삶의 실상을 예감해야 하는 데 있다. 시의 언어가 논리적인 의미의 접근을 방해하는 거짓 진술로 이루어져 있는 까닭이 여기에 있을 것이다. 다음에 인용되어 있는 이선영의 시에 드러난 언어도 일상의 논리와 상식에서 좀 벗어난 자리에서 소위 거짓 진술로 일관해 있음을 우리는 볼 수가 있다.

> 콩쥐와 심청과 춘향과 잠자는 숲속의 미녀와 파레아나의 청춘과
> 표지가 닳고 닳은 그 모든 신데렐라들에
> 흙을 덮고 묘비명을 세운 이름
> 비 새고 바람 새는 지붕의 처마 밑에 가장 간절한 둥지를 튼 이름
> 제 속 고운 피의 유로를 찢고 유순한 생살의 곡창을 거덜내며 튀어나온 괴물을
> 끝내 버리지 못하는 지구 위 희귀한 생명체의 이름
> 세월의 바늘땀을 휘갑치기하며 자신이 낳은 것보다 더 오래 살아남고 싶어하는 이름
> 짓밟혀도 짓밟혀도 그게 아픈 사랑이라 믿으며
> 버려져도 쓰러져도 저를 쓰러뜨린 짐승을 위해 눈물 흘리고
> 세상 모든 참혹에 자신의 죄명을 붙이는 아, 엄마

그 단출한 두 음절 안에서 흘러넘쳤다 가라앉고 달아났다 되돌아오기를 평생으로 아는
세 음절의 고유명사를 묻고 지우고 뭉개며 걷잡을 수 없이 커져가는 이름

—「무서운 이름」 전문

이 시를 읽어 보면 딱 먼저 생각나는 것은 모성적인 마성이거나 마성적인 모성이다. 시인에 의한 시심의 동기 부여는 우리가 논리로 풀 수 있고 상식으로 알고 있는 거와는 전혀 다른 차원의 새로운 혼돈 속의 진실에 있다. 모성과 마성의 거리가 멀다는 익숙하고도 완강한 사실에 대한 배반의 언어를 쏟아낼 수 있다는 사실이 그 시심의 동기 부여다. 시인이 제기한 새로운 시적 문제의식은 모성과 마성이 서로 친근할 수 있다는 데 있다는 것이다. 모성의 마성이거나, 혹은 마성의 모성이거나 한 언어는 언어의 현실 바탕을 딛고 넘어선 새롭게 존립하는 또 하나의 진실된 언어의 면목이 아니겠는가? 복잡하게 만연하는 구문 속에서 긴 호흡을 고르면서 내뱉고 있는 시인 이선영의 극화된 진술 형태는 비밀스런 혼돈의 세상을 향한 새롭거나, 낯설거나, 또 다른 진실을 찾겠다는 것으로 향하는 것은 아닐까?

또봉이통닭은 할아버지 할머니가 짝꿍인 또봉이　　　　또봉이는 짝잃은 할아버지 혼자 지키는 또봉이
낙원떡집은 가래떡이 말랑말랑한 낙원떡집　　　　낙원떡집은 아직 낙원이 되기에는 먼먼 낙원떡집
일오삼마트는 이름이 재밌는 일오삼마트　　　　일오삼마트는 '일'자의 반쯤이 부서져 나간 오삼마트

명품세탁은 8시면 띵동하는 명품세탁　　　　　　　　명품세
탁은 맡기곤 찾아가지 않는 미아보호세탁
향림원은 탕수육이 바삭바삭 향림원　　　　　　　　향림원
은 향기로운 숲이 아닌 콘크리트 건물 2층
아가씨생선가게는 아가씨가 늘 활기찬 생선가게　아가씨생선가게
는 여릿한 아가씨일랑 눈씻고 봐도 없는 비릿한 가게
이렇게 먹고사는 나는 오늘도 배달 201동 902호 나는 세상을
배달받으며 201동 902호에 갇혀 있거나 숨어 있는 사람

날 밝으면 제자리에 있는 평화로다　　　　　　　　날 저무
니 휘어진 뼈가 저며 오누나

—「남현동 悲歌」 전문

언어의 배열이 특이한 실험적 성격의 시다. 논리적으로 볼 때 불일치성을 지향하는 서정적인 변형의 시라고 해야 하나? 또봉이통닭, 낙원떡집, 일오삼마트, 명품세탁, 향림원, 아가씨생선가게……. 아무런 인과관계가 없는 간판 이름이 다소 자유로운 연상에 기대어 툭툭 튀어나오고 있다. 아무런 이성의 통제가 없이 생각이 흐르는 대로 받아 쓴 시의 텍스트만이 진짜라면, 이 「남현동 비가」라는 제목의 시는 초현실주의의 진짜배기 시다. 그러나 초현실주의 시의 표현 방식이 모두 다 자동기술법이라고 생각하는 것은 잘못이다, 라고 말하는 사람도 있다. 이 시의 서술적인 표현 방식이 자동기술에 의거하고 있느냐 하는 여부는 차치하고서라도, 시인의 거친 호흡이 정열적인 무의식의 그늘을 보이고 있는 것은 사실이다. 왜 남현동인가, 또 왜 비가(悲歌)인가 하는 것은 논리와 상식으로 해명되지 않는 부분이다.

아빠는 ㄱ
엄마는 ㅏ
딸은 ㅗ
아들은 ㅈ
그 중에 하나라도 빠지면 안 된다
아빠가 아닌 ㄱ은 가족이 아니다
남편이 아닌 ㄱ은
엄마가 아닌 ㅏ는 가족이 아니다
아내가 아닌 ㅏ는
딸이 아닌 ㅗ는 가족이 아니다
누나가 아닌 ㅗ는
아들이 아닌 ㅈ은 가족이 아니다
동생이 아닌 ㅈ은

아빠이기를 마다하면
엄마이기를 마다하면
딸이거나 아들이기를 멈춘다면
ㄱ ㅏ ㅗ ㅈ은 뿔뿔이 흩어진다
ㄱ과 ㅗ와 ㅈ을 끌어모으는
ㅏ가 아니면 아무것도 아니다

ㅏ 한 조각을 가지면 다 얻을 줄 알았는데
그 ㅏ가 다른 가진 것 다 내놓으라며 총구를 겨눈다

—「가족」 전문

언어의 난맥상을 보여주고 있는 시의 대표적인 한 사례가 되지 않을까? 일종의 난센스의 시학이다. 언어 형식의 면에서나 의미론적인 맥락으로 볼 때 낱말과 음소가 만난다는 것은 물과 기름의 관계로 뒤섞여 있음을 말하는 것이다. 아마도, 가족 구성원 사이에 정신적인 소통이 잘 이루어지지 않는 상황을 말하고 있는 것 같다.

이선영의 신작시 다섯 편을 보면 초현실주의 시를 연상하게 한다. 초현실주의 시의 선구자인 기욤 아폴리네르(G. Apollinaire)는 산문시 「해몽」에서 반(半)의식의 상태나 무(無)의식의 상태로부터 비롯된 환각적인 내용의 꿈같은 시의 가능성을 보여주었다고 한다. 과문한 탓에 나에게는 이 시에 관한 정보가 거의 없다. 다만 짐작되는 것은 초현실주의 시가 프로이트가 창안한 꿈과 무의식의 가설에서부터 빚을 지고 있었다는 것. 이로부터 꿈과 무의식과 같이 근원적인 것을 강요하는 초현실주의자들은 거리낌 없이 드러나 보일 법한 삶의 비밀들을 유린하려고 했었다고 한다. "지적 허무주의가 끼친 모종의 해독은 쓸모없는 신뢰의 문제를 제기하는 악의에 가득 찬 것들이었다." 앙드레 브르통이 다다이즘과 결별하면서 선언한 유명한 경인(驚人)의 구절이었다. 무질서하고도 정열적인 이미지, 언어도단이라고 싶을 정도의 부적절한 표현, 논리적으로 일치하지 아니하는 서정적인 변형의 기술 형태. 초현실주의 시 텍스트 하나하나는 혼돈에로의 회귀를 전제로 하고 있었다.

시가 비밀스런 부호로 점철된 것이라면, 비평문은 암호 해독문 같은 것이리라. 말뜻의 원천적인 단절을 꾀하고 있는 인용시 「가족」과 같은 유의 시편은 비밀스런 부호로 그냥 내버려두는 게 시로서 오히려 존재론적이다. 분석적인 잣대를 들이대다간 교각살우의 어리석음을 범할 수 있다. 인용시 「가족」의 본문이 뭐가 뭔지 모르고 매사가 알쏭달쏭하다면, 독자인 낱낱의 사람마다 시편(詩篇) 그 자체로서의 말이 지닌 어떤 존재의 힘을 느낄 수 있는 법이다.

'고등어'라고 했는데 '오징어'라고 듣는다
뒷사람이 '고등어'를 외쳤다가 '없어'를 듣고 '삼치'를 부르는 소리를 못 들은 척한다
이미 '오징어'를 자르면서 '오징어, 맞죠?' 하는데도
'아니요', 기어코 '고등어'라고 한다
다시 '없어'를 들으며 자르다 밀어놓은 '오징어'를 보고도
못 들은 척했던 '삼치'를 끄집어낸다
물어보지도 않고 '삼치'는 삼천 원이겠거니,
우두커니 거스름돈 기다리다 멋쩍게 돌아나온다

밍기적밍기적 발걸음 소리 듣는다
자르다 만 오징어를 '미안하다' 말 없이 미안해하는
고등어처럼 생긴 걸 못 보고도 고등어를 달라 한 것을 한심해하는

고등어를 사려다 잘못 산 삶, 삼치를 구워먹는 저녁

그런 저녁처럼 고등어구이를 놓치게 되는,
그런 김에 느닷없이 삼치를 집어들다 오징어를 다치는,
하룻저녁 새 벌여놓은 일

—「내 삶의 터닝포인트」 전문

시인의 호흡은 거칠어진다. 거친 만큼 이미지가 무질서하고 정열적이다. 언어의 진지함이 삶의 진정성을 반드시 보여주는 건 아니다. 이와 같이 마술적인 말장난 같은 것도 혼돈의 그늘 속에 있을지 모를 삶의 진실을 향하기도 한다. 고등어는 그냥 고등어가 아니다. 자르다 만 오징어를 '미안하다' 말 없이 미안해하는 고등어처럼 생긴 걸 못 보고도 고등어를 달라 한 것을 한심해하는 고등어이다. 문법이나 의미의 연결이

전혀 실현되지 아니하는 고등어다.

시인은 이 시를 통해 일상의 우연한 오류로 인해 삶이 뒤집어지거나 뒤바뀔 수도 있다는 사실을 말하고 있는 듯하다. 이 시야말로 비문(非文)의 언어가 빚어낸 존재의 집인 것이다. “삶에 대한 믿음이, 삶이 지닌 가장 덧없는 면에 대한 믿음이 너무 대단해지다 보면 결국에 가서는 그 믿음이 상실되고 마는 법이다.” 앙드레 브르통은 초현실주의 선언(문)에서 이렇게 말했다고 한다. 견고한 믿음이 상실하는 순간의 전환점에 이르면 고등어를 놓치고 삼치를 집어들다 오징어를 다치는 예상 밖의 일이 생긴다.

시의 메타포 속에는 다양한 형태의 카타크레시스(catachresis)라는 것이 잠재되어 있다. 이 말은 비유의 남용이란 점에서 난유(亂喩), 말의 오용이라는 점에서 오어법(誤語法)이라고 번역된다. 일종의 수사학적 용어이다. 그렇지만 대부분 그것은 수면 하에 가라앉아 있다. 그런데 이선영의 시편인 「내 삶의 터닝포인트」는 수면 위로 드러난 물고기처럼 금빛 비늘을 반짝거리게 한다. 이 시를 읽으면 난유라는 게 딴 게 아니라는 생각을 들게 한다. 난유란 도대체 무얼까? 보조관념이 하나로 통일되어 있지 않고 들썩이다가 소멸되면서 또 다시 무수히 생성하는 것. 각별히도 의미가 있는 저 난유의 시학은 그렇게 완성되어 있다.

> 가을 하늘에 흰 거품처럼 피어오른 구름
> 그 속에 빠져 물씬 향기를 맡으며 허우적대고 싶은 구름
> 그 위를 가볍게 올라타 입파람을 불어대며 놀리고 싶은 구름
> 단풍구름 홍초구름 억새구름

구름이고 싶지 않다,
천둥치거나 벼락치는 날의 들이치는 주먹구름
우박이나 장대비로 쏟아져 내리는 땡비구름
분노구름 슬픔구름 음울구름

구름이고 싶지 않다,
아프리카의 굶주린 아이들이 떠내려가는 팝콘처럼 바라보는 구름
시리아의 상처 난 아이들이 풀어져 나간 붕대처럼 바라보는 구름
아파트 옥상이나 바위 꼭대기에 올라선 사람들이 놓친 구명정인 듯 바라보는 구름

이런 구름이고 싶다,
오 마가쟁 드 누보테스의 사각형의내부의사각형의내부의사각형의내부를 지나
옥상정원에 올라서 '날자 날자꾸나' 날개도 없이 날갯짓하는
이상이라는 이상한 새의 발을 받쳐 주는 구름
아름다웠던 소풍 끝내고 하늘로 돌아가는 천상 시인의 넋을 거뜬히 업어다 주는 구름

―「구름 悲歌」 전문

인용시 「구름 비가(悲歌)」는 구름을 소재로 한 구름 같은 이야기의 시다. 물론 구름만이 가지는 덧없음의 비정형(非定形)의 이미지는 해체되어 있다. 구름이 왜 슬픔의 노래인가 하는 논리도 해체되어 있다. 그러나 이 시는 이선영의 신작시 다섯 편 중에서도 비교적 논리가 정연한 변증법적인 구조의 시인 것은 사실이다.

구름과 슬픈 노래라는 표제의 논리적인 비정합성은 시의 거짓 진술에 의거한다. 그리고 시인의 주관적인 감정이 자연 대상물인 구름에 투사

되어 있다. 이 물활론적인 감정이입(empathy)은 시의 비유 형식으로선 가치가 있는 것이지만 한편으로는 사람과 사람 사이의 공감(sympathy)이 없는 삭막한 인간관계에서 비롯된 현실적인 단절 의식을 반영하는 객관적인 상관물이기도 한 것이다.

3

넓은 의미의 초현실주의가 철학적인 태도 및 세계관의 문제라면, 좁은 의미의 그것은 글쓰기의 한 방식인 것이다. 이선영의 신작시의 경우는 후자의 경우에 해당한다. 내가 알고 있는 이선영의 시 세계는 초기시에 관한 막연한 인상뿐이다. 그 동안 그의 시 세계가 어떻게 전개되어 오고 변화되어 왔는지에 관해서는 잘 알 수 없다. 이번에 발표된 신작시가 그의 시적인 관습과 동향인지, 아니면 새로운 실험 의식의 소산인지에 관해서는 잘 알 수 없다. 어떠하든 간에 그는 세계 속에서 현존하는 시인으로서 이번의 신작시를 통해 개인 고유의 자유와 실존에 관한 문제를 더 깊게 천착한 것이 아닌가 하고 생각해본다. 끝으로, 초현실주의자 중에서 가장 독자적인 위치에 선 시인이었다는 폴 엘뤼아르에 대한 마르셀 레몽의 평판을 인용해 볼 것이다.

> ……시인은 세계 속에 현존한다. 그는 거리를 두고 떨어져서 어떤 한 장소에 믿을 수 없을 만큼 현존한다. 그 장소에서는 총체적인 자유라는 방향으로 카타르시스가 이루어졌으므로 슬픔과 기쁨이 서로 구별할 수 없는 한 덩어리가 되고 고통과 희망으로부터 남는 찌꺼기라고는 찾아볼 수 없다. —김화영 역, 『프랑스현대시사』, 문학과지성사, 1983, 399면.

인간 조건의 불안과 고독에 대한 견해

1

시인 김세영은 내과 의사로서 전문적인 직업인의 삶을 영위해오면서도 2007년에 시 계간지 『미네르바』에 시인으로 등단하고 또 첫 시집 『강물은 속으로 흐른다』를 간행하였다. 이번에 다시 간행할 『물구나무서다』는 그의 두 번째 시집이 된다. 이 신작 시집의 세계를 한 마디로 요약해 말하자면, 시적인, 내지는 나아가 신화적인 은유 및 상징의 동력이 각별히 느껴지는 언어로 이룩된 것이라고 말할 수 있다. 그의 언어는 이번의 시집에서 친화적이기도 하고 또 섬뜩하기도 하고, 감촉이 허물거리기도 하다가도 또 각질처럼 단단하기도 하다. 모순적이고 양면적인 속성이 잘 어우러져 있는 이 각별한 언어의 장(場)이 선 또 다른 저자거리로 독자들을 인도하고 있다.

2

그의 신작 시집에서 은유 및 상징의 동력이 느껴지는 언어로 이룩된 것이란, 투사의 상징으로서 벌레, 짐승의 출현이 인간의 일반화된, 원초적이고도 원형적인 공포의 심리 상태를 만들어가고 있다는 것과 관련된다. 그 대표적인 것으로 시집의 첫머리에 제시하고 있는 「심야의 2호선」이다. 작중의 화자는 시인 자신의 어떠한 경험이 반영되어 있는지는 알 수 없으나, 나에게는 막차를 놓치고 술로 밤을 지새우다가 마지막으로 포장마차에서 첫차를 기다리며 하룻밤의 주연(酒宴)을 갈무리하는 한 취객의 얘깃거리를 극화한 것으로 읽힌다. 그 심야의 이호선은 시의 내용을 미루어볼 때 여명의 직전이 되는 가장 어두운 때 자신의 둥지를 향해 첫차가 질주하는 동선(動線)이다.

밤늦은 귀가歸家
흐물흐물한 애벌레처럼
창이 벽이 되는 몸체로 들어가
땅 속을 달린다

꿈의 터널을 뚫는 두더지가
어둠의 속살을 헤치는 박쥐로 진화했다는
옛 이야기를 창의 진동으로 듣는다

철제 껍데기 속의 번데기가
나비로 우화羽化하는 꿈을 꾸다가
한 생의 목적지를 지나쳐버린다

귀에 익은 정거장의 이름이
다시 한 번 잠을 깨울 때까지
인큐베이터 속의 미숙아처럼
잠 속을 달린다

새로운 새벽의 귀가
전생의 기억들로 가득한 조간을 들고
낯설지 않은 집 앞에서 머뭇거린다.

—「심야의 2호선」 전문

이 시는 우선 벌레, 짐승으로 변형된 인간의 형상이 다양하게 변주되고 있음이 목도되는 작품이다. 이를테면 애벌레, 두더지, 박쥐, 번데기, 나비로 이어지는 은유적인 원형상징성은 발생론적인 무질서의 상태로 나아가는 언어이며, 마침내 카프카적인 존재론을 연상시키고 있는 언어이다. 그 무질서의 상태는 신화에서 곧잘 제기되어 있는 바, 반수인(半獸人)의 형상으로 투사되기도 한 원형적 죽음의 출현에 직면하게 된 이른바 근원적인 공포의 심리 상태이기도 하다.

오늘날은 에스에프 서사 시대라고 할 수 있다. 소설이나 영화를 통해 시간과 꿈은 말할 것도 없고 결국은 양심마저도 조작할 수 있는 시대임을 보여주고 있는 시대라고 할 수 있다. 나 역시 꿈에서 또 다른 인생을 사는 경우가 있었다. 「심야의 2호선」 작중 화자는 꿈속의 꿈을 꾸고 있는 초공상(超空想)의 세계에 자신을 위치시켜 놓고 있다. 꿈속에는 또 다른 잠의 세상이 존재하고 있다는 느낌이다.

도톰한 입술을 상추에 싸서 먹을 때처럼
입을 짜악 벌려서 식탁 위에 올려놓았다
목젖에다 소시지를 달아놓으니
그녀의 흰쥐가 살금살금 들어와서 미끼를 덥석 물었다
철커덕 쥐틀의 문이 닫혔다
겁을 먹고 웅크린 등을 혀로 애무해 주었다
비명소리가 간지러운 웃음소리로 바뀐 후에야 방면해주었다

황소개구리처럼 벌린 입을 식탁에 올려놓고
올챙이 한 마리를 목젖에 달아놓았다
그녀의 물뱀이 둥지 속의 알을 훔치듯이
와락 달려들어 삼켜버렸다
불룩해진 몸을 혓바닥 위에서 똬리 틀고
나의 입천장을 구석구석 핥았다
간지럼을 참지 못하고 접시 위에 울컥 뱉어 놓았다

……(중략)……

나의 목젖이 경련하며 피리소리를 내었다
그녀의 목줄 속의 떨판이 공명을 시작했다
마술피리의, 밤의 여왕처럼
천상의 새처럼, 그녀가 아리아를 불렀다
식탁 위의 흰쥐가 등을 곧추 세워 탭댄스를 추고
접시 위의 물뱀이 긴 배를 드러내고 밸리댄스를 추었다
이승에서의 최후의 만찬일지라도 좋았다.

—「파블로프의 식탁」 부분

투사의 상징으로서의 짐승의 출현은 악의 재현에 의한 공포이며, 재

난의 상징이다. 카프카의 변신을 연상하게 하는 육신의 공포. 인간의 육신 기능이 허물지 않으면서도 동물이 되는 존재의 환상성을 보이는 것을 가리킨다. 이 시에서 '그녀의 흰 쥐'니 '그녀의 물뱀'이니 하는 것은 인간으로 변형된 짐승의 형상이거나, 짐승으로 변형된 인간의 형상이거나, 둘 중의 하나다. 엽기적인 상상력과 에로틱한 판타지가 야틈하게 결합된 이 시는 인간의 보편적인 공포 심리 상태와 무관하지 아니하는 원형 심상을 잘 보여주고 있다.

시인은 시의 제목을 파블로프식 조건형성이라는 심리 기제에서 따왔다. 공포란 이러한 기제와도 무관하지 않을 것이다. 공포라는 무조건 자극이 공포영화라는 조건 자극을 통해 인간(관객)은 공포감의 조건에 반응되기 때문일 터이다. 마찬가지로, 이 시에서는 나의 목젖에서 나는 피리소리가 무조건 자극에, 그녀의 아리아가 조건 자극에, 흰 쥐의 탭댄스와 물뱀의 벨리댄스가 조건 반응에 해당되지 않나 싶다. 시인이 마주하고 있는 인간의 불안과 공포의 문제는 행동주의 심리학에서 분석심리학으로 전이한다.

> 아직도 담배를 피우는 것은
> 니코틴 중독 때문이 아니다
> 해마의 둥지, 측두엽을 갉아먹고
> 두통을 일으키는 기억의 유충들을
> 태워버리고 싶기 때문이다
>
> 허파꽈리 속에
> 유충의 잿가루가 쌓여
> 시화호의 숭어처럼 숨차하면서도

담배를 빨고 있는 것은
어머니 젖꼭지가 그리운
어른아이이기 때문이다

—「애연가의 변」 부분

인용한 시편 「애연가의 변」에서는 원형 심상의 상징이기보다는 개별적인 비유로서 인간의 근원적인 불안에 의거한 개별적인 심리 상태를 제시한다. 애연가의 맹목적인 담배 빨기—피우기보다는 한결 원초적인 의미를 담고 있는—를 통해 공포에 맞서려고 한다. 정신분석 심리학에서 말하는 구강기(口腔期)니 초기 대상관계니 하는 정신분석 심리학의 용어에서 보는 것처럼 시인이 말하는 애연가의 잠재된 기억은 의식의 수면 아래로 가라앉아 있다. 기억의 유충으로 은유된 표현과, 시화호의 숭어라는 직유의 표현은 인간(애연가)의 불안과 공포를 개별적으로 잘 적시하고 있는, 일종의 시적인 서술 전략인 것은 두말할 나위도 없다고 할 것이다.

3

김세영의 두 번째 시집 『물구나무서다』에서 나타나는 '섬'이란 어휘도 각별하게도 주목의 대상이 되고 있다. 일종의 상징 주제어로서 주목에 값하고 있는 것이라고나 할까. 섬은 잘 알려진 바대로 긍, 부정적인 양면의 엇갈리는 속성을 지닌 것이다. 잃어버린 낙원에 대한 인간의 꿈이거나, 변방과 유배지, 혹은 유기된 것의 상징에 대한 쓰디쓴 현실로 수용되는 것. 물론 이 시집에선 후자의 것으로 반응하고 있다. 다음의 시편 「바람의 섬」에서의 섬은 의인화의 시적 상관물로 조성된 상징 공간이다. 그래서인지 섬은 인간의 유기체 형상을 닮고 있다. 일종의 생명 현상인 것이다.

풍도는
바람이 만든 섬이다

달포만 바람이 없어도
암석이 계곡의 숨길을 막아
무기폐처럼 쪼그라든 섬은
물 속에 가라앉는다

익사 직전의 섬을
바람은 심폐소생술로
가슴에 바람을 불어넣어
부레처럼 물 위로 다시 띄운다

수중 암초가 되지 않으려고
바람이 떠나지 못하도록
바람의 유혹에 망설이지 않고
풍도는 입술과 가슴을 내어 놓는다

풍랑이 심하여 하룻밤을 묵으면
바람이 사정한 꽃향기에 취하여
섬은 공중부양한다

풍도는

적운積雲 위에 놓인
바람꽃으로 장식한 달의 침상이다.

—「바람의 섬」 전문

바람에 의해 만들어진 섬이 어디 세상에 있을까. 물론 어디에도 없다. 시인의 상상력에만 존재해 있을 따름이다. 이 시는 그러므로 시인의 상상력이 극대화된 시다. 상상력은 제5연에 이르러 절정에 도달한다. 섬과 수중암초는 늘 부침의 관계 위에 놓인다. 섬이 수중암초로 격하되게 하거나 수중암초가 섬으로 격상되게 하는 것은 인간 의지와 문명의 힘과는 무관하다. 바람이 섬을 조정하고 좌우한다.

이 시에서 풍도는 바람에 의해 만들어진 섬이라기보다 바람이 만든 섬이다. 놀라운 착상이요 참신한 상상력이다. 인간은 풍도처럼 부풀어 오르기도 하고 쪼그라들기도 한다. 격절된 곳에 홀로 놓여 있는 풍도는 인간의 숙명적인 고독의 표상으로 자리하고 있다.

남태평양 투발로에서 소식이 왔어요
"섬이 작아지고 있어요"
"섬이 가라앉고 있어요"

……(중략)……

북태평양 마이도에서 소식을 보냅니다
"마라도에서 이어도 가는 도중,
여기 섬도 작아지고 있어요"
"가라앉고 있어요"

아직 십 년 남짓은
고갱처럼 살 수 있는
조그맣지만 낙원의 섬이지요

부두의 바람개비가 돌아가며
섬의 허벅지살을 샤브샤브처럼
얇게 썰어 바다에 흩뿌려요

언젠가는
살점 모두 잘려나가고
대퇴골만 남은
수중 암초로 남겠지만요

—「섬이 가라앉고 있어요」 부분

얼마 전에 대장암으로 세상을 떠난 한 시인이 투병한 내용의 유고 시집을, 그의 부인이 1주기에 맞추어 간행한 바 있었다. 그는 시집의 부록에 해당하는 투병기 산문에서 말기암 환자의 육신의 극심한 고통을 '존재의 격침'이라고 표현한 바 있었다. 그렇다면 인간이 노화하면서 죽음을 기다린다는 건 하나의 존재의 점진적인 침몰이 아닐까 하고 생각해 본다.

시편 「섬이 가라앉고 있어요」는 인간의 노화에 따른 존재론적인 고독감을 나타낸 것이다. 나는 김세영 시인으로부터 섬의 가라앉음이 자신의 노화를 가리키고 있다는 사실을 전해들은 바 있다. 수면 위로 드러나 있는 섬의 크기는 주어진 생명의 총량이다. 이 시에서 말하는 '마이도'는 현실적으로 존재하지 않는 곳. 자기를 투사한 상상의 섬이다. 마라도에서 이어도 사이에 있는 이 섬은 서서히 작아지고 있다. 시나브로 가라앉고 있다. 섬은 인간의 실낙원인 동시에 고독의 표상이다. 이 시에서 섬은 시인의 자기상을 투사하는 것의 은유인 동시에, 존재의 점진적인 소멸을 받아들일 수밖에 없는 운명적인 인간 조건에서 기인한 어쩔 수 없는, 끝내는 치명적인 고독의 은유가 된다는 사실을 잘 드러내고 있다.

이와 같이 유사한 이미지의 시편으로서, 아득한 잠 속에 가라앉는 안면도를 노래한 것인 「일몰에 사무치다」가 있음도 부기하여 둔다.

고비사막 아래쪽 둔덕에
방풍림이 눈썹처럼 서 있다
기압차가 큰 환절기에는
뇌구腦溝에서 잉태된 바람이
모래바람이 되어, 마른 이마를 할퀴어
군발성 두통을 일으킨다
……(중략)……
적막한 밤에, 스카이 안테나처럼
귀를 곧추 세우면 단조短調의 음계를 들을 수 있다
수십 년을 넘게 다녀도 낯설기만 한 길에서
눈물 한 방울도 흘리지 않는
낙타의 발자국 소리일 것이다
건기의 시간이 길어질수록
모래의 살결은 거칠어졌고
사구의 골짜기는 깊어졌다
……(중략)……
낙타의 마른 울음이
불면의 밤을 밝히는 봉화대처럼
베이산(北山) 능선에 밤마다 세워졌다.

—「황사 바람 앞에서」 부분

낙타의 발자국 소리, 모래의 거친 살결, 사구의 깊은 골짜기, 불면의 밤을 밝히는 봉화대 등의 수사적인 언어 표현에는 인간의 실존적인 고독의 감정이 짙게 배여 있다. 건조하고 황량한 먼 곳, 촉촉함이 스며들지 않는 낯선 세상……. 이 시는 시각적인 이미지가 선명하지만 이국정조를 최대한 절제하고 있다는 점에서 20세기 전반기에 유행했던 이미지즘 시를 연상케 하는 측면이 있다. 이 시의 배경이 되는 사막은 섬에 다르지 않다. 사막이 유기된 것의 상징이라는 점에서, 황폐하고 낯선 곳의 이것이 격절된 섬의 등가적(等價的)인 표현이라는 점에서, 사막 역시 섬이다. 결국 시인은 여행지에서도 인간의 고독을 상징하는 원형적인 심상을 얻게 된다.

4

시인 김세영이 의사이기 때문에 병원에서 쓰이는 특수한 말을 적잖이 사용하고 있다. 결막 충혈, 눈물, 코막힘, 콧물, 땀 등의 자율신경증상을 수반하는 심한 두통이라고 설명되어 있는 군발성 두통, 대뇌피질 속 변연계에 있다는 신경세포 다발이라는 해마(海馬), 나비가 오지 않는 날에 까닭 모를 외로움으로 나비넥타이를 매어본다는 화자에게 있어서의 퉁퉁 붓는 갑상선, 강직성 직립으로 인한 체증, 위축성 점막에 반흔 조직의 이형성(異形性)으로 돋아나는 시신경 돌기들, 본태성 어지럼증 등등은 매우 건조하고도 피지컬한 수준의 사이언스 언어이다. 시적인 감성을 자극하는 언어는 아니다. 이를 뒤집어서 말한다면, 그가 시의 새로운 언어를 찾는 데 노력하고 있다는 증좌다.

오랜 강직성 직립으로 체증이 생겨서
머리통이 건기의 물탱크처럼 말라갈 때
알갱이 가라앉은 과즙병을
뒤집어 놓듯 물구나무선다

오줌통을 위로 올리고
염통을 아래로 내리니,
머리통의 물이 시원해지고
눈이 맑아진다
단전의 피가 따듯해지고
하초가 충만해진다

……(중략)……

물구나무에 매달린 수많은 목어들이
굳었던 지느러미가 우화하는 날개처럼
다시 부풀어 올라 파닥거린다

물구나무는
물푸레나무처럼 싱그럽고
수초처럼 부드러워진다.

—「물구나무서다」 부분

김세영의 시가 보여주는 것은 존재론의 병리학적인 접근이지만 궁극에 있어선 병리학적인 인간 조건을 넘어서는 시적인 존재론의 완성이라고 할 수 있다. 그 실례의 하나가 방금 따왔던 시편 「물구나무서다」인 것이다. 그가 이 시의 표제를 시집의 표제로 삼은 것도 이 때문이 아닌가 하고 짐작해 본다. 물구나무선다는 것은 세상을 기존의 시각, 기성의 논리로 바라보지 않고 거꾸로 보고 뒤집어서 본다는 것. 사물을 다른 각도에서 바라보거나 꿰뚫어본다는 것은 다름 아닌 시의 논리이다. 논리학이 발상이라면, 시는 발상의 전환, 즉 바로 역발상이 아니겠는가. 굳었던 지느러미가 우화(羽化)하는 날개처럼 초월하는 것, 승천하는 것이야말로—그의 시편들이 감정의 이입을 차단하는 견고한 단문의 하드보일러 문체처럼 느껴진다고 해도—굳어 있는 논리를 뛰어넘는 시정신의 승리가 아니겠는가.

5

이상의 내용을 요약해 거듭 말하자면, 시집 『물구나무서다』의 시 세계는 다음과 같이 세 가지 정도로 정리될 수 있을 것이다.

첫째, 벌레와 짐승으로 변형된 인간 형상을 투사하는 상징의 언어는 문학 작품에서 소위 악의 재현에 의한 공포이며, 재난의 상징으로 나타나기 십상인데, 이와 관련된 그의 시편들은 인간의 보편적인 공포 심리상태와 무관하지 아니하는 원형 심상을 잘 보여주고 있다.

둘째, 그는 자신의 시에서 '섬'이란 어휘를 각별히 주목하고 있으며, 그래서 나에게 각별하게도 주목의 대상이 되고 있는 바, 일종의 상징 주제어로서 주목에 값하고 있는 이 시어는 변방과 유배지, 혹은 유기된 것의 상징에 대한 쓰디쓴 현실로 수용되고 있으며, 또 다른 시어인 '사막'이란 것도 유기된 것의, 황폐하고 낯선 곳의 상징이요 등가적(等價的)인 표현이라는 점에서, 사막 역시 섬으로 은유화되면서, 시인은 이를 통해 인간 고독을 상징하는 원형적인 심상을 얻고 있다.

셋째, 그의 시가 보여주는 것은 존재론의 병리학적인 접근이지만 궁극에 있어선 병리학적인 인간 조건을 넘어서는 시적인 존재론의 완성이라고 할 수 있다는 점에서, 그 실례의 하나로 시편 「물구나무서다」를 들 수 있다.

끝으로, 나는 시인 김세영의 시 세계가 시집 『물구나무서다』 이후 더 확장되고 심화될 수 있기를 바란다는 말을 덧붙이면서 이 글을 맺는다.

삶과 죽음의 경계와 선적 취향의 명상

시조시인 강경주는 1953년 경남 하동에서 출생했다. 거의 평생을 두고 경상남도 교육계에 몸을 담았다. 이 글을 쓰는 지금도 그는 초등학교 교장으로 재직을 하고 있다. 그는 1984년『현대시조』지(誌)에 추천 완료되어 시조시인으로 등단하였다. 1987년 처녀 작품집『어둠을 비껴 앉아』(도서출판 경남)를 상재한 이래 지금까지 무려 일곱 권의 작품집을 공간하였다. 비교적 다산의 시인이라고 말할 수 있겠다. 지금까지의 수상 경력으로는 1991년에 남명문학상 신인상을 수상한 것과, 2010년에 성파시조문학상을 수상한 것 등이 있다. 지금까지의 글은 시조시인 강경주에 대한 기본적인 정보를 정리한 것이다.

그러면 그에 대한 문학적인 평판을 정리해보는 것도 그에 관한 객관적인 정보를 확인할 수 있게 하는 게 아닌가 여겨진다.

시조시인 이우걸은 그의 작품에서 늘 끊임없는 노력과 체험, 그리고 잘 의도된 이미지의 배치 혹은 언뜻언뜻 보이는 혜안이 느껴진다고 말한 바 있다. 시인이면서 문학평론가인 장석주는 그의 작품 경향을 이렇게 평한 바 있었다.

> 강경주가 궁극적으로 꿈꾸는 것은 존재를 구속하는 일체의 것들에 대한 지움이고 버림이다. 그는 끊임없이 세속에서 들끓고 있는 욕망을 비워 내려고 한다. 그 지움 혹은 버림을 극단적으로 밀고 나가면 이름이나 언어 따위의 기호의 실존학조차도 없게 될 것이다. 그 없음의 자리는 어떤 이름을 붙여야 할까. 궁극의 무 혹은 절대의 자유? 나는 그의 시조 속에서 하늘을 향해 솟구쳐 오르려는 그 모반과 전복의 날갯짓 소리를 듣는다.

이 인용문에서도 알 수 있듯이 강경주의 작품 성향이 정서나 형식미, 혹은 표현론과 같은 데 있지 아니하고 제재론으로서의 사상적인 측면이나 정신주의의 면모와 관련된다는 것을 알 수 있게 한다. 그에 대한 시조시학을 탐구하려는 본고의 방향성도 이러한 문맥에 초점이 맞추어질 수밖에 없다.

이번에 본지에 그의 작품 세계를 조망하는 기회를 마련해봄으로써 그의 대표작과 신작이 발표된다. 필자는 미리 읽을 기회를 가지게 된 것이다. 그의 대표작 아홉 편 가운데 가장 먼저 눈에 들어온 것은 「별일 없는 날」이었다. 다음에 먼저 인용한 것이 당해 작품의 전문이다.

> 성은암에서 두방사
> 두방사에서 청곡사까지
> 익숙한 산길을 싸목싸목 걷는다
> 발 끝에 채이는 돌들이 화두를 툭툭 던진다.
>
> 새 한 마리
> 포르르

우듬지를 떠난다
나무가 온몸을 떨더니
하늘은 더욱 깊어지고
여여(如如)히 빛나는 밀어가
뿌리로 다시 내려간다.

생각이 깊어진 산머리 위에
이윽고 별이 떴다
심장 박동에 맞추어 뛰는 무량한 목숨의 빛
마음도 몸도 버리고 꽃잎 속잎 눈뜬다.

전3수로 이루어진 이 시조 작품은 우리 흔히 접할 수 있는 풍경을 묘사한 것에 지나지 않는다. 그럼에도 불구하고 필자가 이 작품을 각별히 주목하고자 하는 것은 평범함 가운데 비범한 참뜻의 무언가가 있다는 데 있었다. 정말 새삼스러운 일인 것이다. 제목부터 별일 없는 날은 특별한 날이 아니라는 것이다. 하루하루 무사하게 보내는 일이 행복한 것이다.

평소에는 평범한 삶이 고맙게 여겨지지 않는다. 몸이 아프거나 마음이 상하거나 슬픈 일이 있는 날을 생각해보라. 이 날만은 평범한 삶이 새삼스러이 가치가 있어 보인다. 평범한 삶이 고마운 것은 아픈 사람에겐, 또 슬픈 사람에겐 오히려 행복으로 여겨진다.

평범한 일상 속에서 무량한 목숨의 빛을 볼 수 있다는 건 시인이 일종의 견자(見者, voyant)의 위치에 오른다는 것을 의미하기도 한다. 견자는 아무나 되는 것이 아니다. 어느 정도 이상의 세상 경험이 있어야 하고, 시 쓰기의 경륜도 웬만함을 넘어서야 한다. 불교에서 평상심이라는 말을 잘 쓰는데, 이 시에서 시인의 평상심 같은 것이 느껴온다. 마음이 동요하지 않는 무심의 경지 같은 것 말이다.

이 시에서 또 미덕으로 지적될 수 있는 것은 마지막 행에 보이는 '꽃잎 속잎'이란 표현이다. 물론 작자는 꽃잎과 속잎이 눈을 뜬다, 라고 이해하며 사용했을 것이다. 그러나 나는 그것이 부사어로 읽힌다는 것이다. 그것도 의태어와 같은 어감으로 받아들여진다.

뿔이 있다는 걸 모르고 살았습니다

그런데 언제부터인지 뿔이 너무 가려워

내게도 뿔이 있다는 게 아주 괴롭습니다

언젠가는 나의 두 뿔이 날 받을 것이란 걸

나를 망칠 수 있는 짐승은 나뿐이라는 슬픔을

눈물을 감추기에는 두 눈이 너무 큽니다

인용된 것은 「소」라는 표제의 2수 시조이다. 여기에서 소는 몽매한 인간을 상징하고 있다. 우리 모든 인간은 이 시에 나오는 소에 다를 바 없다. 그런 점에서 부처도 보살도 아니고, 한낱 범부이다. 우리 인간은 마음껏 분노하고, 욕하고, 심지어 폭력을 행하기도 한다. 내가 무심히 쓰는 말도 남에게는 상처가 될 수 있다. 그 모든 것은 정신분석학적으로 비유하자면 마음의 뿔이다. 마음의 뿔은 남을 찌르기도 하고, 스스로 찔리기도 한다.

오늘쯤

어머니는 또 수의를 접으실까

초록숨 일렁이는 하늘도 접으시며

떠나기 좋은 하루를 예감하고 계실까

돌아보면 긴긴 이랑 멀미나는 아지랑이

이승, 좋은 볕살 속에 꽃그늘이 흔들릴 때

가만히 두고 떠나실

꽃자리를 씻으실까

이 작품의 표제는 「목련이 지는 날」이다. 강경주 시인의 작품답지 않게 서정적인 톤으로 이룩된 시조인 듯하다. 그의 작품 중에 어머니는 중요한 의미를 갖는 단어이다. 여기에서 어머니는 노모이며 그래서 언제나 죽음을 앞두고 준비하고 있는 존재이다. 삶과 죽음의 경계, 혹은 한계상황에서 존재하는 실존적인 존재자로서의 어머니. 결국은 시인 자신이기도 하다. 삶과 죽음이 둘이 아니라 둘 아닌 것으로 시인은 파악하고 있다. 불교에선 이러한 경지를 가리켜 불이(不二)의 경지라고 표현하곤 한다. 상대적인 하나가 아니라, 절대적인 하나를 가리키는 불이 말이다.

삶과 죽음의 대립적인 관계를 극적으로 화해롭게 하는 시적인 언어는 바로 '꽃자리'이다. 이 말은 이 시의 핵심적인 기둥말이 된다. 일종의 선어(禪語)이기도 하다. 불교적인 풍격의 시인 공초 오상순 역시 '앉은 자리가 꽃자리다.'라는 선어를 늘 화두를 삼고 살아간 시인이 아니었던가? 이상의 시들을 볼 때 강경주의 시조 작품은 늘 선미한 방향을 틀고 있다. 여기에 인용한 작품에만 해당되는 것이 아니다. 전체 작품의 많은 부분이 그러한 것 같다.

이번에 기획된 강경주 특집을 통해 그의 신작 여덟 편과 극도의 단형을 지향한 절장시조 열 편이 소개 되었다. 이것들을 중심으로 (작품성에 대한 평가와 사뭇 다른 관점에서) 그의 작품 세계가 더욱 견고해지고 있음을 알 수 있게 한다. 불교적인 내용을 감추지 않고 그대로 표방하고 있는 것은 「법륜(法輪) 스님의 즉문즉설(卽問卽說) 2」이다.

딸아이 일기장을 우연히 봤는디유,

맨날 밥이나 하고 빨래하고 청소나 하는
지 에미가 정말 지겹고 싫다는디유
워뗳게 해야 지가 더 좋은 엄마, 훌륭한 엄마가 될 수 있을라나
스님, 스님께서 한 말씀 일러주시야 쓰것는디유

허, 거야

남의 일기장

거 안 보면 되는 겨

이 시의 화자와 한 스님의 대화 내용으로 된 변형의 시조이다. 이야기의 내용이 재미있다. 사람들은 번뇌의 내용을 제거하면 번뇌 그 자체가 소멸된다는 것을 모르는 모양이다. 선(禪)이란 글자 그대로 사물을 단순(單)하게 보는(示) 것에 지나지 않는다. (이 얘깃거리가 누군가 갖다 붙인 말일 수도 있지만 말이다.) 이처럼 글자를 파자하면 원초적인 지각의 형태가 자연스럽게 드러나고 있는 셈이 된다. 사람이 사물을 일쑤 심각하게 보거나, 시비곡직을 분별하려고 하는 데서 번뇌나 망상이 생겨나게 마련인 것이다.

삶도 죽음도 다
내 것이 아닌데

죽음조차 소유하고 있던
삶이 참 무거웠네

삶이 곧 수행이었네

꽃이었네

아니네

인용시는 「낙화」 제1수의 부분이다. 그에게서 삶은 수행이라고 본다. 삶은 꽃일 수 있고, 아닐 수도 있다. 삶과 죽음의 경계에서 삶과 죽음의 문제를 어떻게 받아들이느냐, 하는 문제의식은 결코 간단한 것이 아니다. 이것은 철학적이기도 하고, 종교적이기도 하고, 또한 시적이기도 하다. 철학에서는 이를 한계상황에 처한 인간의 실존이라고 하며, 종교에선 일쑤 구원과 영성(靈性)의 개념을 가리킨다. 물론 시적인 관점에서라면 그 문제는 삶의 진실을 표상하는 언어 표현의 문제가 될 것이다. 시인은 언어로 사유하고 언어로 삶을 표현하고, 완성한다.

불교에선 독특한 깨달음의 과정이 있다. 산을 산으로 보고 물을 물로 보는 단계가 제1단계이다. 여기에서 나아가 산을 산으로, 물을 물로 보지 않는 단계가 있다. 제2단계인 것이다. 그러나 여기서 머물지 않는다. 다시 산을 산으로 보고, 물을 물로 보는 새로운 단계에까지 나아간다. 이 마지막 단계야말로 깨달음을 실현하는 과정인 것이다. 에릭 프롬은 이 단계를 두고 '새로운 현실주의 여명'이라고 표현했다. 삶이 꽃이었다, 꽃 아닌 것으로 나아가 결국 꽃으로 인식하는 것이 불교적인 깨달음의 레토릭이라고 할 수 있을 것이다.

잠깨어

이승을 보는,

다시 보는,

눈이

깊다

이 작품은 「해골」이라는 제목의 절장시조이다. 강경주는 요즘 들어 절장시조의 매력에 푹 빠져 있다. 초장과 중장을 생략한 채 종장만을 제시하는 단형성의 추구. 그는 하이쿠 못지않은 촌철살인의 묘미를 발견한다. 극도로 절제된 언어만으로 서정시의 구경에 도달하려는 것. 여기에 절묘한 명상의 순간성이 내재해 있다. 그는 이번에 시작 노트에 "마음속의 속된 생각을 일시에 지워버리고 깊은 깨달음의 바다에 이르게 한다. 번뇌를 없애고 정신을 집중하면 종장 하나만 고요히 걸려 있는 수평선이 보인다."라고 쓰고 있다.

인용시 「해골」은 열여덟 잣수로 이루어진 시다. 하이쿠보다도 한 자가 적다. 죽음 쪽에서 삶을 바라보면 삶은 더 심오해진다. 에릭 프롬이 말한 새로운 현실주의 여명이 이런 것이 아닌지 모르겠다.

시조시인 강경주의 작품 세계를 살펴 볼 때 그는 정신주의에 밀착해 있단 느낌을 주는 시인이다. 그의 작품들은 선적(禪的)인 취향의 것들이 적지 않다. 그래서 때로는 눈부신 명상의 순간성이 담겨 있기도 하다. 그의 시가 지니고 있는 변별성이란 바로 이런 것이다.

그러나 그가 다작의 시인인 만큼 범작이 많을 수도 있다.

그래서 그가 앞으로 다작의 욕망을 자제하면서 한 편 한 편 밀도 높은 언어, 상상력을 잣는 말의 품새를 위해 노력을 경주해야 하리라고 본다. 관념보다는 주정적인 율동의 감각에 마음을 기울이는 것도 생각을 해봐야 할 것으로 보인다.

쓰나미의 꿈과, 반反원전의 시심

1

2011년 3월 11일, 후쿠시마에 원전 사고가 일어난 후, 체르노빌과 후쿠시마를 연결하는 '반(反)원전'의 문학적인 관심의 움직임이 급부상하기에 이르렀다. 주지하는 사실이지만, 현대 사회는 원전이나 핵의 위험성이 엄존하는 사회다. 1945년의 히로시마, 1995년의 체르노빌, 2011년의 후쿠시마라는 일련의 과정은 핵을 보유하는 사회의 모순과 위험성과 반(反)인간성에 대한 인간의 각성과 성찰을 불러일으켜 왔다. 지금의 다문화적인 문학은 국경 너머의 연대의식을 고취하게 하는 반원전의 문학이 가장 큰 설득력과 호소력을 가진다.

체르노빌의 비극을 문학의 장으로 이끌고 온 작가 스베틀리나 알렉시예비치는 2015년에 노벨문학상을 수상했다. 르포르타주 작가를 노벨상 수상 작가로 선정한 것도 매우 이례적이다. 스베틀리나 알렉시예비치의 기록문학인 「체르노빌의 목소리」(개정판 : 2008)는 최근에 부상하고 있는 반원전 문학의 시작을 알리는 징표가 아닌가 한다. 승려이면서 소설가

인 겐유 소큐가 후쿠시마의 원전 재앙을 성찰한 소설집인 『빛의 산(光の山)』(2014), 추리작가 김성종의 단편소설 「달맞이 언덕의 안개」(2016), 환경적인 인재(人災)의 각성을 촉구한 최근의 재난 영화 「판도라」(2015)는 반원전을 지향하는 문학과 영화의 의미 있는 텍스트라고 하겠다.

2

시인 윤고방은 새로 간행된 시집에 연작시 '쓰나미의 꿈'을 담고 있다. 연작시는 열다섯 편의 낱낱의 시편으로 짜여 이어지고 있다. 이 연작시 역시, 나는 반원전 문학의 의미 있는 텍스트라고 생각한다. 다문화성과 무국적성을 지향하고 있는 이 시대에, 월경(越境)의 연대감으로 엮인 문학의 한 성취를 여기에서 바라본다.

> 2011년 3월 11일을 기억하시는가
> 세상의 고요가 비명의 목청을 깨고 나오던 시각
> 거친 숨소리가 심해 절벽 갈라진 틈바구니에서
> 불덩이 잿덩이 바람덩이를 한데 휘몰아
> 검붉은 어둠 속에서 더욱 빛나던 시각
>
> (……)
>
> 땅 끝까지 바다 끝까지 울려 퍼지는
> 수궁 악사들 구성진 너울의 장엄한 흐느낌 속에서
> 환태평양 불의 고리를 꿰어 든 알몸뚱이가 꿈틀거린다
> 얼굴 불콰한 마그마, 만취의 춤사위가 일렁거린다
>
> —「쓰나미의 꿈 2—깃발」 부분

인용한 시편 「쓰나미의 꿈 2—깃발」은 후쿠시마에 있었던 2011년 3월의 원전 사고의 정황을 비교적 객관적으로 묘파해 내고 있다. 시인이 물론 그때의 재난 상황을 목격하지 않았을 것이지만, 상상력을 동원한 실감 있는 필치로 묘사의 핍진성(逼眞性)을 극대화하고 있다. 지진 해일은 일본어인 '쓰나미'로 확실히 자리를 잡고 있다. 공인된 국제어라고 할까? 어쨌든 이로 인한 원전 사고의 바닷가에는 그 이후 어떤 모습으로 변하였을까? 변화의 한 상징은 소위 '두부하우스'라는 말에서 찾을 수 있을 것이다. 이 두부하우스는 후쿠시마의 지진 해일이 휩쓸고 지나간 이후의 새로운 모습이다.

동일본 대지진의 그날
하늘이 먼저 새까맣게 밀려왔지
일곱 해가 지난 지금
파도는 검은 너울을 벗었지만
후꾸시마엔 아직도
버섯구름의 망령이 바다 위를 떠도네

강보에 싸여 피란길에 올랐던 아이들은
자라서 이제 노래를 부른다
두부하우스 두부하우스

하얀색 페인트에 네모 반듯반듯한
생활도 네모 생각도 네모라며
지금은 정든 우리들의 집
고달픈 피란살이 골목길 끝에
아이들은 자라서 노랠 부르네

어른들의 하늘은 오늘도 낯빛을 바꾸는데
바다는 혼몽한 쓰나미의 꿈을 베고 누웠는데
아이들은 철모르고 노랠 부르네
두부를 닮은 정든 우리집
두부하우스 두부하우스

—「쓰나미의 꿈 6—부활」 전문

어느 날 갑자기, 바닷가 마을은 폐허로 변했고, 이 바닷가 마을의 주민들은 삶의 보금자리를 잃었다. (어디 그 뿐이랴. 배움의 터전인 학교도, 생업의 도구인 선박도 자연의 재난에 빼앗겼다.) 인용한 시편 「쓰나미의 꿈 6—부활」은 이른바 '두부하우스'를 노래한 시다. 두부하우스는 두부집이라고 할 수 있다. 두부를 파는 집이거나, 두부를 소재로 한 음식점이거나 하는 것 말이다. 하지만 여기에서 말하는 두부하우스란, 2011년 3월에 지진 해일이 몰고 온 이후에 후쿠시마 난민들을 위해 마련된 가설 주택이다. 하얗고 네모난 두부를 닮은 이 가설 주택은 일종의 수용소와도 같다.

후쿠시마 난민들이 사는 마을의 아이들과 지리산에 사는 우리 아이들 사이에 교류가 있었다. 후쿠시마의 한 아이가 두부하우스에 관한 동시를 쓰고, 지리산에서 살아가는 동요 작곡가인 한치영 씨가 이를 작곡했다고 한다. 작곡한 곡을 부르는 공연도 가졌다. 이 이야기는 2016년 9월 17일에 방송된 KBS의 특집 다큐 '두부하우스—후쿠시마에 산다는 것은'에 잘 소개되기도 했다. 이 방송에서 우리에게 남긴 것의 가장 중요한 얘깃거리는 예사롭지 않은 여운을 남기고 있다. 그것은 방사능 오염을 의심하는 사람들의, 난민에 대한 차별적인 시선이라고 한다.

생불고기 한 덩이가 푸른 연기를 펄럭이며 타오르고 있을 때
축생들의 짓무른 발굽을 주저앉히며 적막한 성호를 그어대는 구제역

촛불이 광장을 휘감고 있다
깃발들이 거리를 덮고 있다
한낮에도 초침은 멈춰 선 채 졸고 있는데
자정의 바늘이 가리키는 곳은 어디인가

—「쓰나미의 꿈 14—자정의 시계바늘」 전문

연작시 '쓰나미의 꿈'은 일본의 일에만 국한되지 않는다. 2016년에 있었던 한국의 시대 상황과도 맞물린다. 이 해의 막바지에 광풍처럼 몰고 왔던 구제역과 광장의 촛불은 자연 생태계의 평형을 교란한 것이며, 인간들의 비민주적인 욕망 증식에 대한 정치적인 분노로 표출된 것이다. 교란의 지진 해일과 민주화의 큰 쓰나미는 서로 대조되는 것 같아도 궁극에 있어선 비교된다. 시인의 상상력 촉수는 이처럼 월경의 연대감 형성 및 결속에까지 미친다. 쓰나미의 꿈에 어려 있는 시인에게 있어서의 반(反)원전 시심은 아름다운 불꽃처럼 타오른다.

3

연작시 '쓰나미의 꿈'은 심야의 공포 드라마와 같은 삿된 악몽인 동시에, 앞으로 사람이 사람답게 살아가야 할 소중한 교훈이요, 삶의 반듯한 목록인 것이다. 우리나라의 문단이 국제적으로 반핵-반원전의 무풍지대처럼 인식되어선 안 되리라고 본다. 하물며 우리 한반도야말로 북핵(北核)의 피해 가능성이 가장 직접적으로 노출되어 있는 위험 지대가

아니랴. 어쨌든, 지금 이 시대는 원자력 시대로부터의 탈각을 깊이 성찰해야만 하는 시대가 아니랴.

제4부

사사로움의 여백

호모 심비우스의 노래

1

공생은 본디 생물학적인 용어였다. 서로 다른 종(種) 사이에도 상호부조의 생존 관계가 존재하고 있다. 이를 두고 이르되 '심비오시스(symbiosis)'라고 한다. 우리말의 '공생'에 해당하는 말이다. 이 말은 1879년 독일의 학자 하인리히 드 바리가 처음으로 사용했다. 공생 관계를 우리 속담으로 비유하자면 '누이 좋고 매부 좋은 원만한 관계'이다.

실제로 생태계에서 이종의 동물 사이에, 심지어는 곤충과 미생물의 미시적인 세계 사이에, 호혜적인 공생 관계를 유지하는 사례는 적지 않다. 우리가 가장 잘 아는 공생의 사례는 나일 강의 악어와 악어새의 관계이다. 악어가 그 공포의 아가리를 쫙 벌리면 가냘픈 악어새, 정확히 말해 악어물떼새들이 그 속으로 기분 좋게 뛰어 들어간다. 얼핏 보기엔 마치 계란으로 바위를 치는 것 같이, 자살특공대를 투입하는 것 같이 무모해 보인다. 그러나 새는 악어의 이 사이와 잇몸에 붙어 있는 기생충들을 쪼아 먹으며 배를 채워서 좋고, 악어는 이 사이의 이물질을 제거하고 입안을 청소해 주어서 더 없이 좋다. 이 절묘한 상호부조의 관계는 자연계의 공생을 설명해주는 적례 중에서도 적례다.

그런데 공생의 효과는 생물학의 범주에 한정되지 않는다. 인간과 사회의 공생관계는 음습하고 부정적인 경우가 많다. 예를 들어 말하면, 검찰과 조직폭력, 금융감독원과 부실기업 등의 얘기들을 끄집어내면, 사람들은 무슨 말을 하려고 하는지를 대충 짐작하면서 고개를 주억거릴 것이다. 이를 두고 볼 때, 진정한 공생 관계는 건전하고, 발전적이고, 전체의 시스템에 호혜적이어야 한다.

공생이 인간이나 사회의 층위에서 논의될 때 라틴어 식의 조어인 '호모 심비우스'라는 용어가 가능해진다. '심비우스'는 '심비오시스'의 형용사형이다. 즉 '공생하는'의 의미로 사용되는 말이다. 요컨대, 호모 심비우스는 공생하는 인간이다. 그런데 중요한 것은 공생은 인간과 사회의 범위를 넘어서 심지어는 자연계의 비생명체에 이르기까지 확대된다는 사실이다. 이와 관련하여 생명체와 비생명체 간에도 공생이란 것이 존재하고 있다는 내용의 동시 한 편을 보자.

풀을 뽑는다
뿌리가 흙을 움켜쥐고 있다.
흙 또한
뿌리를 움켜쥐고 있다.
뽑히지 않으려고 푸들거리는 풀
호미 날이 칼 빛으로 빛난다.
풀은 작은 씨앗 몇 개를
몰래
구덩이에 던져 놓는다.

—하청호의 「잡초 뽑기」(1986) 전문

인간이 잡초를 뽑는 것은 인간이 필요해서 뽑는 것이다. 인간중심적인 관점에서 잡초를 뽑는다. 잡초의 입장에선 뽑히지 않으려고 안간힘을 다한다. 그런데 뿌리는 흙을 움켜쥐고 있고, 흙도 뿌리를 움켜쥐고 있다. 흙이 무정물인데도 여기에선 의인화된다. 어쨌든 생명체와 비생명체의 공생 관계를 잘 얘기하고 있는 동시다. 이를 그윽이 관조하는 시인은 호모 심비우스(Homo symbious), 즉 공생하는 인간으로서 그러한 공생에 공감하는 인간이다.

미국 생태주의 문학의 성자(聖者)라고 할 수 있는 헨리 데이비드 소로는 평소에 곰팡이에 관해 관심이 많았다. 19세기 중반에, 그는 이미 곰팡이를 박멸하려는 인간중심적인 이기심을 경계했던 것 같다. 인간이 보기에 하찮은 것이지만, 하나의 완벽한 생명의 시스템을 갖춘 이 균류(菌類)의 삶도, 그에게는 '성공적인 한 편의 시(詩)' (김욱동의 『녹색 고전』, 242면, 재인용.)였다. 환경과 생태계에 미치는 나쁜 영향 운운 하면서 잡초나 곰팡이가 인간으로부터 배제돼야 한다는 생각은 공생하는 인간으로서의 현명한 자세가 결코 아니라고 본다.

2

인간과 자연, 인간과 인간이 공생하는 지혜를 경험적으로 터득한 사람이 있었다. 스웨덴 출신의 여성 생태운동가 헬레나 노르베리-호지이다. 그녀는 혹서와 혹한이 반복되는 티베트 고원지대의 오지(奧地) 라다크에서 16년을 살았다. 그리고는 공공의 번영을 가져다주리라는 자본주의의 시장경제와 전지구적인 산업화에 대한 대안의 삶을 제시하기에 이른다. 그녀가 오지 체험을 바탕으로 쓴 『오래된 미래』(1992)는 50개 정도의 언어로 번역되고, 또 우리나라에서도 20여 년 전에 번역되어 수십 만 권 팔렸다. 생태주의의 대안적인 삶을 기술한 고전 같은 책이다.

오래된 미래.

우리 시대의 가장 빛나는 역설의 하나다. 불교라는 것이 먼 과거에 생겨나 오래 이어져 왔지만 오래된 것이 아니라 늘 새로운 것이며, 또한 이것은 미래의 삶의 대안으로 우리에게 자리를 잡고 있다는 것이다. 달라이 라마도 이 책을 두고 '그녀가 근대적 개발로 인한 많은 문제점에 대한 대안적인 해법을 모색하면서 행해온 (글쓰기) 작업에 경의를 표한다.'라고 공개적으로 밝히기도 했다.

노르베리-호지는 라다크 지방에서 다양한 인맥을 형성했는데, 특히 이 가운데 타시 랍기아스를 잘 알고 지냈다. 그는 승려는 아니지만 존경받는 불교학자였다. 뿐만 아니라, 그는 라다크 지방에서 시와 노래로 유명했다. 그녀의 책에는 그의 노래가 한 편 소개되어 있는데, 9연 중에서 2연만 인용해 보겠다.

여기 우리에게는 진보가 없어도
복된 마음의 평화는 있네.
기술을 갖고 있지 못해도
더 깊은 법의 길을 가지고 있네.

라다크와 티베트의 우리 언어는
현명한 스님들의 말,
법의 보배로 가득한 것이어서
다른 어떤 것도 따를 수 없네.

여기에 인용한 시(부분)는 타시 랍기아스라는 이름의, 이름 없는 현자가 부른 호모 심비우스의 노래다. 근대의 진보는 끝없는 경제 성장과 물질주의의 번영을 기약하지만, 인류와 세계의 보편적인 가르침인 진리(법)를 상실하고 있다고 한다. 그 현자에겐 불교는 진리의 말씀이다. 이 말씀은 삶의 온갖 영역에 있어서 생명의 연대와 상호연관성에 대한 깨달음을 일깨어준다는 것이다. 어디 타시 랍기아스뿐이랴. 라다크의 농부들도 노래한다. 일을 하면서 노래한다. 다음은 씨 뿌릴 때 부르는 농부들의 노래란다.

> 문수사리, 지혜의 화신이여, 들으소서!
> 신들이여, 대지의 신령들이여, 들으소서!
> 한 개의 씨앗에서 백 개의 작물이 자라기를!
> 두 개의 씨앗에서 천 개의 작물이 자라기를!
> 모든 곡식들이 쌍둥이가 되기를!
> 부처와 보살들을 섬길 수 있도록,
> 승가에 공양을 바치고 가난한 이에게 보시할 수 있도록
> 넉넉히 보살펴 주옵소서!

이때 씨 뿌리며 노래하는 농부들은 전형적인 호모 심비우스가 된다. 라다크의 사람들은 인간적인 규모의 땅뙈기에서 작물을 키우고 수확을 기다린다. 자연은 불가피한 생명의 현실이기 때문에, 씨앗 한 톨도, 벌레 한 마리도, 풀 한 포기도 생명 공동체의 구성적인 요소로 자리를 잡는다. 이들의 삶은 푸르다. 욕망을 자제하면서 개인의 가치와 공동체의 가치가 서로 충돌하지 않고 살아가는 라다크 사람들의 푸른 삶에는 생태학적인 감수성이 쪽빛처럼 배어있다.

노르베리-호지는 타시 랍기아스와의 사상적 교유를 통해 연기(緣起)의 법칙을 통한 관계의 그물망과, 이것의 유효한 가능성에 대한 깨달음을 갖게 된다. 이와 관련해서, 그는 현자 랍기아스의 어록을 여기저기 남기고 있는데, 내가 생각하기로는 다음에 인용된 것이야말로 『오래된 미래』의 모든 내용 가운데 가장 눈빛이 오래 머무는 부분이 아닐까 생각한다.

> ……나무는 독립적인 존재를 가지고 있지 않습니다. 관계의 그물 속으로 녹아들어가 버립니다. 잎사귀에 떨어지는 비와 나무를 흔드는 바람과 그것을 받쳐주는 땅이 모두 나무의 한 부분을 이룹니다. 생각을 해보면, 궁극적으로는 우주 속의 모든 것이 나무를 나무로 만들도록 돕고 있습니다. (한국어판, 79면.)

나무가 독립적인 생명(력)을 가지고 있는 것 같지만, 반드시 그렇지는 않다. 나무는 독생을 지향하지 않고, 공생한다. 세상에 독생해 홀로 사는 존재가 그 얼마인가? 시인 정현종이 『세상의 나무들』(1995)이란 시집을 낸 바 있었다. 이 시집 속에는 「이슬」이란 시편이 있는데, 나무가 여타의 자연 요소에 의해 공생한다는 생태적인 감수성의 시들이 씌어져 있다. 1990년대 중반인 그 당시로선 이러한 유의 시가 많지도 않았고, 내 기억으로는 생각보다 공감을 불러일으키지도 않았었다.

> 나무는 구름을 낳고 구름은
> 강물을 낳고 강물은 새들을 낳고
> 새들은 바람을 낳고 바람은
> 나무를 낳고……

열리네 서늘하고 푸른 그 길
취하네 어지럽네 그 길의 휘몰이
그 숨길 그 물길 한 줄기 혈관……

—정현종의 「이슬」 부분

앞서 인용한 타시 랍기아스의 어록과 이 인용시의 내용이 많이 닮아 있다. 서로의 영향 관계가 전혀 없는데도 서로 간에 생각이 닿아 있다는 사실은, 인류 보편의 가치를 우리 스스로가 공유하고 공감하고 있다는 반증일 터이다. 정현종의 시 「이슬」에서 보이는 '숨길과 물길과 혈관'은 랍기아스가 말한 '관계의 그물'이 아니겠는가?

우리는 풀만 이슬을 머금는 줄 안다. 나무도 이슬을 머금고 산다. 나무는 늘 혼자서 제 자리를 지키면서 살아도 결코 독생하지 않는다. 김소월의 산유화(山有花)가 저만치 혼자서 피고 져도 산과 더불어 산에서 우는 작은 새와 더불어 살아가듯이, 나무는 땅과 공기와 하늘과 나비와 함께 관계의 그물망을 엮는다.

이 대목에서 나무 하면 떠오르는 외국의 시인이 있다. '나무처럼 사랑스런 시는 없다'던 「나무들」의 시인 조이스 킬머는 32편의 시를 남겨두고 32살의 나이에 요절했다. 그의 시집 국역본(한솔미디어 : 1994) 초판이 나오기 1년 전인 1993년에, 번역자 김귀화 역시 32살의 나이에 요절했다. 「봄에 죽은 지빠귀새와 그의 짝에게」라는 비교적 긴 시를 읽어보면, 그는 시인이라기보다 숫제 호모 심비우스였다.

대기는
연약한 푸른 날개를 지닌 나비.
행복한 지상은

하늘을 우러르고 칭송하네.

—조이스 킬머의 「부활절」 전문

대기의 하늘거리는 공기 흐름은 연약함에 대한 측은지심을 불러일으킨다. 이 순간 지상은 하늘을 우러러 칭송한다. 동양적인 천지 합일의 진경과도 같다. 여기에 사람이 끼어들면 완벽한 우주의 화음을 빚어낸다. 인간과 인간이 공생하고, 인간과 자연이 공생하고, 마침내 자연과 자연이 공생한다. 이를 두고 공생의 '트라이앵글'이라고 하면 어떨까?

3

물리학자 장회익의 저서 『온생명과 환경』(2008)를 보자면, 낱생명과 온생명의 관계에 대한 생태학적인 사유가 돋보이게 전개되고 있다. 이에 관한 그의 논리, 원리를 다음과 같이 살펴볼 수 있다.

개구리의 눈은 움직이는 사물만을 포착한다. 그러나 흔들리는 나뭇잎은 포착하지만, 나무의 전체를 이해하지 못한다. 또 나뭇잎 하나하나를 별개의 것으로 이해한다. (반면에 개미는 나무의 전체상을 이해면서 나무를 심는다. 인간 외에 나무를 심는 유일한 동물이 개미들이다. 이 녀석들은 비록 미물이지만 나무와 함께 공생할 줄 아는 지혜로운 생명체다.) 장회익은 개구리의 눈에 포착된 나뭇잎 하나가 낱생명이요, 나무는 온생명으로 본다. 하지만 낱생명의 개념 안에서 생명의 참모습을 무리하게 찾으려는 데는 어려움이 따른다. 낱생명이 눈에 쉽게 띄지만, 온생명은 감지하기조차 매우 어렵기 때문이다.

그런데 나에게는 온생명도 상대적이며 층위가 있는 게 아닌가 하는 생각이 들기도 했다. 온생명이 고정의 상태에 놓인 절대적인 개념이 아니라고 생각해서다. 온생명이 더 큰 범주의 온생명에 의해 낱생명이 되는 것은 정한 이치가 아니겠는가? 이 대목에서, 나는 좀 쑥스럽기는 하지만 이른바 '문득 깨달음'의 시심(詩心)의 상태에서랄까, 즉흥시 한 편을 거두어 올려본다. 이것도 시가 되는 건지, 나 자신도 잘 모르겠다. 다음의 내 시집이 상재될 때, 이것을 실어야 하나, 말아야 하나 하는 생각도 남는다.

나뭇잎이 낱생명이라면,
나무는 온생명이다.

나무가 낱생명이라면,
숲은 온생명이다.

숲이 낱생명이라면,
산은 온생명이다.

산이 낱생명이라면,
대자연은 온생명이다.

—자작시 초고(草稿)

인간은 공생함으로써 더 큰 생명계를 만들어간다. 이 글의 주제어인 호모 심비우스는 주지하듯이 공생하는 인간이다.

그런데 지금 왜 호모 심비우스인가?

낱생명에서 온생명으로 발상을 전환시킬 수 있는 21세기적인 인간상이 바로 공생하는 인간이 아닐까? 21세기는 독생적인 관계에서 공생적인 관계로 생각의 틀을 바꾸어야 하는 긴요한 전환기다. 금세기의 인간상은 공생하는 인간, 협력하는 인간, 이타적인 인간이 아니어선 안 된다. 인간만이 독생하는 존재자이다, 라는 인간중심적인 사고와 관념을 버리지 않으면 안 된다.

인간관의 모델은 시대마다 달랐고, 또 시대가 요청한 것으로 나타났다. 그 동안, 이성적 인간, 도구적 인간, 유희적 인간 등이 합리주의 시대 이후에 20세기 말까지 등장했다. 이제 새로 등장한 인간은 공생적 인간이다. 트라이앵글의 세 변을 번갈아가면서 적절하게 울림하면 기막힌 공명(共鳴)의 소리를 낸다. 이 소리가 바로 우주적인 화음의 공생 관계를 맺는 소리로 비유될 수 있다면, 얼마나 좋겠는가.

시월의 마지막 밤이 그믈었다

1

나는 우선 내가 좋아하는 우리말로 시를 쓰고 싶었다. 또 잘 쓰이지 않는 우리말로 시를 쓰고 싶었다. 국어사전에 등재되어 있지 않은 우리말이 시인의 진정한 모국어가 아니겠느냐 하는 극단적인 생각도 가져보았다.

시인의 언어는 기의(記意)라기보다 기표(記標)다. 글자 그대로, 기의가 기호적인 의미라면, 기표는 기호적인 표현이다. 비문학적인 글이 기호의 의미를 중시하겠지만, 문학적인 글, 특히 시의 경우는 기호의 표현에 성패를 거는 경향이 있다.

2

내가 사용한 특별한 우리말 시어 중에서 얼핏 떠오르는 것이 있다면, 그것은 '애기동백'과 '수병이'이다.

나의 '애기동백'은 자작시 「하얀 애기동백」에 나오는 시어로서, 시의 제재가 되는 일종의 기둥말이다. 이 시는 "당신은 하얀 산다화를 본 일이 있습니까? 남해안 일대에 키 작은 동백나무가 있습니다."로 시작하는, 좀 길고도 산문적인 형태의 시다. 겨울(冬)에도 잎이 잣나무(柏)처럼 늘 푸르다는 뜻의 동백은 우리만 사용하는 한자어이다. 따라서 애기동백은 우리의 토박이말에 진배없다.

애기동백은 김춘수의 '산다화(山茶花)'에 해당하는 말이다. 그는 시에서 산다화를 무척이나 사랑했다. 오래 전 어느 날 하루, 시인 김춘수는 사석에서 평론가 유종호로부터 질문을 받는다. 선생님, 산다화가 무슨 꽃이죠? 산다화요? 나도 잘 몰라요, 이름이 좋아서 그냥 썼을 뿐이에요. 평론가와 시인의 의사소통은 잘 이루어지지 않았다. 기호의 의미와 기호의 표현이 서로 다른 만큼이나. 이때 유종호는 이름이 좋기로는 일본어 발음 '사잔카'가 더 좋지 않나 하고 속으로 생각한다.

산다화는 일본 구주(九州) 지방의 고유 품종이다. 동백꽃의 일종이긴 한데 좀 앙증맞은 떨기나무 형태의 동백나무에서 피우는 꽃이다. 차나무의 일종이어서 산다화라고 한다. 나는 언젠가 한반도 남부의 농경문화를 받아들여서 일본 역사의 서막을 연 요시나가리를 방문한 일이 있었다. 여기의 아주 가까운 곳에 산다화의 원산지가 있었다.

우리나라 국립국어원에서 정성스레 만든 방대한 규모의 표준국어대사전에 산다화가 동백꽃의 동의어라고 지시하고 있다. 산다화는 동백꽃의 한 종류이지, 그 자체는 아니다. 잘못된 지시적인 내용인 것이다. 국가적인 차원에서 만든 공신력 있는 이 사전에는 산다화의 설명도 잘못되어 있지만, 이것의 우리말인 애기동백은 아예 빠져 있다.

시인 김춘수도 평론가 유종호도 산다화의 우리말인 애기동백을 몰랐다. 그런데 산다화의 일본어 발음이 왜 '사잔카'인가? 한자음을 짐작해 조합해보면 서로 맞지 않는 것 같다. 그래서 내가 백방으로 궁리를 해보니, 일본에서는 산다화를 가리켜 '다산화(茶山花)'라고도 한다는 사실을 알게 되었다. 이 다산화의 한자음이 바로 '사잔카'인 것이다.

나의 사랑하는 시어 그 애기동백이 독창적인 기표로 기억되면 좋겠다. 생물학적인 인지력과 상관없는 시어로 사용된 이성복의 호랑가시나무처럼 말이다.

어느 한 독자가 내게 말했다. 애기동백, 소리만 들어도 애틋함이 물씬 밀려오네요, 라고. 애기동백은 우리나라의 겨울날 남해안에 지천으로 피고 진다. 통영에서 나고 자란 시인인 김춘수는 이 애기동백을 자주 보았을 터이다. 이를 두고 애기동백이라는 우리말을 평생 한 번도 들어보지 못하고 살았어도, 일본어의 한국식 발음인 산다화를 떠올리면서 심미적으로 호흡하거나, 기호론적으로 반응하였던 것이다.

3

나의 시 중에 「왕잠자리 그림을 상상하며」라는 게 있다. 이 시를 쓰게 된 동기가 있었다. 이미 오래 전에 별세한 진주 출신의 박생광 화백의 그림을 구입해서 몇 년 전 겨우내 내 집 거실에 놓아두고 늘 완상하였다. 그림은 다람쥐 네 마리가 석류나무에서 사이좋게 석류를 파먹고 있는 모습을 그린 것이다. 이 그림을 볼 때마다 진주에 있는 한 표구사가 소장하고 있는 박 화백의 왕잠자리 그림이 떠올리고는 했다. 살까, 말까 한참 망설이면서 결국 사지 않은 그림이다. 박 화백의 이름값이면 살

수도 있는 그림이었다. 하지만 뭔가 확 당기는 맛이 없었다.

내가 평소 잘 아는 표구사 주인은 이 왕잠자리를 가리켜 '수병이'라고 이름했다. 물론 실제 발음은 '수배이'다. 매우 독특한 방언이다. 방언의 지역적 분포에 관해 조사해 보니 진주와 그 인근 주민들이 사용해 왔다는 방언이다. 그런데 진주에서 가장 가까운 산청군 출신의 방언학자에게조차 물어보니 이 말을 모른다고 한다. '수배이'라는 발음의 이 방언을 알고 있는 사람들은 50대 중후반 이상의 진주 사람들뿐이었다.

> 무슨 까닭일까, 진주의 사람들이 몸집이 좀 커 보이는 초록빛 왕잠자리를 수병이라고 불렀던 것은. 수병이는 비파나무 커다란 잎에 앉은 채 황홀경을 헤매듯이 교미를 해대고 있었다.
> 박화백의 말투대로라면, 수배이를 기린, 기림 같잖은 기림이다.
>
> —「왕잠자리 그림을 상상하며」 부분

진주 사투리가 무척 심했다는 박 화백의 말투를 상상으로 복원해 보았다. 수배이를 기린(그린) 기림(그림) 같잖은 기림이다. 즉 수병이(왕잠자리)를 그린 보잘것없는 그림이란다. 이 말이 만약 박 화백의 실제의 말이라면, 나도 좀 동의할만한 구석이 없지 않다. 그런데 심상하기 그지없는 그림에도 뭔가 비상한 것이 있다면, 그건 대가의 풍격이 지닌 그림자가 아닐까 생각한다.

4

내가 좋아하는 우리말 대부분이 명사이지만 내가 참 좋아하는 우리말

동사가 하나 있다. 그건 '그믈다'라는 낱말이다. 그믈다……그믐이란 명사의 말밑(어원)이 되었던 말인 듯하다. 그러나 지금은 사라진 말. 사전에도 없는 말이다.

나는 쓰이지 않는 우리말로 시를 쓰고 싶었다. 사전에 없는 말이 시인의 진정한 모국어가 아니냐고 하면서, 나는 우리 학교 학생들의 수업시간에도 강조한 적이 있었다. 나는 평소에, '그믈다'라는 낱말도 시인의 진정한 모국어가 아닐까, 하고 생각해 보았던 것이다.

나는 느낌이 있는 우리말로 시를 쓰고 싶었다. 한 달이나 한 해가 지나갈 때 쓸 수 있는 '그믈다'라는 말처럼, 무엔가 애틋하게 사라져가는 것에 대한 느낌이 있는 우리말로 시를 쓰고 싶었던 것이다.

이 '그믈다'라는 낱말이 시어로 살아날 수 있을까? 시로 쓰기 전에 산문의 예문을 먼저 만들어 보았다. "묵은 한 해 그믈다 하니, 또 새해를 맞이해야 하나." 이 예문을 만들고 보니 '그믈다'의 유의어로 '그믐지다'라는 말도 가능하지 않겠는가 하는 생각도 들었다. 그믐지다……이 신조어를 우리 말글을 사랑하는 많은 분들에게 감히 제안하고자 하는 바이다.

나는 쓰이지 않는 우리말로
때로 시를 쓰고 싶습니다.

그믈다……

그믐이란 명사의 어원이었던
하지만 지금은 사라진 말

사라짐의 애틋함과, 사라지다의 뜻이

지닌 느낌이 배어 있어
참 좋은 우리말입니다.

나는 쓰이지 않는 우리말로
시를 쓰고 싶어 시험 삼아
다음의 예문을 만들어봅니다.

　달빛 그므는 그믐날의
　은밀한 정사…….

　시월의 마지막 밤이
　마침내 그믈었다.

　가을날이 그믈어지면
　또 다시 겨울인가.

사전에 없는 낱말이야말로
시인의 진정한 모국어

나는 쓰이지 않는 우리말로
때로 시를 쓰고 싶습니다.

—「시월의 마지막 밤이 그믈었다」 전문

사전에 없는 낱말이야말로 시인의 진정한 모국어. 그렇다고 해서, 한 낱말이 물론 사전에 등재되는 순간에 모국어의 진정성이 사라진다는 말은 결코 아니다. '배꼽티'라는 말도 1990년대 구어의 현장에 상용했던 말인데, 한참 후에 표준국어대사전에 등재되었다. 지금은 사전에 배꼽

티는 있어도 '쫄티'는 없다.

장옥관 시인의 시 중에, '뽕브라'를 소재로 한 시가 있다. 뽕브라……. 여자의 가슴을 거짓말처럼 돋보이게 하는 가슴가리개다. 저간에는 '왕뽕브라'라는 말도 있다고 한다. 사전 편찬자들의 보수적인 비개방성을 고려할 때, 이 말(들)은 앞으로도 사전에 등재되지 않을 것 같다. 이에 비해 시인은 언어에 관한 한 가장 개방적인 위치에 있는 선두 주자라고 하겠다. 이 기회를 빌려 '뽕브라'를 소재로 시를 쓴 장옥관 시인에게 경의를 표한다.

시인은 시쳇말도 시어로 활용해야 한다는 적극적인 생각을 가져야 한다. 하나의 예를 든다면, 흔히 쓰는 말 '돌직구'도 시쳇말이다. 젊은이들의 일상 대화에서, 야구에서 쓰는 그 말이 직설적인 사랑의 고백으로 은유되기도 한다. 이처럼 대부분의 시쳇말은 사전에도 등재되어 있지 않다. 특히 젊은 시인들이 활용할 수 있는 범주의 언어이다.

5

신라의 설화 중에서 기묘한 것은 지귀(志鬼)에 관한 설화다. 지귀는 선덕여왕을 사모하다가 마음의 불길로 인해 스스로 타서 죽어 화신(火神)이 된 미천한 사내다. 그는 익명의 이름을 가진 사람이다. 그가 죽은 후에 임의로 붙여진 이름이 지귀다. 글자 그대로, 불귀신을 뜻한다고 해서 지귀다. 나는 어느 날 문득 단풍잎으로 물든 경주의 가을을 노래했다. 시의 제목은 「경주의 가을을 걸으면」이었다. 물론 이 시는 한 나라의 지존(여왕)을 짝사랑한 사내의 이야기를 담고 있다.

눈멀고 숨이 멎은 듯한
사랑이여

탑을 감싸며 도는 마음의 불길
여기 저기 옮겨 붙으면

온 세상은 가을빛으로
흠씬 물이 들겠네

먼 산 홍엽이여
계림의 황엽이여

사랑하면서도
사랑한다고

말을 할 수 없는
사람에게

사랑은
사랑을 말할 수 있는
용기가 아니냐, 하면서
말을 붙여보네

—「경주의 가을을 걸으면」 부분

경주의 가을이 펼친 붉고 노란 정경은 마치 지귀의 영혼인 마음의 불길과도 같이 곱고 순수하고 저돌적이었다. 물론 의미는 다르지만 표현이 그저 좋아서 애최 만산홍엽이라고 한 것을 '먼 산 홍엽'으로 바꾸었다. 그러다 보니 계림황엽(鷄林黃葉)도 '계림의 황엽'으로 자연스레 바꾸어졌다. 숲의 이름이 경주 혹은 신라를 대유하는 관습적인 수사법으로 쓰여 온 것도 참 재미있다. 이와 상관없이, 나는 국립경주박물관에서 노랗게 물들어가는 반월성의 장관을 바라보면서 이 심상을 떠올렸다. 그리고 단풍이 나에게 말을 붙여온다는 것은 단풍에 대한 나의 각별한 친화감을 표현한 것이다.

그런데 최치원이 신라의 국력이 쇠퇴해 가는 것을 두고 '계림황엽'으로 비유한 전례가 있었다. 역사의 눈이 좀 밝은 한 사람이 나에게 물은 적이 있다. 즉, 이 시에 나오는 '계림의 황엽'이 최치원의 시에 착안한 것인지 하는 물음이었다.

최치원은 중국에 조기 유학을 해 일찍이 등과하여 벼슬길로 나아갔다. 그 후, 황소(黃巢)의 난에 직면하여 격문으로써 천하의 문명을 떨쳤다. 그가 중년에 귀국하여 조국의 발전에 기여하려고 했으나 신라의 쇠운(衰運)에 감응하면서 은둔 생활을 하기로 했다. 그는 나라의 암울한 장래를 걱정하면서 마침내 여덟 자로 된 예언시를 썼다. 시로서는 더 이상 짧게 쓸 수 없을 것 같은, 그야말로 촌철살인의 단형시다.

계림황엽(鷄林黃葉)
곡령청송(鵠嶺靑松)

달구숲은 누런 낙엽이로다.
고니재에는 푸른 솔잎이여.

나는 계림(鷄林)을 가리켜 '달구숲'이라고 옮겼다. 경상도 방언이 '닭통'을 '달구통'이라고 하듯이, '달의……' 형으로 꾸미는 방식을 '달구'라고 대신하고 있다. 최치원의 시대에도 계림을 '달구숲'이라고 했을 가능성이 있었으리라고 본다. 계림의 황엽이란, 망해가는 신라의 국운이다. 계림은 한 작은 지명에 지나지 않지만 서라벌과 신라로 의미가 확장된다. 이와 마찬가지로, 곡령(鵠嶺)도 지금의 개성에 있는 고개의 이름이다. 우리말로 '고니재'라고 불리었을 터다. 즉, 뜸북새의 고개라는 뜻이다. 이 역시 한 지명에 지나지 않지만, 송악(개성)에서부터 신흥하는 고려라는 의미로 확장되고 있다.

내가 자작시 「경주의 가을을 걸으면」에서 굳이 '계림의 황엽'이라고 표현한 사실은 최치원의 예언과 아무런 관계가 없다. 계림은 경주의 대유법으로 신라 때부터 이미 오래 전부터 사용해 왔고, 또 가을날에 눈앞의 붉고도 누런 잎들이 어우러져 객관적인 정경으로 다가 왔기 때문에, 지귀의 심중에서 타오르는 불길로 상상력이 전이해 갔던 것이다. 지귀의 설화를 시로 표현하는 데 있어서 후대의 일인 최치원을 굳이 들먹일 이유가 전혀 없다고 보면 된다.

6

나의 자작시 가운데 「아산 가는 길」이라는 제목의 시가 있다. 아산은 다름이 아니라 쓸쓸하고도 황량한 풍경으로 된 죽음의 세계를 은유하고 있는 독특한 기표이다. 2005년, 꽃이 피기 직전에 쉰 고개도 넘기지 못한 내 아우가 고적하기 이를 데 없는 투병 끝에 죽었다. 그때 쓴 시다. 이 시는 비교적 긴 시이다. 시작되는 앞부분의 내용을 인용하면 이렇다.

아산 가는 길은
늦가을 저물녘의 억새풀로
흔들렸다

흔들리는 세상,
낙엽이 우수수 지고 있었다
낙엽져 한층 더 쓸쓸해질 바람

한두 줄기 지나가는 자리마다
세상은 설핏 황량해지고 있었다

아산은 저물어 길 끊기고 어둠이 짙게 깔린 죽음의 계곡과 같은 곳이다. 왜 하필이면 아산인가. 아우는 서울 아산병원에서 투병했기 때문이다. 나는 아우가 투병하는 아산병원을 자주 찾아갔었다. 갈 때마다 잠실 마루 역에서 삶과 죽음을 이어주는 것 같은 긴 다리를 지나쳤다. 다리를 지날 때마다, 나에게는 이 다리가 죽음의 계곡을 지나가는 구름다리로 연상되었다. 아산병원으로 인해 착안된 기표가 아산인 것이다. 아산의 한자 표기는 아산(峨山)이다. 즉, 본디 이 아산은 현대 그룹의 창업주인 정주영의 고향 마을에서 유래된 자호명이다. 아우는 아산병원 측으로부터 더 이상 희망이 없다는 최후의 통보를 받고 고향 부산의 이름 없는 병원에서 대기하고 있다가 일주일도 되지 않아 세상을 떠났다. 자작시 「아산 가는 길」 제11연은 누군가의 산문을 시로 인용한 것이다.

가다가 미루나무 밑에라도 앉아
죽은 사람 이름 부르면
미루나무에 잠든 바람 이는구나

이 인용된 부분은 고은의 오래된 산문집 『세노야 세노야』(1970)에서 인용한 것이다. 개인적으로 참 마음이 들어서 오래 전부터 내가 좋아하고 있던 산문의 한 문장이었다. 오랜 기억 속에 들앉은 문장을 불러내었다. 오래 가슴 속에 새겨진 이 한 문장이 아우의 죽음과 함께 마음의 깊은 곳으로부터 올돌하게 솟구쳤다. 문장(紋章)처럼 굳어있던 그 문장이 아우의 죽음과 함께 새가 되어 날갯짓을 파닥거렸던 것이다. 그런데 고은의 선시집 『순간의 꽃(2001)』에 이런 시의 내용도 있어, 섬광 같은 영감이 스쳐갔다. 나를 단박에 주목하게 했다.

> 남아 있는 옛길이었습니다
> 미루나무와
> 미루나무 사이
> 불현듯 죽은 아우가 서 있었습니다
> 저문 길이었습니다

인용한 이 시는 내가 시편 「아산 가는 길」을 쓰고 10년 넘어서 접한 고은의 짧은 시다. 산문집 『세노야 세노야』에 나오는 그 한 문장과 깊은 관련성을 맺고 있는 시인 게 틀림없다. 이 시의 내용을 보면 시인 고은 역시 젊었을 때 아우를 잃은 것 같다. 나 역시 고은처럼 아우의 환영을 본 일이 있었다. 아우가 떠난 직후의 일이다. 연구실에서 자정이 넘은 시간까지 책을 읽다가 숙소로 돌아갔다. 숙소로 가는 길에, 어두운 골목길 담벼락에 죽은 아우가 서 있었다. 물론 내 마음의 그림자요, 곡두에 지나지 않았다. 나는 '여긴 네가 있을 곳이 아냐.' 하고 중얼거리면서 지나갔다.

내 시에 다른 사람의 시나 산문을 인용하는 일은 거의 없다. 고은의 산문을 인용한 것은 매우 이례적이었다. 고은의 한 문장인 그 미루나무 운운한 것 말이다. 아우의 죽음과 관련이 된다는 사실이 하나의 인연이라면, 세대가 다른, 문단의 선후배 간의 이색진 인연일까? 아우의 죽음과 어떠한 상관이 있으리라고 생각지 않으면서 무심코 인용한 그 문장이 마침내 아우의 죽음을 말한 것임을 알게 된 것이야말로, 생각하면 생각사록 절묘한 우연의 일치요, 기막힌 우연의 일치다.

시는 말과 절이 만나는 것일까

자작시 「보랏빛 후광」 노트

1

두루 알다시피, 시(詩)라는 글자는 말(言)과 절(寺)이 만나는 형상으로 이루어진 것이다. 그래서 시는 언어의 사원으로 곧잘 비유되기도 한다. 시는 글자 그대로 말과 절이 만나는 것일까. 시인과 스님이 만나면 어떤 말이 오갈까. 어떠한 언어의 사원이 세워질까. 1973년 5월 어느 날, 해인사 백련암을 방문한 시인 서정주는 성철 스님과 만났다. 시대를 대표하는 두 사람의 시인과 선승(禪僧)이 만났던 것이다. 세상 사람들에게 거의 알려져 있지 않은 만남인 것이다.

2

시인 서정주는 젊었을 때 동아일보 신춘문예 시부분에 당선되었다. 당선작은 알려진 대로 「벽」이다. 1936년의 일이었다. 자신은 그때 이 작품을 신춘문예에 응모한 것이 아니라, 독자투고란에 투고한 것이 잘못 분류되어 심사를 거쳐 당선된 것이라고 한다. 어쨌든 신춘문예에 당선한 그는 명실상부하게 시인으로 공인을 받게 되었다. 그리고 그해 봄에 그는 문우인 김동리의 소개로 경남 합천군에 소재한 해인사로 내려간다. 해인사에서 운영하는 해명학교 교사로 취직한 그는 그해 4월부터 7월까지 네 달 동안 머문다. 지금으로 말하면, 비정규직 임시교사이다. 당시의 월급은 17원이었다고 한다.

그는 짧은 해인사 시절에 적지 않은 경험을 했다. 아이들을 가르치는 일, 프랑스 파리를 유학하고 돌아 와 불경을 연구하던 김법린 선생을 만나 불어를 배우는 일, 해인사 주변의 여관에 머물고 있던 한 여류화가에게서 유혹을 받고 시 「대낮」을 쓰고, 해인사 주변에서 울긋불긋한 꽃뱀을 보고는 관능적인 육감의 에로티시즘 시 「화사」를 쓰던 일…….

시인 서정주에게 37년 만의 해인사행이 있었다.

1973년 4월 초파일. 20년 정도의 연하인 시인 정담(定潭) 스님의 초청을 받은 것 같다. 이때 백련암에 기거하고 있던 성철 스님을 3천배를 하지 않고도 만난 것으로 보아 특별한 초청이 아니었나 싶다.

이때 쓴 서정주의 짧은 산문이 있었다. 글의 제목은 「해인사—가야산에 둘러싸인 대고찰(大古刹)」이다. 이 글은 서정주의 저서 어느 곳에도 없는, 소위 버려진 글이다. 이 글은, 내가 오래 전에 헌책방에서 우연히 눈에 띄어 구입한 천 원짜리 정도의 책인 『한국의 가볼만한 곳』에 실려 있다. 이 책은 『여성동아』(1973, 8)의 별책부록이다. 이 글은 시인 서정주가 성철 스님을 만나고 쓴 일종의 인상기라고 할 수 있다.

서정주와 성철은 백련암에서 오후 네 시간 동안 만나 한담을 나누었다. 화제 중의 화제는 3천배였을 것이다. 성철이 서정주에게 3천배 한번 시도해볼 것을 권유하는 내용이 있다.

> 백련암이란 곳으로 성철 노스님을 찾아 갔더니 최정희, 조경희, 박희진 등의 문인들이 찾아왔다 갔었다는 이야기를 하시며 "박희진 씨는 우리 법당에서 부처님 앞에 절을 3천번만 하고 가라 했더니 한 2천 몇 백 번만에 못 견뎌서 그만 온다간다 말도 없이 없어져버리고 말았소. 시(詩)도 그렇게들 해야 하는 것일까요. 어허허허 허허허허……" 웃고 "당신네 동국대학교 총장 서돈각 씨는 약속을 지킬 줄 압디다. 역시 절을 3천번만 해보라고 했더니 '약속은 지금 할 수 없지만 노력은 해보겠다'고 그럽디다. 그러더니 뒤에 전해오는 풍편에 들으면 그걸 그 댁에서 잘 계속하고 있다고? 이거, 약속 잘 지키는 일 아니요? 서선생도—물론 필자에게 하는 말씀이었다—한번 해보시오. 모시고 절할 부처님을 내가 종잇조각에 그려드려도 되겠지요. 반드시 힘이 돼서 원하는 좋은 일 잘 풀려가게 되는 것이지만, 성큼 그걸 모두 안 할려고 해서 야단이지." 했다.

한 시대의 선객과 시인으로서 최고의 경지에 올랐던 성철과 서정주의 만남. 비록 짧은 만남이지만 매우 의미 있고 기념적인 만남인 것 같다. 이때 성철은 세수 61세의 나이요, 서정주는 58세의 나이였다.

두 사람은 네 시간에 걸쳐 대화를 나누었다. 대화 가운데 화려한 선문답이 오갔는지 시적인 표현이 난무했는지는 잘 알 수 없다. 두 사람 사이에는 네 시간에 걸쳐 이것저것 많은 얘기들이 오갔으리라고 짐작되는데, 기록에 남아 있는 것은 위에 인용된 3천배에 관한 얘기뿐이다.

다만 서정주 시인이 뚜렷이 보았다고 술회한 것은, 성철 스님의 뒤를 감싸고 있던, 놀랍고도 신비로운 보랏빛 후광(後光)이었던 것이다. 두 사람의 대화가 거의 마쳐갈 무렵에, 시인은 스님의 후광을 체험한다. 서정주의 성철에 관한, 돋을새김과 같은 인상의 기록은 사뭇 시적인 인상기라고 아니할 수 없다. 한 편의 수려한 산문시라고 해도 좋을 것이다.

> 나와 줄곧 이어 이야기하고 있던 그 네 시간쯤 동안에 나는 그의 어여쁜 표정들의 주위에 어리는 후광을 보았던 걸, 이 글을 쓰는 지금도 역력히 기억한다. 그것은 흔히 성현의 초상화에 보이는 그 흰빛이나 금빛이 아니라, 묘하게도 석산(石山)의 해돋이나 해질녘에 어리는 그 엷은 보랏빛이었던 것도 이 나라의 해인사의 풍속다웠던 것으로 새삼스레 느껴진다.

서정주는 성철에게서 천진난만한 소년의 이미지를 발견하고는 그의 얼굴 모습 언저리에 후광이 어리어 있는 것을 경험한다. 일종의 종교적인 신비 체험과도 같은 것이다. 그는 그때의 경험이 한낱 환각이 아니라 뚜렷한 현실임을 말한다. 그 후광도 석산의 해돋이나 해질녘에 띠는 엷은 보랏빛이라고 한다.

3

나는 동시대의 남들이 전혀 모르는 두 사람의 만남에 관해 평소에 각별한 관심을 가지고 있었다. 세월이 흐르면서, 이와 관련된 얘깃거리도 다소 심상해져 갔다. 그러다가 어느 순간에 이 이야기가 나에게 심상찮은 것으로 받아들여지고 있었다. 2012년이었다. 어머니가 돌아가신 무렵이어서 내가 인생의 모든 것을 예사롭지 않게 느끼고 있을 때였다. 나는 내 인생에 있어서 심상찮고 예사롭잖게 받아들여질 수도 있다고 생각되는 이 얘깃거리를 한 편의 시로 만들기로 작심했다. 자작시의 제목도 서정주 시인의 표현대로 '보랏빛 후광'이었다.

한 편의 시(詩)를 쓴다는 것
말(言)이 절(寺)을 만나는 일 아니랴

서정주 시인이 성철 스님을 만났을 때
백련암 선방에서 보았다는 보랏빛 후광처럼

거침없이 말하고 때로 웃음을 터뜨리며
천진한 표정을 짓고 하던

성철 스님의 배경에
드러난 보랏빛 후광처럼

흰 빛이나 금빛이 아니라
석산(石山)의 해돋이와 해질녘에

엷은 보랏빛으로
둥두렷이 어리는 그 빛처럼

신기한 일 아니라

한 편의 시를 쓴다는 것
마음속의 절 한 채
저마다 짓는 일 아니랴

시가 말(言)과 절(寺)이 만나는 형상으로 이루어진 것은 필연적인 의미 형성과는 전혀 무관하다. 시인 서정주는 성철 스님의 보랏빛 후광에 관해서도 시를 쓴 적이 물론 없다. 산문적인 경험의 한 조각을 그 당시의 한 여성 잡지 부록에다 남겨 놓았을 뿐이다. 하지만, 그 보랏빛 후광을 체험했다는 사실은 시인의 예사롭지 않은 직관일까, 아니면 시의 가장 높은 경지일까. 어쨌거나 말이 절을 만나면 속기(俗氣)로부터 벗어난 경건한 말씀이 될까. 시를 짓는다는 것은 말로써 절을 짓는 일이 아닐까. 시를 짓는다는 것이야말로 말의 터를 잡고, 말의 기둥을 세워 마음속의 절 한 채를 저마다 짓는 일은 아닐 것인가.

어린이의 마음속에 삶의 숨결과 리듬을

1

나는 그 동안 시집 세 권을 상재했다. 오랫동안 비평적인 글쓰기에 익숙한 내가 늦은 나이가 되어 시를 쓰게 됨으로써 글쓰기의 새로운 보람을 만끽할 수가 있었다. 개념과 논리의 함정에 빠지지 않고, 제 나름의 창의적인 감성을 반짝 빛을 발할 기회를 가질 수 있다는 것이, 내게 무어라고 말할 수 없는 행복을 안겨다 주었다. 내친 김에, 라는 표현을 이 대목에서 쓸 수 있을지 모르겠다. 기왕이면, 가장 원초적이고 순수한 시심의 발로라고 할 수 있는 동시를 써 보자. 그래, 뜻이 있으면, 할 수 있을 거야. 몇 년 간에 걸쳐 동시 60 여 편을 만들어 보았다. 대체로 보아서 동시집 한 권 분량이 되는 원고량이라고 한다. 이 중에서 다섯 편을 특별히 골라 내년에 동시집이 나오기 전에, 독자들에게 미리 선을 보이려고 한다.

새들은 팔분음표처럼

제 모습을 만든다.

하늘을 우러러보면

이런 모습 ♪

땅을 굽어볼 때는

저런 모습 ♪

새들은 십육분음표처럼

제 모습을 만든다.

하늘로 솟구치면

저런 모습 𝅘𝅥𝅯

땅으로 내려올 때는

이런 모습 𝅘𝅥𝅯

이 작품은 「새들은 음표처럼」이라고 하는 제목의 동시다. 내가 여름 아침에 아파트 사이의 숲길을 걷다가 까치가 위아래로 날면서 까불거리는 것을 본 일이 있었다. 위로 향해 우러러볼 때의 모습과, 아래로 향해 땅을 굽어볼 때의 모습을 음표의 시각적인 이미지로 기호화해 보았다. 새의 머리가 음표의 머리가 위에 있느냐, 아래에 있느냐에 따라 상이한 시각 이미지를 가진다고 보았다. 4분음표보다 8분음표가 더 새 같은 느낌이 있다. 날개의 모양이 있기 때문이다. 또한, 16분 음표는 동적인 기호의 이미지가 뚜렷하다.

선생님이 숙제 검사할 때
숙제한 공책을
집에 두고 온 것을
비로소 알았다.

짜증
짜증
왕짜증

이 시는 「재수 없는 날」의 일부이다. 아이들도 인간이다. 아무리 동심천사주의니, 뭐니 해도, 아이들도 원색적인 인간이다. 기분이 좋으면, 기뻐서 날뛰고, 기분이 나쁘면, 짜증이 나게 마련이다. 어른들은 짜증나는 아이들의 마음과 그 까닭을 이해해야 한다. 이 시는 한 아이를 화자로 내세워 짜증나는 일상의 한 모습을 형상화한 것이다. 아이들의 생활과 마음속으로 파고든 동시라고 보면 될 것 같다.

때 이른 아침의
복잡한 전철 안에서

아빠와 내가 모처럼
나란히 앉아 있다.

아빠는 출근길

나는 등굣길

아빠는 여기저기에
문자를 보내고 있고,

나는 두 자릿수를
한 자릿수로 나누는
문제를 푼다.

아빠는 출근길
나는 등굣길

아빠가 하품을 하면서
졸기 시작할 때,

나는 마음속으로,
크레용팝의 빠빠빠
흥얼거린다.

아빠는 출근길
나는 등굣길

이 시의 제목은 「아빠는 출근길, 나는 등굣길」이다. 나의 경험이 투영된 동시다. 어느 날 아침에 나는 진주로 내려가는 시외버스를 타기 위해 집 근처에서 지하철을 탔다. 남부시외버스터미널까지는 제법 걸리는 시간이었다. 아침 출근 시간이어서 그런지 지하철 안에는 사람들이 꽤 붐볐다. 회사원인 것 같은 한 젊은 아빠와 남자 아이가 나란히 앉아 있었다. 아이는 두 자릿수를 한 자릿수로 나누는 수학 문제를 열심히 풀고 있었다. 간혹 아빠가 손가락으로 뭔가 지적해 주기도 했다. 그러더니 아빠는 여기저기에 문자를 보내기 시작하고, 마침내 졸기 시작했다. 아빠는 출근길에 졸아도, 아이는 책장을 넘겨가면서 바지런히 수학 문제를 풀면서 뭔가를 흥얼거리고 있었다. 아이들 사이에 널리 유행하고 있는 노래 '크레용팝의 빠빠빠'인지도 몰랐다. 어쨌든 아이를 키워본 일이 없는 나는 약간의 부러움을 느꼈다.

윤동주님이 들었던
병아리 소리
뾰, 뾰, 뾰

내가 듣는 그 소리
삐약, 삐약, 삐약

윤동주님이 들었던
어미닭 소리
꺽, 꺽, 꺽

내가 듣는 그 소리
꼭, 꼭, 꼬옥

인용한 시는 「윤동주님이 들었던 소리」의 전문이다. 윤동주는 동시를 쓴 시인으로서도 유명한 분이다. 나는 올해 광복 70주년, 윤동주 70주기에 맞추어 많은 일을 했다. 윤동주 시인에 관한 글도 많이 발표했다. 윤동주의 동시에 보면, 어미닭과 병아리의 소리에 관한 독특한 성유(聲

喩)의 표현이 재미있게 묘사되어 있는 것이 있는데, 이를 두고 요즈음의 어린이가 생각하는 소리의 관념과 비교하여 흥미롭게 제시한 것이 인용된 동시이다.

> 온 나라가
> 메르스 타령이다
>
> (……)
>
> 만날 한결같이
> 돈 타령만 하던
>
> 우리 엄마도
> 메르스 타령이다

올해에 국가적인 재난이 될 것 같았던 전염병 메르스가 스치고 지나갔다. 모든 국민이 슬기롭게 대처해 메르스를 극복했다. 이 「메르스 타령」은 이런 사회적인 분위기를 시사적으로 반응한 결과이다. 아이들의 시선에서 본 세상의 모습은 그리 심각하지 않을지 모른다. 그 자신이 직접 겪은 일이 아니기 때문이다. 주변에서 하도 메르스, 메르스 하니까 좀 짜증이 난지도 모른다. 늘 돈타령만 하던 엄마도 메르스 타령을 한다는 것은 어린이다운 역발상을 가미한 것이다. 여기에서 적절하게 아이 같은 말놀음(언어유희)이 양념의 역할을 한다.

2

오늘날 우리에게 동시는 과연 무엇인가. 현대화가 진행될수록 그것은 우리의 삶의 결에서 점차 사라지는 것 같은 마음이 앞선다. 동시는 어린이의 마음속에 삶의 숨결과 리듬을 불어넣어주어야 한다. 동시는 과학적으로 오도된 발상도 삶의 진실의 한 범주 속에 이끌어놓는다. 내 동시 쓰기의 결과가 수많은 독자들과 공명하기를 간절히 바라 마지않는다.

인간 소외와 자아의 망실이 허락된 시인

정의홍의 20주기에

1

시인 정의홍은 동국대 국문과 선후배의 인연을 이미 오래 전부터 맺었었다. 그는 내게 10년 남짓한 선배이다. 내가 그를 처음 만난 때는 1983년 1월 중순이었다. 나는 이 해에 경향신문 신춘문예의 문학평론 부문에 당선작 없는 가작으로 입선하였다. 시상식이 있던 이틀 전에, 나는 부산에서 상경하였다. 그 다음 날이 아마 일요일이었을 것이다. 서울의 겨울 날씨는 며칠 째 잔뜩 흐려 있었다. 내가 재학하던 5년 전에 학년 지도교수였던 홍기삼 선생께 전화를 드렸다. 축하한다는 말씀과 함께 당신의 댁으로 오라고 했다. 아마도 점심이나 함께 하자는 것이었던 것 같다.

은평구 구산동 자택에는 처음 본 분들이 계셨다. 지금 한국문인협회 이사장인 문효치 시인과, 만 20년 전에 작고한 정의홍 시인이었다. 두 분은 1년 터울의 선후배로서, 미당 서정주 선생의 무릎 아래에서 학창 시절에 시 창작을 함께 공부했다. 최근에 안 일이지만, 문효치 시인은 그때 간행될 시집의 해설을 상의하기 위해 방문했다고 한다.

이 분들이 나의 입선작에 관해 궁금해 하기에, 서정주와 김춘수의 신화적 상상력에 관한 내용이라고 나는 설명을 했다. 입선작이 (반쪽의 불완전한 형태이기는 하지만) 어쨌든 서정주론인 까닭에, 다들 나를 대견하게 생각하는 눈치였다.

내가 정의홍 시인을 다시 만난 때는 그해 7월 하순인 것 같다. 홍기삼 선생님에게서 엽서가 왔다. 동국대 학생들의 창작교실을 전남 백양사에서 하기로 계획이 잡혀 있으니 제백사(除百事)하고 동참했으면 좋겠다는 내용이었다. 이때 정의홍 시인은 시인을 꿈꾸는 후배들을 위해 서울에서 멀리 내려 와 합평회에 참석하면서 조언을 했다. 이 두 번의 만남이 인연이 되어 개별적인 만남은 가지지 못했지만 그 이후에도 자주 만나 뵈었다.

1996년 1학기에, 당신의 주선으로 대전대학교에 출강했다. 교양 과목과 전공과목을 가르쳤다. 이 해 5월 18일에 그와 통화했다. 우리 학교에 강의한지 3개월이 되는데 식사 한 번 하지 않아서 되겠느냐고. 모레, 수업을 마치고 저녁 식사를 함께 하자고, 그는 제안했다. 첫 번째 개별적인 만남을 예약한 셈이다. 그러나 그 다음 날인 일요일에, 정의홍 시인은 불의의 교통사고로 타계하고 말았다. 저녁 약속을 한 그 다음날에, 나는 학교에서 수업을 시작하기 직전, ROTC 복장을 한 학생에게 놀라운 비보를 전해 들었다.

그리고 20년의 세월이 흘러갔다.

2

시인 정의홍은 1967년에 『현대문학』을 통해 시인으로 등단했다. 추천인인 김현승은 그의 시를 두고 '새 세대의 지적인 풍모를 간직한 것'이라는 논평을 남겼다. 주지적인 성향의 모던한 시가 그의 시 세계의 모태라고 할 수 있겠다.

그의 첫 시집인 『밤의 환상곡』(1976)은 이와 관련해 예리한 감각을 표출하고 이미지의 탐구에 주력한 것으로 정평이 나 있었다. 그의 시 세계는 넓은 테두리의 모더니즘으로부터 자유로울 수 없는 색채를 드러내고 있었다. 그가 시인으로서 초기에 활동한 시기는 우리나라 사회가 근대화와 산업화를 추진하던 시기와 거의 일치하고 있다. 시단에서도 전통 리리시즘의 시 세계는 박재삼 외에 거의 붕괴되어가고 있었다. 모던한 감각의 문명비판시와, 현실주의에 근거한 사회참여시로 양분화된 감이 없지 않았다. 정의홍의 시인으로서의 위상은 현저히 전자의 경향성을 띠고 있었다.

첫 시집에 수록된 시 중에서 가장 대표성을 얻고 있는 시가 있다면, 아무래도 표제시 「밤의 환상곡」인 것 같다. 이 시는 1970년, 『월간문학』에 발표된 시다.

> 굳은 신경의 그물 속에서
> 히죽 히죽, 웃음을 토하는 허기진 해골들.
>
> (……)
>
> 우리의 비틀어진 언어들은,

우리의 병든 주소에 숨통이 터져 죽은
반항의 넋들은
목 조른 구두끈만큼 질긴 생명의
밧줄로 다시 묶이고
몇 년이고 탄생할 적부터 감아놓은
우리네 생활의 실꾸리에
폐병 3기쯤 되는 여름이 감긴다.
요란한 사이렌 소리가
불구의 성기를 더듬다가
맥이 빠진 가면의 동작으로 침범해올 때,
바짝 마른 나의 해골이
문명의 이불을 덮고 누워 있다.

(……)

신경의 그물 속에 가두어 둔
해골들이 히죽 히죽 웃음을 토할 때,
폐병 3기쯤 되는 우리네 생활의 술잔에
썩은 가래침이 끓고 있다.

—「밤의 환상곡」 부분

정의홍 시인의 전기 대표작이라고 손을 꼽을 수 있는 「밤의 환상곡」은 모더니즘 시의 위악적인 정경을 잘 묘사하고 있다. 현대 문명의 빈사 상태와 현대인의 병적인 소외 현상을 모더니즘의 전형적인 구도 속에서 전형적으로 담아내고 있다.

인간이 주체화되지 못하고 대상화되는 것을 두고 소외(alienation)라고 한다. 쉽게 말하면, 소외는 인간의 권리를, 상품·기계·조직화 등에

양도하는 것을 말한다. 이 시에서 중심적인 역할을 하는 소재가 된 '해골'은 현대인의 소외 현상을 이미지화한 그늘진 형상이다. 좀 적극적인 비평적인 자세가 필요하다면, 인용한 「밤의 환상곡」은 현대인에게 불가피하게 주어진 병리적인 징후를 어떻게 치유하고 타개할 것인가를 역설적으로 보여주고 있는 시편이라고 하겠다.

당시의 입장에서 살펴볼 때, 인간의 소외 현상에 직면한 현대시의 시적인 대응 및 의의가 있었다면, 그것은 이와 같은 유의 시편에서 찾아볼 수 있었을 것이라고 말할 수 있겠다.

> 억울한 아우성이 돋아날 때마다
> 살살 뒤돌아보며 논둑길로 달아나는
> 여우의 간사한 몸짓처럼
> 옆눈질하는 나의 農夫, 나의 힘
> 삭아버린 뼈마디가 부서지고 있다.
>
> —「나의 農夫」 부분

정의홍의 초기 시 가운데서 향후 모더니즘을 벗어날 전조를 보이는 시가 있다면, 내가 극히 일부분만 인용한 「나의 농부(農夫)」이다. 본래의 나의 농부는 노동의 행복을 아는 농부였을 것이다. 그러나 산업화 과정 속의 농부는 교환 가치에 의해 사용 가치가 훼손된, 그럼으로써 소외의 심화가 두드러진 불구적인 농부의 상(像)으로 남게 되는 것이다. 1970년대의 농민은 한국 사회의 압축 성장에 의해 급속도로 가파른 소외 현상을 감당하지 않으면 안 되었다.

신경림의 가편 「농무」가 농민의 인간 소외에 대한 시대의 전형을 보여 주었다. 이 시에 등장하는 농민은 비료 값도 되지 않는 농사일을 가리켜 교환 가치를 위한 소외의 촉진 현상으로 바라본다.

다음에 인용될 정의홍의 시편인 「꼭두각시놀이 2」는 신경림의 「농무」가 보여준 반(反)사회적인 성격의 축제 정황에는 미치지 않지만, 소외된 현대인의 캐릭터를 '꼭두각시'로써 적절히 표상하고 있다.

> 빛을 찾아 빛 속으로 뛰어든다면
> 허공이 모두 빛인 것처럼
> 가눌 수 없는 뿌리를 박고
> 내가 없는 나로 섰을 뿐이다.
> 등을 켜고
> 나를 찾아 또 들어가도
> 마지막 꽃들은 꺼져 있다.
> 그늘 속의 꿈자리로 졸고 있다가
> 말라빠진 그림자처럼 앉아 있다가
> 까만 얼굴을 토하며 꺼져 있다.
>
> —「꼭두각시놀이 2」 부분

이 시는 인간이 빛이나 실체가 되지 못하고 허공이나 그림자가 되어야 하는 역전 상황에 처해 있는 시인 자신의 모습을 풍자하고 있다. 내가 없는 나로 서 있거나, 말라빠진 그림자처럼 앉아 있거나 인식하는 자기 풍자의 상황 속에서 인간 소외의 현상을, 시인은 시적으로 진술하고 있다. 꼭두각시놀이의 연행자가 시의 퍼소나이기도 하고 시인의 자전적인 주체이기도 하다.

파펜하임이 말했듯이, 소외 현상의 문제점은 사회 제도의 조직화로 인한 소외보다 자기 자신으로부터의 인간 소외에 더 비중이 크다고 했다. 정의홍의 시에 나타난 소외 현상은 전자보다 후자에 가까운 것이라고 하겠다. 그만큼 근원적이요 본질적이라고 하겠다.

> 가슴 속 벽에 걸린 수천의 질문이
> 來生의 열쇠로 문을 연다.
> 꿈결에 비스듬히 열린 空華의 눈을 찝어내고
> 주검이 떠난 열 개의 겨울 속에
> 빛 밝은 열 개의 넋들이 웃으며 박힐 때
> 무엇이냐, 보살의 허리에 차 보낸
> 저승의 별, 저승의 나비가
> 허기진 나의 땅을 쪼으며 떨어진 것은.
>
> —「탄생기(2)」 부분

이 인용시의 제목에는 '나옹화상의 화신(化身)'이라는 부제가 달려 있다. 나옹화상은 고려 말기의 유명한 고승이다. 나옹 운운하는 것으로 보아 이 시가 선(禪)의 세계관과 상당히 관련이 있을 것으로 보인다.

이 시의 키 워드는 공화(空華)이다. 문자 그대로, 헛된 꽃을 가리킨다. 불가에서는 이 말 대신에 환화(幻花)라는 표현을 사용하기도 한다. 이 두 가지의 표현은 같은 곡, 다른 소리일 뿐이다. 실재나 깨달음이 아니라, 헛됨이나 미망을 두고 말하는, 일종의 불교적인 상징이다.

정의홍 시인이 불가의 표현으로부터 가져온 이 헛된 꽃은 인간이 자기 정체성을 망실(忘失)한 소외적 극한 상황에 대한 상징인 것이다. 실존과 이성에서 멀어진 소위 '자기 자신으로부터의 인간 소외'를 상징하는 시의 기둥말로 받아들인 것의 결과이다.

3

시인 정의홍은 30년의 기간 동안 시인으로 활동했다. 이 적지 않은 기간에 시집 두 권밖에는 상재하지 않았다. 과작의 시인이었던 셈이다. 그는 고등학교 국어 교사로서 휘문고등학교 등 학교를 세 곳을 옮겨 다녔다. 1984년부터는 타계할 때까지 대전대학교 국문과 교수로 살아갔다. 교사와 교수의 삶을 살면서 시를 부지런히 쓰기보다는 정지용을 연구하면서 박사 학위를 받았다. 공부는 좀 젊은 나이에 하더라도, 시를 쓸 기간은 앞으로 많이 남아있을 거라고 생각했을 것이다.

그는 불의의 사고로 타계하던 해에 두 번째 시집 『하루만 허락받은 시인』(1996)을 뒤늦게 상재했다. 시의 경향성은 첫 번째의 것과 확연하게 달라져 있었다. 이미지 탐구에 주력한 그가 사회적인 삶의 개선과 개량에 적극적인 자기 역할을 부여했다. 언어 감각의 모더니스트에서 환골탈태한, 시대를 고뇌하는 참여파 시인의 모습이었다.

물은 흘러서 목마른 자에게,
펴려고 펴려 해도 굽어있는 나의 허리에
바람이 짖어대는 문풍지에
물은 흘러서
혼자 울부짖다가, 혼자만 울 수 없는 것의
언덕에 쓰러진다.
시간이 미쳐서 너무 빠른
그대가 미쳐서 너무 빠른 오, 어느 놈이
미치긴 미친 나의 하늘에
가랑잎 같은 밤은 더욱 차구나.

—「물은 흘러서」 부분

초기작 「물은 흘러서」는 1975년에 발표된 것이다. 여기에 인용된 것은 3연 중의 제1연에 해당한다. 이 시가 발표될 무렵에 김용직·장백일 등의 비평가들로부터 주목을 받았던 작품이었다. 초기 시의 경향성보다 후기 시의 그것에 잘 어울리는 것 같은 사회비판의 콘텍스트가 드러나 있다.

이 시는 1980년대 정치적 격동의 시대를 지난 이후에 새로 쓰여졌다. 원작과 개작의 시차는 십 수 년 될 것으로 보인다. 현실주의 서정시의 심화를 잘 보이고 있는 개작의 표제는 「물은 흘러서 목마른 자에게」이다. 원작과 개작의 텍스트 상관성 내지 그 상동성은 최소화되어 있다. 온전한 환골탈태라고 해도 좋을 것이다. 개작 역시 제1연을 인용해본다.

> 물은 흘러서 목마른 자에게
> 마음을 끓이며 그리워하는 자에게
> 물은 흘러서
> 끊어진 핏줄들을 뜨겁게 이어주고
> 모두들 높은 곳만 향해 몸부림치지만
> 너라도 빈 들녘 혼자 서서
> 알몸으로 우는 풀잎 소리 들으며
> 낮은 곳으로
> 낮은 곳으로만 흘러가야 한다.
>
> —「물은 흘러서 목마른 자에게」 부분

원작으로부터 개작에 이르러 말의 흐름에 깊이가 더해지고 있다. 시의 발상도 초기 시의 경우보다 웅숭깊어졌다. 2연과 3연으로 진행할수록 새로움이 더해져 전혀 다른 작품성을 띠고 있다. 정의홍의 현실주의 서정시는 이와 같이 완결되어가고 있었던 것이다.

4

20년 전, 시인 정의홍은 대전의 태고종 사찰에서 49재가 엄수되었다. 마지막 재가 열리던 7월 초여름 날에, 나도 참석하였다. 수많은 지인들이 모였다. 부부애가 유다르게 좋았다는 그의 부부. 남편을 보낸 아내는 검은 옷을 입고 그리도 서럽게 울고 있었다.

그 날 저녁에 평론가 김시태(한양대 교수)의 서울 집으로 많은 사람들이 몰려갔다. 나는 막내로서 끼어든 셈이다. 거기에서 잘 생긴 용모에 호인(好人) 중의 호인이었던 고인을 기억하면서 이야기꽃을 피웠다. 공식적인 감정을 받지 못한 추사 김정희 서예 작품도 감상했다. 젊었을 때 한학을 공부했던 시인 홍신선이 글눈이 밝은 편이었다. 그는 이 무렵에 시인 정의홍의 죽음을 아쉬워한 산문을 한 문예지에 쓰기도 했다. 그는 이 산문에서 소동파의 시 한 조각을 인용하면서 젊은 날에 함께 시 창작을 공부한 바로 한 해 후배의 죽음을 아쉬워하고 또 슬퍼하기도 했다.

> 坐談足使友人笑
> 死去方知世事空

만약 우리가 모인 그 자리에 시인의 영혼이 있었더라면 담화에 능했던 그가 좌중을 웃음의 도가니로 만들었을지 모른다. 소동파의 말에 의하면, 인용한 시의 내용이 다름 아니라, 앉은 자리마다 벗들에게 웃음꽃을 족히 피우게 했을 터인데, 죽고 나니 세상 일이 텅 빈 것을 바야흐로 알겠더라, 라는 얘기다. 20년 전의 일이 바로 엊그제의 일만 같으니, 이래저래 인생사는 무상하다는 생각이 든다.

학처럼 왔다 간 시인의 소리혼이여

시인 김강태를 추모하며

1

> 춥지만, 우리 / 이제 / 절망을 희망으로 색칠하기 / 한참을 돌아오는 길에는 / 채소 파는 아줌마에게 / 이렇게 물어보기 // 희망 한 단에 얼마예요?

시인 김강태(1950-2003)의 시편 「돌아오는 길」이다. 그는 이 세상이 희망 없는 세상이라고 문득 느끼게 될 때 이렇게 희망 찾기의 의미를 일상적인 작은 삶 속에서 찾으려 했던 시인이었다. 나는 그의 삶 주변에 있었던 가까운 후배의 중의 한 사람이었다. 내가 후배로서 그의 생애를 한마디로 잘라서 감히 말하고자 한다면 다음과 같다—시인 김강태는 그 누구보다도 시를 가장 사랑했던 시인이었고, 그에게 있어서의 시는 차라리 종교였다.

그는 충남 부여에서 태어나 동국대 국문과를 졸업하고 고등학교에서 오랫동안 국어교사로 재직했다. 비교적 일찍이 시인으로 등단하였고 이때까지 『물의 잠』, 『혼자 흔들리는 그네』, 『등뼈를 위한 변명』 등의 시집을 상재한 바 있었다. 얼마 전 그는 그토록 사랑했던 가족들을 두고 저 세상으로 떠나갔다. 마지막 시집을 병석에서 준비해왔으나 끝내 결실을 보지 못했다. 몇 달 후에 간행될 그의 시집은 유고 시집이 된다. 이 글은 후배의 입장에서 추모의 감정을 가지고서 쓴 글이다.

2

내가 김강태 형을 처음으로 만났을 때, 나는 동국대 국문과 2학년에 재학하고 있었다. 어느 봄날에 국문과 학생들의 모임이 있었는데, 아마도 문학에 관심이 있는 신입생들을 환영하는 자리였던 것으로 기억된다. 누군가가 큰 방의, 길게 늘여진 자리의 귀퉁이에 객적게 말없이 앉아있던 나를 김강태 형에게 소개했다. 그때 김강태 형은 재학생의 정신적인 리더였다. 그는 좌석의 한 가운데에 키 크고 준수한 용모에, 말쑥한 옷차림새로 앉아 있었다. 이미 아동문학가로 등단한 유한근 형은 후배들에게 무척 자상한 편이었으나, 김강태 형은 대체로 말이 없었으며, 그에게는 감히 범접하지 못하게 하는 기품이 서려 있었다.

그는 첫인사 소개를 받은 나에게 "선배들 말 잘 듣지 않으면, 기합 받아요." 라는 사뭇 위협적인 말을 한마디 나직이 내뱉었다. 그렇지만 말투가 결코 위협적이지는 않았다.

내가 김강태 형의 자상한 면을 발견한 것은 그로부터 얼마 뒤에 있었던 체육대회에서였다. 이 무렵에 형은 교생 실습을 하고 있었다. 운동장의 스탠드 한 구석에는 교생 선생님인 강태 형을 응원하기 위해 조무래기 여중생들이 많이 모였다. 형이 한껏 힘을 내어 달리기를 할 때 제자들의 열띤 응원소리가 들려왔다. 얼마 후 김강태 형은 월간 문예지 『한국문학』을 통해 시인으로 등단했다는 소식을 들었다. 그때 나의 부러움은 참으로 컸었다.

내가 문학 활동을 본격적으로 시작했던 십 수 년 전부터 김강태 형과의 속 깊은 사귐이 비롯되었다. 학교 선배이며 문단의 선배인 형은 나에게 좋은 말씀을 많이 해주었다. 타계하기까지 근래 십 수 년 동안에 걸쳐 나는 김강태 형과의 만남의 기회를 자주 가졌었다. 주로 문인들 몇몇이 함께 어울리면서 만나 대화를 나누는 것이 상례였는데, 형이 좌중의 분위기를 어긋나게 하는 언행을 일삼거나, 자신의 관련된 것을 내세우거나, 대화의 물줄기 방향을 바꾸는 일을, 나는 결코 겪어본 일이 없었다.

형은 대화의 잔잔한 흐름을 좋아했고, 늘 다정다감했으며, 때로는 사람들로 하여금 인품의 고결함을 느끼게 했다. 또한 형은 남의 일을 세심하게 배려하는 데 무척이나 꼼꼼했다. 특히 후배 사랑이 지극하여 나에게도 '영원한 강태 형'이란 이미지로 각인되어 있다. 형은 나와의 4반세기 이승의 인연을 맺어오면서, 나의 열기와 초조함, 정서의 기복, 생활의 부침 등을 모두 지켜보면서 훌연히 떠나셨다.

3

강태 형에게는 아직 젊고 아름다운 아내와 재색이 출중한 두 딸이 있다. 얼마 전에 맏딸인 믿음이가 나에게 전화를 했다. 아빠의 일기를 보다가 선생님과 관련된 얘기가 많아서 전화를 드린 것이라고 했다. 나는 그때 딸의 입장에서 가장 좋아하는 아빠의 시를 팩스로 보내달라고 했다.

믿음이와 관련된 얘기 하나 있다. 나는 언젠가 형에게 농담을 건 일이 있었다. "맏딸 믿음이의 재색이 출중하여 주위의 칭송이 자자한데, 형님은 어찌하여 저한테는 믿음이의 모습을 보여주지 않습니까?" 형의 대답은 이러했다. "우리가 만나는 술집으로 딸을 데리고 나올 수도 없고……." 언젠가 한 번은 믿음이를 유능한 문학비평가로 키워보려고 하니, 자네가 잘 이끌어주면 좋겠어, 라는 말을 한 적이 있었는데, 이제는 이 말이 여간 예사롭지가 않다. 어쨌거나, 믿음이가 나에게 보내준 두 편의 시 중에서 그 하나를 인용하고자 한다.

소리에도 혀가 있다
소리에도 감촉이 있다
하다 만 몸짓의 혼,
소리의 잔혼일 게다
때로는 그것이
징징징 우는 빛일 때가 있다
은밀비밀
서로의 몸을 닦으며
울음 몰래 날던 소리혼
어둠의 등뼈를 갈라
비늘처럼 남몰래 튕겨나곤 한다

어느 달빛 사이
흰 가슴을 내보이는 어둠에

귀 기울여 보라
소리의 혼이 종종 일어나고 있다.
마치
흠집난 빗방울만 등빛에 영롱하듯
내 귀의 달팽이관을 긁으며
소리가 총총총
발자욱을 끌고 간다.

소리의,
소리혼의 끝은 천 길 어둠이다

—「소리혼」 전문

시인 김강태는 충남 부여 산(産)으로 인천에서 성장기를 보냈다. 나는 그로부터 백제인의 이미지를 느끼곤 했다. 한 5, 6년 전 즈음 되었을까? 백제 시대의 부부 합장 무덤에서 유골을 발견하여 현대의 기술로 생전의 모습을 완벽하게 복원, 재현한 사진을, 신문을 통해 본 일이 있었다. 그런데 남자의 모습은 깜짝 놀랄 정도로 강태 형의 모습을 빼닮았었다. 나는 그때부터 강태 형에게서 어질게 살아가는 백제인, 혹은 그 귀골(貴骨)을 느낄 수가 있었다.

그는 학처럼 이 땅에 왔다간 백제의 귀족인지도 모른다. 시인을 가리켜 '알바트로스'라고 했듯이 말이다. 시인은 유적(流謫)의 땅에서 세속의 천형(天刑)인 시를 남긴다. 시인의 시가 탈속의 소리혼이 될 때, 시인은 기별도 없이 문득 학처럼 또 다른 세상으로 가버리는 것일까?

김강태 형은 아무 여고(女高)의 국어교사로 재직하다가 몇 년 전에 스스로 물러났다. 그는 이 스스로의 물러남을 인생의 새로운 전기로 삼으려 했던 것 같다. 제도적인 교육의 틀 속에서 성적 올리기에 급급한 학생들을 가르치기보다는 자유로운 분위기 속에서 대학생들과 함께 문학의 담론을 향유하려 했고, 시 창작에 있어서도 자기 쇄신을 도모하려 했던 것 같았다. 그는 언어의 직조에 안주하는 '결'의 시가 부실하다고 여긴 탓인지 삶의 규모 있는 '틀'의 감각을 중시하는 시를 선호했다. 내 나름의 해석에 의하면, 그의 시 키 워드 하나인 '등뼈' 로 표현되는 것도 기실 이 '틀'의 결과가 아닌가 한다.

어질게 살아가는 사람이 운명의 모진 바람에 휘말리는 것은 너무도 억울하다. 이건 결코 공평하지 아니한 생의 아이러니다! 이제는 학처럼 왔다간 시인의 소리혼만이 우리에게 감지될 따름인 것이다.

삼가 형의 명복을 빌고 또 빈다.

*부기 : 이 글은 김강태 형이 타계한 2003년에 썼다. 벌써 14년의 세월이 지났다. 그가 남긴 명시 「돌아오는 길」은 우리 시대의 가객 장사익이 목을 놓아 부른 절창으로 쓸쓸히 남아있다.

내가 일본에서 쓴 반핵시 두 편

1

나는 일본 나고야 교외의 한 대학에 연구교수로서 일 년간 머물렀다. 2007년 5월 초순이었다. 귀국하기 서너 달 앞두고, 일본어로 하는 약정된 특강 90분을 끝내고 나니, 마음이 매우 홀가분해졌다. 지금으로부터 꼭 10년 전의 일이었다.

그해 5월 중순이었을 게다. 교토에 볼 일이 있어서 하룻밤을 보냈다. 내친 김에 신칸센을 타고 히로시마로 갔다. 윤광봉 선배와의 만남이 미리 약속된 상태였다. 히로시마 역에서 만난 때는 하루의 해가 뉘엿뉘엿 저물어갈 무렵이었다. 미리 숙소를 정하고, 날이 어둑어둑해질 때, 우리는 '이자카야(居酒屋)'에 들렀다. '이자카야'라고 하는 말을 우리말로 '선술집'이라고 흔히 부르는데, 사실은 서서 술을 마시는 집은 드물게 따로 있다. '목로주점'이라고 하는 것이 더 정확하다. 목로(木壚)는 술잔을 놓기 위하여 쓰는, 널빤지로 좁고 기다랗게 만든 상을 말한다. 가장 적절한 말, 가장 적확한 표현은 '일본식 서민 주점(술집)'이라고 하는 게 바람직할 듯싶다.

윤선배가 나를 데리고 간 곳은 좀 고급스런 이자카야였다. 젊은 여자가 무릎을 꿇고 주문을 받고 있었다. 이 기막힌 과잉 친절을 윤 선배에게 여쭈었더니 일본의 서쪽 지방에선 흔히 볼 수 있는 일이라고 했다. 손님을 대하는 옛 전통의 잔영이 아닌가 생각했다.

그때 윤 선배는 관서 지방의 전통적인 명문인 히로시마 국립대학에 정(正)교수로 재직하고 있었다. 본인의 전공인 연희(演戲) 문학을 주로 강의하는지 궁금해 여쭈었더니 한국어와 한국문화를 주로 강의한다고 했다. 마침 그때 한류의 바람이 일본에서 선풍적인 인기몰이를 하던 때라, 자신도 덩달아 개인적인 존재감이 오르는 것 같다고 했다. 그러면서 그 수많은 외교인들이 하지 못한 일을 배용준 혼자서 다 이루어냈기에, 그야말로 진정한 애국자가 아니냐 하면서, 그를 치하해 마지않았다. 밤늦게까지 이야기꽃을 피우다 미리 정한 숙소로 돌아왔다.

2

나고야에서의 다른 일정 때문에 히로시마에 와서 이삼일 머물러서 일본 3대 절경의 하나인 미야지마(宮島)와 산단쿄 협곡을 못보고 떠나는 게 못내 아쉬웠다. 대신에 숙소에서 잠시 노면전차로 이동할 수 있는 평화공원을 보기로 했다. 아시아-태평양 전쟁이 마무리되어가는 시점에 첫 번째의 원폭이 투하된 곳이다. 1945년 8월 6일 운명의 그날, 내 가까운 친지에게도 변이 생겼다. 히로시마 중심지에서 군수물자 납품업체를 운영하던 집안 아저씨와, 그의 조카인 형님 한 분도 버섯구름이 피어오르던 가운데 죽음에 임하였던 거다.

히로시마 평화 건물의 핵심적인 시설물은 '원폭 돔'이라는 이름으로 알려진 것이다. 폭심지 인근 지역에서 유일하게도 골조만으로 남겨진 건물이다. 원래 '히로시마물산장려관'으로 사용되었다는 이 건물은 구리로 덮인 철골의 타원형 돔이 얹어져 있었고, 외벽은 철강과 시멘트 플라스터로 덮여 있었다.

나는 이 참혹하고도 앙상한 골조의 황폐화된 건물이, 잘 보이는 쪽의 벤치에 앉아 한참 동안 바라보았다. 무엔가 밀물처럼 밀려들어 오는 게 있고, 또 무엔가 썰물처럼 빠져나가는 게 있었다. 이때 나에게는 내면의 풍경 속에 섬광과도 같은 시심이란 것이 포착되고 있었다. 그래서 거의 즉흥적으로 쓴 시가 바로 졸시 「원폭 돔」이다. 이 시 속에 내 그때의 심경이 고스란히 담겨 있다. 소재로는 원폭시요, 주제론적으로는 반핵시이다.

교훈의 역사로 버티고 있는
이것을 무어라고 해야 하나
잊어버려서는 안 될 기억의
잔해라고 해야 하나

이따금씩 울리는 위령의 종소리
차라리 경종처럼 퍼져간다

평화의 비원이 서려 있는
이것을 무엇이라고 해야 하나
오랜 세월 지워지지 않는 슬픔에

얼기설기 엮인 앙상한 뼈대라고 해야 하나

고통의 살덩어리 벗어 던진 석가의
아름다운 육탈(肉脫)이기도 하다

폐허의 예술처럼 내게 보이는
이것을 무엇으로 이름 해야 하나
인재(人災)가 지나간 쓸쓸한 자리의
전위적인 조형물이라고 해야 하나

본래부터 맑았다는 원안천(元安川)이
아무 일 없었다는 듯이 흐른다

보다시피 이 시는 즉흥적으로 쓴 시인 까닭에, 내가 품고 있는 그대로의 언어를 반영했다. 그냥 그대로의, 거칠지만 날것의 자연언어라고 할 수 있다. 나는 이 시를 메모지에 남기고는 자리를 떠났다.

공원은 생각보다 넓었다. 상하의가 검정색인 정장 차림을 한 처녀가 내 앞을 걸어가고 있었다. 일본의 젊은 직장인들은 검정색인 정장을 늘 차려 입고 출퇴근하곤 했었다. 나는 출퇴근길의 전철을 탈 때마다 그런 모습을, (일본인들에겐 실례의 말이지만) 기다랗게 이어진 행렬의 문상객으로 연상하곤 했다. 그런데 내 앞에 걸어가는 일본 처녀는 마치 히로시마의 숱한 영령을 문상하면서 위로하는 진짜 성처녀와도 같았다. 왠지 모르게 그냥 그런 생각이 들었다.

신록의 청신한 빛을 내는 일본의 녹나무들 가지 사이로, 오월의 화사한 햇살이 눈부시게 내리고 있었다.

공원을 가로지르는 원안천(元安川)이 드맑게 흐른다. 일본어 발음으론 '모토야스가와'다. 여기에서 안(安)이란 무엇을 뜻할까? 평안이니, 평강(平康)이니 하는 말을 의미하는 것일 터이다. 원래부터 걱정이나 탈이 없이 무사히 잘 있음을 나타내는 말. 원안천은 피폭 이전부터 사용된 말이다. 운명의 그날 이후, 이 이름은 매우 아이러닉한 말이 되고 말았다.

언어의 아이러니를 곱씹게 하는 낱말은 여기에 더 하나 있었다.

원폭 돔 부근에 있는 숙박업소의 이름이 '아이오이(あいおい)'여서 뜻을 찾아보았다. 이 낱말은 한자어에서 유래된 것이 아니라 일본의 토박이말이다. 같은 뿌리에서 돋아나옴. 즉 우리식 한자어로 상생(相生)이었다. 원래 정확한 폭심지가 원안천의 '아이오이 다리'였는데, 실제는 조금 빗나갔다고 한다. 이런 것으로 보아 아이오이는 지명으로 쓰인 말인 것 같다. 이 글을 쓰면서 윤광봉 선배에게 전화로 문의를 해보니, 자신도 그렇게 생각된다고 했다.

피폭의 순간은 상생이 아니라 공멸이었다. 지금은 평화 공원이 인류의 상생을 지향하는 교훈의 터전이 되고 있다. 상생 속의 공멸, 공멸 속의 상생은 평화공원과 관련된 또 하나의 아이러니라고 하겠다. 히로시마에서 쓴 내 자작시는 한국어에서 일본어로도 옮겨졌다. 다음이 그 결과이다.

戒めの歴史を現わす
これをなんと呼べばよいのか
忘れてはならぬ記憶の
残骸というべきか

時折響く慰霊の鐘声
むしろ警鐘のように響く

平和の悲願が込められた
これをなんと呼ぶべきか
長い歳月、消えなかった悲しみとともに
痩せた骨組みというべきか

苦痛の肉塊から放たれた釈迦の
美しい苦行像でもある

廃虚の芸術のようにも見える
これをなんと名付けるべきか
人災が通り過ぎた寂しい跡の
前衛的な造形物というべきか

かつてより澄んでいたという元安川が
ただ蕩々と流れる

나는 나고야로 돌아가서 대학원생인 이와타 군과 미카 양에게 히로시마에서 쓴 한국어 시를 보여주면서 일역(日譯) 작업을 부탁했던 것이다. 1년간에 걸쳐 일본에서 쓴 시를 일본어로 번역해 한일대역시집을 구상하고 있을 때였다. 자작시 「원폭 돔」은 순조롭게 번역되었다. 내가 생각해도 흡족한 일역시였다. 원폭 돔의 일본어 발음으로는 '겐바쿠 도무(原爆ドーム)'라고 불린다. 일본어 역시의 제목도 마찬가지다.

이 시만이 아니었다. 내 일본 생활의 마무리는 40편이나 완성한 한국어 시를 일본어로 옮기는, 결코 쉽지 않은 작업이었다. 전체의 일역 작업 역시 귀국하기까지 순조롭게 되었기 때문에, 나는 두 사람에게 고마움을 표하지 않을 수 없었다.

3

2012년 1월에, 학교에서 승인된 해외 연수를 위해 한 달 간에 걸쳐 큐슈(九州)에 머물렀다. 말이 해외 연수이지, 개인적인 견문 목적의 방문이었다. 며칠 간 나가사키에 있었고, 나머지는 후쿠오카를 거점으로 여기저기에 돌아 다녔다. 이 지역의 구석구석을 나 혼자 한 달간 돌아다니면서 문화와 역사의 현장을 답사했다.

내가 나가사키에서 며칠간 있을 때, 유명한 노래의 제목처럼 겨울비가 계속 내렸다. 폭우는 아니지만 늘 우산을 가지고 다녔다. 나는 일본의 대중가요 「나가사키는 오늘도 비가 내렸다」를 무척 좋아한다. 엔카와 블루스가 결합된, 흐느끼면서 흐느적거리는 율조의 처연한 느낌이란! 이 노래는 1969년에 리더싱어인 우치야마다 히로시(內山田洋)와 쿨 파이브가 부른 일본 가요의 명곡이다. 노랫말의 내용은 1945년 8월 9일, 나가사키에 원폭이 투하되었을 때 애인을 잃은 한 남자가 고인의 영혼을 위로하기 위해 해마다 이 날이 되면 나가사키를 찾지만 여기에 올 때마다 하필이면 비가 내린다는 것이다. 노래는 반전(反戰)과 반핵(反核)의 묵직한 주제를, 애틋한 그리움의 정서 속으로 녹아들게 했다. 나는 이 노래를 생각하면서 나가사키의 한 커피숍에서 다음의 시를 썼다. 시의 제목도 노래의 제목처럼 「나가사키는 오늘도 비가 내렸다」이다.

내 잠시 머물렀던 나가사키는 한겨울이었다
며칠째 소슬하게 비가 내렸다

나는 커피숍에 앉아
한때 반전반핵을 부르짖었던, 그러나
지금은 침묵하고 있는 후배에게

한 여자를 잊지 못해 빗속을 헤매던
한 사내의 오래된 사연을 아느냐는
내용의 문자를 보냈다

그 여름날에 밝음이 없어지고,
밝지 않음도 없어지고, 그 밝지 않음이
없어지는 것도 없어졌다

한 여자를 잊지 못하는 사내
그때마다 나가사키는 비가 내렸다

당신 혼자에게 걸었던 사랑이여
아나타 히토리니 가케타 고이……

블루스가 흔들린다
부루스가 흐느낀다
색소폰 소리 처연하게
울려 퍼진다

1980년대 후반의 20대 젊은 세대 사이에는 반전반핵의 구호가 난무했었다. 모인 곳이면 어디에서나 ‘반전반핵, 양키 고 홈’이었다. 나는

30대 나이로 이 후배들의 주장에 심정적으로 동조했다. 우리에게는 핵이 있다고 입소문이 났었고, 북한의 핵개발은 기술적으로 시기상조였다. 한반도에 있어서 공멸의 핵전쟁이라니. 같은 민족끼리 말도 안 되는 얘기였다.

1990년대가 되었다. 그 젊은 세대는 어느 새 386세대로 성장하고 있었다. 나이는 30대가 되었고, 80년대 학번에다, 대체로 60년대 생이었다. 남한 정부의 비핵화 선언과 함께 북한은 핵무기 개발에 박차를 가했다. 처지가 반대가 되면서, 그들은 침묵했다. 4반세기가 지나온 지금도, 그들은 그때의 일을 반성하기는커녕 북한에 대해 반핵을 강요하지 않고 있다.

북핵의 위기는 우리의 생존권이 걸린 중차대한 현안이다. 세계에서 핵무기에 가장 노출되어 있는 우리는 왜 핵의 경각심이 약한 것인가? 문단에서는 반핵을 소재로 한 몇몇 작품이 있지만 '반핵문학'이라는 비평적인 용어 자체가 없다.

다시 노래 얘기로 돌아갔으면 한다.

일본 노래 「나가사키는 오늘도 비가 내렸다」는 동아시아인들의 공감적인 유대를 맺으면서 오랫동안 사랑을 받아 왔다. 우리나라 가수로는 일본에서 활동한 이성애가 이를 불렀다. 나훈아가 불렀다는 노래는 아직 들어보지 못했다. 중국 개혁개방의 시기에 중국 인민을 정서적으로 선도한 대만 출신의 등려군(鄧麗君)은 이 노래를 중국어와 일본어로 불렀다. 그녀는 갑자기 죽었어도 중국어 버전의 그 노래인 「눈물의 가랑비(淚的小雨)」는 지금도 중국 인민의 심금을 울린다.

나는 그제까지 우치야마다가 부른 시디(CD)를 듣고 감상해오고 있었다. 후쿠오카로 돌아가 중고품 엘피(LP)를 판매하는 가게에 들러 노래의 원반을 구했다. 좁은 가게에 좋은 음반 자료들이 가지런하고 빼곡하게 있었다. 가게 주인이 한국 사람들이 이 노래를 특히 좋아한다고 했다. 그래서 일본 사람들도 이 노래가 덩달아 좋아하게 된 것 같다고 한다.

나는 '이 가게에, 한국 사람들이 자주 오세요?'하고 물었다. 대답은 자주 온다고 했다. 그런데 일본어로 '시바시바(자주) 기마스.'가 아니라 '요쿠(잘) 기마스.'라고 말한다. 우리도 '자주'와 '잘'을 혼용해서 사용한다. 한 예를 들면, '저 남자는 여자를 잘(자주) 쫓아다닌다.'와 경우와 같이 말이다. 일본어도 마찬가지라고 생각하니, 참 신기하다는 생각이 들었다. 그러고 보니 '자주 만납시다.'라는 말이 일본어로는 '요쿠 아이마쇼.'가 아닌가?

나는 가게 주인과 일본 가요나 음반 정보에 관해 한 이십 분 이상 얘기를 나누었다. 이때가 내 일본어가 가장 능숙할 때가 아닌가 한다. 나는 발길을 돌리기 위해 가게 주인에게 요쿠 아이마쇼, 하면서 작별 인사를 건넸지만, 이후로는 그를 한 번도 본 일이 없다.

나의 습작시를 위한 변명

1

나는 청소년 시기에 막연히 문학에 뜻을 품고 있었지만 문학 서클에 들어선 적이 없었다. 내가 다니던 학교에 이런 문화가 전혀 없었기 때문이다. 같이 토론할 동년배 친구들이 없으니, 혼자 책을 읽는 정도였다. 시인 김현승이 우리 현대시를 해설한 책이 내가 시를 이해하는 데 있어서 가장 좋은 지침서가 되어 주었다. 혼자 몰래 습작시를 긁적거려 보았지만 객관적으로 볼 때 신통치가 않았을 것이다.

고등학교 1학년에 재학하던 1973년 여름 방학이었다.

국제신문에 학생백일장 대회가 있다는 기사를 우연히 보았다. 아마도 광복절 기념 학생 백일장 대회인 것 같다. 나도 어디 한번 시도해볼까 하는 동기의 유발이 있었다. 처음 도전해보는 백일장. 떨어지면 어때, 하면서 해운대 동백섬을 향해 아무도 모르게 혼자 버스를 타고 갔다. 초중고 학생들이 피라미드형으로 몰려들었다. 초등학교의 수가 가장 많고, 고등학생의 수가 가장 적었다. 고등학생들의 참가 인원이 생각보다 많지 아니한 것도 시쳇말로 뭔가 '쪽팔리는' 감이 없지 않았다. 시의 소재 가운데 '바다'가 있었다. 바다야말로 가장 평범한 소재이고, 또 바다에 왔으니 생각이 잘 떠오를 같아 이것을 선택하였다. 대충 써서 제출하고는 바닷가를 배회하고는 집으로 돌아갔다. 그 후에는 백일장에 참가했다는 사실조차 내 스스로 까마득히 잊고 있었다.

개학한 날은 9월 1일이었을 것이다. 운동장에 전교생이 모였다. 학교장의 말씀이 있기 직전에 간단한 수상식을 하겠다는 안내가 있었다. 갑자기 내 이름을 불렀다. 나는 깜작 놀라 앞으로 나아갔다. 백일장 대회에 참가한 내가 차하를 수상했다는 거였다. 장원이나 차상도 아닌 차하도 이렇게 전교생 앞에서 상을 주어야 하나? 상장과 상품을, 교장 선생님으로부터 받아들고 돌아오니 전교생의 눈이 모두 나에게로 쏠렸다. (이때의 교장은 경주 최부자 집안의 인물로 알려진 최영대 씨였다.) 그 '쪽팔림'이란, 평생을 두고 잊지 못하는 '쪽팔림'이었다.

나는 이때부터 기억 속에 남은 시의 내용을 복원하기 시작했다. 내 나름대로 복원한 시의 내용을 고치고 또 고치기를 되풀이해 마지않았다. 수정을 반복해야, 마음 속 깊이 각인된 그 '쪽팔림'을 비로소 해소할 수 있을 것만 같았다. 그해 가을에 학교에서 교지(校誌)인 『백양(白楊)』 제3호에 원고지를 모집한다는 공지 사항이 있어서 수없이 고친 그 시를 응모하기로 했다. 마침 교지를 간행하는 일을 맡은 2학년 상급생들의 지도교사는 담임인 박택규 선생님이었다.

박 선생님은 다른 몇몇 친구분들처럼 문단에 등단하거나 대학에 진출하지 않고, 평생 부산의 교육계에 머물다가 은퇴하셨지만, 경북대학교 사범대학 국어교육과에 재학하던 시절에는 시인의 뜻을 두었던 분이다. 대학 시절에 청마 유치환 선생의 강의를 듣기도 했다. 선생님께서 내 시를 교지에 싣게 해주었다. 나의 글 중에서 최초로 활자화된 글인 그때의 습작시 「우울한 날」(1973)은 이렇게 탄생하게 된 것이다.

선생님은 평소 수업 시간에 청마 얘기를 자주 하셨다. 대가풍의 시인이면서 부산 교육계의 큰 인물이었던 청마 유치환. 원초적인 생명의식의 고양과 주의(主意)와 허무 의지의 꿋꿋한 시인. 파도처럼 격정적인 사랑의 주인공. 우리에게 남긴 청마의 후일담은 하나의 전설이었다. 비록 경미하지만, 내 최초의 글인, 그 오래된 습작시로부터, 청마적인 시의 느낌이 전해지고 있는 것도 사실이다. 지금도 기억하지만, 박 선생님께서 단어 두어 개 직접 고쳐 줌으로써 이 습작품의 완성도는 그나마 조금 높아졌을 터이다.

1
밀리어 밀리어 오는 푸른 물 위에
싣고 오는 기쁨이 있다 해도
울분을 안고
바위를 때리며 또 때리며 우는 파도
미칠 수 없는 안타까운 지혜,
끝없는 사념!
눌변의 언어여.

2
소소한 바람 가득 찬
가을 흰 미닫이에
참새 한 마리
훌쩍 날아가다 떨구어 가는
그 쓸쓸한 그림자 하나

빈 가슴에 걸려 있는
해 어스름.

교지 『백양』 제3호는 연말에 만들어졌고, 학생들에게는 이듬해 1월 말인 개학일에 배부되었다. 나는 이때 책을 받고서 내 시가 실린 사실을 알고는 속으로 너무 기분이 좋았다. 그 신선한 기쁨과 새파란 감격은 평생을 두고 지워지지 않는다. 그 '쪽팔림'에서 비롯된 최초의 습작시가 완성되기까지 꼬박 6개월이 소요된 것이다.

2

시인 최영철은 내가 재학한 고등학교의 동급생이었다. 그와 3년 동안 한 번도 같은 반 급우가 된 적은 없었다. 고등학생들이 전국적으로 보는 신문과 잡지에 글을 발표하기도 해, 우리는 그를 잘 기억하고 있었다. 동급생 사이에 문학적인 재능에 있어선 일찍이 잘 알려졌다. 한 번은 누군가가 내게 말한 것이 아련히 기억된다. 멀찍이 서 있는 그를 가리키면서 '재가 최영철이래.' 하는 기억 말이다. 그때 내가 바라본 최영철의 이미지는 지금과 별반 차이가 없다. 내가 그와 처음으로 수인사를 나눈 것은 졸업하고도 한참 지난 1984년 어간에 부산의 문인들이 모여 있었던 (남포동인지, 중앙동인지) 어느 술집에서였다. 동기라서 처음부터 우리는 반말을 했다. 그의 한 산문을 보면 이런 얘기가 나온다.

고교 시절, 미술부였던 같은 반 친구가 교내 시화전에 걸 시화를 구상하고 있었다. 그가 들고 있던 읽어 보니 잘 정제된 짧고 강렬한 시였다.

> 간명하지만 긴 울림을 주는 시, 나는 한참이나 그 원고를 되풀이해 읽었다. (……) 비주류 문청이었던 내가 부러움으로 읽고 있었던 동기생의 시가 바로 송희복의 시였다. (『다시올 문학』, 2013년 가을호, 20면.)

시인 최영철이 자신을 가리켜 '비주류 문청'이라고 했지만, 오히려 그가 동기 학생들 사이에 이미 이름이 꽤 알려져 있었다. 나는 무명의 축에도 끼어들지 않았을 정도였다. 그는 나를 문예부원으로 생각한 모양인데, 우리 동급생에게는 문예부가 없었다. 있다고 해도 유명무실했으리라고 본다.

고3때의 일이었다. 우리의 한 해 후배들은 문예부를 만들어 활발하게 활동을 한 것으로 알고 있다. 내가 아는 후배 한 명이 교내 시화전을 개최하려고 하는 데, 시 한 편을 기여해 달라고 부탁해서 써 준 일이 있다.

시인 최영철이 읽었다는 내 습작시. 그의 기억 속에는 '잘 정제된 짧고 강렬한 시, 간명하지만 긴 울림을 주는 시'라는, 극히 개인적인 인상의 살롱비평이 남아있다. 이 사사로운 단평(短評)은 내게 참 민망하기 이를 데 없는 덕담이다. 시의 제목은 「무녀도」(1975)이었다. 다행스럽게도, 이 작품은 교지 『백양』 제5호에 실려 있어서 다음과 같이 인용할 수가 있다.

> 귀기(鬼氣) 끼치는 산영이 드리운 채
>
> 동구 앞 짙푸른 강물
>
> 흐르는 때가 삼경인 제,

달리한 누리로 스스러움 없이

주문(呪文)을 사뢰며 들어서는 것을.

청승에 자지러진 치렁치렁 쾌자(快子)

신비로운 넋두리가 초혼한다.

신녀(信女) 모화는 매양 춤을 추고.

인용한 시는 교지에 발표된 시편과는 약간 차이가 있다. 오자를 수정하고 행간을 조정해 본디의 텍스트, 즉 그때 시화전을 준비하려 했던 원고를 짐작해 인용하였다. 이 습작시는 김동리의 「무녀도」를 읽고 쓴 한낱 독후감 시에 지나지 않는다. 그런데 교지 『백양』 제5호에는 최영철의 시도 발표되어 있거니와, 이것은 나의 습작시와 비교도 되지 않을 만큼 완성도를 지니고 있었다. 지금 보아도 초(超)고교급의 수준임에는 틀림없다. 그는 이미 시인의 수준으로 향해 한걸음씩 나아가고 있었던 것이다.

> 손 씻을 때만이라도 /기억하고 싶다. / 내 온 찌꺼기의 / 모든 더러운 것을, / 거역하고 싶다. / 모르는 얼굴로 / 어제나 오늘이나 / 그 어느 우연한 날 / 틈만 나면 / 굴복을 하자. / 자구 자꾸 눈 감고 / 드디어는 미련도 없이 / 털고 일어서는 / 이 야비한 자만 / 나는 / 왜 순간을 위하여 영양하였던가 / 거울 속에, 드러난 / 눈초리 입초리를 겨냥하면서 / 자랑스럽게 승리하는 / 로마네스크 병정들 모두 / 다시 살아날 수 있다. / 주먹이 들어가는 벌레구멍으로 / 구데기들이 우굴거리며 달아나듯 /

우리 모두는 / 다시 달아날 수 있다.

—최영철 「카인의 고백」 전문

나는 그때 실험적이고 모던한 것보다는 예스러움의 회고적인 에스프리랄까, 고아(古雅)함의 고전적인 의장 같은 것을 좋아했는데, 사실은 그게 내 한계였다. 내가 무슨 두보(杜甫)나 조지훈이랍시고 말이다. 나는 그 시절에 두시언해와 조지훈의 초기 시편을 줄줄이 암송할 수 있었다. 소년은 소년다웠어야 했었는데, 소년의 취향 치고는 겉늙었다.

이 고전적인 취향이 지금도 내게 남아 있는 것으로 보아, 세 살 버릇이 여든 간다는 말이 결코 틀린 것은 아니라고 본다.

최영철은 보다시피 그 시절에 나와는 사뭇 딴 세상에서 놀고 있었다. 언어 선택에 무리가 없고 시상(詩想)의 흐름이 물 흐르듯이 유려하고 자연스러운 것은 그 당시의 여느 고등학생의 수준으로는 감히 따를 수 없는 경지에 이미 도달해 있었음을 방증하고 있다. 지금 보아도, 고3의 수준으로선 수작이다. 뭐랄까? 연희전문학교 시절의 윤동주를 연상시키는 청춘의 감각이다.

나는 고등학교 시절에 면수가 적은 노트 한 권 분량인 시첩(詩帖)에다 습작시를 빼곡히 채웠다. 습작의 총량은 한 40편이 되었다. 이동주의 시편 「강강술래」보다 더 나은 시를 쓰겠다고 호기를 부린 결과물인 「강강술래」라는 제목의 습작도 있었다. 하지만 대학생이 되고 난 다음에 그 특유의 '쪽팔림' 때문에, 그 시첩은 쓰레기통으로 보내고 말았다.

습작을 일삼던 사람들이 적잖이 그랬겠지만, 어렵사리 쓴 것을, 미련도 없이 쉽사리 버리곤 했으리라. 자기 작품을 버리지 아니한 것도 인내다. 이러한 유의 인내도 좋은 결과를 기약하지 않을까 생각한다. 지금 고쳐 생각하면, 습작시를 쓰레기통으로 보냈던 사실이 아쉽기 그지없다.

3

나는 고등학교를 졸업함과 동시에 교원을 양성하기 위한 특수 목적의 대학에 입학했다. 고향을 벗어나 진주에서 생활했다. 새내기 시절이었던 1976년. 가을 축제 때 시화전이 열렸을 때, 내 습작의 시편 「귀소(歸巢)」도 전시되었다. 당시의 친구들로부터 호평을 받기도 했다.

하지만 이 작품은 내 습작시의 가장 대표적인 작품일 것 같은데, 지금 남아 있지 않다. 일회성의 습작품으로 유실되고 만 그 아쉬운 습작의 시편 「귀소」. 그 당시에, 시를 메모한 원고나 시가 적힌 패널 페인팅이나 별로 보존하겠다는 생각은 그렇게 절실하지 않았던 것 같다. 기억 속에 한두 문장이라도 남아 있다면 개작이라도 할 텐데 말이다.

먼 훗날에 내가 시집 『저물녘에 기우는 먼빛』(2012)을 상재할 무렵에, 젊은 시절에 사라진 습작시 「귀소」를 아쉬워하면서, "산을 올려다보았다 / 산을 보며 산아, 하고 부르니 / 산이 내게로 성큼 다가 왔다"로 시작하는 또 다른 내용의 「귀소」를 써서 시집에 싣기도 했다. 물론 두 작품은 제목만 같을 뿐이지, 물론 내용이 전혀 달랐다.

학생 시절의 내 습작시 가운데 지금 유일하게 남아 있는 것으로는 「상실」(1977)이라는 작품이다. 내가 오래 동안 잊고 있었던 이 작품은, 내가 재학하던 당시에 교내 학생들의 동인지였던 『야정(野井)』에 실려 있었다. 얼마 전에 35년 동안의 망각의 벽을 허물고 한 지인이 작품이 실린 이 책을 내게 보여줌으로써 다시 읽어보았다. 이 시를 정말 내가 썼었나, 하는 묘한 감회가 들 정도로, 내게는 소중하기 그지없는 망각 속의 작품이라고 할 수 있다.

가슴속에
그 누구도 미치지 못할
천길 해저와 같이 아득한
가슴속에
때로는 태양과 같이
그 열렬함도 한줌의 재로 흩날릴
내 가슴속에
무엇이 진다

꽃보라 속으로 여인은
가고……
어두움이 그리움처럼
찾아오는 날의
명멸되어 가는 별빛의
날카로웠던 반짝임
점점 멀어져 가는 안타까움처럼

낙화되어 가는 망울의
영원히 가지고 싶었던 것들
다시금 반짝이고 향기로울 수
없는 것들
덧없이 가치로운 것들

밤은 항시 찾아오지만
무엇이 진다
언제까지나, 언제까지나
은빛 아쉬움을 남기고
무엇이 진다

이 습작시 「상실」은 사랑의 상실감을 소재로 한 것이다. 나는 학생 시절의 그때에 은사의 따님인 한 여자 동기생를 연모하고 있었다. 영화 「라스트 콘서트」에 나오는 여주인공 소녀를 연상시키는 서구적인 미모의 여학생이었다. 흰 블라우스 상의에 무릎을 덮은 검정색 치마를 입은, 눈이 큰 여학생. 나와 그녀는 인연이 없었다. 동기생들의 숫자가 많지 않아서 대화할 기회는 많았다. 하지만 나와 그녀는 말 한번 제대로 나누지 않고 졸업을 했다. 마주치는 눈빛만이 호감을 대변하는 나의 곡진한 방언이었다. 상대방에게는 나에 대한 비호감이 아니기를 바랐을 뿐이었다.

로보의 팝송 「스토니」을 즐겨 흥얼거리던 시절. 스토니는 우리말로 '목석같은 사내'에 잘 어울리는 말이었다. 자기감정을 드러내지 않고 시쳇말로 '속으로만 끓탕하는' 촌스런 머슴애가 아닐까? 나는 겉으로는 무뚝뚝해 보이지만 속으로 좀 다정다감하고 때론 열정적인, 이른바 전형적인 경상도 청년이었다. 오랫동안 알고 지내온 시인 이승하는 이 습작시를—이를 포함해 1977년에 남긴 네 편의 운·산문 나의 습작품— 두고 '스무 살 문학청년의 푸른 영혼'이라고 굳이 의미를 부여해 준 바 있었다.

1978년, 나는 동국대학교 국문과에 한 학기 수학하고는 군 복무 문제를 해결하기 위해 교사 발령을 수용하지 않을 수 없었다. 나는 그때 예비역 하사관 신분의 학생이었다. 5년간의 의무연한을 수행해야 그 문제를 깔끔하게 해결할 수가 있었다.

나는 울산 지역의 바닷가 마을에서 교사로서 근무를 시작했다.

몇 년 후, 규모가 큰 도회지 학교에 인사이동을 한 나는 한 선배 교사가 경상남도 교원 예능 경진 대회에 나가보는 것이 교사 생활을 하는 데 나쁠 것이 없다고 조언했다. 이 대회는 서예·한국화·성악·춤·연주 등의 분야에서 우수한 기예를 가진 교사를 선발해 장려할 목적으로 만든 제도이다. 수상권에 선발된 교사들은 1·2·3등급으로 나누어 교육감상을 시상하는데, 승진의 혜택이 주어지기 때문에 승진을 눈앞에 둔 중견 교사들 사이엔 경합이 매우 치열했다.

시조 백일장 부문은 시군 별로 예선을 거친 다음에 인원을 선발해 본선에 진출한다. 대략 50명 정도가 선발되어 십 수 명을 선발하였다. 그 수준은 개천예술제의 경우처럼 준(準)등단급의 관문이라고 보면 된다. 심지어는 승진을 목표로 한 기성의 시조 시인들도 적잖이 도전하고는 했다. 한때 시조시인으로 전국적인 명성을 떨치면서 활동했던 국어과 하순희 선배는 『시조문학』에 천료되고 두 군데 신춘문예에 당선되기 이전에 1980년 경남 교원 예능 경진 대회의 시조백일장 부분에 1등급의 교육감상을 수상했다. 사실상의 등단이라고 해도 좋을 정도였다.

나는 그 이듬해인 1981년 여름에 울산 지역 예선을 거쳐 경상남도 교원 예능 경진 대회 시조백일장 부문에 참가했다. 그해는 진주에서 개최했다. 글제는 진주의 지역성과 관련된 소재인 '의암(義岩)'이었다. 임진왜란 때 의로운 기녀 논개가 순국한 곳으로서, 남강 위에 홀로 서 있는 바위이다.

이 대회의 본선에 참가한 교사들이 마치 예상이라도 했다는 듯이 고개를 주억거리고 있었다. 나는 이 대회에서 2등급의 교육감상을 수상했다. 그때 내 수상작인 「의암」(1981)의 전(全)3수(首) 중에서 제1수의 내용은 다음과 같다.

구슬피 남가람도
한(恨)에 겨워 울던 사연

촉촉한 달빛 받아
이슬져 영롱하고

갈맷빛 말간 물비늘에
한 목숨 적신 낙화(落花)

앞에서 말했듯이, 본디 이 작품은 전3수로 구성되어 있었다. 즉, 단형시조가 아닌 연(聯)시조였다. 수상작이 결정된 다음날까지, 수상작은 붓글씨로 작품을 완성해 표구된 상태로 제출하기로 되어 있었다. 전시회를 하기 위해서라고 했다. 진주에 사는 내 동기생인 김석산은 한글 서예의 애호가를 넘어선 수준에 도달해 있었다. 때마침 방학이어서 연락이 닿아, 그에게 글씨를 쉽게 부탁할 수가 있었다.

표구한 수상작은 부산 본가의 거실에 오랫동안 걸려 있었다. 이것은 유리로 가로막지 않았기 때문에, 몇 년이 지나면서 변색이 되어 볼품이 없게 되었다. 아버지는 나에게 동의를 구해 이사할 때 이것을 버렸다. 내가 25년 전에 어느 월간지에 수필을 써 달라는 청탁을 받고 「문학

소년이 꿈꾸던 시인의 나라」(1992)를 발표한 적이 있었다. 이때까지만 해도 나는 전3수의 내용을 기억하고 있었다. 그때의 수필에서는 지면을 절약한다는 의미에서 제1수만을 인용하고 말았다. 나머지 제2·3수의 내용은 이제는 알 수가 없다.

4

나의 습작기는 1985년에 이르기까지 지속되었다. 대학원에 입학한 1986년부터 15년이 지나올 때까지 단 한 차례도 시를 써본 일이 없다. 시를 쓰는 욕심 같은 것을 온전히 접고 오로지 비평과 연구에만 매진할 요량이었고, 심산이었다. 이런 마음 때문인지, 10년 남짓한 습작기에 시집 한권 분량의 시를 썼지만, 남아 있는 것이라곤 활자화된 네 편의 습작이 고작이다.

그런데 몇 년 전에 원고지에 쓴 시 세 편의 복사물이 우연히 발견되었다. 언제인지는 정확히 기억이 나지 않지만, 신춘문예에 응모하기 위해 보낸 원고의 복사물이었다. 타이핑하지 않고 육필로 쓴 이것은 매우 정성스럽게 쓰여 있다. 심사를 받으려면 한 자 한 자의 글씨에도 정성을 기울여야 하지 않겠나? 이 세 편의 시 초고(草稿)는 적어도 1985년 이전에 완성된 것이다. 지금은 발견된 원고를 퇴고의 과정을 거쳐 내 컴퓨터 파일 속에 잘 보관하고 있다. 언젠가는 쓰일 수 있을 거라고 본다. 이를테면 일곱 편의 습작시를 한데 모을 수 있는 계기가 있으리라고 본다.

육필로 발견된 세 편의 습작시 가운데 「꽃샘 부는 율포에서」(연도 미상)가 가장 의미가 있다. 신춘문예 응모작으로 낙선되고 나서, 이것을 단편소설로 개작했기 때문이다. 시를 단편소설로 개작하는 것은 거의 불가능해 보이지만, 어쨌든 나는 독창적인 과정을 밟았다. 우선 이 습작 시를 보자.

> 우리 사랑은 이승에서 다할 사랑이 아니라는데
> 물설 때 없는 바다, 맵찬 꽃샘이 불어오네.
> 삼국유사의 물비늘이 허허롭게 피어 올린 저뭇한 안개여.
> 어미는 말굽을 쳤지만 동틀 녘의 날빛이 창망히 눈부신
> 수평선 너머로 아비의 목선은 이미 떠나버렸네.
> 갯바위에 선 딸아이의 목메어 늘키던 바람소리, 파도소리가
> 태곳적 밑바닥의 깊은 울림으로 늘 밀려오던 율포만이여.
> 수릿재 영마루에서 만날 내려다본 어미와 딸아이의
> 바다를 보면, 때로 파도로 너울져도 늘 예사롭던 바다,
> 예닐곱 열아홉의 해가 흔적 없이 지나가도, 기다려온
> 그 아비의 바다는 끝내 보이지 않고, 안개의 막 한 자락
> 거두며오는 물살보다 한결 앞서 바삐 오던 세월의 주름살이여.
> 기다림 끝에 표연히 떠 있는 가뭇없는 바다여.
> 입술이 더 메마른 계절이 되면 아름찬 몸짓으로 일어서는
> 그대는 하얀 목련, 창백한 순결로 일어서는 영혼인가.
> 바람소리, 파도소리 지날결에도, 차라리 돌이 되고 싶어요,
> 부르짖으며 벅차게 칩떠오르는 물높이의 하얀 속울음이여.
> 아득한 저편 바람꽃이 이네, 감감한 물금 너머 바람꽃이 이네.
> 해변의 마른 풀이 무성히 나부끼면서 꽃샘 속에 흐느껴도
> 어지러이 설레며 매양 뒤척이는, 오 드센 그리움이여.
> 한목숨 깨문 처녀의 가녀린 소리로 동그라져 속삭여 오는
> 속살 깊은 바다의 해조음이여……그리움만도 가뜩한데
> 우리 사랑이 이승에서 다할 사랑이 아니라는데
> 세월은 저만치서 속절없이 발돋움하네, 발돋움하네.

이 시는 내가 경상남도 울주군 강동면에서 교사로 근무할 때 받은 설화적인 이미지를 바탕으로 해 한 편의 서정시로 맥락화한 것이다. 내가 근무한 바닷가 마을은 신라 때 율포(밤개)라고 했다. 신라의 충신 박제상이 아내와 딸을 버리고 도일한 곳이다. 그의 아내는 치술령(수릿재)에서 이 포구를 하염없이 바라보다가 딸과 함께 비모(悲慕)에 사무쳐 절망한 끝에 목숨을 잃었다. 몸은 돌이 되어 망부석이 되었지만, 영혼은 많은 사람들에게 치술령의 신모(神母)로 추앙을 받게 이르렀다.

앞의 습작시가 신춘문예에 낙선되고 나서 단편소설로 개작해, 1997년에 처음으로 시작한 문화일보 신춘문예 소설 부문에 응모했다. 결국 최종심에 오른 세 편 중의 한 편으로 낙선했다. 그리고 원고는 깊숙한 서랍 속으로 들어갔다. 이것을 다시 끄집어낸 것은 3년이 지난 2000년 늦가을이었다. 불교신문을 구독하고 있던 내가 불교신문이 수 십 년 만에 신춘문예를 재개한다고 공고해서 원고를 다시 손질해 응모할 수 있었다.

결과는 당선이었다.

소설의 제목은 「꽃새암 부는 율포만」이었고, 선자(選者)는 소설가 한승원 님이었다. 요즘 국민적인 관심의 대상이 되고 있는 작가 한강의 부친이다. 고령임에도 불구하고 아직도 왕성한 작품 활동을 하신다. 몇 년 전에 경남 남해군의 한 세미나 장소에서 재회한 적이 있었다. 습작시의 경험은 이처럼 예상치 않게 소설가로 방향을 틀었지만, 결국 내가 훗날의 시집 몇몇 권을 내는 데도 작지 않은 도움을 준 것 같다.

송희복

시인, 문학평론가,
진주교대 국어교육과 교수.
저서 『다채성의 시학』과 『사색의 그물망과 친화력』 외 다수

호모 심비우스의 노래

2017년 6월 12일 초판 1쇄 펴냄

지은이 송희복
펴낸이 김흥국
펴낸곳 도서출판 보고사

책임편집 이경민
표지디자인 손정자

등록 1990년 12월 13일 제6-0429호
주소 경기도 파주시 회동길 337-15 2층
전화 031-955-9797(대표)
02-922-5120~1(편집), 02-922-2246(영업)
팩스 02-922-6990
메일 kanapub3@naver.com / bogosabooks@naver.com
http://www.bogosabooks.co.kr

ISBN 979-11-5516-687-1 93810

정가 20,000원